I0734383

MORD IM MAYFAIR HOTEL

CLEOPATRA FOX MYSTERIES, BAND 1

C.J. ARCHER

Übersetzt von
ANNETTE SPRATTE

CJARCHER.COM

Mord im Mayfair Hotel, Cleopatra Fox Mysteries, Band 1
Originaltitel: Murder at the Mayfair Hotel © 2020 C.J. Archer

Aus dem Englischen übersetzt von Annette Spratte
© 2025

Alle Rechte vorbehalten. Kein Teil dieses Buches darf ohne Zustimmung der Autorin nachgedruckt oder anderweitig verwendet werden, ausgenommen kurze Ausschnitte als Zitate zur Verwendung in Kritiken und Rezensionen.

KAPITEL 1

LONDON, DEZEMBER 1899

*I*n ein Luxushotel in der dynamischsten Stadt der Welt zu ziehen, war genau das, was ich brauchte. Wenn ich schon bei mir kaum bekannten Verwandten wohnen musste, gab es dann einen besseren Ort als das Mayfair Hotel? Angesichts der prächtigen Fassade brauchte ich keine Angst zu haben, ihnen ständig über den Weg zu laufen.

Ich legte eine Hand auf meinen Hut und den Kopf in den Nacken, um alles genau in Augenschein zu nehmen. Wie die meisten alten Herrenhäuser war das Hotel sowohl elegant als auch imposant; eine Granddame, die gleichermaßen Bewunderung und Ehrfurcht hervorrief. Der fünfte Stock schien gegen die dichte graue Wolkendecke zu stoßen und ich zählte nicht weniger als sieben Bögen, die sich über die gesamte Breite des Erdgeschosses spannten.

Der zentrale Bogen, auf den ich jetzt zusteuerte, wurde von einem burgunderroten Baldachin geschützt, auf dem das Emblem des Hotels prangte, ein M in einem Kreis. Ich kannte es vom Briefpapier meiner Tante, das sie für ihre seltene Korrespondenz nutzte.

„Miss", sagte einer der zwei Portiers. „Miss, können Sie mich hören?"

„Es tut mir leid, sprachen Sie mit mir?", fragte ich.

Der Portier sah von oben auf mich herab. „Sind Sie sicher, dass Sie sich am richtigen Ort befinden?"

„Ist dies das Mayfair Hotel?"

„Das ist es."

„Dann bin ich am richtigen Ort." Ich runzelte die Stirn. „Warum glauben Sie, dass ich hier falsch bin?"

Sein Blick hielt meinen einen Moment länger gefangen als nötig. Er schätzte mich ab und versuchte zweifelsohne zu ergründen, wie eine alleinstehende junge Frau es sich leisten konnte, in einem Luxushotel zu wohnen, wenn sie doch mit einem schwarzen Mantel mit verschlissenen Aufschlägen und einem seit mindestens zwei Jahren aus der Mode gekommenen Hut daherkam.

Ich schaute nicht weg.

„Möchten Sie Ihr Gepäck abstellen? Ich werde es zusammen mit Ihrem Koffer in Ihr Zimmer bringen lassen." Der Portier warf meiner verbeulten Ledertasche einen vielsagenden Blick zu, die Mundwinkel angewidert heruntergezogen.

Die Tasche hatte meinem Großvater gehört. An ihn zu denken, trieb mir Tränen in die Augen, aber ich atmete so lange durch meine Trauer, bis sie versiegten. Er mochte bereits vor drei Jahren verstorben sein, aber während des letzten Monats hatte ich viel an ihn gedacht.

„Miss?" Das Wort klang wie ein irritiertes Zischen.

Ich packte die Tasche fester. „Danke, ich werde sie bei mir behalten."

Der Portier winkte einem außergewöhnlich hochgewachsenen Pagen, der eine schicke rote Jacke und einen randlosen Hut trug. Der Page nahm meinen Koffer und die Hutschachtel und stellte beides auf ein Wägelchen. Der andere Portier öffnete ihm die Tür und ich eilte ihm hinterher.

Im Foyer blieb mir die Luft weg, nicht wegen der kurzen Anstrengung, sondern wegen des spektakulären Anblicks. Ich wusste gar nicht, wo ich zuerst hinschauen sollte, so viel gab es zu sehen in dem riesigen Raum. Ein Weihnachtsbaum, geschmückt mit Glaskugeln, Girlanden und Kerzen, stand stolz in der Mitte des gefliesten Bodens. Er ragte zu einer beeindruckenden Höhe auf, berührte den kristallenen Kronleuchter darüber jedoch nicht. In der breiten Lobby hingen drei Kronleuchter, die scheinbar allesamt mit elektrischen Glühbirnen ausgestattet waren. Das helle Licht stellte sich dem trüben Nachmittag entgegen und wurde von den glänzenden Bodenfliesen reflektiert. Mehrere Sessel mit burgunderroten Lederbezügen standen hier und dort verteilt. Auf zweien saßen elegant gekleideten Damen, die sich angeregt unterhielten. Rosen in großen schwarzen Vasen mit Goldrand sorgten für rosa Farbtupfer im beige, schwarz und burgunderroten Farbkonzept des Foyers. Angesichts der Tatsache, dass es gerade keine Jahreszeit für Rosen war, war die Dekoration umso beeindruckender.

Der große Page räusperte sich. Er stand mit meinem Gepäck neben einem Tresen, hinter dem ein weiterer Mann mich geduldig anlächelte.

„Möchte die Dame einchecken?", fragte er.

Ich näherte mich dem Tresen. „Ja. Oder nein. Ich bin mir nicht sicher."

„Vielleicht kann ich Ihnen behilflich sein, sich zu entscheiden. Das Mayfair Hotel ist ein exklusiver Familienbetrieb mit einhundert geschmackvoll eingerichteten Zimmern. Wir sind stolz auf unseren freundlichen Service, unsere Familienwerte und die modernen Annehmlichkeiten."

Der Page drehte den Kopf zum Rezeptionisten, wobei eine seiner Augenbrauen minimal nach oben wanderte. Der Rezeptionist sah mich weiter an, wobei sein Lächeln nicht ins Wanken geriet. Ich hatte jedoch den Verdacht, dass ihm der stumme Zweifel des Pagen an seiner Aussage bewusst war. Welcher der aufgezählten Punkte infrage stand, konnte ich nicht ergründen. Vielleicht waren es alle drei. Nach allem zu urteilen, was meine Großeltern väterlicherseits über die Verwandtschaft meiner Mutter geäußert hatten, waren Familienwerte hier Mangelware.

„Das Mayfair bietet alle Bequemlichkeiten eines Zuhauses und noch mehr", fuhr der Rezeptionist fort.

Ein kleines Lachen entschlüpfte mir. Ich konnte es nicht verhindern. Wenn er gewusst hätte, dass mein früheres Zuhause kleiner gewesen war als das Foyer dieses Hotels, hätte er sich auch amüsiert. Doch das tat er nicht. Das Lächeln verschwand und Röte stieg ihm in die Wangen. Er sah den Pagen an, der mich lediglich anblinzelte.

Ich kniff die Lippen zusammen, bis mein Grinsen sich legte. „Bitte entschuldigen Sie meinen Ausbruch. Ich bin mir sicher, dass das Hotel ganz wundervoll ist. Ich bin von dem, was ich bisher gesehen habe, sehr beeindruckt und der Service ist exzellent."

Der Page schob die Brust vor und das Lächeln kehrte auf das Gesicht des Rezeptionisten zurück.

„Allerdings brauchen Sie die Vorzüge des Hotels nicht weiter aufzulisten. Ich werde nicht zu einem Ihrer Konkurrenten gehen, denn ich habe keine andere Wahl, als hierzubleiben."

Eine kleine Falte erschien zwischen den dunklen Augenbrauen des Rezeptionisten. „Keine Wahl?"

„Ich bin Miss Fox."

Der Rezeptionist schaute auf sein Reservierungsbuch. „Haben Sie vorher angerufen? Ich erinnere mich an eine Miss Fox …"

„Miss Cleopatra Fox", erläuterte ich.

Er blätterte um und strich mit dem Finger an der ersten Spalte entlang. „Keine Miss Foxes hier. Vielleicht gab es ein Missverständnis. Ein sehr seltenes Missverständnis, müssen Sie wissen. So etwas geschieht eigentlich nie." Er runzelte wieder die Stirn. „Obwohl Ihr Name mir bekannt vorkommt." Sein Blick glitt an mir vorbei und er richtete sich auf. „Mr Armitage, Sir, würden Sie freundlicherweise in Sachen Miss Fox Ihre Unterstützung anbieten? Scheinbar hat sie bei uns angerufen und reserviert, aber ich habe hier keinen Eintrag."

Ich drehte mich zu einem schneidigen, in einen Frack gekleideten Mann um. Er war groß mit dunklen, zurückgekämmten Haaren. Ein Bewunderer hätte sein Gesicht als wohlgeformt bezeichnet, ein Kritiker als scharfkantig. Jedoch konnte ich mir nicht vorstellen, dass es viele Kritiker gab. Gewiss keine weiblichen und schon gar nicht, wenn er seine gesamte Aufmerksamkeit auf sie richtete, wie er es jetzt mit mir tat.

„Miss Fox." Er streckte mir seine Hand entgegen, die ich schüttelte. „Es ist mir ein Vergnügen, Ihre Bekanntschaft zu machen. Wir haben Sie erwartet."

Der Rezeptionist betrachtete erneut sein Reservierungsbuch, um dann ein leises „Ah" auszustoßen. Er hatte erkannt, warum ihm mein Name bekannt vorkam, aber nicht im Buch stand. Anscheinend hatte er meine Ankunft vergessen. Mr Armitage nicht.

„Ich bin Harry Armitage, der stellvertretende Direktor. Willkommen im Mayfair Hotel."

„Vielen Dank. Scheinbar hat meine Ankunft Ihre Angestellten verwirrt. Es tut mir leid", sagte ich zu dem Rezeptionisten. „Ich wollte Ihnen gerade mitteilen, dass ich keine Reservierung habe, weil ich hier wohnen werde, aber Sie haben Mr Armitage gerufen, bevor ich dazu kam. Ich hoffe, Sie verzeihen mir."

Der Rezeptionist wurde wieder rot. „Ja, Miss Fox, selbstverständlich verzeihe ich Ihnen. Zu meiner Verteidigung darf ich vorbringen, dass Sie einen Tag zu früh sind."

„Nein, ich schrieb, dass ich heute eintreffe, am Heiligabend."

„Mir wurde der erste Feiertag genannt." Der Blick des Rezeptionisten sprang zu Mr Armitage.

Der winkte einen zweiten Pagen zu uns. „Informieren Sie bitte Mrs Kettering, dass Miss Fox eingetroffen ist. Es gab scheinbar ein Missverständnis und sie ist einen Tag zu früh."

„Eigentlich bin ich pünktlich", sagte ich, während der zweite Page in einem Flügel des Foyers verschwand. „Ich habe meiner Tante geschrieben, dass ich am Vierundzwanzigsten ankommen werde."

„Ihrer Tante?", fragte der Rezeptionist. „Lady Bainbridge? Nun denn."

Ich wartete, doch mehr kam nicht, außer dass der Rezeptionist erneut rot anlief, da Mr Armitage ihn ausgesprochen streng anschaute.

„Danke, Peter, da wartet noch ein Gast", sagte Mr Armitage.

Der Rezeptionist, dessen Name offensichtlich Peter war, nickte und setzte sein Lächeln für den nächsten Gast auf. Ich trat zur Seite, damit er den Neuankömmling bedienen konnte.

Mr Armitage wies den großen Pagen an, meinen Koffer und die Hutschachtel nach oben in mein Zimmer zu bringen. Ich reichte ihm auch meine Tasche. Jetzt kam es mir albern vor, dass ich mich draußen geweigert hatte, sie herzugeben. An so einem Ort würde sie nicht gestohlen werden. Der Page machte sich mit meinen Sachen auf den Weg, jedoch nicht in Richtung Treppe. Vielmehr verschwand er am hintersten Ende des Foyers um eine Ecke. Wenn er meine Sachen *nach oben* in mein Zimmer bringen sollte, warum nahm er dann nicht die Treppe?

„Darf ich Ihnen mein aufrichtiges Beileid zum Verlust Ihrer Großmutter aussprechen?", fragte Mr Armitage.

Die Wärme in seinen Augen und seiner Stimme brachte mich beinahe aus der Fassung. Ich murmelte meinen Dank und schaute schnell weg, denn ich wollte nicht mitten in der Hotellobby in Tränen ausbrechen. Ein Themenwechsel würde helfen.

„Warum wirkte Peter nicht überrascht, dass meiner Tante bezüglich meiner Ankunft ein Fehler unterlaufen ist?"

Der stellvertretende Direktor blinzelte überrascht. „Das Durcheinander tut mir leid. Normalerweise sind wir nicht so konfus."

„Sie wirkten nicht konfus, Mr Armitage, sondern recht gefasst."

„Dies ist mein konfuser Gesichtsausdruck."

Ich lachte leise. Sein Gesichtsausdruck hatte sich nicht im Geringsten verändert. Er lächelte noch immer und sah mich an, als wäre ich die wichtigste Person im Foyer. Allerdings wurde sein Lächeln etwas breiter.

Ich lehnte mich verschwörerisch zu ihm. „Nette Vermeidungstaktik."

Er legte vollkommen unschuldig den Kopf schräg, doch in seinen dunklen Augen lag keinerlei Unschuld. Er hatte absichtlich versucht, sein gutes Aussehen und seinen Charme zu nutzen, um mich von meiner Frage abzulenken. Vermutlich funktionierte das bei den meisten Frauen. Bei mir jedoch nicht.

„Es ist schon in Ordnung", sagte ich. „Sie brauchen mir nicht zu antworten, wenn Sie das nicht möchten. Meine Tante ist mit Ihrem Arbeitgeber verheiratet und ich möchte Ihre Stellung nicht dadurch gefährden, dass wir über sie tratschen."

Er richtete sich zu einer noch beeindruckenderen Größe auf. „Meine Stellung wäre nicht in Gefahr. Es sind meine Prinzipien, die ich nicht verletzen möchte. Ich tratsche nicht, Miss Fox. Falls Sie das frustriert, tut es mir leid."

„Wie ich schon sagte, es ist völlig in Ordnung. Ich werde meine Tante früh genug kennenlernen und mir dann mein eigenes Bild machen können."

„Das werden Sie mit Sicherheit", sagte er in scharfem Ton.

Ich seufzte. Das lief nicht sonderlich gut. Hätte ich doch nur meinen Mund gehalten. Normalerweise war ich gar nicht so leicht reizbar, aber es war ein langer Tag gewesen—ein langer Monat—und ein Teil von mir wünschte sich einen winzig kleinen Riss in Mr Armitages glatter Fassade.

„Wir hatten einen schlechten Start", sagte ich. „Das tut mir leid. Vielleicht habe ich im Brief an meine Tante das falsche Datum genannt. Für mich macht es keinen Unterschied, dass ich erst morgen erwartet wurde, aber ich habe gegenüber Ihren Angestellten ein schlechtes Gewissen. Hoffentlich mache ich Mrs Kettering keine allzu großen Umstände. Ich werde mich bei ihr entschuldigen und auch noch einmal bei Peter."

Meine Rede schien den gewünschten Effekt zu haben, Mr Armitages frostigen Blick aufzutauen. „Machen Sie sich keine Sorgen um Mrs Kettering. Die Hausdame ist die effizienteste Frau, die mir je begegnet ist. Ihre Dienstmädchen werden Sie möglicherweise verfluchen—natürlich niemals laut." Er richtete sich auf. „Was Peter angeht, so ist es nahezu unmöglich, sich mit ihm zu überwerfen. Er ist der freundlichste Mitarbeiter von allen. Deswegen steht er an der Rezeption."

Mr Armitages Blick sprang an dem Paar vorbei, das gerade eincheckte. An einem dahinter liegenden Tresen kümmerte sich ein Mitarbeiter um eine hochgewachsene Frau mit einem großen Hut, der mit allen erdenklichen Verzierungen geschmückt war. Von Spitze und Samt über Bänder und Federn war alles dabei. Beim Nicken flatterten die langen Federn, was ihr den Anschein einer Henne gab, die auf den armen Mann einhackte.

Mr Armitage stieß ein kleines, beinahe unmerkliches Seufzen aus.

„Gibt es ein Problem?", fragte ich.

„Ganz und gar nicht", sagte er und richtete plötzlich wieder seine volle Aufmerksamkeit auf mich.

„Es ist in Ordnung, Mr Armitage. Sie müssen mich nicht wie einen Gast behandeln. Wenn ich mich hier zurechtfinden soll, möchte ich wie ein Familienmitglied behandelt werden, wie jemand mit einer Aufgabe. Noch weiß ich nicht, welche Rolle ich ausfüllen kann, aber ich sollte so viel über das Hotelleben lernen wie möglich, um diese Rolle zu finden."

Er starrte mich mehrere Augenblicke mit leicht geöffneten Lippen an, als hätte er etwas sagen wollen und es dann vergessen. Oder er hatte es sich anders überlegt.

„Sie können mir genauso gut sagen, welches die schwierigen Gäste sind und wie man mit ihnen umgeht", fuhr ich fort. „Ich nehme an, dass die Familienmitglieder hin und wieder hinzugezogen werden, um sie zu beschwichtigen."

„Ich, äh, ich verstehe. Gäste zu beschwichtigen, obliegt mir und dem Direktor, nicht der Nichte der Inhaberin."

„Das ist schade. Ich kann ganz gut mit Menschen umgehen. Aus irgendeinem Grund scheinen sie mir zu vertrauen."

Das Lächeln kehrte zurück, aber diesmal war es nicht das eingeübte des stellvertretenden Direktors eines Luxushotels. Es war ehrlicher und sanfter. „Das bezweifle ich nicht."

Ich hätte ihn gefragt, was er damit meinte, doch jemand erregte seine Aufmerksamkeit. „Mr Hobart, haben Sie einen Moment?"

Mr Hobart trug ebenfalls einen Frack und das gleiche aufgesetzte Lächeln, mit dem der stellvertretende Direktor mich begrüßt hatte. Damit endete die Ähnlichkeit zwischen den beiden. Wo Mr Armitage groß und dunkelhaarig war, war Mr Hobart kleiner, älter und besaß eine beginnende Glatze. Ich schätzte ihn auf Ende fünfzig, während Mr Armitage nicht älter als dreißig sein konnte, vielleicht sogar jünger. Mr Hobart hatte einen freundlichen Gesichtsausdruck und ein Blitzen in den hellblauen Augen. Feine Äderchen zogen sich über seine rosigen Wangen.

„Darf ich Ihnen Miss Cleopatra Fox vorstellen", sagte Mr Armitage.

In Mr Hobarts Verhalten gab es nichts Konfuses. Er wusste mit meinem Namen sofort etwas anzufangen, verneigte sich knapp und lächelte mich freundlich an, als er sich wieder aufrichtete. „Es ist mir ein Vergnügen, Ihre Bekanntschaft zu machen, Miss Fox. Willkommen im Mayfair Hotel. Wie ich sehe, haben Sie Harry bereits kennengelernt."

„Mr Armitage war so freundlich, die Verwirrung bezüglich des Datums meiner Ankunft aufzuklären."

„Es tut mir leid, dass Sie nicht am Bahnhof abgeholt wurden. Sir Ronald wollte einen der Pagen mit einem Fahrzeug des Hotels schicken, damit er Ihnen mit Ihrem Gepäck hilft. Er wird enttäuscht sein, dass Sie sich allein hierher durchschlagen mussten."

„Es war nicht sonderlich schwierig. Der Taxifahrer kannte den Weg."

Zu spät erkannte ich, dass der Direktor etwas anderes meinte, nämlich dass mein Onkel mich vom Bahnhof hatte abholen lassen wollen, weil ich jetzt seine Familie repräsentierte und eine Bainbridge-Lady nicht gezwungen sein sollte, sich selbst ein Taxi zu rufen oder sich um so banale Dinge wie einen Gepäckträger zu kümmern. Für so etwas hatte sie Angestellte. Ich konnte praktisch die Stimmen meiner Großeltern hören, wie sie es erklärten. In unserem Haushalt war die Bainbridge-Vornehmtuerei legendär gewesen.

Je mehr ich darüber nachdachte, desto klarer wurde mir, dass genau darin der Grund lag, warum die Angestellten wegen einer solchen Nichtigkeit wie einer verfrühten Ankunft so besorgt waren. Mein Onkel erfuhr möglicherweise, dass mein Zimmer noch nicht hergerichtet oder ich nicht angemessen begrüßt worden war. Jetzt verstand ich auch den merkwürdigen Blick, den Mr Armitage mir zugeworfen hatte, als ich meine Rolle im Hotel angesprochen hatte. Es war sehr wahrscheinlich, dass meine Tante und meine Cousine Florence hier keine Rolle innehatten, abgesehen von einer dekorativen.

Ein Grund mehr, mich nützlich zu machen. Ich brauchte eine Aufgabe, etwas, das nicht nur die Langeweile vertrieb, sondern auch die Last von den Schultern meines Onkels nahm, mich durchfüttern zu müssen. Ich wollte ihm nichts schuldig bleiben.

„Lady Bainbridge wird sicher erfreut sein, Sie zu sehen", fuhr Mr Hobart fort. „Harry, sei doch so freundlich und unterrichte ihre Ladyschaft von Miss Fox' Ankunft. Miss Fox, würde es

Ihnen etwas ausmachen, dort drüben in der Lounge zu warten, bis Ihr Zimmer hergerichtet ist?" Er deutete auf eine Tür an einem Ende des Foyers. „Einer der Kellner wird Ihnen gern eine kleine Stärkung servieren."

Ich bedankte mich bei ihm und wollte losgehen, doch Harry blieb stehen. „Ich glaube, ich sollte mich besser um Mrs Cavendish-Dyer kümmern." Er nickte in Richtung der Frau mit dem ausschweifenden Hut, die noch immer auf den jungen Mann einhackte. „Es wäre besser, wenn du mit Lady Bainbridge sprichst. Sie mag dich sowieso lieber." Er ließ ein Grinsen aufblitzen, das nicht so recht zu seiner aalglatten Haltung passen wollte. Vielleicht hatte er bereits beschlossen, seine Fassade mir gegenüber fallen zu lassen, da ich kein Gast war.

Dem Direktor schien diese Veränderung etwas unangenehm zu sein. Er sah aber nicht wütend aus, sondern eher peinlich berührt, als hätte er sich noch nicht entschieden, wie er mir gegenüber auftreten wollte. Anscheinend war sich keiner von uns sicher, wo ich ins Gefüge des Hotels passte.

Mr Armitage marschierte auf Mrs Cavendish-Dyer zu und Mr Hobart ging ebenfalls, sodass ich mich zur Lounge aufmachte. Sie war geräumig und mit gemütlichen Sesseln, Sofas und Tischchen ausgestattet. Drei Musiker spielten in der Ecke, der Klang leise genug, um Gespräche zu ermöglichen, aber laut genug, sodass keine Gruppe eine andere belauschen konnte. Die Einrichtung war heller als im Foyer. Weder burgunderrot noch schwarze Vasen waren in Sicht, dafür beige mit einigem Gold und weiteren pinken Farbtupfern von Rosen in weißen Marmorvasen. Es war der Inbegriff von Eleganz. Großmama hätte es geliebt, auch wenn sie sich fehl am Platze gefühlt hätte. Großpapa hätten die beiden angrenzenden Räume gefallen. Auf der Tür zu dem einen stand BIBLIOTHEK, auf der Tür zum anderen SCHREIBZIMMER. Meinem Vater hätten diese Zimmer ebenfalls gefallen. In meinen lebhaftesten Erinnerungen an ihn saß er in seinem Arbeitszimmer, die Nase in einem Buch.

Ein mit einer blendend weißen Schürze bekleideter Kellner begrüßte mich und führte mich zu einem freien Platz in einem Erkerfenster, von dem aus ich auf eine Seitenstraße mit einem Buchladen blicken konnte. Meinem Vater hätte es hier definitiv gefallen. Meiner Mutter sogar noch mehr. Sie hätte die elegante Pracht des Hotels als selbstverständlich hingenommen, was einfach war, wenn man wie sie in den Luxus hineingeboren worden war.

„Darf ich Ihnen eine Tasse Tee bringen?", fragte der Kellner. „Etwas Biskuitkuchen?"

Ich wollte bereits begeistert zustimmen, denn mein Magen fühlte sich hohl an. Seit dem Frühstück in Cambridge hatte ich nichts mehr gegessen. „Nur eine Tasse Tee", sagte ich jedoch. Bis ich mit meinem Onkel gesprochen hatte, wusste ich nicht, was ich aus eigener Tasche bezahlen musste und was für mich kostenfrei war.

Mein Blick folgte einem weiteren Kellner, der mit einem Tablett voller Sahnetortenstücke und Teetassen vorbeiging. Die Torte sah köstlich aus, war aber zweifelsohne kostspielig in einem Hotel wie diesem. Ich musste mein gesamtes Unterhaltsgeld sparen, wenn ich unabhängig werden wollte.

Der Kellner brachte meinen Tee auf einem Tablett und fragte mich nach meiner Zimmernummer.

„Ich habe noch kein Zimmer. Die Hausdame lässt es gerade herrichten." Ich biss mir innen auf die Lippe und überlegte, wie ich fortfahren sollte. Ich wollte nicht damit angeben, dass ich die Nichte des Hotelbesitzers war, den Kellner aber auch nicht so verwirren, wie ich es mit Peter getan hatte.

Meine Rettung kam in Gestalt einer hübschen jungen Frau mit erdbeerblonden Haaren und einem Hauch von Sommersprossen auf ihrer Stupsnase. Ihre blauen Augen glichen dem Sommerhimmel und passten zur Farbe ihres Kleides.

„Bist du es?", fragte sie mit mädchenhafter Stimme. „Bist du meine Cousine Cleopatra? Mr Hobart sagte, ich würde dich hier finden und du bist die einzige Frau, die allein dasitzt."

„Das bin ich. Du musst Florence sein." Ich stand auf und wurde von ihrer enthusiastischen Umarmung beinahe von den Füßen gerissen.

Sie ließ mich los und nahm meine beiden Hände in ihre. „Ich freue mich so, dich endlich kennenzulernen!"

Es war eine Erleichterung, so herzlich willkommen geheißen zu werden. Bis zu diesem Moment hatte ich nicht bemerkt, wie nervös mich die Begegnung mit meiner Verwandtschaft gemacht hatte. Wenn der Rest der Familie so freundlich war wie Florence, würde sich der Knoten in meiner Brust endlich lösen. Allerdings war es vermutlich zu viel verlangt. Nach der Behandlung, die die Eltern dieses Mädchens meiner Mutter hatten angedeihen lassen, als sie meinen Vater geheiratet hatte, war ich mir ziemlich sicher, dass ihre Begrüßung anders ausfallen würde.

„Setz dich doch und genieße deinen Tee, Cleopatra. Gregory, würde es Ihnen etwas ausmachen, mir auch eine Tasse zu bringen? Und natürlich für jeden ein Stück Torte. Der Biskuit hier ist der fluffigste in ganz London", fügte sie hinzu, während Gregory davoneilte. „Und jetzt erzähl mir von dir, Cleopatra. Ich will alles wissen."

„Nenn mich Cleo", sagte ich. „Cleopatra ist so umständlich."

„Und du musst mich Flossy nennen." Sie streckte die Hand aus und tätschelte mein Knie. „Wir sind uns so ähnlich, du und ich, nicht wahr? Ich habe die Familienähnlichkeit sofort gesehen. Du hast die Haarfarbe meines Bruders und der kommt nach meiner Mutter, also nehme ich an, dass du deiner Mutter ähnlich siehst." Sie schnappte plötzlich nach Luft. „Du meine Güte, das habe ich vergessen. Mein Beileid zum Tod deiner Eltern und Großeltern. Ich weiß, dass deine Eltern vor vielen Jahren verstorben sind und dein Großvater letztes Jahr—"

„Vor drei Jahren, um genau zu sein."

„Aber der deiner Großmutter war erst kürzlich." Sie tätschelte erneut mein Knie. „Das muss dich noch schmerzen."

Ich schluckte den Kloß herunter, der sich mir in den Hals setzte. Das Wort Schmerz war nicht stark genug, um den überwältigenden Verlust zu beschreiben, den ich schon den ganzen Monat empfand. Dazu kam ein übervolles Maß von Beklommenheit, gemischt mit Trauer. Seit ich erfahren hatte, dass ich Cambridge verlassen und bei meinem Onkel und meiner Tante einziehen musste, die ich erst einmal gesehen hatte—noch dazu bei der Beerdigung meiner Eltern—war ich ängstlich gewesen. Flossys herzliche Begrüßung und der mitfühlende Blick sorgten schon für eine gewisse Erleichterung, aber erst, wenn ich die Reaktionen meines Onkels und meiner Tante auf meine Anwesenheit und Abhängigkeit gesehen hatte, würde ich mich gänzlich entspannen können.

„Danke, Flossy", sagte ich. „Du bist sehr freundlich. Jeder hier war bisher nett zu mir." Abgesehen von dem Portier. Der fiese Teil von mir freute sich auf sein dummes Gesicht, wenn er erfuhr, dass ich jetzt hier wohnte.

„Du hast eindeutig noch nicht jeden getroffen." Sie rümpfte die Nase. „Die Hausdame, Mrs Kettering, ist der leibhaftige Teufel. Ich glaube, selbst Vater hat Angst vor ihr. Offensichtlich hast du den Direktor Mr Hobart kennengelernt. Wenn Vater der Kopf des Hotels ist, dann ist Mr Hobart das Herz. Er ist von Anfang an dabei. Ohne ihn am Ruder könnte das Mayfair nicht laufen. Er weiß alles, was es über dieses Haus zu wissen gibt, und wahrscheinlich noch ein paar Dinge, die man gar nicht wissen kann." Sie verzog das Gesicht. „Das ergibt keinen Sinn, aber du weißt, was ich meine. Ah, unser Kuchen."

Gregory servierte Teller mit Tortenstücken und schenkte Flossy eine Tasse Tee ein, ehe er sich unauffällig entfernte. Zimmernummern wurden nicht mehr erwähnt.

Flossy murmelte nach dem ersten Bissen, wie begeistert sie von dem Kuchen war. „Ich liebe die Torten hier. Am liebsten würde ich jeden Tag ein Stück essen, aber das darf ich natürlich nicht. Nur zu besonderen Gelegenheiten wie dieser."

Das waren Informationen, die ich brauchte, wenn ich hier wohnen sollte. „Gibt es eine Begrenzung, wie oft die Familie hier ihren Nachmittagstee einnehmen darf?"

Sie kicherte hinter vorgehaltener Hand. „Nein, du Dummerchen. Du kannst jederzeit herkommen und so viel Kuchen essen, wie du willst. Ich meinte nur, dass ich nicht jeden Tag ein Stück essen kann, weil ich sonst fett werde. Du musst dir deswegen natürlich keine Sorgen machen. Du bist so schlank! Wie kommst du nur zu so einer schmalen Taille?"

„Ich esse nicht jeden Tag so guten Kuchen wie diesen hier", sagte ich.

Flossy kicherte wieder und aß ihr Tortenstück auf, ehe sie den Teller abstellte und ihre Tasse nahm. „Mr Hobart erwähnte, dass du seinen Neffen kennengelernt hast."

„Habe ich?"

„Harry Armitage."

„Mir war nicht klar, dass Mr Armitage sein Neffe ist. Keiner von beiden hat es erwähnt."

„Das hätten sie schon irgendwann getan. Vor Gästen verhalten sie sich gern professionell, also sprechen sie sich mit Mr Dies und Mr Das an, aber alle Angestellten wissen es. Harry arbeitet schon seit Jahren hier, jedoch nicht immer als Stellvertreter seines Onkels. Sieht er nicht teuflisch gut aus? Alle Dienstmädchen sind in ihn verliebt."

„Sind sie das?"

Sie setzte ihre Tasse ab und faltete die Hände. „Ist das nicht herrlich? Ich wollte immer eine Schwester haben, eine, mit der ich alle meine Geheimnisse teilen und einkaufen gehen kann ... Wir werden so viel Spaß zusammen haben, Cleo. Es ist wunderbar, dass du es rechtzeitig vor Weihnachten geschafft hast. Oh, und ich kann es kaum erwarten, dich allen beim Ball zu präsentieren."

„Ball?"

„Unser Silvesterball." Sie legte den Kopf schräg. „Mutter hat dir nichts davon erzählt, oder?"

„Unsere Korrespondenz war sehr knapp."

„Da bin ich mir sicher." Ihr ominöser Tonfall war das erste Anzeichen von Ernsthaftigkeit, das sie zeigte. Auch das Blitzen in ihren Augen erlosch kurz, kehrte jedoch schnell zurück, als sie das verwarf, was sie belastete. „Ich hoffe, du hast etwas zum Anziehen für den Ball. Die Zeit reicht nicht, um ein ordentliches Kleid schneidern zu lassen."

„Ich besitze keine Ballkleider", sagte ich mit einem entschuldigenden Schulterzucken.

Ihr abschätzender Blick registrierte mein einfaches Kleid und ihre Nase zog sich etwas kraus. Vermutlich überlegte sie, wie jemand, der so schlicht gekleidet war, etwas auch nur annähernd Hübsches in seinem Koffer haben konnte. Damit hatte sie recht. Ich besaß kein so feines Seidenkleid mit weißer Spitze, wie sie es trug. Wie die Kleider aller Damen in der Lounge des Hotels entsprach ihres der neuesten Mode. Mein Trauerkleid war vielleicht gut gearbeitet, aber ganz sicher nicht modern.

„Ich habe mehrere Ballkleider", sagte sie. „Du kannst eins von meinen tragen. Wir werden es von einem der Hausmädchen ändern lassen, damit es dir passt. Wir haben zwar die gleiche Größe, aber meine Figur ist ganz anders als deine." Sie schob ihre beachtliche Oberweite vor, für den Fall, dass ich diese noch nicht bemerkt haben sollte.

„Das ist sehr freundlich von dir, aber wenn es nicht schwarz ist, muss ich ablehnen."

„Ja, natürlich, du trägst Trauer." Sie studierte erneut mein Erscheinungsbild. „Ganz bestimmt würde ein Abend ohne Schwarz nichts ausmachen, oder? Ah, hier kommt Mr Armitage, um uns mit unserem Dilemma zu helfen." Sie lächelte den sich nähernden stellvertretenden Direktor an

„Es ist mir ein Vergnügen, Ihnen in jedweder Hinsicht behilflich zu sein, Miss Bainbridge", sagte er mit der formellen Höflichkeit, von der ich gedacht hatte, dass sie nur für Gäste reserviert war. Obwohl die beiden sich seit Jahren kannten, bestand zwischen ihnen keine lockere Vertrautheit.

„Es ist doch in Ordnung, wenn Cleo einen Abend keine Trauerkleidung trägt, oder? Ihre Großmutter ist vor einem Monat verstorben und Cleo ist schließlich noch jung. Es sollte als Sünde gelten, dass ein so junger Mensch länger als ein oder zwei Wochen Trauer trägt. Sie stimmen mir doch zu, dass sie zum Ball etwas Hübsches anziehen sollte, nicht wahr?"

Für Mr Armitage war dies ein Drahtseilakt. Stimmte er Flossy nicht zu, würde er die Tochter seines Arbeitgebers verärgern. Stimmte er mir nicht zu, brach er gesellschaftliche Regeln. Ich freute mich darauf zu sehen, wie er über dieses Drahtseil balancierte, und schenkte ihm meine volle Aufmerksamkeit.

Sein Blick glitt zu mir, ehe er zu Flossy zurückkehrte. „Ich glaube, sechs bis neun Monate währt die übliche Trauerzeit einer Frau für ihre Großeltern, aber Sie haben Recht, Miss Bainbridge. Es wäre unglücklich, beim Ball jemanden so junges wie Miss Fox ganz in schwarz zu sehen."

Flossy strahlte. „Also stimmen Sie mir zu."

„Ich denke, die Entscheidung sollten wir Miss Fox überlassen."

Am liebsten hätte ich applaudiert. Er hatte den Drahtseilakt meisterhaft bewältigt.

„Die Frage ist sowieso hinfällig", sagte ich. „Ich werde nicht teilnehmen. Es wäre nicht richtig."

„Aber sie ist schon vor einem Monat gestorben!", brauste Flossy auf.

Mr Armitage zuckte kaum merklich zusammen.

Flossy schien es nicht zu bemerken. Ihre kirschroten Lippen verzogen sich zu einem Schmollen und eine Falte erschien auf ihrer Stirn. „Denk darüber nach, Cleo. Niemand wird sich daran stören, am allerwenigsten deine Großmutter."

Ich presste die Lippen aufeinander, um ein Grinsen zu unterdrücken. Es fiel mir immer schwerer, Flossy ernst zu nehmen, auch wenn ich nicht glaubte, dass sie versuchte, witzig zu sein. Sie hatte sogar Recht damit, dass Großmutter mich ermutigt hätte, den Ball zu besuchen, selbst wenn er von Leuten veranstaltet wurde, die sie nicht leiden konnte. Und höchstwahrscheinlich würde sie in diesem Moment schallend lachen, weil Flossy so unbeholfen und ahnungslos durch dieses Gespräch trampelte.

Aus dem Augenwinkel sah ich, dass Mr Armitage mich mit einem sehr merkwürdigen Gesichtsausdruck beobachtete. Was er zu bedeuten hatte, konnte ich nicht ergründen. Negativ war er jedenfalls nicht. Tatsächlich gefiel es mir ziemlich gut, wenn er mich so anschaute, als wäre er überrascht.

„Ihr Zimmer ist fertig, Miss Fox", sagte er, als ihm aufging, dass ich ihn ansah. „Ich werde Ihnen den Weg zeigen."

„Das mache ich", sagte Flossy und stand auf. „Sie haben bestimmt genug anderes zu tun."

Mr Armitage verbeugte sich. „Wie Sie wünschen, Miss Bainbridge." Er reichte mir einen Schlüssel. „Zimmer vierhundertelf. Ich hoffe, es gefällt Ihnen, Miss Fox. Alle Zimmer auf dieser Seite haben einen schönen Blick auf den Green Park."

„Er ist sehr effizient", sagte Flossy, während wir hinter ihm her aus der Lounge gingen. Er gesellte sich zu einem Gentleman neben dem Weihnachtsbaum, der ihn etwas fragte.

Flossy blieb neben einer hölzernen Schiebetür stehen, wo

eine Frau in einem pelzbesetzten Mantel ebenfalls stand. Sie schenkte uns keine Beachtung, während sie in Mr Armitages Richtung schaute. Kurz darauf hob sie eine Brille vor die Augen, die an einer Kette um ihren Hals hing.

„Seltsam", murmelte sie und runzelte die Stirn. „Ausgesprochen merkwürdig, ihn *hier* zu sehen."

Ich erwartete, dass Flossy etwas sagen würde, doch sie kannte die Frau wohl nicht. Stattdessen drückte sie auf einen Knopf neben der Tür und irgendwo ertönte ein Klingeln.

„Er sieht so anders aus, so viel älter", fuhr die Frau fort. „Es *ist* mehrere Jahre her. Mindestens zehn." Sie schüttelte den Kopf und die Falte auf ihrer Stirn vertiefte sich. „Er sollte nicht hier sein."

Ich platzte fast vor Neugier, verkniff es mir jedoch, sie zu fragen, warum Mr Armitage nicht hier sein sollte. Möglicherweise bezog sie sich gar nicht auf ihn, denn in seiner Nähe hielten sich zwei weitere Gentlemen auf.

Die Tür glitt auf, ehe ich der Neugierde nachgab, und offenbarte einen kleinen Mann mit einem bleistiftdünnen Schnurrbart. Er trug die gleiche Uniform wie die Pagen und stand in einem Raum, der nicht größer war als ein Schrank. An der Rückseite befand sich eine Bank, die mit burgunderrotem Samt gepolstert war. In der Mitte prangte in Gold gestickt das eingekreiste M. Spiegel an den Wänden ließen den engen Raum größer erscheinen, als er war. Dies war kein gewöhnliches Zimmer, begriff ich. Es war ein Fahrstuhl, der uns zu den oberen Etagen bringen sollte. Ich war noch nie mit einem gefahren und hätte zu gern gewusst, wie er funktionierte, doch wieder einmal unterdrückte ich meine Neugier. Vor meiner Cousine wollte ich nicht hinterwäldlerisch erscheinen.

„Guten Tag, Miss Bainbridge", sagte der Fahrstuhlführer zu Flossy. „Etage 4?"

„Ja bitte, John." Sie stellte uns einander vor, während wir den Aufzug betraten.

John hieß mich mit einem freundlichen Lächeln willkommen. Seine Hand ruhte auf der Tür. „Wir haben noch Platz für eine Person, Madam."

Die Frau senkte ihre Brille und betrat mit noch immer gerunzelter Stirn den Fahrstuhl. „Dritte Etage."

John schloss die Tür und betätigte einen Hebel, der in einer runden Halterung an der Wand befestigt war. Der Raum hob sich und mein Magen schlug einen Salto, mehr aus Angst vor dem merkwürdigen Gefühl als vor der Geschwindigkeit, mit der wir uns bewegten. Der Aufzug fuhr so langsam, dass ich über die Treppe schneller gewesen wäre.

Der Fahrstuhlführer schob den Hebel zurück und hielt in der dritten Etage, wo die Frau ausstieg. Wir setzten unsere Fahrt zur vierten Etage fort. Ich atmete erleichtert aus, als meine Füße sicher auf dem Teppich des Flurs standen.

„Danke, John", sagte ich.

„Es ist mir ein Vergnügen, Miss Fox. Und keine Sorge. Jeder findet es beim ersten Mal etwas nervenaufreibend." Er zwinkerte und schloss die Tür.

Flossy war bereits vorausgegangen und ich beeilte mich, sie einzuholen. „Diese Etage beherbergt die Suiten des Hotels, keine Einzelzimmer", sagte sie in der direkten Art eines Reiseführers bei einer historischen Sehenswürdigkeit. „Jede Suite hat ein Badezimmer sowie ein Wohnzimmer. Die gesamte Etage ist für unsere Familie und besondere Gäste reserviert. Im Moment wohnen keine hier, aber für den Ball sollten bald einige eintreffen. Vater hat sehr wichtige Persönlichkeiten eingeladen." Sie marschierte den langen Flur entlang und zeigte mir die Türen zu den Suiten ihrer Eltern, ihres Bruders, ihrer eigenen und schließlich meiner. „Da sind wir, Zimmer vierhundertelf."

Ich schloss die Tür auf und trat ein. Trotz der offenen Vorhänge war es recht dunkel, bis Flossy einen Messingschalter neben der Tür betätigte.

„Elektrisches Licht!" Ich blinzelte die Glühbirne an, musste meinen Blick aber schnell von der Helligkeit abwenden. „Wie wunderbar."

„Das gesamte Hotel wurde elektrifiziert." Bei dem Wort runzelte sie die Stirn. „Elektrikiert? Elektrisch verkabelt? Jedenfalls haben alle Zimmer einen kleinen Schalter wie diesen, um die zentrale Glühlampe einzuschalten. Wir haben es vor wenigen Jahren installieren lassen—mit enormen Kosten, woran mein

Vater mich jedes Mal erinnert, wenn ich um eine Erhöhung meines Taschengeldes bitte."

Gewiss hatte es ein Vermögen gekostet, das gesamte Hotel mit Elektrizität auszustatten. Wenige Häuser hatten bisher von Gasbeleuchtung umgesattelt, obwohl jetzt viele Straßenlaternen elektrisch waren, ebenso wie einige U-Bahnen und öffentliche Plätze und Gebäude. Ich schätzte, das Hotel musste modernisiert werden, wenn es als Luxusort gelten wollte.

„Und? Was hältst du von deinem Zimmer?", fragte Flossy.

Die Suite war so elegant, wie ich es nach meinen bisherigen Eindrücken vom Hotel erwartet hatte. Nicht nur das Schlafzimmer war dreimal so groß wie das in Cambridge, auch das Wohnzimmer war riesig und das Badezimmer sehr modern mit einer großen Badewanne.

Die Räume waren mit allem eingerichtet, was ich brauchte, von einem voll ausgestatteten Schreibtisch, einem Sofa und Sesseln über einen Schminktisch bis hin zu einem Bett, in dem drei Personen bequem hätten schlafen können. Weitere rosa Rosen erhellten die Zimmer in ihren weißen Vasen mit Goldrand. Mein Gepäck, das neben den Türen des Kleiderschranks wartete, wirkte zwischen all dem Prunk fehl am Platz.

Ich strich mit der Hand über das warme Holz des Schreibtisches und schaute aus dem Fenster. Mr Armitage lag falsch. Die Aussicht war nicht einfach nur schön; sie war spektakulär. Ich hätte den ganzen Tag aus dem Fenster auf den Green Park schauen können, selbst mit den winterkahlen Bäumen.

Flossy gesellte sich zu mir. „Im Badezimmer gibt es fließendes warmes und kaltes Wasser, aber ich fürchte, das ist auch alles an modernen Annehmlichkeiten." Sie schaute zur Lampe. „Nun gut, das und die elektrische Beleuchtung. Ich wünschte, wir könnten Telefone in unseren Zimmern haben. Vater hat natürlich eins in seinem Büro und es gibt eins an der Rezeption und in Mr Hobarts Büro, aber im Vergleich mit neueren Hotels sind wir ganz schön rückständig. Einmal habe ich Vater gefragt, wann die Suiten der Familie Telefone bekommen, und er hat sage und schreibe zwanzig Minuten über meine Faulheit geschimpft. Er sagte, wenn ich mit meinen Freunden in Kontakt bleiben will, dann sollte ich ihnen schreiben oder sie besuchen."

Sie strich mit den Fingern über die Fensterbank, als wolle sie prüfen, ob sie staubig war. Die Finger blieben sauber. „Er ist so knauserig und manchmal ganz schön brummig. Warte es nur ab. Du wirst ihn bald kennenlernen. Jedenfalls musst du dich mit dem Sprachrohr begnügen." Sie zeigte auf einen Messingtrichter an der Wand. „Es ist mit der Küche verbunden. Wenn du etwas auf dein Zimmer geschickt haben möchtest, frag einfach danach. Frühstück muss am Vorabend bestellt werden, aber wenn du es vergisst, kannst du morgens auch einfach in den Speisesaal gehen."

Wieder fragte ich mich, wofür ich selbst zahlen musste, doch diese Fragen sparte ich mir für meinen Onkel auf. Ich hatte den Verdacht, dass Flossy keine Ahnung hatte.

Sie winkte mir zum Abschied zu und schloss die Tür, damit ich mich nach meiner Tagesreise umziehen und frisch machen konnte. Cambridge war mit dem Zug nicht allzu weit entfernt, aber ich war erschöpft. Vermutlich war es die gesammelte Trauer um meine Großmutter eines ganzen Monats, zusätzlich zu allem, was danach zu erledigen war—alles verkaufen, was ich konnte, um Schulden zu begleichen, ihre persönlichen Dinge an Freunde verteilen sowie packen und schließlich die Schlüssel an den Vermieter abgeben. Das Haus, das wir vor drei Jahren nach dem Tod meines Großvaters bezogen hatten, hatte sich zwar nie so recht wie ein echtes Zuhause angefühlt, aber ich hatte schöne Erinnerungen an die wertvolle Zeit, die ich dort mit meiner alternden Großmutter verbracht hatte. In dieses Haus zu ziehen hatte einen Wandel in unserer Beziehung eingeläutet. Das vorige Haus war jenes gewesen, das meine Großeltern als frisch verheiratetes Paar bezogen hatten, voller Wärme und Liebe zu einer Zeit, in der ich beides dringend gebraucht hatte. Sie hatten sich in diesem Haus um mich gekümmert und dafür gesorgt, dass ich ein gutes Leben hatte, trotz der Tragödie, Mutter und Vater im Alter von nur zehn Jahren zu verlieren.

Doch nachdem Großpapa verstorben war, erkannten wir beide, dass wir es uns nicht leisten konnten, weiter dort zu wohnen, nachdem das volle Ausmaß seiner Schulden offenbar wurde. Wir mieteten ein kleineres Haus. Sein Tod und die Schulden waren der Anfang vom Ende für Großmama gewesen, als ob ein Teil von ihr mit ihm gestorben wäre. Innerhalb weniger Wochen hatten wir unsere Rollen getauscht und die letzten drei Jahre hatte ich mich um sie gekümmert, während ihr Körper und ihr Geist zerbrechlicher wurden.

Als sie starb, hatten mein Onkel und meine Tante Bainbridge mir geschrieben und mir angeboten, bei ihnen in London zu wohnen. Obwohl ich sie seit Jahren nicht gesehen und große Vorbehalte hatte, ergriff ich die Chance. Es war die einzige Möglichkeit, mich von Großpapas letzten Schulden zu befreien. Die einzige Möglichkeit für einen Neustart. Abgesehen davon hatte ich London schon immer mal sehen wollen.

Ich wünschte nur, ich wäre nicht von der Familie meiner Mutter abhängig. Ihre eigenen Eltern hatten sie kritisiert, jeglichen Kontakt abgebrochen und sie enterbt, als sie meinen Vater geheiratet hatte. Ihre jüngere Schwester, meine Tante, hatte beim Tod der Eltern ein riesiges Vermögen geerbt, während meine Mutter leer ausgegangen war. Nicht einmal ein persönliches Andenken. Abgesehen von dem Auftauchen meiner Tante und meines Onkels bei der Beerdigung meiner Eltern, hatte ich keinerlei Kontakt mit ihnen gehabt, bis der Brief meiner Tante nach Großmamas Tod eintraf. Und jetzt war ich vollkommen von ihrem guten Willen abhängig. Einem guten Willen, von dem ich noch nicht einmal sicher war, ob sie den überhaupt besaßen. Sie glaubten anscheinend an Pflichten oder ich wäre nie hierhergebeten worden. Hätten sie jedoch ein auch nur ansatzweise mitfühlendes Herz, hätten wir uns gar nicht erst entfremdet.

Ein leises Klopfen an der Tür riss mich aus meinen melancholischen Gedanken. „Sir Ronald wird Sie jetzt empfangen", sagte ein Lakai.

In mir sträubte sich alles. Ich mochte es nicht, so herbeigerufen zu werden, und hätte ihm beinahe gesagt, ich würde in fünf Minuten kommen, nur damit mein Onkel warten musste. Doch ich war dank seiner Wohltätigkeit hier und konnte es mir nicht leisten, meine Prinzipien zu vertreten. Abgesehen davon bekam vielleicht auch der Lakai Ärger.

„Ist Lady Bainbridge bei ihm?", fragte ich.

„Nein."

Ich schnappte mir meinen Zimmerschlüssel und verschloss

die Tür. Dann atmete ich tief durch und folgte dem steifen Lakaien den Flur entlang. Ich wünschte, meine Tante wäre anwesend. Nicht, weil ich sie unbedingt sehen wollte, sondern weil ich nicht allein sein wollte, wenn ich dem Mann gegenübertrat, der meine unmittelbare Zukunft in Händen hielt.

KAPITEL 2

Sir Ronald Bainbridge hatte sich in den dreizehn Jahren seit der Beerdigung meiner Eltern nicht verändert. Abgesehen von einigen grauen Strähnen an den Schläfen seiner rotgoldenen Haare war er exakt so, wie ich ihn in Erinnerung hatte—ein kleiner Mann mit einer Stupsnase und stählernen Augen, die blitzschnell mein Erscheinungsbild aufnahmen. Was auch immer seine Einschätzung nach dem kurzen Blick war, sein Gesichtsausdruck gab nichts preis. Er begrüßte mich mit einem gütigen Lächeln und einem Händedruck, als wären wir Geschäftspartner.

So war es mir lieber. Ich wollte nicht auf die Wange geküsst und betüddelt werden. Bei Flossy hatte es sich echt angefühlt, aber alles, was dieser Mann über die einfachsten Beileidsbekundungen hinaus tat, würde schal wirken.

Er bot mir den Stuhl gegenüber des Schreibtisches an und verschränkte seine Hände auf der Tischplatte. „Es tat mir sehr leid, von deiner Großmutter zu hören. Ich schätze, für dich kam es jedoch nicht überraschend."

„Nein", sagte ich.

„Es freut mich, dass du mein Angebot angenommen hast und hierher gekommen bist." *Sein* Angebot? Nicht das meiner Tante?

„Dafür bin ich dir sehr dankbar." Obwohl ich dieses

Gespräch Dutzende Male in meinem Kopf durchgespielt hatte, zögerte ich, denn ich war unsicher, wie ich vorgehen sollte.

„Ich nehme an, diese Veränderung deiner Lebenssituation ist für dich schwierig, aber ich möchte es dir so einfach wie möglich machen. Du gehörst schließlich zur Familie." Er griff nach einem Blatt Briefpapier des Hotels, nahm einen Füllhalter und tauchte ihn ins Tintenfass. „Meiner Einschätzung nach sollten zusätzliche fünf Pfund ausreichen. Wenn du sehen möchtest, wie ich zu dieser Zahl gekommen bin, zeige ich dir gern meine Berechnungen."

Ich runzelte die Stirn. „Wie bitte?"

Er öffnete die oberste Schublade des Schreibtisches und zog ein Buch heraus, welches er auf der ersten Seite aufschlug und mir reichte. „Ich habe Florences Ausgaben als Richtschnur genommen und den Betrag berücksichtigt, den du bereits bekommst."

Ich starrte auf die Seite mit ihren ordentlichen Spalten von Zahlen. Jede auch nur erdenkliche Sache, die eine Frau meines Alters benötigen könnte, war mit einem entsprechenden Betrag notiert. Tatsächlich war es viel mehr, als ich brauchen würde. Jeden Monat einen neuen Hut und ein neues Kleid pro Vierteljahr war verschwenderisch, aber wenn er Flossy als Vorbild genommen hatte, war klar, wie er zu dieser Summe kam. Ich hatte den Verdacht, dass Sparsamkeit für sie ein Fremdwort war.

Weder die Auflistung noch die Summe waren jedoch das, was mich am meisten verwirrte. Ich legte das Buch weg und sah meinem Onkel direkt in die Augen. „Woher weißt du, wie viel ich bereits bekomme?" Es hätte mich nicht überrascht, wenn er meinen Bankier überrumpelt und dem armen Mann die Informationen abgeluchst hätte. Die Skrupellosigkeit meines Onkels war legendär.

Er legte den Kopf schräg. „Ich zahle deinen Unterhalt, Cleopatra."

Mir klappte die Kinnlade herunter.

„Wusstest du das nicht?"

„Nein", murmelte ich. *Er* zahlte meinen Unterhalt?

„Sie haben es dir verschwiegen?" Er lehnte sich in seinem Stuhl zurück, legte die verschränkten Hände von der Tischplatte auf seinen Bauch und starrte mich an. Ich starrte vermutlich mit demselben verwirrten Ausdruck zurück.

„Ich verstehe nicht", sagte ich. „Wie lange zahlst du mir schon Unterhalt?"

„Seit du geboren wurdest."

Wieder sackte mein Kinn nach unten. Wenn noch mehr Überraschungen kamen, lief es Gefahr, ganz auszuhaken. „Seit dreiundzwanzig Jahren! Aber ... warum hat mir das nie jemand gesagt?"

„Das ist eine gute Frage, aber ich glaube, die Antwort zu kennen. Deine Familie mochte mich nicht. Oder, um es genauer zu sagen, mochten sie die Eltern deiner Mutter nicht. Dir den Ursprung deines Unterhalts zu verschweigen war eine kleine Möglichkeit, sie—uns—aus deinem Leben zu löschen."

„Ich verstehe das nicht", sagte ich wieder ziemlich dümmlich. „Meine Großeltern mütterlicherseits sind verstorben, bevor ich geboren wurde. Sie waren nie *in* meinem Leben. Warum also die Informationen über meinen Unterhalt verheimlichen? Was spielte es für eine Rolle?"

Mein Onkel strich seinen Schnäuzer mit Daumen und Zeigefinger glatt. Seine Schultern hoben sich mit einem Seufzer, als er sich wieder nach vorn beugte. „Ich schätze, es gibt viel, was du nicht weißt, Cleopatra. Die Wahrheit wird einige Mitglieder deiner Familie in ein schlechtes Licht rücken. Bist du bereit, sie zu hören?"

Ich packte die Armlehnen, um mich zu wappnen. Es fühlte sich plötzlich so an, als würde der Stuhl davonschweben und mich mitnehmen. Ich hatte mich noch nie vor der Wahrheit gescheut. Vielmehr glaubte ich daran, dass die Wahrheit, so schmerzhaft sie auch sein mochte, immer offenbart werden sollte. Ich war Zeuge des Todes meiner Eltern geworden; ich hatte ihre streitenden Stimmen gehört, kurz bevor unser Einspänner von der Straße abkam. Diese Tatsache über den Unfall zu kennen, hatte mir geholfen weiterzumachen.

Auf der anderen Seite waren da Großpapas heimliche Schulden. Großmama war zutiefst verletzt gewesen, als sie davon erfahren hatte. Täuschung brachte nichts Gutes hervor.

Allerdings war ich nicht überzeugt davon, dass mein Onkel

die Wahrheit sagte. Ich würde mir seine Version jedoch anhören. „Fahr fort", forderte ich ihn auf.

„Weißt du, dass die Eltern deiner Mutter ihr gesamtes Vermögen deiner Tante Lilian vererbt haben, als sie starben?"

„Ja. Es gefiel ihnen nicht, dass meine Mutter meinen Vater gegen ihren Willen geheiratet hatte. Also haben sie meine Mutter aus ihrem Testament und aus ihrem Leben gestrichen."

„Das ist eine treffende Zusammenfassung. Kurz darauf habe ich deine Tante Lilian geheiratet und ihr Vermögen erlaubte es mir, meinen Familiensitz in dieses Hotel umzubauen." Er breitete die Hände aus. Wenigstens gab er zu, dass das Geld seiner Frau es ihm ermöglicht hatte, zu dem wohlhabenden Hotelier zu werden, der er jetzt war. Das hatte ich ihm nicht zugetraut und wusste es zu schätzen.

„Kurz nach unserer Hochzeit schrieb ich deinen Eltern und bot ihnen die Zahlung eines Unterhalts an. Es ging mir immer gegen den Strich, dass Lilian alles bekommen sollte. Deine Eltern lehnten mein Angebot ab."

Zum Glück nannte er keinen Grund. Ich vermutete, Sturheit und Stolz spielten eine große Rolle, doch das bedeutete nicht, dass ich es von diesem Mann unter die Nase gerieben haben wollte.

„Als du geboren wurdest, bot ich es wieder an", fuhr er fort. „Die Enkelin eines Gentlemans, der einer der reichsten Kaufleute der Nation gewesen war, sollte nicht unter ... verarmten Umständen aufwachsen."

In mir sträubte sich alles. „Wir waren nicht arm."

Er hob die Hände. „Entschuldige. Nein, nach den Maßstäben eines gewöhnlichen Mannes wart ihr nicht arm. Nach unserem Maßstab schon." Er deutete auf die Wände um uns herum mit ihren edlen Holzvertäfelungen und den in Gold gerahmten Gemälden. „Hochschulen zahlen leider nicht gut. Dein Vater war ein sehr kluger Mann. Der klügste, der mir je begegnet ist. Doch leider hat unser Schöpfer zusammen mit dem Gehirn kein Geld verteilt. Ich wusste, dass von seinem Gehalt nur wenig übrig bleiben würde, nachdem alles Notwendige bezahlt war. Deine Eltern stimmten einem geringeren Betrag zu, als ich angeboten hatte—für deine Bildung und zukünftige Aussteuer, stand in ihrem Brief. Seither habe ich diesen Betrag auf ein Konto in Cambridge gezahlt, doch mir ist vollkommen bewusst, dass dieses Geld für eine junge Dame, die in die Londoner Gesellschaft eintritt, bei weitem nicht ausreicht." Er tippte mit dem Finger auf das Buch. „Sollen wir uns auf fünf zusätzliche Pfund pro Monate einigen?"

Sicher lag er falsch. Es musste eine Lüge sein, damit er großzügig wirkte. Das konnte ich leicht herausfinden. „Wie hoch war die Summe, die monatlich gezahlt wurde?"

„Vier Pfund."

„An welche Bank wurde gezahlt?"

„An die National Commercial am ersten eines jeden Monats, es sei denn, er fiel auf ein Wochenende oder einen Feiertag, dann wurde am nächsten Geschäftstag gezahlt. Der Name des Direktors der Zweigstelle in Cambridge ist Mr Arnold. Ich bin ihm nie begegnet, also kann ich ihn dir nicht beschreiben, aber er war über den gesamten Zeitraum dort Direktor, also ist er vermutlich in meinem Alter oder älter."

Der Unterhalt wurde am ersten eines Monats auf mein Konto gezahlt und es waren in der Tat vier Pfund. Vor Großvaters Tod konnte ich nicht ohne seine Unterschrift darauf zugreifen, doch nach seinem Tod hatte ich volle Verfügungsgewalt bekommen. Ich war immer davon ausgegangen, dass mein Vater den Unterhalt für den Fall seines Ablebens eingerichtet hatte; ein Fall, der unglücklicherweise eingetreten war. Falls man Onkel Ronald Glauben schenken konnte, dann hatte er ihn seit dem Tag meiner Geburt gezahlt.

„Ich werde es leicht überprüfen können", sagte ich.

„Ja, das kannst du." Er lächelte, doch ein Hauch von Traurigkeit zerrte an seinen Augenwinkeln. „Du erinnerst mich so sehr an deine Mutter. Du hast ihr Temperament." Er räusperte sich und griff wieder nach dem Füller. „Allerdings hast du auch den gesunden Menschenverstand deines Vaters, also gehe ich davon aus, dass du der Erhöhung deines Unterhalts ohne Einwände zustimmen wirst."

Es war keine Frage, trotzdem unterschrieb er den Brief nicht sofort. Auf dem Kopf las ich, dass es wirklich ein Brief an Mr Arnold bei der National Commercial Bank war mit der Anweisung, meinen Unterhalt um fünf Pfund pro Monat zu erhöhen und dass ich ab sofort von London aus Geld abheben würde.

„Ich habe Mr Arnold bereits über meinen Umzug nach London informiert", sagte ich. „Vor meiner Abreise habe ich ihn erstmals kennengelernt. Er ist älter als du, sieht schlecht und hat keine Haare auf dem Kopf, dafür aber reichlich im Gesicht in Form eines langen, grauen Schnurrbarts."

Das Lächeln meines Onkels kehrte zurück. Er legte das Papier beiseite. „Ich werde einen neuen Brief ohne diesen Absatz aufsetzen. Er wird mit der letzten Post des Tages rausgehen."

„Nein."

„Was?"

„Nein, ich möchte keinen zusätzlichen Unterhalt. Nicht von dir. Ich meine, nicht von irgendjemandem", fügte ich schnell hinzu. „Danke, ich weiß das Angebot zu schätzen, aber die vier Pfund, die ich bereits erhalte, werden genügen."

„Aber … bist du dir sicher?"

Wenn ich mir selbst etwas aufbauen wollte, durfte ich mich nicht auf sein Geld verlassen. Jedenfalls nicht mehr, als ich es ohnehin schon tat. Es machte mich ziemlich krank, dass er mir all die Jahre meinen Unterhalt gezahlt hatte. Wenn er ihn jetzt mehr als verdoppelte, hielt ich das nicht aus.

„Ich bin mir sicher, Sir."

Er nahm den Brief an den Bankdirektor wieder zur Hand und schien ihn noch einmal durchzulesen, ehe er ihn plötzlich zusammenknüllte. „Nenn mich Onkel Ronald." Er warf den Ball in den Papierkorb. „Solltest du bezüglich des Unterhalts deine Meinung ändern, komm einfach zu mir." Er zeigte auf das Foto eines frischvermählten Paares, das in einem ovalen Rahmen am Rand seines Schreibtisches stand. Der Mann war eine jüngere Ausgabe von Onkel Ronald. „Ich möchte dir versichern, dass deine Tante Lilian und ich sehr froh sind, dich bei uns zu haben. Wir hoffen, dass du einen stabilisierenden Einfluss auf Florence haben wirst."

„Sie war heute sehr nett zu mir", sagte ich.

„Sie ist ein herzensgutes Mädchen, wenn auch manchmal ein wenig flatterhaft. Aber du wirkst vernünftig und umsichtig, Cleopatra."

„Nenn mich Cleo. Das tut jeder."

„Da, siehst du? Vernünftig."

Seine Begründung entging mir, aber ich machte mit und nickte. „Darf ich einige Fragen bezüglich meines Aufenthaltes hier stellen?"

„Natürlich. Ich kann mir vorstellen, dass du eine ganze Reihe hast."

Ich räusperte mich. „Ich möchte nicht undankbar erscheinen." Ich deutete auf den Papierkorb. „Ich bin sehr dankbar. Allerdings muss ich wissen, was das alles hier kostet. Gibt es Speisekarten mit Preisen?"

Er runzelte die Stirn. „Es wird nicht von dir erwartet, dass du für irgendetwas zahlst. Alle Annehmlichkeiten des Hotels sind für die Familie frei verfügbar."

Er konnte mich unmöglich verstanden haben. „Was ist mit dem Tee und Kuchen in der Lounge? Und Frühstück und Abendessen?"

Er lächelte. „Alles kostenlos."

„Was?", platzte ich heraus. „Alles?"

Er schmunzelte, was einen Fächer von Falten um seine Augen hervorrief. „Sogar der Nachtisch. Ich erwarte nicht von dir, dass du für das Essen zahlst, Cleo. Als dein Onkel sorge ich für dich."

„Also ... wird das nicht von meinem Unterhalt abgedeckt?"

„Dein Unterhalt gehört dir. Du kannst damit tun, was du möchtest. Gib ihn für Hüte oder Schuhe aus oder spare ihn. Es ist mir egal. Wie ich bereits sagte, das Erbe hätte zwischen deiner Mutter und deiner Tante aufgeteilt werden sollen, als deren Eltern verstarben. Es war mir immer ein Dorn im Auge, dass deine Mutter nichts bekommen hat. Auch wenn ich es mir nicht leisten kann, dir die gesamte Hälfte zu geben, so kann ich dir doch jeden Monat etwas zustecken. Ich denke, das ist fair. Du nicht?"

Ich kniff die Augen zusammen. Dieses Gespräch verlief überhaupt nicht so, wie ich es erwartet hatte. Solange ich denken konnte, hatten meine Großeltern mir erzählt, dass Onkel Ronald gierig war und meine Tante wegen ihres Erbes geheiratet hatte. Um ehrlich zu sein, hatten sie ihn gar nicht wirklich gekannt.

Jedenfalls nicht besser als ich—und ich kannte ihn überhaupt nicht.

„Danke." Es klang eher schwach, also wiederholte ich es, nur um sicher zu gehen, dass er meine Dankbarkeit wirklich verstand. „Ich möchte dir allerdings nicht lange zur Last fallen. Ich möchte mich nützlich machen."

„Nützlich?"

„Ich würde gern eine Rolle für mich im Hotel finden."

Er winkte ab. „Du musst nicht arbeiten, Cleo. Arbeit ist für Leute, die Geld brauchen. Das brauchst du nicht. Nicht mehr."

„Gibt es denn nichts, was ich tun kann? Irgendeine Aufgabe, egal wie klein? Ich bin gut in Mathematik, aber ich mag auch Menschen und würde gern dem Direktor helfen. Oder vielleicht dem Oberkellner, aber ich weiß nur sehr wenig über Restaurants."

Er schüttelte knapp den Kopf. „Bainbridge-Frauen arbeiten nicht."

Ich biss mir innen auf die Wange, damit ich nicht erwiderte, ich sei eine Fox, keine Bainbridge. Die Denkweise meines Onkels unterschied sich nicht von der meines Vaters oder der meisten Männer und auch vieler Frauen, also sollte es mich nicht wurmen. Doch das tat es.

„Nun gut, lass mich dir versichern, dass ich dir nicht länger als nötig zur Last fallen werde", sagte ich. „Ich plane, eines Tages aus dem Hotel auszuziehen."

„Natürlich. Wenn du heiratest, wirst du dein eigenes Zuhause einrichten. Das ist nur natürlich."

„Ich habe nicht vor zu heiraten."

Er machte ein abfälliges Geräusch in seinem Rachen. „Natürlich wirst du das tun, meine Liebe. Ein hübsches Mädchen wie du wird einen Ehemann finden. Viele geeignete Junggesellen steigen im Hotel ab. Du wirst eine große Auswahl an Gentlemen haben, sowohl aus England als auch aus dem Ausland."

Wieder biss ich mir innen auf die Wange. Da würde ich bald eine wunde Stelle haben. „Danke, aber ich möchte wirklich nicht heiraten."

„Aber—"

„Ich werde arbeiten. Wenn nicht hier im Hotel, dann woanders. Noch weiß ich nicht, was ich tun werde, aber es wird sich schon etwas ergeben. Vielleicht werde ich Autorin oder Lehrerin oder die Privatsekretärin einer Lady. Oder alles drei", fügte ich fröhlicher hinzu, als mir zumute war. Er schaute mich an, als wären mir Hörner gewachsen, weswegen ich meinen Standpunkt absolut klarmachen wollte. „Ich bin eine unabhängige Frau, Onkel, und so soll es auch bleiben. Wie ich es sehe, gibt es nur eine Möglichkeit, unabhängig zu bleiben, und zwar Arbeit zu finden. Ich kann deinen Unterhalt nicht ewig in Anspruch nehmen."

Er starrte mich noch immer mit dem gleichen Gesichtsausdruck an, der halb entsetzt und halb fasziniert war.

„Natürlich werde ich mich an deine Regeln halten, solange ich hier wohne", fuhr ich fort. „Ich hoffe, du wirst mich nicht als Belastung empfinden oder deine Entscheidung bereuen, mich aufzunehmen."

Er kam hastig auf die Füße, als ich mich erhob, und umrundete den Schreibtisch. „Nein, nein, ich glaube nicht, dass ich das tun werde. Ich glaube vielmehr, dass wir uns gut verstehen werden." Er nahm meine Hand, schüttelte und tätschelte sie, als ob er sich nicht entscheiden könne, wie er mich behandeln sollte —als Geschäftspartner oder als Nichte.

„Weißt du, wann meine Tante verfügbar sein wird?", fragte ich.

Er schaute auf die Uhr, die auf einem niedrigen Regal stand. „Meine Frau leidet an Kopfschmerzen. Ich glaube, heute plagen sie welche. Wenn es ihr besser geht, wird sie dich rufen."

Ich wartete in meinem Zimmer darauf, jedoch vergeblich. Flossy traf mit einer mündlichen Einladung ein, um acht Uhr mit der Familie zu Abend zu essen, und ging dann direkt wieder, um sich zurechtzumachen, obwohl es erst fünf war.

Ich setzte mich an den Schreibtisch und schrieb Briefe, einen an Mr Arnold und einen an eine Freundin in Cambridge, bei der ich einen weiteren Koffer mit Kleidung gelagert hatte. Da ich davon ausging, in nächster Zeit nichts anderes zu benötigen, hatte ich nur schwarze Kleider und meine Unterwäsche mitgebracht. Doch Flossys Argumentation hatte Wurzeln geschlagen. Möglicherweise gab es in nicht allzu ferner Zukunft einen Tag, an dem ich wieder Farbe tragen wollte. Ich hatte ein graues Kleid mit weißem Saum, das mir gut stand. Grau würde bald akzeptabel sein. Wie Flossy bemerkt hatte, wurde von jungen Frauen nicht erwartet, dass sie sehr lange Schwarz trugen.

Ich nahm meine Briefe mit nach unten und fragte an der Rezeption, was ich mit ihnen machen sollte.

Peter, der Rezeptionist, deutete auf einen Tresen schräg gegenüber. „Der Postschalter scheint gerade nicht besetzt zu sein. Sie können die Briefe auf den Tresen legen oder warten. Er ist vermutlich nur kurz weg."

Ich beschloss, lieber beim Tresen zu warten, als die Briefe unbeaufsichtigt zu lassen. Es bot mir die Gelegenheit, diese Seite des Foyers zu erkunden. Neben dem Postschalter befand sich ein Billardzimmer, in dem zwei Gentlemen spielten. Auf der anderen Seite des Billardzimmers lag ein Flur mit mehreren Türen. Einige waren mit Schildern beschriftete Büros für den Direktor, den stellvertretenden Direktor, den Oberkellner und die Hausdame, während andere keine Schilder trugen. Eine Zimmerpflanze nahm den Raum zwischen den Büros des Direktors und des Stellvertreters ein, ansonsten war der Flur eindeutig nicht für Gäste gedacht, wie man seiner funktionalen Erscheinung entnehmen konnte. Das schwächere Licht, fehlender Marmor oder anderer Schmuck ließen das Foyer im Vergleich funkeln.

Ich wollte mich gerade wieder zum Postschalter umdrehen, als die Tür zum Büro des Oberkellners einige Zentimeter geöffnet wurde. Jemand linste durch den Spalt, dann ging die Tür weiter auf und Mr Armitage trat heraus.

„Guten Abend, Miss Fox", sagte er fröhlich, während er die Tür hinter sich abschloss und den Schlüssel einsteckte. „Haben Sie sich verlaufen?" Seine Freundlichkeit stand im Gegensatz zu dem heimlichen Blick durch den Türspalt.

„Ich bin nur neugierig, was es hier unten zu sehen gibt. Es tut mir leid, sollte ich mich hier nicht aufhalten?"

„Sie können gehen, wohin auch immer Sie möchten. Das gesamte Hotel steht der Familie zur Erkundung zur Verfügung." Er zögerte und schaute dann auf seine Taschenuhr. „Soll ich sie einmal herumführen?"

„Ja, bitte."

„Dann fangen wir hier an." Er zeigte auf die beschrifteten Türen. „Dies sind die Büros der leitenden Angestellten. Allerdings werden Sie uns dort selten antreffen, da wir uns meistens um Belange im Hotel kümmern. Dahinter liegt der Lastenaufzug, der in der Regel von den Pagen benutzt wird, und unsere Privaträume."

„Sie wohnen hier?"

„Nur die unverheirateten Angestellten. Das bin ich, Mr Chapman, der Oberkellner, und Mrs Kettering, die Hausdame." Er schirmte seinen Mund mit der Hand ab und flüsterte: „Eigentlich ist sie *Miss* Kettering, aber Hausdamen werden immer Mrs genannt, wurde mir gesagt. Scheinbar verleiht es ihnen einen Hauch von Autorität."

Ich lachte leise. „Ich werde es niemandem verraten. Und der Direktor?"

„Mr Hobart wohnt mit seiner Frau auswärts."

Ich schirmte meinen Mund in gleicher Weise ab, wie er es getan hatte, und senkte meine Stimme. „Sie können ihn bei mir ruhig Onkel nennen. Es macht mir nichts aus."

Seine Lippen verzogen sich zu einem entwaffnend schiefen Lächeln. „Mein Onkel hat bereits Feierabend. Meine Tante hat ihn gern zum Abendessen zu Hause."

„Dann haben Sie abends das Sagen?"

„Sir Ronald hat das Sagen. Ich bin lediglich sein Lakai."

„Ich kann mir nicht vorstellen, dass Sie irgendjemandes Lakai sind." Es rutschte mir einfach heraus, ohne darüber nachzudenken, dass ich Mr Armitage kaum kannte, doch vermutlich war meine Beobachtung korrekt.

„Ich gebe zu, dass man bei mir bessere Resultate erzielt, wenn man mich höflich um etwas bittet, anstatt mich herumzukommandieren. Die meisten Leute hier verstehen das."

Wir verließen den Flur und kehrten ins Foyer zurück. Ein Angestellter stand hinter dem Postschalter, also gab ich ihm meine Briefe und er versprach, sie mit der letzten Abholung des Tages mitzusenden. Mr Armitage setzte seine Besichtigungstour fort und zeigte mir eine weitere Lounge, die kleiner war als die, in der ich Tee getrunken hatte. Auch den Gepäckraum bekam ich zu sehen sowie einen kleinen, von den Angestellten genutzten Aufenthaltsraum. Vor dem Speisesaal befand sich noch eine Lounge, in der Gäste in gemütlichen Sesseln auf Freunde warten konnten, und schließlich kamen wir den Speisesaal selbst. Kellner waren zwischen den Tischen unterwegs und deckten für das Abendessen ein, während der Oberkellner Mr Chapman Blumen in einer Vase arrangierte. Er knipste eine Rosenknospe ab und steckte sie sich ins Knopfloch.

„Das waren alle Bereiche, die für Gäste zugänglich sind, aber ich möchte Ihnen auf dieser Etage und im Untergeschoss alles zeigen", sagte Mr Armitage. „Haben Sie Zeit?"

„Reichlich. Ich esse erst um acht Uhr mit der Familie zu Abend."

„Inklusive Ihrer Tante?"

„Natürlich. Warum sollte sie nicht dabei sein?"

Er sah mich an und ich schaute zurück und wartete auf eine Erklärung. Es kam keine. Auf seiner Stirn erschien jedoch eine kleine Falte, als würde meine Verwirrung wiederum ihn verwirren.

„Kein Grund", sagte er schlicht. „Manchmal leidet sie an Kopfschmerzen. Ich hatte angenommen, die Briefe Ihrer Tante und Ihres Onkels hätten Sie darüber in Kenntnis gesetzt. Oder die Briefe Ihrer Cousine. Miss Bainbridge wirkt, als würde sie ihrer einzigen Cousine alle möglichen Geheimnisse auftischen."

„Wir haben uns nie geschrieben", sagte ich.

Er zog die Augenbrauen hoch. „Nie?"

Ich schüttelte den Kopf. „Meine Tante und mein Onkel hatten sich von meinen Eltern entfremdet."

„Das tut mir leid. Ich hatte keine Ahnung."

„Das konnten Sie nicht wissen."

„Jetzt habe ich das Gefühl, als wäre ich durch dieses Gespräch gestolpert und hätte meine Nase in Dinge gesteckt, die mich nichts angehen."

„Dann sind wir quitt, da ich im Flur für die Angestellten herumgeschlichen bin."

Er lachte leise und führte mich an den Tischen vorbei in eine Ecke des Speisesaals. „Also sind Sie nach London gekommen, um bei Leuten zu wohnen, die Sie nicht kennen?", fragte er, während er eine Tür aufschob.

Ich nickte. Beinahe hätte ich ihm mehr erzählt, von den Schulden meines Großvaters, meiner finanziellen Notlage und dem Grund, warum meine Mutter sich mit ihrer Familie überworfen hatte. Ein Teil von mir wollte es ihm erzählen. Aber das war nichts, womit man bei einem Mann herausplatzte, den man eben erst kennengelernt hatte, und schon gar nicht einem Angestellten des Onkels gegenüber, der mich versorgte.

„Das ist sehr mutig", sagte er. „Ich hoffe, Ihre Familie ist nett zu Ihnen."

Was für eine merkwürdige Bemerkung. „Danke."

„Und wenn nicht, kommen Sie einfach zu mir."

„Oh? Werden Sie ihnen für mich ein paar hinter die Löffel geben?"

Er schob sich an mir vorbei, um die Führung zu übernehmen. „Sind Sie wahnsinnig?", stichelte er. „Ich würde meine Stellung als stellvertretender Direktor verlieren. Sie würden mich zum Pagen degradieren. In meinem ersten Jahr hier war ich Page und ich schwöre, dass meine Schultern krumm geworden sind vom ganzen Schleppen. Das sind sie bestimmt immer noch."

Ich war sehr sicher, dass sie es nicht waren. Seine Schultern wirkten in dem gut geschnittenen Anzug beeindruckend breit. „Furchtbar krumm", sagte ich mit gespielter Ernsthaftigkeit. „So ein Jammer. Sie wären bestimmt drei oder vier Zentimeter größer, wenn Sie nicht so krumm wären. Was für eine Plage, jetzt so klein zu sein." Mr Armitage war vielleicht nicht so groß wie der Page, aber viel kleiner war er nicht. Meine Nase reichte ihm gerade mal bis zur Mitte seines Brustkorbs.

„Also stimmen Sie mir zu, dass es zwischen mir und Ihrem Onkel oder Ihrem Cousin nicht zu Handgreiflichkeiten kommen wird. Als ich sagte, Sie sollten zu mir kommen, falls Ihre Familie nicht nett zu Ihnen ist, war der Grund, dass ich den Kellerschlüssel habe. Sie können Ihren Kummer in gutem Wein ertränken."

Ich lachte. „Ist der gesamte Wein gut?"

Er grinste. „Der teuerste, den man für Geld kaufen kann. Anscheinend macht ihn das zum besten."

Der Rest der Tour führte uns durch die Serviceräume inklusive einer Teeküche, einer riesigen Küche im Untergeschoss, die wir schnellstens wieder verließen, um den geschäftigen Köchen nicht in die Quere zu kommen, einem weiteren Lastenaufzug, der Spülküche, Vorratskammer und schließlich dem Weinkeller, der mit endlosen Reihen von Flaschen bestückt war.

„Damit kann man eine Menge Kummer ertränken", sagte ich.

„Es wäre eine Schande, wenn es dazu käme." Seine tiefe, melodische Stimme rumpelte durch den engen Raum zwischen den dicken Steinwänden.

Ich warf ihm einen Blick zu und erwischte ihn, wie er mich unter gesenkten Lidern heraus beobachtete. Er schaute schnell weg.

„Ich gehe besser wieder an die Arbeit", sagte er und schaltete das Kellerlicht aus. „Finden Sie selbst zum Speisesaal zurück? Ich muss noch das Weihnachtsessen mit dem Oberkellner besprechen."

* * *

DIE KOPFSCHMERZEN meiner Tante hatten sich noch nicht verzogen, bis der Rest von uns sich zum Abendessen setzte. Wir bekamen den besten Tisch an einem Ende des prächtigen Speisesaals. Der weitläufige Raum wirkte ganz anders, wenn Leute an den Tischen saßen, obwohl er nur halb voll und zwischen den Tischen viel Platz war. Als Mr Armitage mich herumgeführt hatte, waren die drei Kronleuchter, die von der Stuckdecke hingen, hell erleuchtet gewesen, doch jetzt war die Beleuchtung nicht so grell. Trotzdem glänzten das Silberbesteck und die Kristallgläser. Das Licht reichte gerade so aus, um die Speisekarte lesen zu können. Jedes Gericht war auf Französisch geschrieben, wurde aber zum Glück von einer englischen Übersetzung begleitet.

„Und? Was hältst du von deinem neuen Zuhause?", fragte mein Cousin Floyd.

Er war in meinem Alter und Flossy hatte recht gehabt mit ihrer Behauptung, wir würden uns gleichen. Unsere Haare waren ähnlich Hellbraun und wir hatten beide hohe Wangen-

36

knochen und grüne Augen. Es war jedoch schwierig, jetzt schon etwas über seinen Charakter zu sagen. Bisher war das Dinner recht schweigsam und förmlich. Selbst Flossys Lebhaftigkeit war wie eine Gasflamme heruntergedreht. Dafür machte ich ihren Vater verantwortlich.

Onkel Ronald hatte nur wenig zu uns gesagt, seit er sich gesetzt hatte. Er wirkte geistesabwesend und schenkte seinen Kindern und mir wenig Beachtung.

„Das Hotel ist schön", sagte ich zu Floyd. „Jedes Zimmer ist ein Kunstwerk. Überall gibt es etwas zu bewundern. Das Foyer ist prunkvoll und sieht wunderbar festlich aus mit dem Weihnachtsbaum in der Mitte."

Ein gemächliches Lächeln streckte Onkel Ronalds Schnurrbart, was bewies, dass er doch zugehört hatte.

„Jeder war nett zu mir", fügte ich hinzu.

„Natürlich. Schließlich bist du die Nichte des Besitzers." Floyd federte seinen fiesen Kommentar mit einem Lächeln ab, das sein Gesicht von gut aussehend in spitzbübisch verwandelte.

„Hoffentlich sind sie weniger reserviert, wenn sie mich erst besser kennen", sagte ich.

Flossy schaute entsetzt. „Du möchtest nicht, dass die Angestellten dich *zu* gut kennen. Sie tratschen schon viel zu viel über uns."

Mir zog sich die Brust zusammen, als ich mich daran erinnerte, was ich Mr Armitage darüber erzählt hatte, meine Familie nicht zu kennen. Doch das Gefühl der Panik wich schnell. Nicht nur, dass der stellvertretende Direktor wohl kaum über seinen Arbeitgeber lästern würde, er wirkte auch nicht wie jemand, der am Austausch pikanter Informationen Freude hatte.

Floyd beugte sich zu seiner Schwester. „Vielleicht möchte Cleo, dass die Leute sie wegen ihres Charakters mögen und nicht, weil sie für ihre Entlassung sorgen könnte."

„Warum sollte sie jemanden entlassen wollen? Sie leisten alle großartige Arbeit. Wenn sie es nicht täten, wären sie nicht hier."

Floyd verdrehte die Augen. Weder seine Schwester noch sein Vater sahen es.

Als ersten Gang gab es Suppe, die von einer Gruppe von Sängern eines Waisenhauses für Jungen begleitet wurde. Sie sangen Weihnachtslieder, bis ihr Lehrer sie wieder hinausführte. Sobald die hauseigenen Musiker zu spielen begannen, setzten wir unser Gespräch fort. Wir plauderten locker über Cambridge und mein Leben dort und über die Dinge, die ich über das Hotel wissen sollte. Scheinbar war mir nichts verwehrt. Ich konnte gehen, wohin ich wollte.

„Die Angestellten wohnen nicht hier?", fragte ich. Mr Armitage hatte erwähnt, dass nur die leitenden Angestellten im Erdgeschoss wohnten. Vom Rest hatte er nichts gesagt.

„Das unverheiratete Personal wurde schon vor Jahren in Wohnheime außerhalb umgesiedelt", erklärte Onkel Ronald mir. „Davor waren sie in der obersten Etage untergebracht, doch der Einbau der Aufzüge machte es möglich, diese Zimmer zu renovieren und in Gästezimmer umzuwandeln. Fünf Treppen waren etwas zu viel verlangt für die Gäste."

Aber anscheinend nicht für die Angestellten.

Flossy verzog das Gesicht. „Es war früher so ermüdend, zu unseren Zimmern im vierten Stock zu kommen."

„Daran kannst du dich unmöglich erinnern", sagte ihr Bruder. „Du warst noch sehr jung, als die Aufzüge eingebaut wurden."

„Alt genug, um mich daran zu erinnern. Jedenfalls hat die fünfte Etage jetzt einige der besten Zimmer. Natürlich nicht so gut wie die Suiten in der vierten Etage, aber den Gästen gefällt die Aussicht."

„Mit Ausnahme von Mrs Cavendish-Dyer", sagte Floyd und griff wieder nach seinem Weinglas. „Die alte Kröte ist mit nichts zufrieden."

„Floyd", fuhr Onkel Ronald ihn an. „Sprich nicht so von unseren Gästen."

„Niemand kann mich hören und Cleo gehört zur Familie." Floyd trank sein Glas aus und winkte den Kellner heran, damit er ihm nachschenkte.

Onkel Ronald wendete seinen harten Blick nicht von seinem Sohn ab, doch Floyd tat so, als würde er nichts bemerken. Er hob sein Glas und prostete mir zu.

„Der Ball", sagte Flossy plötzlich ziemlich laut. „Ihr beide müsst Cleo davon überzeugen, teilzunehmen und etwas anderes als Schwarz zu tragen. Für einen Ball sollte von den Trauerregeln eine Ausnahme gemacht werden, findet ihr nicht?"

Ihr fröhliches Geplapper täuschte nicht darüber hinweg, dass ihr Vater und Bruder sich einen stummen Kampf lieferten, doch es brachte sie dazu, einen Waffenstillstand auszurufen. Beide Männer wandten sich mir zu und stellten sich auf Flossys Seite. Sie redeten auf mich ein, zum Silvesterball zu kommen.

„Vielleicht werde ich mich in dieser Angelegenheit nach meiner Tante richten", sagte ich. „Ich bin mir sicher, sie wird mir einen guten Rat geben können." Es war ein wirkungsvolles Mittel, um jegliche Konversation zum Ersterben zu bringen. Auch nur die Erwähnung meiner Tante verursachte ein angespanntes Schweigen und jeder schenkte seinem Nachtisch große Aufmerksamkeit.

Nach dem Dinner ging Onkel Ronald, um mit Mr Armitage zu sprechen, während Floyd, Flossy und ich auf den Aufzug warteten. Sobald sein Vater außer Sicht war, wandte Floyd sich jedoch ab.

„Also, ich bin dann mal weg." Er drehte sich noch einmal um, warf uns beiden Kusshände zu, während er rückwärts ging, und winkte dann einem Pagen, ihm seinen Mantel zu holen.

Flossy schnalzte mit der Zunge. „Ich wünschte, er würde mich mitnehmen, aber er weigert sich einfach."

„Wo geht er hin?", fragte ich.

„Mit seinen Freunden irgendwohin, ich weiß nicht wo, aber wenigstens kommt er raus. Hier zu wohnen kann so erdrückend sein. Vater lässt mich nie irgendwo hingehen."

Ich beobachtete ihren Bruder, der vom Pagen seinen Mantel und Hut gereicht bekam. Er sah aus wie jemand, dem sämtliche Möglichkeiten offenstanden. Angesichts der Tatsache, dass er wohlhabend und ein Mann war, gab es für ihn keinen Grund, anders zu denken.

„Vater mag es nicht, dass Floyd dauernd ausgeht, aber er toleriert es. Einige von Floyds Freunden sind Söhne sehr einflussreicher Leute, von denen viele unsere Gäste sind, wenn sie nach London kommen." Flossy drückte erneut den Knopf des Fahrstuhls und schaute nach oben. „Er muss stecken geblieben sein. Das würde nicht passieren, wenn wir einen neuen einbauen würden."

Ich wartete noch etwas länger und gab dann auf. „Sollten wir die Treppe nehmen?"

Flossy rümpfte ihre Stupsnase. „Ich warte lieber. John wird es bald repariert haben."

Ich wollte nicht warten und stieg die Stufen hinauf, nur um auf dem Absatz zwischen dem zweiten und dritten Stock stehen zu bleiben, als ich von irgendwo die erhobene Stimme einer Frau hörte. Ich schaute durch das Treppenhaus und konnte so gerade eben zwei Frauen erkennen, die weiter oben miteinander redeten.

„Sie sollten nicht hier sein", schimpfte die Frau.

„Es tut mir leid, Mrs Kettering."

Ich musste mich anstrengen, um die jüngere Stimme zu verstehen. Wären wir nicht in einem Treppenhaus gewesen, wäre ihre Stimme vermutlich nicht bis zu mir gedrungen.

„Sie sollten im zweiten sein", sagte Mrs Kettering. „Warum waren Sie im fünften?

„Ich habe mich verzählt."

„Sie können nicht bis zwei zählen?"

„Nein, Mrs Kettering. Ich meine, doch, das kann ich, aber ich habe mich einfach vertan."

Stille, dann: „Ich kenne Ihre Sorte, Edith", fuhr Mrs Kettering mit einem kehligen Knurren fort. „Wenn ich Sie noch einmal irgendwo erwische, wo Sie nichts zu suchen haben, dann werden Sie entlassen. Ist das klar?"

Ich stellte mir vor, wie das Mädchen namens Edith sich unter dem finsteren Blick der Hausdame zusammenkauerte, als sie etwas murmelte, das ich nicht verstand.

„Gehen Sie und schlagen Sie die Betten in der zweiten Etage auf", schnappte Mrs Kettering. „Es wird spät."

Verflixt! Sie kamen in meine Richtung und wir würden auf der Treppe aneinander vorbeigehen. Ich trat fest auf, um sie auf mich aufmerksam zu machen, und lächelte und nickte ihnen zu, während ich erst an dem Hausmädchen namens Edith und dann an Mrs Kettering vorbeiging. Ein Paar Schritte ging weiter, das andere stoppte. Ich konnte Mrs Ketterings durchdringenden

Blick auf meinem Rücken spüren, doch ich blieb nicht stehen. Lieber begegnete ich ihr zu einem anderen Zeitpunkt offiziell, wenn sie nicht so aufgebracht war und ich mich nicht so schuldig fühlte, weil ich gelauscht hatte.

Auf der vierten Etage verließ ich das Treppenhaus. Von Flossy gab es keine Spur, als ich den Flur entlang ging. Vor meiner Tür blieb ich abrupt stehen, denn sie stand offen. Wer würde mein Zimmer betreten, während ich beim Abendessen saß? Wer hatte überhaupt einen Schlüssel? Denn ich war mir ziemlich sicher, dass ich abgeschlossen hatte.

Ich schob die Tür weiter auf. Im Schlafzimmer hörte ich eine Frau summen. Auf Zehenspitzen schlich ich mich durch das Wohnzimmer zur Schlafzimmertür und atmete erleichtert auf. Ein Hausmädchen schüttelte die Kissen auf. Als sie mich sah, hörte sie auf zu summen.

Sie lächelte mich breit an. „Guten Abend, Miss Fox. Ich war mir nicht sicher, ob Sie Ihr Bett aufgeschlagen haben möchten, da ich von Ihnen noch keine Anweisungen bekommen habe, also war ich so frei, es einfach zu tun. Ich hoffe, es macht Ihnen nichts aus."

„Danke, das ist sehr freundlich, aber nicht nötig."

Sie blinzelte mich mit großen schwarzen Augen an. „Sind Sie sicher? Es ist keine Mühe. Wenn ich abends Dienst habe, mache ich alle Zimmer auf dieser Etage, da die gesamte Familie ihre Bettdecken zurückgeschlagen haben möchte."

„Dann sollten Sie unbedingt auch meine zurückschlagen. Danke ..."

„Harmony." Sie strahlte wieder und fuhr mit dem Aufschütteln fort. „Wie war Ihr erster Tag im Mayfair?"

„Sehr schön, danke. Alle Angestellten waren ausgesprochen nett."

„Dann haben Sie also Mrs Kettering noch nicht kennengelernt."

Ich lachte und sie lächelte zurück, obwohl meine Reaktion sie zu verwirren schien. „Ich habe mit angehört, wie sie gerade eben im Treppenhaus ein Dienstmädchen zurechtgewiesen hat", sagte ich. „Sie hätte die Betten in der zweiten Etage aufschlagen sollen, war Mrs Kettering aber in der fünften begegnet."

„Das ist Edith, die heute Abend auf der zweiten Etage Dienst hat. Wenn sie in der fünften war, hatte sie wohl eine Rüge verdient." Harmony runzelte die Stirn. „Was hat sie bloß da oben gemacht? Und Mrs Kettering erst, frage ich mich?" Sie strich die zurückgeschlagene Ecke der Bettdecke glatt und richtete sich auf. Sie war groß und vermutlich in meinem Alter, schlank und mit schwarzen Haaren, die sie unter ihrer weißen Haube streng zurückgebunden hatte. Einige Korkenzieherlocken hatten sich gelöst und hingen ihr in die Stirn. Hin und wieder schob sie sie mit dem Handrücken weg.

Ich wusste nicht, was ich tun sollte, solange Harmony mit dem Bett beschäftigt war, also setzte ich mich an den Schreibtisch und tat so, als würde ich einen Brief verfassen. Nach einigen Minuten räusperte sich das Hausmädchen. Ich drehte mich um und sah sie im Rahmen der Schlafzimmertür stehen.

„Möchten Sie, dass ich Ihre Sachen auspacke?", fragte sie.

„Ich habe bereits ausgepackt."

„Dann verstaue ich die Tasche für Sie."

„Ist schon in Ordnung. Sie muss ganz nach oben. Ich werde einen der Männer bitten."

Anstatt ins Schlafzimmer zurückzugehen, machte sie sich zur Vordertür auf. „Wir brauchen keine Männer."

Sie verließ die Suite und kehrte kurz darauf mit einer Trittleiter zurück, die sie vor die offene Tür des Wandschranks platzierte. Dann kletterte sie hinauf und hievte meine leere Tasche und die Hutschachtel auf das oberste Regalbrett.

„Der Koffer kann woanders im Hotel verstaut werden", sagte sie, während sie herunterkletterte. „Den werden Sie nicht brauchen." Sie klopfte sich die Hände ab und klappte die Leiter zusammen. „Noch etwas? Brauchen Sie etwas zu essen?"

„Ich habe gerade gegessen."

„Eine Tasse Schokolade? Unsere Köche bereiten die köstlichste heiße Schokolade zu." Ihre Augen schlossen sich halb vor Genuss. „Ich habe zweimal davon probiert, als etwas übrig war."

„Vielleicht später. Flossy sagte mir, ich kann das Sprachrohr benutzen, um etwas zu bestellen, und ein Lakai wird es mir aus der Küche heraufbringen." Ich zeigte auf den Messingtrichter.

„Das können Sie, aber da ich gerade hier bin, könnte ich mich auch nützlich machen." Sie trug die Leiter durch das Wohnzimmer und sah sich um. Einen Augenblick später lehnte sie die Leiter an den Schreibtisch und sammelte die Papiere ein, die ich verstreut hatte liegenlassen. Sie packte sie auf einen ordentlichen Stapel und schloss den Deckel des Tintenfasses.

Dann wandte sie sich mir mit einem Lächeln zu. „Noch etwas?"

„Es ist alles in Ordnung, danke, Harmony."

„Haben Sie etwas zu flicken? Ich kann sehr gut mit Nadel und Faden umgehen."

„Nichts zu flicken."

„Soll ich Ihre Kleider für morgen früh auslüften?"

„Ich werde wieder dieses tragen."

Ihr Lächeln verrutschte etwas. „Aber es ist Weihnachten. Haben Sie etwas Besonderes zum Anziehen?"

„Ich werde mir ein paar Bänder in die Haare flechten."

„Oh. Gut, also dann kann ich Ihnen vielleicht beim Auskleiden helfen und beim Anziehen Ihres Nachthemdes."

„Das kann ich allein, danke."

„Was ist mit Ihrem Haar?" Sie trat näher heran und konnte dank ihrer Größe meine Frisur von oben betrachten.

„Auch das kann ich selbst", versicherte ich ihr. „Es ist nicht schwierig."

Sie seufzte.

„Ich weiß Ihr Angebot zu schätzen, Harmony, aber Sie brauchen sich um mich wirklich nicht zu kümmern. Ich bin es gewohnt, mich selbst zu versorgen. Ich hatte noch nie eine Zofe."

„Hatten Sie nicht? Aber Sie sind eine Bainbridge."

„Um genau zu sein, bin ich eine Fox. Wir sind die arme Verwandtschaft der Bainbridges." Ich bemühte mich um ein Lachen, aber es klang hohl, da Harmony mich nur verständnislos ansah. Ich schätzte, dass ihre Auffassung von arm eine ganz andere war als meine. Es war nicht fair, mich als arm zu bezeichnen, wenn ich in dem Luxushotel wohnte, in dem sie arbeitete.

„Ich wollte mich nur nützlich machen", sagte sie, ehe ich das Thema wechseln konnte. „Wir haben im Moment nicht viele

Gäste und an den meisten Abenden habe ich nichts zu tun. Ich nähe gern etwas oder entferne Flecken, während wir Dienstmädchen uns bis zur Schlafenszeit unterhalten. Manche Gäste benötigen abends meine Unterstützung, aber die meisten Ladys bringen ihre eigenen Zofen mit. Sobald der Ball näher rückt, wird natürlich mehr los sein, aber bis dahin ..." Sie zuckte mit den Schultern und ließ den Blick erneut durchs Zimmer schweifen. Plötzlich hellte sich ihr Gesicht auf. „Ich könnte Sie morgen Früh frisieren. Etwas Aufwendigeres."

Ich berührte meine Haare. Aufwendig war nichts, was ich selbst bewerkstelligen konnte, und meine Großmutter war keine Hilfe gewesen. Sie hatte altmodische, einfache Frisuren bevorzugt. Zum Glück war ich selten in die Verlegenheit gekommen, aufwendige Frisuren zu benötigen.

„Bitte sagen Sie Ja", bat Harmony. „Ich kann nach meinen frühen Aufgaben kommen, bevor ich die Zimmer reinigen muss."

„Sie arbeiten lang."

„Ich habe zweieinhalb Tage pro Woche frei. Das ist mehr, als die meisten Dienstmädchen in ländlichen Anwesen haben. Nun? Soll ich Sie morgens frisieren? Ihre Cousine lässt sich frisieren, genau wie Lady Bainbridge, wenn sie ihr Zimmer verlässt."

„Also gut. Aber nur, wenn Sie nicht zu viele andere Aufgaben haben. Ich möchte Ihnen keine zusätzlichen Umstände machen."

Sie lächelte und nahm die Leiter. „Wir sehen uns um acht am Weihnachtsmorgen. Gute Nacht, Miss Fox. Ich hoffe, Ihre erste Nacht in Ihrem neuen Zuhause wird sich nicht zu seltsam anfühlen."

Ich lächelte zurück. „Danke, Harmony. Ich glaube, mir wird es hier gefallen."

* * *

Es war eher halb neun, als Harmony morgens an meine Tür klopfte. Sie kam etwas atemlos hereingestürmt, die dunklen Augen weit aufgerissen.

„Es tut mir leid, dass ich so spät bin", sagte sie, die Hand auf ihren Bauch gelegt.

„Sie sehen aufgewühlt aus. Ist alles in Ordnung?"

Sie schüttelte den Kopf. „Etwas Schreckliches ist passiert. Mrs Warrick aus Zimmer drei-vier-zwei ist in der Nacht gestorben."

„Wie grässlich. Woran ist sie gestorben?"

„Das ist das Schreckliche. Sie sagen, sie wurde ermordet."

KAPITEL 3

Ich führte Harmony in mein Wohnzimmer, doch sie weigerte sich, sich auf das Sofa zu setzen. „Mir geht es gut. Ich bin nur etwas schockiert."

Ich schenkte ihr etwas Wasser aus einem Krug ein und reichte es ihr. Sie legte beide Hände um das Glas und trank.

„Besser?", fragte ich, als sie es mir zurückgab.

Sie strich ihre Schürze glatt. „Danke, Miss Fox. Und jetzt kommen Sie, setzen Sie sich an den Schminktisch und lassen Sie uns etwas Hübsches mit Ihren Haaren machen. Grundgütiger! Das hätte ich fast vergessen. Fröhliche Weihnachten."

„Ihnen auch fröhliche Weihnachten, auch wenn es jetzt nicht mehr fröhlich ist. Die arme Frau."

Harmony wirkte noch immer erschüttert, aber ihre Hände waren einigermaßen ruhig, während sie meine Haare bürstete. Ihr Blick war jedoch nicht fokussiert. „Aber ich verstehe das nicht", sagte sie, als wären wir mitten im Gespräch gewesen. „Warum sollte einer der Angestellten sie vergiften wollen?"

„Vergiften!"

„Die Polizei verhört den Lakaien Danny, der ihr gestern Abend heiße Schokolade gebracht hat."

„Sie glauben, er hätte es getan?"

„Scheint so."

„Hat er ein Motiv?"

„Motiv?", wiederholte sie.

„Einen Grund, Mrs Warrick zu töten?"

Sie bürstete meine Haare zurück und ließ sie über ihre andere Hand gleiten. „Sie hat ihn gemeldet, nachdem er vorletzten Abend heiße Schokolade auf ihren Pelzmantel verschüttet hat. Angeblich hat er ihn ruiniert. Sie hat verlangt, dass das Geld, um ihn zu ersetzen, von seinem Lohn abgezogen werden soll." Harmony schnalzte mit der Zunge. „Um etwas so Wertvolles zu ersetzen, würde Danny ein Jahr brauchen. Er war sauer auf sie, verständlicherweise, aber nicht genug, um sie umzubringen." Sie hörte mit dem Bürsten auf und ihr Blick begegnete meinem im Spiegel. „Ich mache mir Sorgen, dass die Polizei den Grund für ausreichend hält. Gott weiß, dass Männer schon mit viel weniger Beweisen gehängt wurden."

„Ich bin mir sicher, der Direktor wird sich für Danny starkmachen."

Sie legte die Bürste weg und begann, meine Haare aufzuteilen. „Mr Hobart ist ein guter Mann."

„Also ist die Polizei jetzt hier?"

Sie nickte. „Sie haben das Zimmer inspiziert und die Tasse für Tests mitgenommen. Jetzt wollen sie die Angestellten befragen."

„Das klingt vielversprechend. Es bedeutet, dass sie offen bleiben und die Schuld nicht bei dem einen Lakaien suchen."

„Das stimmt, aber was ist, wenn sie unter den Angestellten noch einen Verdächtigen finden? Für uns kommt dabei nichts Gutes heraus", warnte sie. „Jetzt bekommen wir alle einen schlechten Ruf, von der geringsten Spülfrau bis hin zu Ihrem Onkel. Die negative Aufmerksamkeit wird jede Menge Probleme bereiten, insbesondere, wenn der Mörder nicht vor dem Ball gefasst wird. Können Sie sich vorstellen, was es bedeutet, wenn der Ball abgesagt wird? Es ist unsere Hauptveranstaltung im Winter. Wenn die ausfällt, wirkt sich das auf die Buchungen aus. Es könnte für das Hotel ein Desaster werden."

Mein Onkel musste sehr besorgt sein. Die Zeitungen würden mit Wonne Einzelheiten des Mordes auf ihren Titelseiten ausbreiten.

Harmony steckte sich einige Haarnadeln zwischen die

Lippen und sprach darum herum. „Sir Ronald wird den Täter schnell gefasst haben wollen, um den Skandal zu minimieren, und den Erstbesten beschuldigen."

„Danny." Ich reichte ihr weitere Haarnadeln, da sie die zwischen ihren Lippen aufgebraucht hatte. „Lassen Sie das mit der aufwendigen Frisur heute Morgen, Harmony. Je eher Sie fertig sind, desto schneller kann ich herausfinden, was los ist."

Vielleicht ging es mich nichts an, aber ich wollte mehr erfahren. Für den guten Ruf des Hotels konnte mein Onkel die Polizei möglicherweise drängen, sich mit den Ermittlungen zu beeilen. Und wie Harmony befürchtete, konnte das sehr wohl zulasten eines unschuldigen Angestellten gehen.

* * *

IM FLUR vor dem Büro seines Vaters stand Floyd und gähnte. Leise Stimmen waren auf der anderen Seite der Tür zu hören, doch abgesehen davon, dass sie Männern gehörten, konnte ich keine von ihnen zuordnen.

„Fröhliche Weihnachten", sagte Floyd trocken. „Deinem Gesicht nach zu urteilen hast du es wohl schon gehört."

„Das habe ich. Wie schrecklich."

„Vater ist außer sich vor Sorge. Er spricht gerade mit der Polizei, aber sie weigern sich, jemanden ohne weitere Beweise zu verhaften."

„Es freut mich, dass sie gründlich vorgehen."

„Gründlich?" Er brummte. „Ich wünschte, sie würden einfach voranmachen. Je eher sie jemanden verhaften, desto besser. Das Hotel kann es sich nicht leisten, dass die Sache in die Länge gezogen wird."

„Sicher ist es doch besser, wenn der richtige Jemand verhaftet wird."

Er brummte wieder.

Weiter den Flur entlang ging eine Tür auf und Flossy kam heraus, die Haare offen auf ihren Schultern. Über ihr Nachthemd hatte sie einen Morgenmantel geworfen. „Meine Zofe hat mir gerade erzählt, was passiert ist", sagte sie, während sie auf uns zueilte. „Die arme Mrs Warrick. Und dann auch noch an Weihnachten."

„Kanntest du sie gut?", fragte ich und nahm ihre Hände, die sie mir entgegenstreckte.

„Nur vom Sehen. Ich wurde ihr nie vorgestellt. Es war die Dame, die gestern mit uns am Aufzug gewartet hat."

Ich erinnerte mich an sie. Sie hatte Selbstgespräche über einen Mann geführt, von dem sie glaubte, er würde nicht ins Hotel gehören. Dabei hatte sie in Mr Armitages Richtung geschaut.

Floyd zeigte auf die Bürotür seines Vaters. „Jetzt, da wir alle hier sind, können wir es auch hinter uns bringen. Die Polizei möchte uns drei befragen, wo wir gestern Abend waren."

„Uns?" Flossy packte den Kragen ihres Nachthemdes. „Warum?"

Ihr Bruder wackelte mit den Augenbrauen. „Weil sie glauben, dass es einer von uns war."

Sie schnappte nach Luft und er schmunzelte.

„Sie folgen nur einem vorgegebenen Ablauf", versicherte ich ihr. „Es hat nichts zu bedeuten. Wahrscheinlich fragen sie jeden Angestellten, was er zum Zeitpunkt des Mordes gemacht hat."

Flossy wurde blass. „Mord", flüsterte sie. „Es ist so grässlich, dass der gute Ruf des Hotels so durch den Dreck gezogen wird und das auch noch kurz vor dem Ball. Was ist, wenn unsere Freunde davon Wind bekommen und wegbleiben?"

Ich rechnete mit mehr Sticheleien von Floyd, doch er murmelte nur: „In der Tat."

Er klopfte an und öffnete die Tür. Ein uniformierter Constable stand neben dem Bücherregal, in der Hand ein Notizbuch. Ein zweiter Mann in einem dunkelgrauen Anzug saß Onkel Ronald gegenüber vor dem Schreibtisch. Er kam mir bekannt vor, doch ohne seine auffällig hellblauen Augen wäre ich nicht darauf gekommen, warum. Was tat ein Verwandter von Mr Hobart nach einem Mord im Büro meines Onkels?

„Ah, der Rest der Familie", sagte er und erhob sich. „Kommen Sie herein. Je eher wir diese Befragungen hinter uns bringen, desto eher können wir die Weihnachtsfeierlichkeiten genießen, auch wenn ich mir vorstellen kann, dass es schwierig sein dürfte, in Stimmung zu kommen." Er reichte Floyd die Hand. „Detective Inspector Hobart, Scotland Yard."

„Hobart?" Floyd schaute zu seinem Vater.

„Ihr Direktor ist mein Bruder", sagte der Detective.

„Es freut mich, Ihre Bekanntschaft zu machen", erwiderte Flossy und streckte ihre Hand aus. „Bitte entschuldigen Sie meinen Aufzug."

Der Detective Inspector nahm ihre Hand, wirkte jedoch unsicher, ob er sie schütteln, küssen oder sich verbeugen sollte. Also ließ er sie schnell wieder los und schüttelte meine, die ich ihm wie Floyd entgegenstreckte.

„Sie müssen Florence sein", sagte er zu mir. „Ich sehe die Ähnlichkeit zu Ihrem Bruder."

„Ich bin Cleo Fox", sagte ich. „Sir Ronalds Nichte. Flossy ist Floyds Schwester." Ich zeigte auf meine Cousine.

Der Inspektor hob die Hände. „Bitte verzeihen Sie mir beide."

„Machen Sie schon", knurrte Onkel Ronald. „Das hier ist sowieso Zeitverschwendung. Keiner von uns war es."

„Vielleicht hat einer von Ihnen etwas Relevantes gesehen. Indem Sie mir erzählen, wo Sie gestern Abend waren, könnten wichtige Hinweise ans Licht kommen."

„Um wie viel Uhr fand der Mord ungefähr statt?", fragte ich.

„Darüber möchte ich jetzt lieber nicht spekulieren. Ich würde gern wissen, wo Sie sich am späten Nachmittag und Abend befanden, nur um sicherzugehen."

„Hat sie im Speisesaal zu Abend gegessen?"

„Wenn es Ihnen nichts ausmachen würde, Ihre Handlungen zu beschreiben, Miss Fox."

Ich erzählte ihm, dass ich Briefe geschrieben hatte und dann von Mr Armitage durchs Haus geführt worden war, was dem Detective ein kleines Lächeln aufs Gesicht zauberte. „Ich habe mit meinem Onkel, meinem Cousin und meiner Cousine um acht zu Abend gegessen und mich dann in mein Zimmer zurückgezogen. Etwas vor elf bin ich zu Bett gegangen und um halb acht heute Morgen aufgewacht. Von dem Mord habe ich erst vorhin erfahren, als ein Dienstmädchen ihn erwähnte."

Der Constable schrieb währenddessen fleißig in sein Notizbuch. Als Nächstes berichtete Flossy von ihrem Abend, der genauso langweilig gewesen war wie meiner. Sie hatte nach dem Abendessen bei ihrer Mutter gesessen und war dann ins Bett gegangen. Onkel Ronald hatte bis Mitternacht in seinem Büro gearbeitet, nachdem er nach unserem Abendessen kurz mit Mr Armitage gesprochen hatte. Floyd sagte, er wäre ausgegangen.

„Wohin sind Sie gegangen?", fragte Detective Inspector Hobart.

„In einen Gentlemans Club."

„Der Name des Clubs?"

„Den würden Sie nicht kennen. Er ist sehr privat."

„Trotzdem." Der Detective wartete mit freundlichem Gesicht. Seine Augen glänzten im fahlen Morgenlicht, das durch das Fenster hereinfiel.

„Spielt es eine Rolle?", fuhr Onkel Ronald ihn an. „Mein Sohn ist nicht der Mörder. Er war nicht hier. Keiner von uns hat Mrs Warrick vergiftet." Seine Hand ruckte in Richtung Tür. „Machen Sie Ihre Arbeit, Inspektor, oder ich werde Sie auswechseln lassen. Ich will die Sache heute noch aufgeklärt haben."

„Ich werde mein Bestes tun, aber es ist unwahrscheinlich, dass wir heute eine Antwort finden. Es gibt jede Menge Angestellte und Gäste zu befragen—"

„Sie werden nicht mit den Gästen sprechen! Verstanden? Sie dürfen nicht belästigt werden."

Der Inspektor schürzte die Lippen, wobei er weder zustimmte noch widersprach. Die beiden Männer starrten sich in die Augen, bis der Inspektor das Büro verließ. Der Constable folgte ihm.

Floyd ließ sich auf einen Stuhl fallen. „Unfähiger Trottel. Offensichtlich hat unser Hobart von der Familie den Verstand abbekommen."

Onkel Ronald funkelte ihn unter den dicht zusammengezogenen Augenbrauen heraus an. Floyd schluckte, stand auf und verließ das Büro. Flossy und ich gingen ihm nach.

Während Floyd und Flossy in ihre Zimmer zurückkehrten, gesellte ich mich beim Fahrstuhl zu Detective Inspector Hobart und seinen Constable.

„Über die Treppe ist man schneller", sagte ich.

„Das habe ich auf dem Weg nach oben herausgefunden." Der Inspektor lächelte mich an. „Sie sind gerade erst im Hotel angekommen, nicht wahr?"

„Gestern Nachmittag."

„Was für ein schockierender Empfang in Ihrem neuen Zuhause, und das auch noch am Weihnachtstag, einem Tag des Friedens und Wohlwollens. Ich hoffe, es wirft in Ihren Augen kein schlechtes Licht auf das Mayfair. Das Hotel hat einen beispielhaften Ruf."

„Ich bin nicht davon ausgegangen, dass hier häufig Morde passieren, aber danke für die Rückversicherung."

Er schmunzelte. „Wir nehmen die Treppe, Constable. Der Fahrstuhl scheint nicht besonders effizient zu sein."

„Darf ich Sie begleiten?", fragte ich und folgte einfach.

Im Treppenhaus war es still, aber ich wusste aus Erfahrung, dass Stimmen hier hallten, also hielt ich meine gesenkt. „Stimmt es, dass Sie den Lakaien verdächtigen, der Mrs Warrick gestern Abend ihre heiße Schokolade gebracht hat?"

Die Schritte des Detectives wurden langsamer. „Ich halte zu diesem Zeitpunkt alle Möglichkeiten offen."

„Das ist eine große Erleichterung, denn ich weiß aus sicherer Quelle, dass er nicht der Typ ist, einen Mord zu begehen, nur weil Mrs Warrick ihm vorgeworfen hat, ihren Pelzmantel ruiniert zu haben."

„Meiner Erfahrung nach begehen laufend Leute Morde, die nicht der Typ dafür sind." Er federte seine harte Aussage mit einem Lächeln ab. „Aber ich erwarte von einer unschuldigen jungen Frau wie Ihnen nicht, dass Sie das wissen."

Er beschleunigte sein Tempo, möglicherweise in der Hoffnung, mich abzuschütteln. Ich hob meinen Rock an, damit ich nicht über den Saum stolperte, während ich Schritt hielt.

„War das Gift wirklich in ihrer Kanne mit heißer Schokolade?"

Er zögerte. „Die Kanne und die Tasse wurden zur Untersuchung mitgenommen, ebenso die Teetasse, die von dem Hausmädchen serviert wurde, das heute Morgen die Leiche fand."

Das war weder Bestätigung noch Leugnen. Wenn die Tasse

Schokolade Gift enthalten hatte, musste man es doch sicher riechen können oder ein Rest befand sich noch darin.

„Haben Sie den Lakaien befragt, der sie serviert hat?", fragte ich.

„Das habe ich."

„Und auch den Koch, der sie zubereitet hat?"

„Ja."

Ich wartete, doch er rückte keine weiteren Informationen heraus. „Ich nehme an, beide stritten ab, die Kanne Schokolade vergiftet zu haben." Wieder wartete ich, aber er sagte nichts. „Hat dazwischen noch jemand die Kanne in der Hand gehabt?"

„Das ist noch nicht klar."

„Das verstehe ich nicht. War die Schokolade nun unbeaufsichtigt in dem Zeitraum zwischen der Zubereitung durch den Koch und dem Abholen durch den Lakaien oder nicht?"

Er blieb auf der obersten Stufe des nächsten Treppenabsatzes stehen. Nach meiner Einschätzung befanden wir uns irgendwo zwischen der zweiten und ersten Etage. „Sie stellen ganz schön viele Fragen."

„Ich möchte einfach nur verstehen, wie es sein kann, dass ein Gast vergiftet wurde und niemand weiß, wie das Gift in ihre Tasse gelangt ist."

„Wie ich, Miss Fox. Genau wie ich."

Er ging weiter und ich ließ es beinahe zu. Beinahe.

„Mir ist noch eine Frage eingefallen", sagte ich.

„Nur eine?", murmelte er. Der Constable kicherte, verstummte jedoch, als der Inspektor ihn wütend ansah.

„Ich weiß Ihre Geduld zu schätzen, Inspektor", sagte ich, so süß ich nur konnte. „Sie sind äußerst zuvorkommend. Meine Frage ist: Gab es Anzeichen, dass die Tür zu Mrs Warricks Zimmer aufgebrochen wurde? War das Schloss kaputt?"

Das Schweigen wurde von unseren Schritten auf den Stufen gepfeffert und schließlich vom Räuspern des Constables beendet.

„Falls die Tür aufgebrochen wurde", fuhr ich fort, „bedeutet es, dass der Lakai es nicht getan hat. Mrs Warrick hätte ihn hereingelassen, wenn sie ihn erwartet hätte."

„Ist das so?", fragte der Inspektor. Ein Hauch von Humor

schwang in der beiläufigen Frage mit. Ich war nicht sicher, ob er meine Ermittlungsversuche amüsant fand oder über meine holprigen Rückschlüsse lachte. Darauf, ob meine Rückschlüsse nun richtig waren oder nicht, gab er keinen Hinweis. Ich musste es herausfinden.

„Also *wurde* die Tür aufgebrochen", sagte ich und beobachtete ihn genau.

Er betrat das Foyer. „Wenn Sie mich entschuldigen wollen, Miss Fox, ich habe Angestellte zu befragen."

Verdammt. Er hatte nichts preisgegeben. Er hatte noch nicht einmal mit einer Wimper gezuckt.

Ein äußerst ernst dreinschauender Mr Hobart empfing den Inspektor und den Constable und führte die beiden in die Lounge vor dem Speisesaal. Ich folgte mit einigem Abstand, doch Mr Hobart schloss die Tür des Speisesaals, wo eine ganze Reihe Angestellter wartete. Der Direktor gesellte sich nicht zu ihnen.

„Stimmt etwas nicht, Miss Fox?", fragte er. „Haben Sie dem Inspektor etwas mitzuteilen?"

„Sie meinen Ihrem Bruder?"

„Ah. Er hat es Ihnen verraten."

„Ja, aber das brauchte er nicht. Sie ähneln sich sehr und haben den gleichen Nachnamen. Gibt es noch jemanden, mit dem Sie verwandt sind? Den Premierminister vielleicht?"

Er lächelte und erstmals wirkte es echt. „Ich glaube nicht, dass Sie weiteren von uns begegnen werden, es sei denn, meine Frau besucht mich hier. Manchmal kommt sie vorbei, wenn sie einkaufen geht, um Harry zu sehen. Er kommt nicht so oft zu uns nach Hause, wie er sollte."

„Ich vermute, er wird hier zu gut gefüttert. Sie wissen doch, wie junge Männer sind. Sobald sie erwachsen sind und das Haus verlassen, kommen sie nur noch wegen der Kochkünste ihrer Mutter zurück—oder in Ihrem Fall denen der Tante."

„Da haben Sie wahrscheinlich recht. Das Essen hier ist besser als zu Hause." Mr Hobart nickte in Richtung der geschlossenen Tür des Speisesaals. „Seine Eltern rügen ihn oft dafür, dass er an seinen freien Tagen nicht nach Hause kommt. Mein Bruder hat ihn noch nicht gesehen, aber ich schätze, er wird eine solche Rüge erhalten, sobald er an der Reihe ist, befragt zu werden."

„Der Detective Inspector ist Mr Armitages Vater? Aber sie haben unterschiedliche Nachnamen."

Er bedeutete mir, mit ihm aus der Lounge ins Foyer zu gehen. „Harry ist ein Waisenkind. Mein Bruder und meine Schwägerin haben ihn im Alter von dreizehn Jahren aufgenommen, aber er wollte seinen eigenen Namen behalten. Vermutlich war er daran gewöhnt."

Das war eine interessante Geschichte und ich wollte mehr erfahren, aber Mr Hobart entdeckte einen Gast, der seine Aufmerksamkeit einforderte, und entschuldigte sich.

Ich beobachtete, wie der den Gast mit einem Lächeln begrüßte. Jetzt wusste ich, warum er Mr Armitage überhaupt nicht ähnlich sah, auch wenn sie sich in ihrem Verhalten glichen. Beide hatten eine beruhigende Ausstrahlung und trotzdem eine leise Autorität an sich. Es handelte sich offenbar nicht um eine Familieneigenschaft, sondern um etwas, was Mr Armitage durch genaue Beobachtung seines Onkels über die Jahre gelernt hatte. Wenn Mr Hobart in Rente ging, würde Mr Armitage ein würdiger Nachfolger als Hoteldirektor sein.

Der Gast, mit dem Mr Hobart gesprochen hatte, verabschiedete sich. Er kam mir bekannt vor, doch ich brauchte einen Moment, um ihn zuzuordnen. Gestern Nachmittag hatte er mit Mr Armitage gesprochen, als Mrs Warrick über einen Mann, der nicht im Hotel sein sollte, Selbstgespräche geführt hatte.

Es war eine sehr seltsame Bemerkung gewesen, wo ich jetzt darüber nachdachte. *Wer* sollte nicht in einem Hotel sein? Jeder konnte durchs Foyer laufen.

Andererseits würde nicht jeder durch das Foyer eines *Luxushotels* laufen. Die ruppige Begrüßung des Portiers bei meiner Ankunft trug dem Rechnung. Vielleicht hatte Mrs Warrick sich auch auf ein Luxushotel in *London* bezogen. Sie konnte so vieles gemeint haben. Sie hatte auch erwähnt, dass er anders aussah und sie ihn seit Jahren nicht gesehen hatte.

In ihrem Blickfeld hatten sich drei Männer befunden—der Gast, der das Hotel jetzt mit einem Regenschirm verließ, Mr

Armitage und noch ein Mann. Hoffentlich würde ich den erkennen, wenn ich ihn wiedersah. Es war möglicherweise wichtig.

Oder auch nicht. Es war gut möglich, dass ich potenzielle Verdächtige sah, wo gar keine waren. Großmama hatte meine Vorstellungskraft als lebhaft bezeichnet und mein Vater hatte mich mehr als einmal sanft ermahnt, weil ich lieber vor mich hin träumte als zu lernen.

„Das ist ein wehmütiges Lächeln", sagte eine vertraute Stimme. Ich schaute auf und sah Mr Armitage auf mich zusteuern. „Heute Morgen sieht man im Hotel nicht viele Menschen lächeln, obwohl Weihnachten ist."

„Sie haben recht, es war taktlos von mir. Die arme Mrs Warrick."

„Das meinte ich nicht. Es gibt keinen Grund für Sie, mit dem Lächeln aufzuhören. Sie kannten sie nicht."

„Und Sie?"

Die ernsthafte Frage schien ihn zu überraschen. „Ich habe sie kennengelernt, als sie eingecheckt hat, und bin ihr noch einmal begegnet, als es einen Vorfall mit einem der Lakaien gab."

„Danny, der jetzt der Hauptverdächtige ist?"

„Ist er?" Der plötzliche Wandel von freundlich zu stahlhart ging nicht an mir vorbei. „Hat Ihnen das der Detective Inspector anvertraut?"

Obwohl mich der Wandel, den meine Frage hervorgerufen hatte, enttäuschte, bohrte ich weiter. Antworten waren wichtiger als Flirten. „Ihr Vater mir etwas anvertrauen? Nein, natürlich nicht. Aber ich habe von einigen Dienstmädchen gehört, dass Danny die vergiftete Tasse heiße Schokolade zu Mrs Warrick gebracht hat, die vorher mit ihm unzufrieden war."

„Die Unzufriedenheit wurde vor dem Mord aufgeklärt und soweit ich weiß, war in dieser Tasse keine Spur von Gift."

Offenbar hatte der Detective seinem Sohn mehr anvertraut als mir. Mr Armitage bemerkte, dass er zu viel verraten hatte. Er verschränkte die Arme. „Überlassen Sie die Ermittlungen der Polizei, Miss Fox."

„Das würde ich gern."

Mr Armitages Augen wurden schmal. „Mein Vater ist äußerst gründlich."

„Das ist er ganz sicher."

Die Augen wurden noch schmaler. „Sie stimmen mir viel zu leichtfertig zu."

„Es tut mir leid. Möchten Sie, dass ich Ihnen widerspreche?"

Er sog einen Atemzug durch die Zähne, was seine Frustration wegen mir zu lindern schien. Das glatte Lächeln kehrte zurück, doch seine Augen ließen die zuvor spürbare Wärme vermissen. „Genießen Sie Ihren Vormittag, Miss Fox. Zögern Sie nicht, sich an einen der Angestellten zu wenden, sollten Sie etwas benötigen." Er verbeugte sich und ging davon.

Ich seufzte. Die entspanntere Seite von Mr Armitage vor unserer kleinen Konfrontation hatte mir gefallen, aber anscheinend waren meine Fragen nicht willkommen. Ehrlicherweise war mir nicht bewusst gewesen, dass ich den Ruf seines Vaters angegriffen hatte, aber so musste es wohl gewirkt haben. Vielleicht sollte ich mich entschuldigen.

Andererseits war ich mir nicht sicher, ob es überhaupt etwas gab, wofür ich mich entschuldigen sollte. Mr Armitage hatte schlichtweg mehr in meine Antworten hineingelesen, als da gewesen war.

„Cleo! Da bist du ja." Flossy eilte vom Fahrstuhl her auf mich zu. „Ich habe überall nach dir gesucht. Komm mit. Mutter ist wach und möchte dich sehen."

Endlich würde ich ihr begegnen. Ich folgte Flossy zurück zum Aufzug und wir fuhren zur vierten Etage, wo sie an die Tür der Suite ihrer Eltern klopfte. Jemand bat uns herein.

Auf dem Sofa saß eine lächelnde, dünne Frau, die mir eine knochige Hand entgegenstreckte. Die andere reichte sie Flossy. „Du musst Cleopatra sein. Fröhliche Weihnachten, meine Liebe."

Sie inspizierte mich, was mir Gelegenheit gab, wiederum sie zu inspizieren. Instinktiv traten mir Tränen in die Augen. Sie sah meiner Mutter bemerkenswert ähnlich, obwohl Tante Lilian ausgezehrt wirkte und meine Erinnerungen an meine Mutter mit den Jahren verblasst waren. Die meergrünen Augen waren ihre auffälligste Eigenheit gewesen und das galt auch für meine Tante. Die grauen Strähnen in ihren Haaren hatten noch nicht die Oberhand über den natürlichen Mandelton gewonnen und ihre

Haut wirkte wie feinstes Porzellan. Sie war eine ältere, dünnere Ausgabe meiner Mutter.

„Du siehst ihr so ähnlich." Die Worte hätten genauso gut von mir kommen können, doch es war meine Tante, die sie flüsterte. Ihre Augen glänzten, während sie neben sich auf das Sofa klopfte. „Komm, setz dich zu mir, Cleopatra. Flossy, das Geschenk."

„Sie möchte Cleo genannt werden", sagte Flossy, während sie ihrer Mutter ein kleines Kästchen gab.

Tante Lilian reichte es mir. „Fröhliche Weihnachten."

„Oh, das kann ich nicht annehmen", sagte ich. „Ich fürchte, ich habe dir nichts besorgt."

Tante Lilian drückte mir das Kästchen in die Hand. „Es ist nur eine Kleinigkeit. Wir werden später alle zusammen Geschenke austauschen, aber dein Onkel hat mir mitgeteilt, dass er jetzt zu beschäftigt ist, dank des Mordes an dieser armen Frau. Möglicherweise isst er noch nicht einmal mit uns zu Mittag."

Ich öffnete das Kästchen und schaute auf eine Silberbrosche in Form eines Schmetterlings, dessen Flügel aus blauer Emaille gefertigt waren. Die hätte ich sicher nicht als Kleinigkeit bezeichnet. Ich steckte sie an mein Kleid. „Vielen Dank. Sie ist wunderschön."

Tante Lilian lächelte. „Sie steht dir sehr gut. Und jetzt erzähl mir alles von deinem Leben. Ich habe so viel davon verpasst. Und du hast auch so viel von unserem versäumt. War Flossy eine anständige Cousine, während meine Kopfschmerzen mich gequält haben? Hast du Floyd kennengelernt? Der liebe Floyd ist so ein Schlitzohr, nicht wahr, Flossy? Natürlich auf eine gute Art. Und wie findest du das Hotel?"

Flossy legte ihrer Mutter eine Hand auf die Schulter. Nach Tante Lilians Zucken zu urteilen, drückte sie ziemlich fest zu.

Ich bemühte mich, alle Fragen meiner Tante zu beantworten, während sie lauschte. Über mein Leben gab es nicht viel zu erzählen, aber ich berichtete ihr von den Jahren nach dem Tod meiner Eltern. Obwohl es nur eine kurze Zusammenfassung war, schien meine Tante ihre Konzentrationsfähigkeit zu verlieren. Ihr Blick sprang durch den Raum und erst Flossys Räuspern brachte sie wieder dazu, sich auf mich zu fokussieren.

Trotz ihrer dürren Figur und dem ausgezehrten Gesicht war sie eine lebhafte Frau mit erstaunlich viel Energie. Sie konnte kaum still sitzen und als ich ausgeredet hatte, stand sie plötzlich auf.

„Sollen wir nach unten gehen?", fragte sie. „Oder vielleicht spazieren. Möchtest du mit uns einkaufen, Cleo? Flossy, meinst du nicht, Cleo würde gern ein paar neue Sachen haben?"

„Die Geschäfte haben zu", rief Flossy ihr ins Gedächtnis. „Es ist Weihnachten."

Tante Lilian lachte. „Natürlich. Ist es schon Zeit für unser Festessen?"

„Fast", sagte Flossy. „Aber ich bin mir nicht sicher, ob wir unsere Zimmer verlassen sollten. Da draußen läuft ein Mörder herum."

„Niemand wird versuchen, uns umzubringen, Liebes." Tante Lilian ließ ein Lächeln aufblitzen und in diesem Moment erkannte ich die berühmte Schönheit, die sie angeblich in ihrer Jugend gewesen war. „Ich würde wirklich gern vor dem Mittagessen ausgehen. Wo sind meine Handschuhe? Flossy, hast du meine Lederhandschuhe gesehen?"

Flossy gab ihrer Mutter Hut und Handschuhe, die dann im Flur wartete, während wir unsere eigenen Sachen holten. Als ich aus meiner Suite kam, ging Tante Lilian vor dem Treppenhaus auf und ab.

„Wir gehen zu Fuß nach unten", sagte sie. „Der Fahrstuhl ist zu langsam."

Flossy seufzte.

Draußen gingen wir eine Stunde in zügigem Tempo, wobei Flossy heftig schnaufte und mir angenehm warm wurde. Am Weihnachtstag hatten alle Geschäfte geschlossen, aber Tante Lilian zeigte mir ihre liebsten und erklärte mir, warum dieser die besten Sonnenschirme und jener die feinsten Stiefel herstellte.

Wir liefen durch den Hyde Park und kehrten aus der entgegengesetzten Richtung zum Hotel zurück. Obwohl Tante Lilian das hohe Tempo bestimmt hatte, schien sie schnell in sich zusammen zu fallen. Sobald wir im Hotel ankamen, behauptete sie, Kopfschmerzen zu haben und Ruhe zu benötigen. Ohne darum gebeten zu werden, brachte Flossy sie weg. Über die

Schulter flüsterte sie mir eine Entschuldigung zu, während der Portier sie begrüßte und ihr die Tür öffnete.

Nachdem sie hindurchgegangen waren, wartete der Portier mit starrem Blick.

„Fröhliche Weihnachten", sagte ich zu ihm. „Erinnern Sie sich noch von gestern an mich?"

„Ja, Miss Fox." Seine Wangen röteten sich, doch er sah mich noch immer nicht an. „Ihnen auch fröhliche Weihnachten."

Der Page, der am Vortag mein Gepäck getragen hatte, grinste und verlagerte sein Gewicht. Offenbar genoss er die Situation. Der Portier hingegen nicht, falls seine immer stärker geröteten Wangen irgendetwas zu bedeuten hatten.

Er schluckte. „Ich würde mich gern für meine Begrüßung bei unserer letzten Begegnung entschuldigen. Sie war unverzeihlich. Lassen Sie mich Ihnen versichern, dass es nie wieder vorkommen wird."

Ich seufzte theatralisch. „Ich werde *versuchen*, Ihnen zu vergeben. Mehr kann ich im Moment nicht versprechen."

Er verbeugte sich steif. „Sie sind sehr großzügig. Äußerst großzügig sogar."

Der Page gab ein schnaubendes Geräusch von sich, als müsste er ein Lachen unterdrücken. Der Portier biss die Zähne aufeinander.

„Mir scheint, ich bin im Nachteil", fuhr ich fort.

„Nein, Miss Fox, ich versichere Ihnen, dass keine Benachteiligung beabsichtigt war", sagte der Portier. „Falls es etwas gibt, womit ich dafür sorgen kann, dass Sie sich weniger benachteiligt fühlen, lassen Sie es mich bitte tun."

„Da gibt es tatsächlich etwas. Sie können mir Ihren Namen verraten."

Er erstarrte. „Warum?" Vermutlich befürchtete er, ich würde den Direktor über sein schlechtes Benehmen am Vortag informieren.

„Weil ich ihn nicht verstanden habe."

„Ich, äh …"

„Er heißt Frank, Miss", sagte der Page und trat vor. „Und ich bin Gilbert, aber jeder nennt mich Goliath."

„Ich kann sehen, woher der Spitzname kommt. Noch nie habe ich einen so großen Menschen gesehen."

Er schob die Brust vor und handelte sich damit ein Augenrollen von Frank ein.

„Darf ich etwas sagen, was eigentlich gestern hätte gesagt werden sollen?", fragte Goliath.

„Natürlich. Was denn?"

„Willkommen im Mayfair." Er verbeugte sich tief.

Frank beäugte den Pagen, als hätte er ihm Geld aus der Tasche gestohlen.

„Danke, Goliath." Ich marschierte an Frank vorbei, der noch immer die Tür aufhielt. „Und mein Dank geht auch an *Sie*, Frank."

„An mich?", platzte er heraus. „Warum?"

„Weil Sie mir die Tür aufhalten. Sie tun das mit großer Souveränität. Darf ich allerdings einen Rat geben?"

„Ich bitte darum."

„Ein Lächeln würde nicht schaden."

Er schenkte mir ein hartes Lächeln, das krumme Schneidezähne offenbarte.

„Vielleicht etwas weniger grimmig." Ich zwinkerte Goliath zu, der kicherte. Frank fuhr mit seinem gezwungenen Lächeln fort, während ich an ihm vorbei ins Hotel ging.

* * *

Bis wir uns an den Mittagstisch setzten, hatte Tante Lilian sich vollständig erholt. Onkel Ronald schaffte es doch, dazu zu kommen, sodass wir im Speisesaal zusammen mit den anderen Gästen ein Festessen mit Truthahn, Schinken und Minzpasteten genießen konnten. Das Knallen der Weihnachtsknallbonbons, das Geplauder und Gelächter wirkten fehl am Platz, nachdem in der Nacht in den oberen Etagen ein Mord begangen worden war.

Tatsächlich war es der seltsamste Weihnachtstag, den ich je erlebt hatte. Morgens war ich nicht in die Kirche gegangen, wie ich es normalerweise getan hätte, und meine Familie verbrachte den Großteil des Mittagessens damit, mehr mit den Gästen ein paar freundliche Worte zu wechseln als miteinander. Zwischen den Gängen suchten sie sogar gezielt Kontakt zu einzelnen Gästen. Wir saßen nur dann alle fünf zusammen am Tisch, wenn wir aßen, und selbst dann war ihre Aufmerksamkeit oft auf den einen oder anderen Nebentisch gerichtet, als ob sie entscheiden müssten, mit wem sie als Nächstes sprechen. Nie hatte ich meine Eltern und Großeltern mehr vermisst.

Nach dem Essen zog ich mich in meine Suite zurück und las ein Buch. Harmony kam zu mir und musste mich nicht lange überreden, mit ihr in den Aufenthaltsraum der Angestellten zu gehen, wo der Lakai Danny wartete. Scheinbar hatte sie ihm vorgeschlagen, mir alles zu berichten, was er dem Inspektor erzählt hatte. Als ich sie nach dem Grund fragte, meinte sie nur, ich würde sicherlich ein gutes Wort für ihn einlegen.

„Ich habe ihre Kanne heiße Schokolade mit der Tasse aus der Küche geholt, genau wie jeden Abend", sagte Danny.

Wie alle Lakaien und Kellner, die ich bisher im Hotel gesehen hatte, war er jung und sah gut aus. Doch Dannys jugendliches Aussehen wurde jetzt von einem ängstlichen Stirnrunzeln getrübt. Zum Glück war er nicht verhaftet worden, hatte jedoch Anweisung bekommen, nicht zu arbeiten, und ein Constable stand vor der Tür des Aufenthaltsraums. Danny war praktisch im Hotel gefangen.

„Woher wussten Sie, dass es Mrs Warricks Kanne war?", fragte ich. „Ich nehme an, dass abends jede Menge Kannen mit heißer Schokolade aus der Küche zu den Gästen gebracht werden."

„Durch das Schild."

Ich sah ihn verständnislos an.

„Mrs Warricks heiße Schokolade ist eine regelmäßige Bestellung", erklärte er. „Sie muss nicht in der Küche anrufen. Diese Bestellungen werden standardmäßig zubereitet und ein Lakai holt sie ab. Der Koch schreibt den Namen des Gastes und die Zimmernummer auf ein Schild, das er auf das Tablett legt. Gestern Abend haben nur drei von uns Lakaien gearbeitet. Es war ein ständiges Kommen und Gehen. Ich kam in die Küche, sah die Kanne und die Tasse, las das Schild und brachte alles zu Mrs Warrick."

„Und sie war definitiv lebendig, als Sie es ablieferten?"

„Ja! Sie hat mich angeblafft, weil ich zu spät war, aber das war ich ganz gewiss nicht. Hässliche alte Ziege." Die Worte spuckte er förmlich aus. „Ich stellte das Tablett auf den Tisch und fragte sie, ob sie noch etwas braucht. Sie hat mir nicht einmal geantwortet, sondern nur weiter gemeckert, dass ich die Schokolade zu spät gebracht hätte. Sie war die ganze Zeit am Leben, das schwöre ich." Er senkte den Kopf und fuhr sich mit der Hand durch die ohnehin schon strubbeligen Haare. „Der Detective glaubt mir nicht, sonst würde er nicht jeden fragen, wo er *vor* elf war. Das war die Zeit, als ich bei ihr war. Er fragt sogar, was jeder am späten Nachmittag gemacht hat! Warum? Kann er nicht prüfen, ob sie im Speisesaal oder in ihrem eigenen Zimmer zu Abend gegessen hat?"

Harmony drückte seine Schulter. „Ist schon gut, Danny. Wir glauben dir und Miss Fox wird der Polizei helfen herauszufinden, wer es wirklich getan hat."

Ich blinzelte sie an. „Ich glaube nicht—"

„Danke, Miss Fox." Danny schenkte mir ein wackeliges Lächeln. „Es bedeutet mir viel, eine der Bainbridges auf meiner Seite zu wissen."

„Ich bin mir sicher, dass sie alle auf Ihrer Seite stehen, Danny", sagte ich. „Jeder will die Wahrheit herausfinden. Niemand möchte einen Mörder im Hotel herumlaufen haben." Der Gedanke jagte mir eine Gänsehaut über den Rücken. Es waren keine leeren Worte, ich wollte den wahren Täter finden. Wie Harmony glaubte ich nicht, dass Danny der Typ dafür war.

Doch wie Detective Inspector Hobart gesagt hatte, gab es keinen typischen Mörder. Jeder war zum Mord fähig, und Gift war die bevorzugte Waffe eines abwesenden Täters.

„Mr Hobart und Mr Armitage glauben auch, dass du unschuldig bist", versicherte Harmony Danny. „Mr Hobart hat es uns heute Morgen gesagt, im Speisesaal, als wir alle von seinem Bruder, dem Detective, befragt wurden."

„Danke, Harmony." Danny schaute zur Tür. „Je eher ihr den Täter findet, desto eher kann ich wieder an die Arbeit gehen."

„Und desto besser können wir einen Skandal verhindern." Harmony drückte erneut seine Schulter.

Es munterte Danny nicht auf. „Wird es den Ball beeinflussen?"

„Das könnte schon sein, wenn wir den Mörder nicht bald finden. Niemand wird hierbleiben wollen, wenn ein Mörder frei herumläuft, wie Miss Fox gesagt hat."

Wir brachen auf, doch an der Tür hielt ich inne. „Haben Sie gestern Abend jemanden in der Küche oder in der Nähe bemerkt, der dort nicht hätte sein sollen?"

Danny schüttelte den Kopf.

Harmony und ich gingen und lächelten den Constable auf dem Weg zur Treppe freundlich an. Allerdings gingen wir nach unten, nicht nach oben.

Als Mr Armitage mich herumgeführt hatte, waren wir nicht weit in die Küche vorgedrungen. Heute wagten Harmony und ich uns durch die Tür in den heißen, pulsierenden, lauten Raum. Die weiß gekleideten Köche arbeiteten an langen Arbeitstischen oder an einem der Herde. Manche brüllten Befehle, während andere sich beeilten, sie auszuführen. Ein kräftiger Mann mit roten Wangen sang eine Opernarie, während er Kartoffeln schnitt. Neben ihm trank ein schwitzender Koch den Inhalt eines Kruges in einem Zug aus. Regale voller Töpfe und Pfannen standen an der hinteren Wand und elektrische Glühbirnen hingen an langen Kabeln über den Arbeitsflächen, um im fensterlosen Keller für Licht zu sorgen. Ein kleiner Kerl mit aufgezwirbeltem Schnurrbart wanderte zwischen den anderen Angestellten herum, die Hände auf den Rücken gelegt, und inspizierte die Arbeit jedes Mannes. Manchmal probierte er den Inhalt eines Topfes.

„Der *Chef de Cuisine* nennt es das Herz des Hotels", sagte Harmony mit einem Nicken in Richtung des kleinen Mannes, „aber ich finde, man sollte es die Eingeweide nennen, weil es im Keller ist und hier das ganze Essen verarbeitet wird."

„Ist er der Küchenchef?", fragte ich. „Wir sollten mit ihm reden."

Sie packte meinen Arm und hielt mich zurück. „Grundgütiger, nein. Er wird uns rauswerfen." Sie wartete, bis er weitergegangen war und uns den Rücken zukehrte, dann winkte sie einen der anderen Köche heran. „Victor ist einer der Nachwuchsköche. Er wird mit uns reden."

Victors weiche Züge hätten ihm ein kindliches Gesicht gegeben, wäre da nicht die weiße Narbe auf seiner Wange gewesen. Er schlenderte mit einem großen Messer in der Hand herüber und begrüßte Harmony mit einem knappen Nicken. Mich beäugte er äußerst genau, als sie mich vorstellte. Dann bekam auch ich ein Nicken.

„Hast du gestern Abend gearbeitet?", fragte Harmony.

Victor warf das Messer in die Luft und fing es am Griff wieder auf, ohne seinen Blick von Harmony abzuwenden. „Jou."

„Miss Fox möchte dir ein paar Fragen stellen."

Wieder warf er das Messer in die Luft, fing es geschickt auf und wiederholte das Spielchen. Nicht ein einziges Mal schaute er das Messer an, während ich meinen Blick nicht davon abwenden konnte. „Wer sind Sie, Miss Fox?", fragte er mit einem Cockney Akzent.

„Sir Ronalds Nichte", presste Harmony zwischen den Zähnen hervor. „Ehrlich, Victor, du solltest ab und an mal aus der Küche rauskommen."

„Warum sollte ich?"

Harmony stemmte eine Hand auf ihre Hüfte. „Wirst du endlich damit aufhören?"

„Womit?"

Sie deutete auf das Messer, als er es wieder hochwarf. „Es ist sehr irritierend."

„Nö, isses nicht. Das beruhigt. Wenn's gut gemacht ist, ist ein gut ausbalanciertes Messer sehr angenehm zu handhaben." Diesmal fing er das Messer horizontal mit dem Handrücken auf. Es wackelte nicht einmal. „Soll ich Ihnen einen Trick zeigen?", fragte er mich. „Legen Sie die Hand mit gespreizten Fingern auf den Tisch."

Harmony schnappte nach Luft. „Den Trick zeigst du ihr *nicht*! Wenn du angeben willst, nimm deine eigenen Finger."

Victor wirbelte das Messer zwischen den Fingern herum und steckte es dann in den Gürtel, der um seine Hüfte geschlungen war. Da er seine Hände jetzt nicht mehr bewegte, konnte ich die

Brandnarben auf der rechten und die fehlende Spitze des linken Zeigefingers sehen. „Also was wollen Sie wissen?"

„Haben Sie gestern Abend die heiße Schokolade für Mrs Warrick zubereitet?", fragte ich.

„Nö, das war Jack, aber ich habe die ganze Zeit neben ihm gestanden." Er zeigte auf einen anderen Mann, der an einem Herd stand. „Die Polizei hat mich das schon gefragt, aber Ihnen erzähle ich es auch, Miss Fox. Niemand kam in die Nähe des Topfes und Jack ist nicht der Typ, jemanden zu vergiften."

„War jemand in der Nähe von Mrs Warricks Kanne, nachdem er sie gefüllt hatte und bevor Danny sie abgeholt hat?"

„Nicht, dass ich wüsste, aber ich habe nicht die ganze Zeit hingeschaut. Nachdem Jack sie gefüllt hatte, hat er den Namen und die Zimmernummer auf eine Karte geschrieben und sie auf das Tablett gelegt. Das Tablett hat er auf den Tisch da gestellt." Er deutete auf einen Tisch neben der Tür, wo ein Tablett mit einem abgedeckten Teller darauf wartete, abgeholt zu werden.

„Haben Sie jemanden in oder vor der Küche gesehen, der nicht hätte dort sein sollen?", fragte ich.

„Nö, aber hier ist viel los. Jeder kann rein oder rausgehen, ohne bemerkt zu werden."

„Sie! Gehen Sie!", rief jemand mit französischem Akzent.

Ich sah den *Chef de Cuisine* auf uns zu marschieren. „Wir wollten nur ein paar Worte mit Victor über Mrs Warricks heiße Schokolade wechseln", versicherte ich ihm.

Harmony zog an meinem Arm. „Wir sollten gehen."

„Da war kein Gift in die Schokolade!", schnappte der Chefkoch. Die anderen Köche schauten sich um. Das Geplapper, Rufen und Schnippeln verebbten. Sogar der Opernsänger schwieg. Nur die blubbernden Töpfe gaben noch Geräusche von sich. „Meine Küche at kein Gift! Isch abe das die Polizist gesagt, jetzt sage ich Ihnen, Miss Fock."

„Fox", sagte ich, so süß ich konnte, während der Chefkoch auf uns los ging.

„Sie ist Sir Ronalds Nichte", fügte Harmony hinzu.

Er zog ein Messer aus seinem Gürtel und ging zum Angriff über, die Klinge auf mich gerichtet. „Mir ist egal, ob sie Königin von England ist! Sie ge'ört ier nicht er! In meine Küche ist kein Gift!"

Harmony und ich machten auf dem Absatz kehrt und flohen. Wir rasten die Treppen hinauf und blieben erst stehen, als wir das Nest von Diensträumen im Erdgeschoss erreicht hatten.

Harmony lehnte sich schnaufend an die Wand, die Hand auf den Bauch gelegt. „Das war knapp."

„Er hätte uns nicht wirklich abgestochen", versicherte ich ihr.

„*Dich* vielleicht nicht, aber ich bin Freiwild. Er hat einmal einen der Köche mit dem Messer verletzt, als der arme Kerl einen Soßentopf hat fallenlassen. Später hat er behauptet, es wäre ein Unfall gewesen, aber die anderen Köche sind da nicht von überzeugt." Sie schob sich von der Wand weg. „Jedenfalls haben wir von Victor ein paar Antworten bekommen."

„Nicht wirklich. Wir haben nur erfahren, dass ihm nichts Ungewöhnliches in der Küche aufgefallen ist und dass er nicht glaubt, Jack hätte Gift in Mrs Warricks Schokolade getan."

„Aber das sind doch Antworten, oder nicht? Also was machen wir nun?"

„Wenn wir wirklich wissen wollen, ob Danny die Wahrheit gesagt und Mrs Warrick lebend gesehen hat, als er die Schokolade brachte, müssen wir herausfinden, ob sie vorher beim Abendessen war. Einer der Kellner wird sich an sie erinnern."

„Und wenn nicht, hat sie ihren Namen und ihre Zimmernummer angegeben. Mr Chapman hat diese Informationen in seinem Buch. Wir sollten uns in sein Büro schleichen—"

„Harmony! Wir schleichen uns nirgendwo rein. Abgesehen davon bin ich mir nicht sicher, ob wir weitermachen sollten. Sie haben selbst gesagt, dass Mr Hobart nicht glaubt, Danny hätte es getan. Der Detective wird sicher zum gleichen Schluss kommen wie sein Bruder, wenn das nicht schon der Fall ist."

„Sie wollen nicht weiter ermitteln?", fragte sie schmollend.

„Ich finde, wir sollten die Ermittlungsarbeit Scotland Yard überlassen. Ich sehe keinen Grund, warum sie nicht gründlich arbeiten sollten."

„Aber *wollen* Sie aufhören?"

Ich biss mir innen auf die Wange. Harmonys Augen leuchteten eifrig. Sie genoss unsere Bemühungen. Wie ich auch. „Wir *müssen* aufhören", sagte ich. „Wir wollen Inspector Hobarts Ermittlungen nicht in die Quere kommen."

Sie verschränkte die Arme. „Ich dachte, Sie wären wie ich, dass Sie Antworten wollen. Ich dachte, Sie wollten etwas *tun*."

Sie bezog sich darauf, Danny zu helfen, aber ich konnte nicht anders als an mein Gespräch mit meinem Onkel und meinen Vorschlag zu denken, mich im Hotel nützlich zu machen. So oder so, ich sah keinen Grund, warum wir mit unseren eigenen Ermittlungen weitermachen sollten.

„Inspector Hobart wird den Täter finden, Harmony. Machen Sie sich um Danny keine Sorgen."

Sie trommelte mit den Fingern auf ihren Arm und einen Augenblick lang dachte ich, sie würde Streit mit mir anfangen. Doch dann senkte sie die Arme. „Ich schätze, Sie haben Recht. Ich sollte sowieso besser wieder an die Arbeit gehen, bevor Mrs Kettering mich erwischt."

Während sie zum Lastenaufzug ging, kehrte ich ins Foyer zurück. Dort entdeckte ich Mr Hobart, der im Bürotrakt der leitenden Angestellten verschwand. Der Oberkellner Mr Chapman begleitete ihn. Der Zeitpunkt war so gut wie jeder andere, um den Direktor zu fragen, ob es eine kleine Aufgabe für mich gab.

Er öffnete die Tür zu Mr Armitages Büro und trat ein, Mr Chapman dicht auf seinen Fersen. Dahinter konnte ich Mr Armitage, Mrs Kettering und den Detective Inspector ausmachen, die sich alle in den kleinen Raum drängten. Ihr Weihnachtsessen war so kurz gewesen wie unseres, denn sie waren bereits zurück im Hotel, falls sie es überhaupt verlassen hatten. Beide Mrs Hobarts taten mir leid, die den Tag nicht mit ihren Ehemännern verbringen konnten.

Da ich die Befragungen nicht stören wollte, wartete ich draußen, den Rücken an die Wand des Flurs gelehnt.

Obwohl die Tür geschlossen war, konnte ich die Stimme des Inspektors hören. Er fragte jeden der leitenden Angestellten, wo sie gestern am Nachmittag und Abend gewesen waren. Scheinbar glaubte er noch immer nicht, dass Danny die Wahrheit sagte und Mrs Warrick um elf Uhr lebend angetroffen hatte.

Jeder gab Auskunft, doch es war Mr Armitages Antwort, die

mich mein Ohr an die Tür pressen ließ, um besser hören zu können.

„Ich habe um etwa acht Uhr in meinem Büro gegessen, während ich den Geschäftsbericht des Tages durchgegangen bin", sagte er seinem Vater. „Damit war ich gegen zehn Uhr fertig und bin in mein Zimmer gegangen, wo ich noch eine Stunde gelesen habe, ehe ich eingeschlafen bin."

„Und davor?", fragte Inspector Hobart.

„Ich habe Miss Fox auf dieser Etage herumgeführt und dann mit Mr Chapman im Speisesaal gesprochen. Danach ging ich eine Weile dem Hausmeister zur Hand, um ihm mit dem Fahrstuhlproblem zu helfen."

„Ist das nicht Aufgabe des Hausmeisters?"

„Ich hatte gerade nichts zu tun und wollte etwas Handwerkliches machen."

„Und vor deiner Führung mit Miss Fox?"

Mr Armitage stockte. „Ich war in meinem Büro und bin die An- und Abreisen durchgegangen. Ein Geräusch im Flur machte mich auf Miss Fox aufmerksam, die sich wohl verlaufen hatte."

Der Lügner! Er war nicht in seinem Büro gewesen, als er mich gesehen hatte. Er war aus Mr Chapmans Büro gekommen. Und zwar ziemlich heimlich. Er hatte die Tür erst einen Spalt geöffnet und hinausgespäht, eher er herauskam, als müsste er schauen, ob die Luft rein war. Warum? Oder wegen wem? Mr Chapman?

Der Detective Inspector klang, als wolle er die Gruppe entlassen, also eilte ich davon. Ich wollte nicht beim Lauschen erwischt werden. Weder von Mr Armitage noch von sonst jemandem wollte ich mit höflichem Lächeln und unverfänglicher Konversation bedacht werden. Ich brauchte Zeit, um über das nachzudenken, was ich gehört hatte, und um zu überlegen, welchen Grund Mr Armitage wohl für seine Lüge haben konnte.

Es gab jedoch nur eine Erklärung, die mir dazu einfiel—er hatte etwas zu verbergen.

Darüber sollte ich den Inspektor informieren. Unter gewöhnlichen Umständen hätte ich genau das getan. Aber Mr Armitage war der Sohn des Inspektors. Wenn sich herausstellte, dass er der Mörder war, würde Hobart es vertuschen. Es war nicht nur die Lüge über seinen Aufenthaltsort vor unserer Begegnung, die mir Sorge bereitete. Es waren auch Mrs Warricks gemurmelte Worte, bevor sie in den Fahrstuhl stieg—sie hatte jemanden erkannt. Jemanden, der nicht im Hotel sein sollte.

Und sie hatte Mr Armitage direkt angestarrt, als sie es gesagt hatte.

KAPITEL 4

Ich stieg die Treppen hinauf, um mich in mein Zimmer zurückzuziehen, doch bis ich den vierten Stock erreicht hatte, gab es nur noch einen Gedanken in meinem Kopf, den ich nicht abschütteln konnte. Wenn Mr Armitage der Mörder war, würde Detective Inspector Hobart seinen Sohn schützen. Vielleicht suchte er sogar nach einem Unbeteiligten, den er stattdessen beschuldigen konnte.

Mein Magen fühlte sich hohl an. Ich mochte Mr Armitage. Ich mochte auch seinen Onkel, doch beide Männer waren Hotelangestellte und ich war die Nichte des Hotelbesitzers. Natürlich verhielten sie sich mir gegenüber freundlich. Selbst wenn ich ihre Freundlichkeit nicht verdient hätte, würden sie sie mir trotzdem entgegenbringen. Wenn ich also ihrem Verhalten mir gegenüber nicht trauen konnte, warum sollte ich ihnen überhaupt trauen?

Scheinbar war ich etwas vorschnell gewesen, als ich Harmony gesagt hatte, ich würde keine unabhängige Ermittlung durchführen. Ich sollte sie suchen und ihr meinen Entschluss mitteilen, doch weiterzumachen. Allerdings würde sie die Einzige sein, der ich es sagte. Je weniger Personen wussten, dass ich die Objektivität des Inspektors anzweifelte, desto besser.

„Cleo! Ich bin so froh, dass ich dich gefunden habe." Flossy winkte mir von weiter hinten im Flur zu. „Ich brauche dringend nette Gesellschaft. Vater ist außer sich wegen des Mordes." Sie flüsterte das Wort, als ob es noch schrecklicher würde, wenn man es laut aussprach. „Der arme Floyd bekommt die Wucht seines Ärgers ab, weil Mr Hobart damit beschäftigt ist, Inspector Hobart zu helfen. Mutter ruht sich aus und ich muss dringend raus. Aber ich kann nicht einkaufen, also müssen wir uns mit einem Spaziergang begnügen."

Jetzt, da ich mich entschieden hatte, weitere Nachforschungen anzustellen, wollte ich nichts anderes tun, als voranzukommen. Ganz oben auf meiner Liste standen Gespräche mit den Gästen, die sich in Mr Armitages Nähe befunden hatten, als Mrs Warrick ihre verurteilenden Aussagen getätigt hatte. Leider fiel mir keine Ausrede ein und Flossy scheuchte mich zu meinem Zimmer.

„Hol dir Mantel, Hut und Handschuhe", sagte sie. „Ich habe meine schon."

Ich tat wie befohlen und schloss die Tür wieder ab. „Kennst du alle Gäste, die derzeit im Hotel wohnen?", fragte ich, während wir zum Fahrstuhl gingen.

„Du meine Güte, Cleo, das sind so viele! Ich gebe zu, wir sind gerade nicht voll belegt, aber es müssen ..." Ihre Lippen bewegten sich, während sie im Kopf rechnete. „Tonnen. Zu viele, um jeden einzelnen zu kennen. Warum?"

„Ich war nur neugierig. Weiß du, wer alle kennt?"

„Mr Hobart und Mr Armitage. Vater hat Floyd einmal dafür gerügt, dass er nicht wie die Direktoren jeden Abend die Reservierungen studiert, um die Namen der Gäste zu lernen, die am nächsten Tag anreisen. Peter kennt sie natürlich auch, aber nachdem jeder Gast eingecheckt hat." Der Fahrstuhl kam an, wobei seine Bodenplatte genau mit dem Flur auf einer Ebene lag. John öffnete die Tür und lächelte. „John kennt selbstverständlich auch alle Gäste", fügte Flossy hinzu.

„Nur die, die mit meinem schwebenden Zimmer reisen", sagte er und tätschelte die Tür, als wäre sie ein treues Haustier. „Die Treppensteiger nicht." Bei dieser letzten Aussage traf mich ein bedeutungsschwangerer Blick, während er den Hebel bediente.

„Ich mag Bewegung", murmelte ich.

„Gab es einen bestimmten Gast, über den du etwas wissen wolltest?" Flossy klatschte in die Hände. „Oh, ich weiß! Da gibt es einen feschen ausländischen Grafen, der im zweiten Stock wohnt. Du solltest wissen, dass er verheiratet ist, Cleo. Nicht, dass er mit seiner Frau hier wäre." Sie zwinkerte mir zu.

Wie ich dieses Zwinkern interpretieren sollte, wusste ich nicht, aber John lächelte. Ich fühlte mich, als hätte ich den Witz nicht verstanden.

„Hat einer von euch die Gentlemen bemerkt, die gestern bei Mr Armitage standen, als wir in den Fahrstuhl eingestiegen sind?" Ich wollte Mrs Warricks Namen nicht erwähnen, damit die beiden nicht ahnten, dass ich in dem Mordfall ermittelte.

Keiner von beiden konnte sich an die Gentlemen erinnern, also beschloss ich, es bei Peter zu versuchen. Leider war er an der Rezeption mit vier Gästen beschäftigt. Goliath und drei andere Pagen warteten in der Nähe mit dem Gepäck und Mr Armitage und Mr Hobart sprachen mit den Gästen. Peter sah besorgt aus, als er den Schlüssel eines Gentlemans entgegennahm.

„Oh nein", murmelte Flossy. „Es hat angefangen."

„Was?", fragte ich.

„Der Exodus. Vaters Befürchtungen bewahrheiten sich. Wir haben es bis nach dem Mittagessen geschafft, ehe ein Wort über den Mord bekannt wurde, aber jetzt scheint die Katze aus dem Sack zu sein."

Wir steuerten auf den Gepäcktresen zu, um uns Regenschirme zu holen. „Ich würde nicht hinausgehen, Miss Bainbridge", sagte Goliath, als wir an ihm vorbeikamen. „Die Zeitungsleute sind wie hungrige Schweine."

Die Eingangstür wurde plötzlich aufgestoßen und ein Stimmengewirr drang mit einer Person herein, die von Kopf bis Fuß durchnässt war. Die Tür wurde hinter ihm geschlossen, doch ich sah noch, wie der Portier Frank versuchte, einen Haufen Männer zum Weitergehen zu bewegen.

Der scharfe Blick des Neuankömmlings erfasste Flossy und mich. Er marschierte auf uns zu und hinterließ eine Tropfenspur auf den Fliesen. „Entschuldigen Sie, Ladys, auf ein Wort? Was können Sie mir über den Mord sagen, der hier gestern Abend begangen wurde? Kannten Sie das Opfer?" Er griff in seine Jackentasche und zog Bleistift und einen Notizblock heraus.

Flossy wich vor ihm zurück. „Lassen Sie mich in Ruhe!"

Mr Armitage kam dazu, das Gesicht versteinert, die dunklen Augen blitzend. „Raus oder ich lasse Sie hinauswerfen."

Der Mann hob ergeben die Hände. „Ich versuche nur, meine Brötchen zu verdienen, genau wie Sie."

„Sie sind nicht wie ich. Gehen Sie."

Die riesige Gestalt Goliaths überschattete uns. „Brauchen Sie Hilfe, Mr Armitage?"

„Es ist alles unter Kontrolle, danke, Goliath. Dieser Mann wollte gerade gehen." Mr Armitage packte den Reporter am Kragen und beförderte ihn zur Tür.

Goliath öffnete sie und Mr Armitage schubste den Mann hindurch. Er stolperte in die Menge der anderen Journalisten.

„Ich glaube, Frank könnte deine Hilfe gebrauchen", sagte Mr Armitage zu Goliath.

Goliath tippte sich zur Zustimmung an die Stirn und gesellte sich nach draußen zu Frank. „Gehen Sie weiter!", dröhnte Franks Stimme.

„Geht es Ihnen gut?", fragte uns Mr Armitage. Sein Blick tanzte flink über Flossy und blieb an mir etwas länger hängen.

Ich neigte den Kopf und fühlte mich plötzlich schuldig, weil ich gedacht hatte, er wäre in den Mord verwickelt. Er konnte es sicher nicht getan haben. Dazu wirkte er viel zu ehrenhaft. Aber warum hatte er seinen eigenen Vater belogen, als der ihn zu seinen Tätigkeiten gestern Nachmittag befragt hatte?

„Ja, danke", sagte Flossy und zeigte mit dem Kinn auf die Tür. „Grässliche Leute, die Reporter."

„Sie machen nur ihre Arbeit", sagte Mr Armitage.

Flossy wirkte leicht beleidigt, weil ihre Meinung abgetan wurde, doch er schien es nicht zu bemerken. Er beobachtete die Gäste an der Rezeption. Dabei war sein Gesicht noch immer angespannt und seine Fäuste an seinen Seiten geballt. Der aalglatte Mann, der mich gestern begrüßt hatte, war nirgends zu sehen.

„Wollen alle heute abreisen?", fragte ich.

„Nein."

„Sie haben Angst", sagte ich.

Flossy erschauerte und rieb sich die Arme. „Das kann ich ihnen nicht verübeln."

Ich legte den Arm um sie. „Uns wird nichts geschehen. Der Mörder hat Mrs Warrick aus einem bestimmten Grund ausgewählt und da sie jetzt zum Schweigen gebracht wurde, gibt es für ihn keinen Grund mehr, zuzuschlagen."

Sie lehnte sich an mich. „Danke, Cleo. Du hast vermutlich recht. Es muss so tröstlich sein, wenn man immer so vernünftig ist."

Trotz allem lächelte ich. „Manche finden es tröstlich, manche langweilig." Als ich aufschaute, bemerkte ich Mr Armitages merkwürdigen Blick. Die Starre in seinen Gesichtszügen war deutlich aufgelockert, aber seine Augen unter den halb gesenkten Lidern waren noch immer dunkel.

Er ging davon, um seinen Onkel zu unterstützen. Der versuchte, den Gästen ihre verfrühte Abreise auszureden.

„Ich möchte jetzt nicht mehr spazieren gehen", murmelte Flossy.

„Ich verspüre auch kein Bedürfnis, an diesen Reportern vorbeizugehen", gab ich zu. „Abgesehen davon regnet es."

Sie seufzte. „Ich habe noch eine Stunde, ehe ich mich fertigmachen muss."

„Essen wir wieder gemeinsam zu Abend?", fragte ich, da ich nicht sicher war, ob es für die Familie üblich war.

„Oh, das tut mir leid, Cleo, ich habe vergessen, es dir zu sagen." Sie nagte an ihrer Unterlippe und zog einen hübschen Schmollmund. „Ich werde mit Mutter und Vater auswärts essen. Freunde meiner Eltern sind zu Weihnachten nach London gekommen und dies war der einzige Abend, an dem sie Zeit hatten. Es wurde schon vor Ewigkeiten abgemacht, wahrscheinlich bevor wir überhaupt wussten, dass du kommst. Mutter und Vater möchten, dass ich deren Sohn heirate, weißt du? Sie bemühen sich schon eine ganze Weile, mich ihm in den Weg zu werfen, aber bis zu dieser Einladung ist es ihnen nicht gelungen."

„Das klingt schmerzhaft", sagte ich lächelnd.

„Oh, das ist es, sehr schmerzhaft sogar. Er ist so umständlich und ein entsetzlicher Langweiler. Ich habe versucht, mich mit vorgeschobenen Kopfschmerzen zu drücken, aber Mutter besteht darauf und hat mir angedroht, sie würde mich mitschleifen, komme was wolle." Sie seufzte wieder. „Ich wünschte, du würdest mit mir kommen, damit ich mit jemandem reden kann, der unterhaltsam ist. Als ich ihm das erste Mal begegnet bin, hat er den *ganzen* Abend über eine archäologische Ausgrabung geredet, die er besucht hatte. Er liebt Antiquitäten."

Für mich klang das ganz interessant, aber ich schätzte, das wollte sie gerade nicht hören, also nickte ich nur mitfühlend. „Und Floyd?"

„Den wirst du nicht zu Gesicht bekommen. Der verschwindet, sobald wir weg sind. Sag Vater aber nichts davon. Ich vermute, Floyd hat ihm erzählt, er würde den ganzen Abend hierbleiben und die Dinge im Blick behalten. Nicht, dass das nötig wäre, da Mr Armitage immer anwesend ist, wenn sein Onkel abends geht. Aber Vater möchte glauben, dass Floyd die Zügel in die Hand nimmt, wenn er nicht da ist. Also, was sollen wir die nächste Stunde tun?", fragte sie abschließend.

„Lesen? Briefe schreiben?"

Sie rümpfte die Nase. „Vielleicht mache ich mich jetzt schon fertig."

Harmonys Gesicht tauchte an der Ecke zu den Treppen auf. Als sie mich erspähte, winkte sie mich zu sich.

„Ich denke, ich werde mal nachsehen, was es in der Bibliothek für Bücher gibt", sagte ich zu Flossy.

Wir gingen zum Fahrstuhl, wo ich Flossy zurückließ, um mich auf den Weg in die Hauptlounge zu machen, die die Bibliothek des Hotels beherbergte. Dort wartete ich, wimmelte den Kellner ab, der mir einen Platz anbot, und beobachtete, wie Flossy in den Fahrstuhl stieg. Sobald die Tür geschlossen war, ging ich zurück und gesellte mich beim Treppenhaus zu Harmony.

„Kommen Sie mit in den Aufenthaltsraum", sagte sie. „Es gibt etwas, das Sie wissen sollten."

„Es gibt auch etwas, das Sie wissen sollten", sagte ich,

während ich ihr folgte. „Ich habe beschlossen, doch weiter zu ermitteln. Aber erzählen Sie es niemandem."

Sie lief unbeirrt weiter zum Aufenthaltsraum der Angestellten. „Ich dachte mir schon, dass Sie Ihre Meinung ändern werden, allerdings erst, nachdem Sie gehört haben, was ich zu erzählen habe."

„Was gibt es denn?"

Sie öffnete die Tür. Victor saß auf einer Tischkante und spielte mit seinem Messer. „Victor!", fuhr sie ihn an. „Du bist hier nicht in der Küche."

Victor steckte das Messer in einer fließenden Bewegung in seinen Gürtel.

„Sie sind sehr geschickt damit", sagte ich.

Er verschränkte die Arme vor der Brust. „Das bin ich."

„Haben Sie das hier gelernt?"

„Nö. Hab mein erstes Messer gefunden, als ich noch ein kleiner Junge war, und hab mir ein paar Tricks beigebracht."

„Gefunden?" Harmony schnaubte abfällig. „Wohl eher gestohlen."

Victor legte lediglich die Knöchel übereinander und betrachtete sie kühl.

Sie schob ihr Kinn vor. „Wir haben grässliche Neuigkeiten, Miss Fox. Danny wurde verhaftet. Sie haben ihn ins Gefängnis gesteckt!"

„Eine Arrestzelle bei Scotland Yard", stellte Victor klar.

„Ist doch das Gleiche."

„Nein, ist es nicht."

Harmony drehte ihm den Rücken zu. „Ich bin so froh, dass Sie beschlossen haben, doch weiter nachzuforschen. Wir werden natürlich helfen." Sie zeigte auf Victor.

Der klopfte auf eine Stuhllehne und lud mich ein, mich zu setzen. „Möchten Sie einen Tee, während Sie nachdenken?" Er deutete auf eine Teekanne und Tassen auf dem Tisch.

„Danke", sagte ich.

Harmony schenkte Tee in drei Tassen und Victor reichte mir eine. „Also, wo werden Sie anfangen?", fragte Harmony.

Ich nippte langsam, ordnete meine Gedanken und senkte die

Tasse auf meinen Schoß. Plötzlich ging die Tür auf und Goliath kam herein. Er stockte, als er mich sah.

„Geh doch weiter, du blöde Riesengiraffe", sagte jemand hinter ihm.

Goliath trat zur Seite. Hinter ihm tauchte der Portier Frank auf, der rot anlief, als er mich sah.

„Entschuldigen Sie meine Ausdrucksweise, Miss Fox", murmelte er. „Ich habe Sie nicht gesehen."

Ich stand auf. „Ist schon in Ordnung. Es ist meine Schuld, dass ich hier in Ihren Bereich eindringe, wo Sie sich ein paar Minuten entspannen können."

„Bitte bleiben Sie", sagte Harmony. „Miss Fox hilft mit, den Mord aufzuklären", informierte sie die Männer.

„Dann müssen Sie bleiben", sagte Goliath. „Sie haben Danny verhaftet."

„Die Polizei wird den Mörder finden", sagte Frank zu ihm.

„Die Polizei wird den finden, der für sie der praktischste Verdächtige ist", sagte Harmony finster. „Sie wollen das hier schnell und unauffällig abgewickelt haben. Ich weiß nur zu gut, wie die Polizisten sind, Frank."

„Mr Hobart wird nicht zulassen, dass sein Bruder Danny verknackt. Hab ein bisschen Vertrauen, Harmony."

Sie schniefte. „Es schadet nichts, wenn noch jemand nachforscht. Miss Fox ist klug. Vertrau *ihr* ein bisschen, Frank."

Wäre Mr Armitage nicht ihr direkter Vorgesetzter gewesen, hätte ich ihnen von meinem Verdacht und von meinen Zweifeln erzählt, dass sein Vater ordentlich ermitteln würde, wenn er seinen Sohn für Mrs Warricks Mörder hielt. So würde ich meinen Verdacht jedoch für mich behalten, bis ich absolut sicher war.

Ich setzte mich, während Goliath sich eine Tasse Tee eingoss.

Victor zog das Messer wieder aus seinem Gürtel. „Sind die Reporter weg? Soll ich da rausgehen und ihnen Angst machen?"

„Draußen stehen jetzt zwei Constables", sagte Frank. „Das hat die meisten verscheucht, bis auf ein paar ganz hartnäckige. Mr Armitage hat gesagt, ich und Goliath können zehn Minuten Pause machen, während er draußen die Stellung hält."

„Sieht aus, als hätten er und Mr Hobart diese Gäste überredet, doch zu bleiben", sagte Goliath.

„Wahrscheinlich, indem sie ihnen erzählt haben, der Mörder wäre gefasst", sagte Harmony und funkelte jeden der Männer wütend an. „Lasst es euch gesagt sein, sie werden Danny beschuldigen. Ich will meinen Freund nicht für etwas hängen sehen, was er nicht gemacht hat. Ihr vielleicht?"

Frank trat von einem Fuß auf den anderen und schüttelte den Kopf.

Goliath schob die Brust vor. „Nein, Ma'am, das will ich nicht."

Victor strich mit dem Finger an der Messerklinge entlang. „Also, was machen wir als Nächstes, Miss Fox?"

Sie starrten mich alle an. Wie war ich nur zu ihrer großen Hoffnung geworden? Ich hatte doch nichts weiter getan, als neugierig zu sein. Harmony schien beschlossen zu haben, dass man mir zutrauen konnte, die Wahrheit herauszufinden, aber worauf sich dieser Beschluss gründete, war mir nicht klar.

Vielleicht lag es nur daran, dass ich mit dem Hotelbesitzer verwandt war. Ich konnte in Bereiche gehen, die die Angestellten nicht betreten durften, und mit Leuten sprechen, die Harmony nicht einmal die Uhrzeit sagen würden.

„Die Polizei ist im Nachteil", stellte ich fest. „Sie dürfen die Gäste nicht befragen, aber ich glaube, die Gäste sollten befragt werden. Zumindest einige von ihnen. Zum einen könnte jemand Mrs Warrick im Laufe des Abends gesehen haben oder Zeuge geworden sein, wie Danny mit ihr gesprochen hat, als er ihr die heiße Schokolade brachte."

Harmony rückte auf ihrem Stuhl nach vorn. „Ich habe etwas herausgefunden, das nützlich sein könnte. Ich weiß jetzt, warum die Polizei jeden danach fragt, wo sie am späten Nachmittag und frühen Abend waren. Keiner der Kellner kann sich daran erinnern, Mrs Warrick im Speisesaal gesehen zu haben. Mr Chapman konnte ihren Namen auch nicht in seinem Buch finden. Er notiert den Namen jedes Gastes mitsamt der Zimmernummer, wenn sie ankommen", erklärte sie mir. „Die Kosten für das Essen werden auf ihre Rechnung gesetzt, wenn sie auschecken."

„Es wurde auch kein Essen auf ihr Zimmer geliefert", fügte

Victor hinzu. „Das habe ich überprüft, nachdem wir heute Morgen miteinander gesprochen haben, Miss Fox."

„Ist sie vielleicht auswärts essen gegangen?"

„Sie hat das Hotel nicht verlassen", sagte Frank.

Goliath zeigte mit seiner Teetasse auf Frank. „Vielleicht hast du in die andere Richtung geschaut, als sie vorbeigegangen ist."

Frank schürzte die Lippen. „Ich bemerke jeden. An mir kommt keiner vorbei."

„Dieser Journalist ist heute an dir vorbeigekommen."

„Niemand kommt *unbemerkt* an mir vorbei. Wenn Mrs Warrick sich nicht verkleidet hat, hat sie das Hotel nicht verlassen."

Harmony nickte nachdenklich. „Eine Verkleidung ist auf jeden Fall eine Möglichkeit. Aber warum sollte sie das tun?"

Die Tür ging auf und Peter kam mit einem der Hausmädchen herein. Ich erkannte sie als diejenige, die sich im Treppenhaus von Mrs Kettering eine Standpauke eingefangen hatte. Als sie mich sah, stockte sie und machte dann einen hastigen Knicks. Harmony stellte sie als Edith vor.

„Ich sollte wirklich nicht hier sein", sagte ich und erhob mich. „Ich möchte Ihnen nicht in die Quere kommen."

„Sie kommen uns nicht in die Quere", sagte Victor und schob Edith einen freien Stuhl hin.

Sie setzte sich darauf, den Kopf gesenkt, die Hände im Schoß.

„Miss Fox hilft mit, den Mord aufzuklären", sagte Harmony.

Ich zuckte zusammen und wünschte, sie würde aufhören, das zu verkünden.

„Edith hat heute Morgen Mrs Warricks Leiche gefunden."

„Wie schrecklich für Sie", sagte ich. „Sollten Sie nicht nach Hause gehen und sich ausruhen? Sie haben einen ziemlichen Schock erlitten."

Edith schaute mich mit riesigen Augen an. Sie waren ihr hübschestes Merkmal, insbesondere, wenn sie so unschuldig blinzelte. Wären diese großen, blau-grauen Augen nicht, sähe sie eher unscheinbar aus. Ich hatte sie für sehr jung gehalten, doch als ich sie jetzt genauer betrachtete, fielen mir die bezeichnenden Spuren des Alters um ihren Mund und die Augen auf. Sie musste an die dreißig sein.

„Mir geht es gut, danke, Miss Fox. Ich möchte lieber arbeiten. Also glauben Sie nicht, dass Danny es war?"

„Nein", riefen mehrere Stimmen auf einmal.

„Ich bin so froh, dass Sie ihm helfen werden", sagte sie zu mir. „Aber wer, glauben Sie, hat Mrs Warrick vergiftet?"

„Ich bin nicht sicher. Aber diese Nachforschungen müssen unter uns bleiben", erklärte ich allen. „Erzählt den leitenden Angestellten nichts davon, es sei denn, es hilft uns, Antworten zu finden. Edith, können Sie über die Leiche sprechen? Es ist in Ordnung, wenn es Ihnen zu viel ist."

„Meinen Sie, es wird helfen, Danny freizubekommen?"

„Vielleicht."

Sie atmete einmal tief durch. „Was möchten Sie wissen?"

„Erzählen Sie mir alles, was Sie dem Detective Inspector über Ihre Handlungen vor und nach dem Auffinden von Mrs Warrick gesagt haben."

„Um sieben Uhr heute Morgen habe ich ihren Tee gebracht, so wie immer, seit sie angekommen ist. Das war eine Regelbestellung, wissen Sie; Tee um sieben von einem Hausmädchen gebracht, nicht von einem Lakaien. Sie wollte nicht, dass Männer sie im Nachthemd sehen."

„Eine regelmäßige Bestellung, genau wie die Tasse heiße Schokolade", sagte ich.

Edith nickte. „Ich habe geklopft, aber es kam keine Antwort. Ich weiß genau, dass ich laut genug geklopft habe, denn der Gentleman im Zimmer gegenüber wurde davon wach. Er kam heraus und holte die Zeitung, die neben seiner Tür lag. Ich habe noch einmal bei Mrs Warrick geklopft und als wieder keine Antwort kam, habe ich meinen Schlüssel benutzt."

„Ist es üblich, dass Sie mit Ihrem eigenen Schlüssel eintreten?"

„Eigentlich nicht, ich dachte nur, sie wäre im Tiefschlaf. Ich wollte den Tee nicht vor der Tür lassen, weil ich weiß, dass sie ihn heiß mag. Es war nur eine mit einem Tuch abgedeckte Tasse, keine Kanne, und sie wäre sehr schnell kalt geworden."

„Sie tragen immer die Schlüssel zu allen Zimmern bei sich, wenn Sie morgens Tee bringen?"

„Nur für die Zimmer, die ich sauber mache."

„Sagen Sie mir, was passiert ist, als Sie ins Zimmer kamen."

„Ich habe die Tasse auf den Tisch neben die leere Schokoladenkanne gestellt, die Vorhänge geöffnet und mich umgedreht, um Mrs Warrick zu begrüßen. Da habe ich sie gesehen ... Sie lag mitten in ihrem Erbrochenen." Sie schüttelte sich und fasste sich an den Hals. „Es war schrecklich. Ich werde heute Nacht nie im Leben schlafen können mit der Erinnerung an ihr grausiges Gesicht im Kopf."

Harmony nahm Ediths Hand und Goliath drückte ihr die Schulter.

„Ich bin sofort hinausgelaufen und habe dem anderen Gast, der noch seine Zeitung las, gesagt, dass Mrs Warrick tot aussieht. Er ist in ihr Zimmer gegangen, um nachzusehen, während ich losgerannt bin, um es Mrs Kettering zu sagen."

Das arme Mädchen. Kein Wunder, dass ihre Hände noch zitterten. Ob ich in der Lage gewesen wäre zu arbeiten, wenn ich morgens eine Leiche entdeckt hätte, wagte ich zu bezweifeln.

„Sie haben erwähnt, dass Sie für die Zimmer Schlüssel haben, die Sie putzen", sagte ich. „Wer hat noch Zugriff auf die Zimmerschlüssel?"

„Mr Hobart und Mrs Kettering haben jeweils einen Satz Generalschlüssel", sagte Peter. „Wenn ein Gast einen Schlüssel verliert, muss ich einen von ihnen bitten, die Tür aufzuschließen. Es kommt nicht oft vor."

„Hat Mr Armitage keine Schlüssel?"

„Er benutzt die von Mr Hobart, wenn es nötig ist."

„Was glauben Sie, wer sie umgebracht haben könnte?", fragte Goliath. „Sie war allein im Hotel, oder nicht?"

Peter nickte. „Sie hat vor zwei Tagen eingecheckt. Ich erinnere mich, dass sie sich auf den Ball und Treffen mit alten Freunden freute."

„Sind diese alten Freunde schon angekommen?", fragte ich ihn.

„Ich weiß es nicht."

„Peter, erinnern Sie sich an gestern Nachmittag, als Mr Armitage neben dem Weihnachtsbaum mit einem Gentleman sprach? Da war noch ein Mann in der Nähe, der Zeitung las."

„Kurz nachdem Sie und Miss Bainbridge aus der Lounge kamen?" Peter nickte. „Ich erinnere mich."

„*Er* übersieht niemanden", sagte Goliath mit einem Grinsen zu Frank.

Frank sah aus, als wolle er etwas erwidern, schürzte dann aber nur die Lippen und zog die Schultern hoch. Goliath kicherte in seine Tasse.

„Der Mann, mit dem Mr Armitage gesprochen hat, ist Mr Hookly, Zimmer fünf-null-fünf", sagte Peter. „Netter Kerl, fröhlich, bekommt viele Päckchen aus verschiedenen Läden. Der mit der Zeitung war Mr Duffield, zweiter Sohn eines zweiten Sohnes eines Earls oder etwas in der Richtung. Ein bisschen versnobt, aber Ärger macht er nicht. Er wohnt im dritten Stock."

Auf der gleichen Etage wie Mrs Warrick. „Wissen Sie, was die in London machen?"

Peter zuckte mit den Schultern. „Ich nehme an, sie sind wegen des Balls hier und sind einfach ein paar Tage früher angereist. Die Unverheirateten ohne Familie verbringen gern die Weihnachtstage hier."

„Wissen Sie, woher sie kommen? Womit sie ihren Lebensunterhalt verdienen?"

„Nein, aber die Adressen kann ich herausfinden. Jeder muss sie beim Check-in hinterlegen. Es wird alles im Reservierungsbuch notiert."

„Wenn Sie mir die besorgen könnten, wäre das wunderbar."

„Warum?", fragte Goliath. „Was haben diese Männer mit Mrs Warricks Mord zu tun?"

„Sie hat einen von ihnen erkannt, aber ich weiß nicht welchen." Dass sie auch Mr Armitage gemeint haben könnte, behielt ich für mich. Täte ich es nicht, würden diese Angestellten die Ehre ihres Vorgesetzten verteidigen? „Vielleicht bedeutet es nichts", fuhr ich fort. „Es ist nur eine Richtung, in die ich ermitteln möchte."

„Sie sind sehr gründlich", sagte Harmony, nahm meine leere Tasse und stellte sie auf ein Tablett.

Edith sprang plötzlich auf. „So spät schon. Ich sollte besser wieder an die Arbeit gehen."

Harmony warf einen Blick auf die kleine Uhr, die neben

einem Stapel Zeitschriften auf dem Regal stand. „Ich dachte, du wärst für heute fertig, wie ich."

„Mrs Kettering hat mich gebeten, noch etwas für sie zu erledigen."

„Oder gehst du aus, um deinen Liebsten zu treffen?", fragte Goliath mit einem Zwinkern.

Edith lief rot an und senkte den Kopf.

„Lass sie in Ruhe", schimpfte Harmony.

Frank pflückte Goliath die leere Teetasse aus den Fingern. „Nur, weil dich niemand liebt, Goliath, brauchst du nicht auf uns neidisch zu sein, die wir Liebste haben."

„Die ihr Liebste habt?" Goliath schnaubte. „Ich sehe keine Frauen, die vor dem Hotel Schlange stehen, um deine hässliche Visage zu sehen."

Frank knallte die Tassen aufs Tablett. „Gilt auch für dich."

Edith öffnete die Tür, doch ich hielt sie am Arm zurück. Sie fuhr zusammen. „Wo wir gerade von Mrs Kettering sprechen", sagte ich sanft, „denken Sie daran, niemandem auch nur einen Hauch von meinen Ermittlungen zu verraten, weder ihr noch sonst jemandem."

„Das werde ich nicht und ganz sicher nicht diesem Drachen." Edith ließ in dieses eine Wort mehr Elan einfließen als in alle anderen zusammen.

„Was war unerwartet", sagte Harmony lachend, nachdem Edith gegangen war.

Victor warf eines seiner Messer in die Luft und fing es wieder auf. „Jemanden als Drache zu bezeichnen, erscheint mir nicht ungewöhnlich. So wie Mrs Kettering mit euch Mädels redet, wundert es mich, dass noch keine von euch *sie* vergiftet hat. Ich wette, ihr habt schon mehr als einmal davon geträumt."

„Du bist ein merkwürdiger Kerl." Sie nahm das Tablett und drückte es ihm in dem Moment gegen die Brust, als er das Messer gerade aufgefangen und noch nicht wieder geworfen hatte. „Nimm das mit in die Küche. Dieses *Mädel* hat genug für heute."

Victor balancierte das Tablett aus, während Harmony aus dem Raum marschierte. „Womit habe ich das denn jetzt verdient?"

* * *

ICH ERSPÄHTE MR HOOKLY, während ich in einem der Sessel im Foyer saß und so tat, als würde ich ein Buch lesen. Er kam aus dem Fahrstuhl und steuerte das Raucherzimmer an. Fünf Minuten später folgte ich ihm, das Buch unter den Arm geklemmt.

Im Raucherzimmer waren nur drei Gentlemen anwesend, die mich alle ansahen, als ich eintrat. Die beiden älteren Raucher hielten Zigarren, während Mr Hookly mit einer schlanken Zigarette zwischen den Fingern beim Kamin stand. Einer der Zigarrenraucher sah mich dermaßen angewidert an, dass ich am liebsten davongerannt wäre. Der zweite schüttelte den Kopf, als ob meine Anwesenheit ihn betrüben würde. Nur Mr Hookly hieß mich willkommen.

„Darf ich eine von denen probieren?", fragte ich, legte mein Buch auf das Kaminsims und zeigte auf seine Zigarette.

„Natürlich." Er griff in sein Jackett und zog ein silbernes Etui heraus.

Ich nahm eine der Zigaretten, die ich zwischen Daumen und Zeigefinger hielt, während er sie für mich anzündete. Er beobachtete lächelnd, wie ich sie mir zwischen die Lippen steckte.

„Jetzt sollten Sie einatmen", sagte er. Sein Lächeln wurde breiter.

Ich atmete ein und fing prompt an zu husten, als der Rauch in meine Kehle drang.

Mr Hookly schenkte mir aus der Karaffe auf dem Sideboard einen Sherry ein und reichte mir das Glas. Dankbar nippte ich daran, bis der Hustenreiz nachließ.

„Das erste Mal?", fragte er.

„Wie haben Sie das erraten?"

Er schmunzelte. „Entweder sind Sie sehr mutig oder äußerst unvernünftig." Er schaute betont zu den beiden älteren Herren, die um ihre Zigarren herum grummelten. In Anbetracht der Tatsache, dass Prostituierte die einzigen rauchenden Frauen waren, und vielleicht noch die etwas extremeren Verfechterinnen der Emanzipationsbewegung, war es wenig überraschend, dass sie mein Verhalten als Fehltritt betrachteten. In ihren Augen war meine Anwesenheit in ihrer Männerdomäne entweder ein Akt des Trotzes oder unanständig.

Was Mr Hookly wohl von mir hielt? Seinem Lächeln nach zu urteilen hatte er erkannt, dass weder das eine noch das andere zutraf und dass Rauchen für mich etwas Neues war. Da mein zweiter Atemzug einen weiteren Hustenanfall auslöste, war das nicht schwer zu erraten.

„Also, was von beidem sind Sie, Miss …?"

„Fox." Ich streckte ihm meine Hand entgegen. Er schüttelte sie und stellte sich als Mr Hookly vor. „Vielleicht bin ich ein mutiger Dummkopf", sagte ich. „Oder einfach abenteuerlustig."

Er nahm diese Aussage mit einer leichten Verbeugung zur Kenntnis. „Da wir jetzt festgestellt haben, warum Sie sich im Raucherzimmer befinden, erzählen Sie mir, was Sie ins Mayfair gebracht hat. Sie wirken nicht wie ein typischer Gast hier."

„Nicht? Und wie sieht ein typischer Gast des Mayfair Hotels aus?"

Er nickte in Richtung der beiden Gentlemen. „Älter."

„Sie sind nicht alt."

Das war er in der Tat nicht. Ich schätzte ihn auf Mitte bis Ende dreißig dank der grauen Stellen in seinen Koteletten. Er sah auch gut aus, aber nicht in einer auffälligen Art und Weise. Frauen würden ihn nicht umschwärmen, aber seine Gesichtszüge waren gefällig und er strahlte eine gewisse Kultiviertheit aus. So, wie er meinen Blick gefangen hielt, mangelte es diesem Mann nicht an Selbstvertrauen.

„Vielleicht war ich etwas ungnädig zu meinen Mitgästen. Nicht alle sind so altmodisch wie die beiden. Ich habe hier auch schon jüngere kommen und gehen sehen. Wie ich höre, lockt Sir Ronalds Sohn die Jugend an."

„Ist das so? Davon wüsste ich nichts. Ich bin erst gestern eingetroffen."

„Allein?"

Ich zog die Augenbraue hoch und er entschuldigte sich umgehend.

„Verzeihen Sie, die Frage war zu persönlich, wenn auch unschuldig gemeint." Er entbot mir noch eine Verbeugung, tiefer diesmal. Als er sich aufrichtete, war sein Lächeln verschwunden und er wirkte wirklich bedauernd.

Ich beschloss, ehrlich zu sein. Wenn ich wollte, dass er mir genug vertraute, um mir mehr von sich zu erzählen, musste ich im Gegenzug etwas von mir preisgeben. „Ich bin allein angereist, lebe aber mit meiner Familie im vierten Stock. Sir Ronald Bainbridge ist mein Onkel."

Seine Zigarette stockte auf halbem Wege zu seinen Lippen. „Weiß Ihr Onkel, dass Sie heute mit dem Rauchen angefangen haben?"

Ich beugte mich leicht zu ihm. „Nein, und ich wäre Ihnen sehr dankbar, wenn Sie weder ihm noch sonst jemandem davon erzählen würden. Ich glaube nicht, dass es eine Gewohnheit wird. Scheinbar habe ich nicht die richtige Technik." Ich zog an der Zigarette und hustete wieder.

Mr Hookly steckte sich seine Zigarette zwischen die Lippen und blies einen Rauchring. „Sie werden sich daran gewöhnen. Aber vielleicht ist es eine gute Idee, damit aufzuhören, bevor Sie richtig angefangen haben. Es macht furchtbar süchtig."

„Sagen Sie mir, was Sie nach London bringt—insbesondere ins Mayfair?", fragte ich, wobei ich mich bemühte, so zu klingen, als würde ich nur Smalltalk betreiben.

„Ich bin gerade aus dem südlichen Afrika auf englischen Boden zurückgekehrt."

„Afrika! Wie aufregend." Er sah nicht aus, als wäre er gerade aus einem heißen Land zurückgekommen. Er war nicht gebräunt. Vermutlich hatte er draußen einen breitkrempigen Hut getragen, um seine blasse Haut zu schützen.

„Finden Sie?" Meine begeisterte Reaktion schien ihm zu gefallen, denn er schob die Schultern ein klein wenig zurück.

„Was haben Sie dort getan?"

„Bergbau. Die Probleme mit den Buren werden jedoch immer schlimmer, deswegen habe ich beschlossen, nach England zurückzukehren. Ich habe meine Mine verkauft, kurz bevor der Krieg ausbrach, und hier bin ich." Er breitete die Hände aus. „Nachdem mein Schiff angedockt hatte, bin ich direkt nach London gekommen, um alles Notwendige für einen knackigen englischen Winter zu besorgen. Allerdings kann ich mich nicht entsinnen, dass es jemals so kalt war."

„Bleiben Sie zum Ball?"

„Ich denke, das werde ich, ja. Sir Ronald hat mich darum gebeten und mir just heute eine persönliche Einladung zukommen lassen, wie es der Zufall will. Ich nehme an, die persönliche Note ist dem Mord geschuldet und nicht seinem Verlangen nach meiner Gesellschaft an dem Abend. Fiese Geschichte, nicht wahr? Ich hoffe, sie schnappen den Täter bald."

„Heute Nachmittag haben sie einen der Lakaien verhaftet."

„Gut. Ich bin froh, dass das aufgeklärt ist. Man fühlt sich gleich viel besser, wenn man weiß, dass kein Mörder mehr durch die Flure schleicht und nach Juwelen sucht, die er klauen kann."

Ich machte mir nicht die Mühe, ihn zu korrigieren. Es erschien mir eine gute Idee, ihn glauben zu lassen, dass Diebstahl das Motiv und der richtige Täter verhaftet worden war.

Ein schlanker Mann mit geölten schwarzen Haaren und einem Ziegenbärtchen trat mit einer wunderschönen Frau am Arm ein. Ich war kaum in der Lage, von ihrem hübschen Gesicht wegzuschauen oder dem exquisiten, mit Perlen verzierten Seidenkleid und den Diamanten an ihrem Hals.

Der Gentleman mit dem Bärtchen bot ihr eine Zigarette aus einem goldenen Etui an und zündete sie für sie an. Sie blies den Rauch ihres ersten Zuges in die Richtung der beiden älteren Herren, die seit ihrem Eintreten nicht aufgehört hatten, miteinander zu tuscheln.

Sie standen prompt auf und gingen hinaus. Ihr träger Blick folgte ihnen.

„Sie ist bemerkenswert, nicht wahr?", sagte Mr Hookly leise.

Grundgütiger, ich hatte sie viel zu lange angestarrt und räusperte mich. „Erzählen Sie mir mehr von sich. Sie haben erwähnt, dass Sie Ihre Mine rechtzeitig vor Ausbruch des Krieges verkauft haben, aber was steht jetzt für Sie an?"

„Ich werde nach Berkshire zurückkehren und mir eine Beschäftigung suchen, schätze ich. Was das sein wird, habe ich noch nicht entschieden."

„Und warum haben Sie das Mayfair für Ihren Aufenthalt in London gewählt?"

Sein Lächeln blitzte auf. „Wie ein echtes Mitglied der Bainbridge Familie gesprochen." Er schnippte seinen Zigarettenstummel ins Feuer und zog erneut das Silberetui hervor. „Das Hotel wurde mir von einem Freund empfohlen, Lord Addlington. Kennen Sie ihn?"

„Nein."

„Exzellenter Kerl. Stammgast hier. Sir Ronald kennt ihn gut, jedenfalls hat er mir das gesagt, als er das Empfehlungsschreiben seiner Lordschaft gelesen hat." Plötzlich schaute er auf und nickte jemandem zu.

Ich folgte seinem Blick und erstarrte. Unter Mr Armitages entsetztem Gesichtsausdruck sackte mir der Magen herab.

Mr Armitage fing sich jedoch schnell. „Guten Abend, Mr Hookly, Miss Fox. Darf ich anmerken, dass es eine Überraschung ist, Sie hier anzutreffen. Ich hätte nicht gedacht, dass Sie rauchen."

„Wenn Sie ihren ersten Versuch gesehen hätten, wäre Ihnen klar geworden, dass sie es nicht tut." Mr Hookly schmunzelte. „Armitage, gibt es etwas Neues zu dem Kerl, nach dem ich Sie gefragt habe?"

„Soweit ich weiß, kommt er noch zum Ball."

„Exzellent, exzellent." Mr Hookly warf seine Zigarette ins Feuer. „Wenn Sie mich entschuldigen wollen, ich muss gehen. Heute Abend esse ich auswärts im Club eines Freundes."

„Genießen Sie den Abend, Sir."

Mr Hookly nahm meine Hand und verbeugte sich. „Es war mir ein Vergnügen, Ihre Bekanntschaft zu machen, Miss Fox. Vielleicht treffen wir uns morgen wieder hier."

Vermutlich nicht, es sei denn, mir fielen noch weitere Fragen ein, die ich ihm stellen konnte.

Mr Armitage prüfte den Inhalt der Karaffen auf dem Sideboard. Ich hätte auch gehen sollen, doch ich wollte mit ihm reden. Seit er mir korrekterweise vorgeworfen hatte, die Fähigkeiten seines Vaters als Detective infrage zu stellen, bestand eine gewisse Anspannung zwischen uns. Mir war auch sehr bewusst, dass er seinen Vater angelogen hatte, was seinen Aufenthaltsort anging. Ich überlegte gerade, wie ich den Grund für diese Lüge herausbekommen könnte, als er mich ansprach.

„Was tun Sie hier, Miss Fox?", fragte er lässig.

„Rauchen natürlich." Um es zu beweisen, zog ich an der Zigarette. Das darauffolgende Husten war nicht ladylike. Ein Schluck Sherry schaffte Abhilfe.

Mr Armitage pflückte mir die Zigarette aus den Fingern und warf sie ins Feuer.

„Die habe ich gerade geraucht", sagte ich irritiert.

„Sie sind daran erstickt. Rauchen kann man das nicht nennen."

Ich verwarf mein Ansinnen, den Grund für seine Lüge herauszufinden. Es konnte mich nicht nur in Gefahr bringen, sollte er der Mörder sein und mein Motiv für die Fragen erraten, mir war auch überhaupt nicht danach, mit jemandem zu reden, der überheblich genug war, meine Zigarette zu nehmen und ohne meine Zustimmung auszudrücken. Er war weder mein Onkel noch mein Cousin. Hätte einer der beiden das Gleiche getan wie Mr Armitage, wäre ich genauso verärgert gewesen.

Unglücklicherweise folgte mir Mr Armitage aus dem Raum. „Ihnen ist klar, dass das nicht Graf Ivanovs Frau war. Sie ist seine Geliebte."

Geliebte! Grundgütiger. Was für ein Mann brachte seine Geliebte mit in ein Hotel wie das Mayfair und behandelte sie, als wäre sie seine Frau? Russen, vermutete ich. Reiche, adelige Russen.

„Wie ich sehe, habe ich Sie schockiert", sagte Mr Armitage.

Ich bemühte mich um einen unbeteiligten Gesichtsausdruck. „Überhaupt nicht. Abgesehen davon wüsste ich nicht, wieso mich Graf Ivanovs Privatangelegenheiten etwas angehen sollten, oder Sie, wenn ich so sagen darf."

„Ganz im Gegenteil. Als stellvertretender Direktor des Hotels gehen mich die Privatangelegenheiten der Gäste sehr viel an. Ich muss wissen, wer hier mit wem wohnt und warum. Nicht, dass ich erwarte, die Gräfin Ivanov würde plötzlich aus Russland anreisen, aber ich muss auf diese Eventualität vorbereitet sein und schnell reagieren, um ein Desaster abzuwenden."

„Mit Desaster meinen Sie eine Begegnung der Ehefrau mit der Geliebten am Arm ihres Mannes."

„Sie begreifen schnell, Miss Fox."

Meine Augen wurden schmal. Er machte sich über mich lustig und musste mich für unglaublich naiv halten, weil ich nicht erkannt hatte, dass sie die Geliebte des Grafen war. Dabei wusste ich sogar, dass es nur zwei Sorten von Frauen gab, die rauchten, und sie erschien mir nicht wie eine Verfechterin von Frauenrechten. Aber wie eine Prostituierte sah sie auch nicht aus. Die hatte ich bisher nur in irgendwelchen Kneipeneingängen herumlungern sehen, halb entkleidet und stark geschminkt. Zugegeben beruhte meine Erfahrung auf einem einzigen unfreiwilligen Ausflug in einen Cambridger Slum, als ich auf dem Weg zu einer Freundin nach einer Vorlesung falsch abgebogen war.

„Darf ich Ihnen eine wohlgemeinte Warnung mitgeben, Miss Fox?", fragte Mr Armitage.

Ich erwartete keine wohlgemeinten Worte, sondern eine Rüge, wollte Mr Armitage aber auch nicht vergraulen. Noch nicht. Nicht, solange ich nicht wusste, ob er in den Mord verwickelt war oder nicht. „Fahren Sie fort."

„Der Grund, aus dem ich Ihnen von Graf Ivanovs Geliebter erzählt habe, ist der, dass die Nichte des Hotelbesitzers nicht öffentlich beim Rauchen gesehen werden sollte. Ansonsten werden die Leute glauben, Sie wären wie diese Geliebte. Wenn Sie rauchen müssen, dann tun Sie es in Ihren Privaträumen und verpflichten Sie Ihre Zofe zur Geheimhaltung. Sir Ronald würde es nicht gutheißen, wenn Sie in aller Öffentlichkeit im Raucherzimmer des Hotels rauchen."

„Dann sollten Sie vielleicht ein Schild an der Tür anbringen: Frauen verboten mit Ausnahme von Geliebten."

Er trat einen kleinen Schritt zurück. „Sie sind wütend auf mich. Das tut mir leid. Ich habe versucht zu helfen, da ich annahm, Sie wüssten einen Rat von jemandem, der Sir Ronald gut kennt, zu schätzen." Er verneigte sich knapp. „Ich entschuldige mich."

Ich seufzte, als er davonstolzierte. Das lief gar nicht gut. Ich sollte ihm doch Informationen entlocken, weswegen ich ihm nacheilte. „Mr Armitage, danke für Ihren Rat. Ich *weiß* ihn zu schätzen."

Er blieb stehen und beäugte mich vorsichtig, wenn nicht sogar unsicher.

„Ich dachte, ich probiere mal etwas Neues", fuhr ich fort. „Ich habe noch nie zuvor geraucht und Mr Hookly war so nett, mir eine Zigarette zu geben. Jetzt, da ich es getan habe, bezweifle ich, dass ich es noch einmal versuchen werde. Es gefiel mir gar nicht. Wie kommt es, dass ihr Männer so gern raucht?"

„Ich rauche nicht."

„Raucht Mr Hookly jeden Abend vor dem Essen?"

„Davor oder danach." Er war noch immer ziemlich förmlich und steif und ich wusste nicht recht, wie ich ihn dazu bringen sollte, sich zu entspannen und mit mir zu reden. Wenigstens stolzierte er nicht wieder davon.

„Er ist ein interessanter Kerl", redete ich weiter. „Erst kürzlich aus Afrika zurückgekehrt."

„Dem Süden, sagte er mir."

„Wo er eine Mine verkauft hat, ja. Was wissen Sie über den Mann, dessen Empfehlungsschreiben er bei sich trägt?"

„Lord Addlington? Er ist ein Stammgast, wenn das Parlament tagt. Ein sehr feiner Gentleman und hier äußerst angesehen." Er wünschte mir einen guten Abend und ging, blieb dann aber plötzlich stehen. „Ihr Onkel hätte Sie gern mit Mr Hookly bekanntgemacht, hätten Sie ihn darum gebeten."

Jetzt war ich an der Reihe, einen Schritt rückwärts zu gehen. Ich wollte ihn schon fragen, warum ich meinen Onkel bitten sollte, mich mit Mr Hookly bekanntzumachen, als mir plötzlich aufging, dass Mr Armitage dachte, ich hätte ein romantisches Interesse an dem afrikanischen Minenbesitzer. Um eine Vorstellung zu bitten wäre sicherlich anständiger gewesen, als ihm ins Raucherzimmer zu folgen.

Dass Mr Armitage dachte, ich wäre an Mr Hookly interessiert und auch noch auf eine Art, die keine respektable Vorstellung erforderte, war grauenhaft. Er musste glauben, ich wäre auf der Jagd nach einem reichen Gönner, der mich mit Juwelen eindeckte und mich in Luxushotels zur Schau stellte, während seine Frau zu Hause blieb.

Ich sah Mr Armitage nach, während sich in meiner Brust ein Sturm an Gefühlen zusammenbraute. Ob ich mich nun schämen oder verärgert sein sollte, wusste ich nicht. Er hatte sich schließlich eine Meinung über mich gebildet, ohne das Geringste über mich zu wissen.

Eins war jedenfalls klar. Ich würde aus Mr Armitage keine weiteren Antworten herausbekommen. Sollte er zuvor noch bereit gewesen sein, mir zu vertrauen, war er das jetzt sicherlich nicht mehr.

KAPITEL 5

Es war Flossy, die mich ermutigte, im Speisesaal des Hotels zu Abend zu essen statt allein in meiner Suite. Ich leistete ihr Gesellschaft, während sie sich für ihre Verabredung zurechtmachte. Drei Stunden später war mir klar, warum sie so lange brauchte. Ihre Zofe frisierte sie auf drei unterschiedliche Arten, jeder Stil aufwendiger als der vorige, bis Flossy sich schließlich für den ersten entschied. Sie zog sich unzählige Male um und als sie an dem Kleid, das sie gewählt hatte, einen losen Faden entdeckte, musste ihre arme Zofe sich neben eine Lampe setzen und es umgehend flicken.

Ich war recht erleichtert, als einer der Lakaien an die Tür klopfte und verkündete, dass ihre Eltern auf sie warteten. Ich kehrte in meine eigene Suite zurück, zog mich um und frisierte mich neu. Meine Haare rochen etwas rauchig, doch zum Glück hatte Flossy nichts bemerkt. Ich sprühte etwas Parfüm darauf und schlüpfte in meine Schuhe.

Floyd hatte mich nicht gebeten, mit ihm zu Abend zu essen, also hatte ich angenommen, er wäre ausgegangen, wie Flossy gesagt hatte. Ich nahm den Fahrstuhl nach unten und plauderte die ganze Fahrt über mit John. Auf dem Weg vom Foyer in die Lounge vor dem Speisesaal entdeckte ich einen meiner Verdächtigen. Es war der Mann, der in Mrs Warricks Blickfeld Zeitung gelesen hatte, als sie ihre Überraschung, einen Bekannten zu sehen, zum Ausdruck gebracht hatte.

„Entschuldigen Sie", sagte ich und trat neben ihn. „Sind Sie Mr Duffield?"

Es war entsetzlich forsch von mir, einen Fremden anzusprechen, aber außergewöhnliche Umstände verlangten drastische Maßnahmen. Er blieb stehen und schenkte mir ein höfliches, wenn auch gequältes Lächeln. „Der bin ich."

„Ich bin Miss Fox, die Nichte von Sir Ronald Bainbridge."

Bei der Erwähnung meines Onkels verschwand das gequälte Lächeln und wurde durch ein freundliches ersetzt. Er verbeugte sich über meiner ausgestreckten Hand. „Miss Fox! Wie entzückend, Sie endlich kennenzulernen. Ich habe gerade noch mit Ihrem Onkel über Sie gesprochen. Er sagte, er wollte uns miteinander bekanntmachen."

Aus irgendeinem Grund klang es vollkommen aufgesetzt. Vielleicht war er ein wenig zu enthusiastisch. „Oje, ich hoffe, er hat nur Gutes über mich gesagt."

Mr Duffield lachte. „Nur das Beste. Essen Sie heute Abend mit ihm?"

„Er isst leider mit meiner Tante und meiner Cousine auswärts, weswegen ich an meinem zweiten Abend in London ganz allein bin."

„Erst der zweite! Nun, wir können nicht zulassen, dass Sie allein essen, nicht wahr? Möchten Sie sich zu mir gesellen? Auch ich bin heute Abend allein."

Ich nahm die Einladung gern an und er hielt mir den Arm hin, damit ich mich einhaken konnte. Dem Oberkellner Mr Chapman nannte er seinen Namen und die Zimmernummer, doch als Mr Chapman mich erkannte, schloss er betont das Buch, ohne etwas zu notieren.

„Genießen Sie Ihre Mahlzeit, Miss Fox, Mr Duffield." Falls Mr Chapman es merkwürdig fand, dass ich mit einem Gast zu Abend aß, zeigte er es nicht. Er war der Inbegriff von Förmlichkeit, als er einen Kellner heranwinkte.

Ich schaute über die Schulter, während wir dem Kellner zum Tisch folgten, doch von Mr Armitage war nichts zu sehen. Ich hatte fast erwartet, dass er irgendwo stehen und mich beobachten würde, sein zu gutes Aussehen von einem finsteren Blick getrübt.

Mr Duffield stellte den Stuhl bereit und schob ihn für mich vor, während ich mich setzte. Dann nahm er selbst Platz. Er hatte ein nettes Lächeln, das er mir großzügig schenkte, doch das war auch alles, was er an guten Eigenschaften zu bieten hatte. Erst hatte ich gedacht, er wäre weit über vierzig, doch bei näherer Betrachtung besaß er die glattere Haut eines Mannes in den Dreißigern. Der Mangel an Haaren ließ ihn älter erscheinen. Abgesehen von den Büscheln über seinen Ohren war der Rest seines Kopfes kahl. Er hatte noch nicht einmal einen Bart.

Mr Duffield tat ungefragt zu jedem Gericht auf der Speisekarte seine Meinung kund und winkte einen vorbeigehenden Kellner heran, ohne mich zu fragen, ob ich bereit war. Er bestellte eine Flasche Wein zu unserem Essen.

„Sie werden die Ente genießen, Miss Fox", sagte er, als der Kellner ging. „Sie ist köstlich."

„Zum Glück mag ich Ente", sagte ich spitz.

Mr Duffields Lächeln wurde breiter. Offenbar freute ihn meine Zustimmung. „Erzählen Sie mir von sich, Miss Fox. Warum sind Sie in diesem herrlichen Hotel eingezogen?"

Ich gab ihm die Kurzversion und erwähnte nur knapp den kürzlichen Tod der letzten meiner Verwandten väterlicherseits sowie die großzügige Einladung meines Onkels und meiner Tante, bei ihnen zu wohnen, bis ich heiratete. Bei der Erwähnung von Ehe leuchteten seine Augen auf.

„Und haben Sie einen Verlobten, Miss Fox?", fragte er ach so unschuldig.

„Noch nicht", sagte ich, wobei ich mich seinem Ton anpasste. „Erzählen Sie mir von sich, Mr Duffield. Woher stammen Sie?"

„Ich besitze ein Anwesen in Lincolnshire mit einigen Pachtbauernhöfen. Meine Familie lebt schon seit Generationen dort."

Peter hatte gesagt, Mr Duffield sei der zweite Sohn eines zweiten Sohns eines Earls, also sollte es mich nicht überraschen, dass er zum Landadel gehörte. Trotzdem war ich etwas verblüfft. Als er mir seinen Arm angeboten hatte, war mir der dünne Stoff seines Dinner-Jacketts aufgefallen. Auch seine Schuhe waren abgetragen und hatten so sehr die Form seiner

Füße angenommen, dass ich den kleinen Zeh ausmachen konnte. Mein Großvater hatte sein Dinner-Jackett und die guten Schuhe nur zu den formellsten Anlässen getragen. Sie waren in dem gleichen Zustand gewesen wie Mr Duffields.

Scheinbar wollte Mr Duffield mich wissen lassen, dass er zum Landadel gehörte, damit ich vielleicht die Beweise für seine Not übersah.

„Und was bringt Sie nach London und insbesondere ins Mayfair?", fragte ich.

„Geschäftliche Dinge bringen mich in die Stadt. Immer Geschäftliches." Er lehnte sich zurück und schob die Brust vor. „Und was das Mayfair angeht, ist das nicht offensichtlich?"

„Wie bitte?"

„Der Ball! Ich freue mich schon sehr darauf. Werden Sie daran teilnehmen, Miss Fox?"

„Ich bin mir noch nicht sicher. Da ich mich in Trauer befinde, erscheint es mir nicht angebracht."

Er runzelte die Stirn und tätschelte meine Hand. „Ich hoffe sehr, Sie überlegen es sich noch einmal. Sie wären ein Schmuckstück für den Abend. Ihr Onkel wäre sicherlich sehr stolz."

„Oh, äh, danke." Sein Kompliment hatte ich kaum wahrgenommen, falls es eins war. Meine Gedanken drehten sich um die Läden in der ruhigen Zeit zwischen Weihnachten und Neujahr. Die Banken hatten mit Sicherheit geschlossen und die meisten Angestellten waren nicht in ihren Büros. Vielleicht waren Mr Duffields Geschäfte dringend und konnten nicht warten, bis die Banken im neuen Jahr wieder öffneten. Oder er war nur wegen des Balls hier und hatte bezüglich der Geschäfte gelogen.

Oder er war noch aus einem ganz anderen Grund hier. Einem Grund, mit dem Mrs Warrick ihn konfrontiert hatte. Falls sie gewusst hatte, dass er zu arm war, um sich einen Aufenthalt im Hotel leisten zu können, war es gut möglich, dass sie überrascht gewesen war, ihn anzutreffen. Sollte sie ihn danach gefragt haben, war er möglicherweise besorgt gewesen, sie könne seine Pläne durchkreuzen.

„Schreckliche Geschichte mit dem Mord, finden Sie nicht?", fragte ich, als unser Essen kam.

„Ja. Grausig. Aber lassen Sie uns nicht über so etwas reden."

„Oh, aber das würde ich gern. Hatten Sie die arme Mrs Warrick kennengelernt?"

„Wen?"

„Das Opfer."

„Nein, ich glaube nicht. Vielleicht habe ich zu irgendeinem Zeitpunkt ein paar Worte mit ihr gewechselt, im Fahrstuhl oder im Foyer. Ich weiß es nicht. Wie ist die Ente?"

So sehr ich mich auch bemühte, Mr Duffield weigerte sich, weiter über den Mord oder über sich selbst zu reden, außer um mir zu beschreiben, wie groß sein Anwesen war, wie viele Pachthöfe sich darauf befanden und was sein lange verstorbener Großvater, der Earl, für ein Mann gewesen war.

Bis der Abend vorbei war, würde ich eine Geschichte parat haben, die Flossys in Sachen Stumpfsinnigkeit in nichts nachstand. Ich hätte zu gern mit ihr getauscht und mich mit einem Archäologie-Enthusiasten unterhalten anstatt mit diesem selbstgefälligen Langweiler.

Als er sich nach dem Essen entschuldigte, war ich erleichtert. „Ich bin gleich wieder da."

Er ging, bevor ich ihm sagen konnte, dass ich noch etwas vorhatte. Einige Minuten später kehrte er in den Speisesaal zurück. Ich studierte die Tischdecke und das Tafelsilber, während er mit Mr Chapman sprach. Da dieser zu mir schaute, machte ich mir keine Illusionen, dass ich Thema dieses Gesprächs war.

Als er zu mir kam, setzte sich Mr Duffield nicht. „Vielen Dank für Ihre Gesellschaft heute Abend, Miss Fox."

„Sie gehen?" Ich war nicht traurig darüber, allerdings doch überrascht, dass der Abend so plötzlich endete. Ich hatte gedacht, er hätte gern über sich geredet.

„Ich habe Kopfschmerzen." Er berührte seine Schläfen. „Gute Nacht."

„Gute Nacht", rief ich ihm hinterher.

Mr Duffield warf Mr Chapman noch einen Blick zu, als er vorbeiging.

Ich folgte ihm, lächelte Mr Chapman an und suchte das Foyer auf. Es war noch früh, aber ich war müde, denn der Tag war lang gewesen. Trotzdem wollte ich in der Bibliothek nach einem Buch schauen. Allerdings erreichte man sie nur durch die Lounge und deren Türen waren geschlossen.

Ich öffnete eine und linste hinein. Es war dunkel. Wenn ich zur Bibliothek wollte, ohne unterwegs gegen Tische und Stühle zu stoßen, musste ich das Licht einschalten und das würde vermutlich einen Angestellten auf den Plan rufen. Nun gut, dann war es eben so. Ich tat schließlich nichts Verbotenes.

Ich tastete neben der Tür nach dem Schalter, konnte ihn aber nicht finden. Er musste auf der anderen Seite sein.

Plötzlich ging das Licht an. „Kann ich Ihnen helfen, Miss Fox?"

Mir rutschte der Magen in die Kniekehlen. Ausgerechnet Mr Armitage war auf mich aufmerksam geworden. Nach seinem frostigen Tonfall zu urteilen, war er noch immer sauer auf mich.

„Ich wollte nur in die Bibliothek", sagte ich. „Danke, dass Sie das Licht eingeschaltet haben. Ich konnte den Schalter nicht finden."

„Der Schalter befindet sich wie in allen Räumen neben der Tür."

In mir sträubte sich alles. „Ich habe erst auf der falschen Seite gesucht." Ich wartete, doch er ging nicht. „Ich werde es ausschalten, wenn ich fertig bin."

„Ich warte."

„Es könnte etwas dauern. Ich stöbere gern."

„Wie ich bereits sagte, ich warte." Wenn sein Ton noch kühler wurde, würde ich einen Mantel benötigen.

„Haben Sie Angst, dass ich auf dem Rückweg eine Teetasse stehle?" Ich wirbelte herum und marschierte zur Bibliothek.

Der Raum war nicht groß, aber vollgestopft mit Büchern und Zeitschriften aller Art, sogar Groschenromanen. Die überging ich und überflog die Sachbücher. Da mir die imposante Gestalt von Mr Armitage, der mich von der Lounge aus beobachtete, äußerst bewusst war, las ich die Buchrücken, ohne wirklich etwas aufzunehmen, weswegen ich sie ein zweites Mal lesen musste. Schließlich legte ich mich auf zwei Bücher fest, die ich an meine Brust drückte, während ich zu ihm zurückging.

Er lehnte mit verschränkten Armen am Türrahmen. Die

lässige Haltung stand im Gegensatz zu seiner sonst so steifen Förmlichkeit. Der hellwache Blick allerdings nicht.

„Gefunden, was Sie gesucht haben?", fragte er.

„Leider haben Sie meine Pläne durchkreuzt, die Teetassen zu stehlen, also müssen die Bücher herhalten." Ich schlenderte an ihm vorbei und sah mich nicht noch einmal um.

* * *

Durch Harmony erreichte mich am späten Vormittag die Nachricht, dass Danny freigelassen worden war. Sie berichtete voller Begeisterung, dass er sich schon wieder bei der Arbeit befand.

„Unter den Angestellten ist er die Sensation", sagte sie, während sie mein bereits aufgeräumtes Zimmer aufräumte. „Er hat einige interessante Geschichten über seine Verhaftung und die Zeit in der Arrestzelle zu erzählen. Aber er schmückt auch gern aus, deswegen würde ich nicht alles glauben, was er sagt."

„Hat er berichtet, warum die Polizei ihn freigelassen hat?", fragte ich.

„Zwei Gründe, wie es scheint. Das Gift war nicht in der Kanne oder der Tasse mit der Schokolade und der Todeszeitpunkt wurde von dem Pathologen auf zwischen drei und sechs Uhr morgens geschätzt. Zu dieser Zeit war Danny mit jemandem zusammen."

Ich drehte mich zu ihr um. „Er hat eine Freundin?" Ich war mir nicht sicher, warum es mich überraschte. Auch wenn ich vielleicht ein behütetes Leben geführt hatte, war ich nicht so naiv zu glauben, dass Leute keine Liebschaften hatten. Oder es lag an meinem Verdacht, dass Harmony etwas für ihn übrighatte, weswegen sie sich so vehement für seine Freilassung eingesetzt hatte.

Allerdings wirkte sie nicht aufgebracht, dass er eine Geliebte hatte. Sie summte vor sich hin, während sie einen staubfreien Tisch abstaubte.

„Warum hat er bei der Verhaftung die Geliebte dem Detective gegenüber nicht erwähnt?", fragte ich.

„Vermutlich wollte er ihn schützen."

„Ihn?", platzte ich heraus. „Oh. Ich verstehe." Ich wandte mich wieder der Korrespondenz zu, die ich an meinem Schreibtisch gelesen hatte. Mein Gesicht glühte.

„Nur seine engsten Freunde wissen es. Versprechen Sie mir, es keiner Menschenseele zu erzählen", drängte sie. „Nicht einmal Ihrer Familie. Sie wissen, was mit Oscar Wilde passiert ist, nicht wahr?"

Der homosexuelle Schriftsteller war vor einigen Jahren wegen schwerer Unzucht ins Gefängnis gewandert. Das Gesetz stand nicht auf der Seite von Männern wie ihm. „Warum hat der Detective Inspector Danny nicht deswegen verhaftet, als er sein Alibi genannt hat?"

Sie zuckte mit den Schultern. „Er muss ein guter Mann sein, wie sein Bruder, Mr Hobart."

„Mr Hobart weiß von Danny?"

„Mr Hobart weiß alles von jedem im Hotel."

„Ist die Polizei heute Morgen zurückgekommen?", fragte ich.

„Der Detective Inspector war da und hat sehr früh mit Sir Ronald, Mr Hobart und Mr Armitage gesprochen. Dann ist er wieder gegangen."

Es war eine Erleichterung, dass Danny nicht mehr verdächtigt wurde; trotzdem nagte das dringende Bedürfnis, den Mörder zu finden, weiter an mir. Mein Onkel musste außer sich sein vor Sorge. Die Verhaftung hatte die Ängste der Gäste besänftigt, sowohl der bereits anwesenden als auch derer, die noch einchecken würden. Sobald sich herumsprach, dass Danny freigelassen worden war, konnte es zu Stornierungen kommen. Dafür mussten nur die Zeitungen darüber berichten und der Ruf des Hotels würde in Trümmern liegen.

Harmony kam zu mir an den Schreibtisch, wobei ihr Staubwedel über dem Lampenschirm hin und her fuhr. „Werden Sie die Ermittlungen jetzt noch fortführen?"

„Um aufzuhören, bin ich schon zu weit gekommen."

„Stimmt. Und es besteht immer noch die Gefahr, dass ein anderer unschuldiger Angestellter verhaftet wird."

„Warum glauben Sie, dass alle unschuldig sind? Es könnte doch sein, dass einer von ihnen der Mörder *ist*."

Sie zuckte zusammen. „Ich möchte das nicht in Erwägung

ziehen. Ich will noch nicht einmal, dass Mrs Kettering eine solch grausige Tat begangen hat. Sie ist ein Drache und schikaniert alle, aber ihr moralischer Kompass ist so gerade wie ein Pfeil. Wenn sie es getan hat, muss meine Menschenkenntnis komplett danebenliegen."

Ich berührte ihre Hand. „Bis hierher haben Sie sich als exzellente Menschenkennerin erwiesen. Bezüglich Danny hatten Sie auf jeden Fall Recht."

Harmony und ich gingen außerhalb meiner Suite getrennte Wege, ich nach unten, während sie Floyds Zimmer putzen musste. John war gut gelaunt, während er mir im Fahrstuhl all das erzählte, was ich bereits über Dannys Freilassung wusste.

Als ich im Foyer an Goliath vorbeikam, der einen Gepäckwagen voller Koffer zur Tür schob, flüsterte er: „Haben Sie schon gehört? Danny ist frei."

Ich nahm mit Peter Blickkontakt auf, der an der Rezeption einen Gast bediente. Er nickte und lächelte mir kurz zu. Die Angestellten waren definitiv in bester Stimmung an diesem Morgen. Es schien niemandem in den Sinn zu kommen, dass sie die Nächsten sein könnten, die verhaftet wurden.

Wen ich zu finden hoffte, war mir nicht klar, nur dass ich mit jemandem reden wollte, der mehr wusste als Harmony. Ich zog meinen Onkel in Erwägung, aber um ganz ehrlich zu sein, ging ich ihm und meiner Tante lieber so viel wie möglich aus dem Weg. Da er so beschäftigt war und sie oft in ihrem Zimmer blieb, war das nicht schwierig.

Dachte ich jedenfalls. Onkel Ronald war so ziemlich der Letzte, von dem ich erwartet hatte, ihm über den Weg zu laufen, als er aus Mr Hobarts Büro kam.

„Cleo!", sagte er so überrascht, wie ich mich fühlte. „Was tust du hier?"

„Ich wollte Mr Hobart etwas fragen. Etwas über das Hotel."

„Worum geht es? Ich kann dir wahrscheinlich helfen, da ich so einiges über mein Hotel weiß."

„Äh, ja. Aber hier geht es um den Ball."

Er holte tief Luft. „Der Ball", murmelte er. „Wenn er stattfindet, ist Mr Hobart tatsächlich der richtige Ansprechpartner. Er organisiert alles."

„Glaubst du, er wird wegen des Mordes abgesagt?"

„Ich hoffe nicht, aber es werden viele Telefonate nötig sein, um Freunde und eingeladene Gäste davon zu überzeugen, dass es vollkommen sicher ist." Er seufzte. „Die Polizei hat den Lakaien freigelassen. Auch wenn ich froh bin, dass wir keinen Mörder eingestellt haben, ist es fraglich, ob der Ball stattfinden kann, wenn der wahre Täter nicht bald gefasst wird. Vielleicht wird sogar das Hotel geschlossen."

War das Hotel finanziell so instabil, dass ein Ruckeln an seinem Ruf es zu Fall bringen konnte?

„Gewiss wird der Mörder bald gefasst", versicherte ich ihm.

„Bedeutet dein Interesse an dem Ball, dass du teilnimmst, wenn er stattfindet? Flossy wird sich freuen."

„Ich bin noch immer unentschlossen", sagte ich. „Ich hatte gehofft, dass Tante Lilian mir etwas raten kann."

Sein üppiger Schnurrbart zog sich mit seinen Mundwinkeln nach unten. „Am besten lässt du deine Tante heute in Ruhe", brummte er. „Wenn du mich entschuldigst, ich habe viel zu tun." Er ging durch das Foyer davon.

Ich klopfte an Mr Hobarts Tür und trat auf seine Antwort hin ein.

„Ich hoffe, ich störe nicht", sagte ich.

„Ganz und gar nicht." Er deutete auf einen Stuhl vor seinem Schreibtisch. „Wie kann ich Ihnen helfen?"

Es gab keine unauffällige Art und Weise, an Antworten auf meine Fragen zu kommen, also beschloss ich, direkt zu sein. „Ich bin von Natur aus furchtbar neugierig", fing ich an, „und hatte gehofft, dass Sie meine Neugier über Dannys Freilassung befriedigen können."

Er nahm seine Brille ab und verschränkte die Arme mit langsamen, bedachten Bewegungen. „Mord ist kein Thema, das eine junge Dame interessieren sollte", sagte er vorsichtig.

„Ich bin keine gewöhnliche junge Dame."

Das zauberte ein Lächeln auf sein Gesicht. Eins, das unbedacht wirkte. Es war das erste Mal, dass ich eine kleine Kerbe in seiner professionellen Rüstung entdeckte.

Dennoch benötigte er noch Ermutigung. „Ich bin daran gewöhnt, mir viele Gedanken zu machen, wissen Sie? In

Cambridge habe ich an Vorlesungen an der Universität teilgenommen und ich gehörte verschiedenen Vereinen an, deren Mitglieder die neuesten Theorien zu allen möglichen Themen diskutierten. Hierher zu ziehen hat mich von all diesen Aktivitäten abgeschnitten."

„Sie langweilen sich. Ist es das, was Sie ausdrücken möchten, Miss Fox?"

„Vermutlich ja." Es war nicht weit von der Wahrheit entfernt. Seit meiner Ankunft in London waren meine Tage damit gefüllt gewesen, mehr über mein neues Zuhause und den Mordfall zu erfahren. Sobald der gelöst war, würde ich eine andere Beschäftigung benötigen.

„Es gibt in London ebenfalls Vereine, denen Sie sich anschließen können. Harry wird Ihnen eine Liste geben, wenn Sie möchten."

„Er kennt Vereine, die Frauen aufnehmen?"

Da war das Lächeln wieder. „Er wird welche für Sie finden."

„Das ist sehr freundlich, aber ich bin mir sicher, dass Mr Armitage viel Arbeit hat mit den Vorbereitungen für den Ball. Onkel Ronald sagte, er soll weiterhin stattfinden."

Mr Hobart nahm seine Brille zur Hand. „Wir fahren fort, als wäre es so."

„Also, darf ich Ihnen zu dem Mord ein paar Fragen stellen?"

„Wie kommen Sie darauf, dass ich etwas weiß?"

„Ich nahm an, Ihr Bruder vertraut sich Ihnen an."

„Seien Sie sich da nicht zu sicher. Zurzeit bin ich vermutlich ebenfalls ein Verdächtiger." Er lächelte, während er sich die Brille aufsetzte. „Also gut, lassen Sie mal hören, Miss Fox. Ich werde sehen, ob ich Ihre Fragen beantworten kann. Wir wollen doch nicht, dass Ihr Gehirn mangels Beschäftigung zusammenschrumpft."

„Danke, Mr Hobart. Alle meine Fragen drehen sich um Gift. Da weder welches in der Schokoladenkanne noch in der Tasse gefunden wurde, weiß der Inspektor, wie Mrs Warrick das Gift zu sich genommen hat? Hat die Polizei die Teetasse geprüft, die am nächsten Morgen von dem Hausmädchen gebracht wurde?"

„Die enthielt ebenfalls kein Gift. Jetzt werden noch eine

Flasche Wasser, die Zahnpastatube und ein Töpfchen mit Gesichtscreme aus Mrs Warricks Zimmer untersucht."

„Was für eine Art Gift wurde verwendet?"

„Quecksilberzyanid."

Quecksilber wurde für gewöhnlich in der Landwirtschaft und Industrie verwendet und war nicht schwer zu beschaffen. Das war der gesamte Umfang meines Wissens.

„An diesem Abend wurde sonst nichts in Mrs Warricks Zimmer geliefert?", fragte ich.

Er schüttelte den Kopf. „Ich habe selbst mit der Belegschaft gesprochen. Mrs Warrick hat in dem Zeitraum zwischen Dannys Lieferung der heißen Schokolade und dem Tee, den Edith Mrs Warrick am nächsten Morgen um sieben gebracht hat, nichts weiter aus der Hotelküche erhalten."

„Sie ist zwischen drei und sechs gestorben, wie der Arzt sagte. Vertraut Ihr Bruder darauf, dass diese Schätzung akkurat ist?"

„Er behauptet, die Wissenschaft zur Bestimmung des Todeszeitpunkts sei sehr genau. Demnach war Dannys Lieferung zu früh und Ediths zu spät. Zugegebenermaßen bin ich erleichtert, dass es keiner von beiden war."

„Verdächtigt Ihr Bruder einen anderen der Angestellten?"

„Das hat er mir nicht anvertraut und würde es auch nicht tun. Er weiß, dass ich lautstark für sie einstehe. Jedenfalls weiß er es *jetzt*, nachdem er den armen Danny verhaftet hat."

Wenn er lautstark für seine Belegschaft eintrat, wie laut würde er werden, sollte er herausfinden, dass sein Neffe schuldig ist? Andererseits würde Mr Armitages eigener Vater ihn nicht verhaften.

„Also muss das Gift im Wasser, der Zahnpasta oder Gesichtscreme gewesen sein", sagte ich.

„Die Untersuchungen werden zeigen, was es war."

Jemand musste das Gift in die Flasche, die Tube oder das Töpfchen gegeben haben, entweder während Mrs Warricks Abwesenheit oder direkt vor ihrer Nase. Falls sie nicht da gewesen war, musste jemand mit einem Schlüssel ins Zimmer gelangt sein, was wiederum auf einen Angestellten hindeutete. Wenn Mrs Warrick anwesend gewesen war, dem Täter aber den

Rücken zugekehrt hatte, konnte so ziemlich jeder schuldig sein. Man brauchte keinen Schlüssel. Man musste sie nur kennen, um von ihr eingelassen zu werden.

„Hatte Mrs Warrick Freunde im Hotel?", fragte ich.

Mr Hobart runzelte die Stirn, während er nachdachte. „Sie aß allein und saß auch allein in der Lounge. Ich erinnere mich nicht, dass sie mit einem der anderen Gäste gesprochen hätte."

Also war die einzige Person, die sie kannte, der Mann, den sie im Foyer am Tag ihres Todes gesehen hatte. Das reduzierte die Liste auf drei Verdächtige.

Ich erhob mich. „Danke, Mr Hobart. Sie haben mir einiges zum Nachdenken gegeben."

Er sah mich über den Rand seiner Brille an. „Wenn Ihnen etwas einfällt, was relevant sein könnte, dann werden Sie meinen Bruder doch darüber unterrichten, oder?"

„Natürlich. Sollte ich etwas erfahren, was ihn interessieren könnte, werde ich das gewiss tun." Ganz sicher wäre der Inspektor nicht daran interessiert, etwas zu erfahren, was seinen eigenen Sohn verdächtig erscheinen ließ, also war es eigentlich keine Lüge.

„Und Miss Fox? Stellen Sie sonst niemandem Fragen über den Mord. Es ist möglich, dass der Mörder aus dem Hotel ausgecheckt hat, jedoch ist es ebenso möglich, dass er noch hier ist. Vertrauen Sie nur Sir Ronald, mir und Harry, wenn Sie noch mehr Fragen haben."

„Danke für Ihre Sorge, Mr Hobart. Das ist sehr freundlich von Ihnen." Ich schloss die Tür hinter mir und griff mir an meine kitzelnde Nase. Seine väterlichen Worte hatten mir Tränen in die Augen getrieben. Ganz offensichtlich war ich noch betroffen von Großmamas Tod.

Peter winkte mich heran, als ich an seinem Tresen vorbeikam. „Harmony möchte mit Ihnen sprechen", sagte er. „Sie ist mit einigen anderen im Aufenthaltsraum."

Die „anderen" waren Victor und Edith. Victor hatte seine Schicht noch nicht angetreten und Edith war gerade mit den ihr zugewiesenen Zimmern fertig und wartete darauf, dass weitere frei wurden, damit sie dort an die Arbeit gehen konnte. Harmony erklärte ihre Anwesenheit nicht. Entweder war sie bereits ganz fertig und sie wollte nicht, dass Edith sich schlecht fühlte, oder sie sollte überhaupt nicht im Aufenthaltsraum sein.

„Haben Sie noch etwas herausgefunden?", fragte Harmony, während sie die Tür hinter mir schloss.

Ich erzählte ihnen, dass die Polizei Quecksilberzyanid in Mrs Warricks Leiche gefunden hatte. „Sie haben noch ein paar Sachen aus ihrem Badezimmer zur Untersuchung mitgenommen. Das Gift muss in einer davon sein."

„Wie schmeckt Quecksilberzyanid?", fragte Victor.

„Woher soll einer von uns das wissen?", rief Harmony.

Er trommelte mit den Fingern auf seinen Oberschenkel und zuckte mit den Schultern.

„Metallisch, schätze ich", sagte ich.

„Vermutlich nicht gerade angenehm", fügte Edith mit einem Schaudern hinzu.

Victor trommelte weiter mit seinen Fingern, als müsse er seine Hände beschäftigen. Vermutlich hätte er gern mit einem der Messer herumgespielt, die in seinem Gürtel steckten, doch höchstwahrscheinlich hatte Harmony ihn dafür vor meinem Eintreffen schon gerügt. „Es führt zum Erbrechen, so viel wissen wir", sagte er.

„Victor", zischte Harmony mit einem Rucken ihres Kopfes zu Edith.

Edith war ziemlich blass geworden. „Es war grässlich", flüsterte sie mit zitternden Lippen. „Ich hoffe, ich muss so etwas wie Mrs Warricks Gesicht nie wieder sehen."

Harmony nahm ihre Hand zwischen ihre eigenen. „Wir müssen auf die Testergebnisse warten, um zu wissen, ob das Gift in ihren persönlichen Sachen war."

„Wo hätte es sonst sein können?", fragte ich.

„In ihrem Abendessen?", schlug Edith vor.

Ich schüttelte den Kopf. „Sie hat das Gift zwischen drei und sechs Uhr morgens eingenommen."

Harmony setzte sich auf den Rand des Tisches und begegnete meinem Blick. „Das würde bedeuten, dass es im Wasser war. Niemand legt in den frühen Morgenstunden Gesichtscreme auf oder putzt sich die Zähne."

„Es sei denn, man kommt gerade in sein Zimmer zurück", fügte Victor hinzu.

Harmony runzelte die Stirn. „War Mrs Warrick der Typ für ein mitternächtliches Rendezvous?"

Victor zuckte mit den Schultern.

„Mr Hobart behauptet, sie kannte niemanden im Hotel", sagte ich. „Alles, was wir wissen, ist, dass sie jemanden wiedererkannt hat." Die Information, dass Mr Armitage einer dieser Männer war, behielt ich für mich. Bis ich wusste, ob sie für ihn Partei ergreifen würden oder nicht, würde ich nichts sagen.

„Sie sagen, dass sechs Uhr der späteste Zeitpunkt war, an dem sie vergiftet worden sein konnte", sagte Edith mit piepsiger Stimme.

„Laut den medizinischen Experten, ja."

„Und ich war um sieben dort." Sie biss sich auf die Unterlippe und schaute auf ihren Schoß.

„Was ist?", fragte Harmony. „Wenn du etwas weißt, Edith, dann musst du es uns sagen."

„Ich ... ich bin nicht sicher, ob es wichtig ist."

„Erzähl es uns trotzdem."

Edith verschränkte die Hände im Schoß. „Ich will ihr keinen unnötigen Ärger bereiten. Aber wenn es wichtig sein könnte ..." Sie holte tief Luft und schien zu beschließen, dass es am besten war, es uns zu sagen. „Nachdem ich aus Mrs Warricks Zimmer kam und mit dem Herrn vom gegenüberliegenden Zimmer geredet hatte, bin ich losgerannt, um jemanden zu holen, am liebsten Mr Armitage, weil ich nicht erwartet hatte, dass Mr Hobart schon so früh im Haus ist, und Mrs Kettering macht mir Angst. Aber ich bin ihr im Flur der dritten Etage begegnet."

Harmony schnappte nach Luft. „Auf Mrs Warricks Etage."

Edith sah Harmony in die Augen. „Sie prüft morgens normalerweise als Erstes den Bettwäsche-Vorrat."

Harmony nickte. „Du hast recht. Sie hätte nicht dort sein sollen."

Niemand sprach es aus, aber wir dachten es vermutlich alle. Wenn Mrs Kettering Mrs Warrick um sechs Uhr vergiftet hatte, war sie möglicherweise in der Nähe geblieben, bis die Leiche entdeckt wurde. Es war ein beängstigender Gedanke, aber nicht unmöglich. Ich hatte davon gelesen, dass Mörder in der Nähe des Tatorts herumlungerten, um Zeuge der Reaktionen auf ihre grausige Tat zu werden.

Edith erschauerte wieder und ich diesmal auch.

Victor schaute auf die Uhr und drückte sich von der Wand weg, an der er gelehnt hatte. Er öffnete die Tür, vor der Mr Armitage stand.

„Entschuldigung, Sir", sagte Victor. „Meine Schicht fängt gleich an."

Mr Armitage trat zur Seite, um ihn vorbeizulassen, und sah uns dann an. „Haben Sie sich verlaufen, Miss Fox? Oder erleben Sie ein weiteres Abenteuer?"

Ich deutete auf die Teetasse neben Edith. „Harmony und Edith waren so nett, mich auf eine Tasse Tee einzuladen."

„Sie wissen aber schon, dass Sie jederzeit eine Tasse Tee in ihr Zimmer gebracht bekommen können. Sie müssen nur in das Sprachrohr sprechen und jemand in der Küche wird Ihre Bestellung aufnehmen."

„Das Gerät wurde mir erklärt, danke. Aber es ist einsam, allein in meinem Zimmer Tee zu trinken. Ich hätte lieber Gesellschaft."

Er öffnete den Mund, um etwas zu erwidern, musste es sich dann aber anders überlegt haben. Er nickte nur und ging.

Edith stand auf. „Ich mache mich besser wieder an die Arbeit."

Ich verabschiedete mich vor dem Aufenthaltsraum von den beiden Hausmädchen und machte mich auf den Weg ins Foyer, wo ich Mr Armitage entdeckte, der in den Bürotrakt der leitenden Angestellten marschierte. Ich rannte ihm nach, um für Edith und Harmony ein gutes Wort einzulegen. Während es mir nicht falsch vorkam, mit ihnen in ihrer Freizeit Tee zu trinken, war ich mir nicht sicher, ob er es auch so sah. Vielleicht war er ein Verfechter gesellschaftlicher Regeln und wollte nicht, dass die Angestellten privat mit der Familie des Hotelbesitzers zu tun hatten. Niemand sollte wegen mir Ärger bekommen. Wenn ich also ein paar Wogen glätten konnte, würde ich es tun.

Ich kam gerade noch rechtzeitig um die Ecke, um zu sehen, wie sich eine Tür der Privaträume schloss. Es war jedoch nicht seine. Ich war mir ziemlich sicher, dass er sie mir auf unserer Tour als Mrs Ketterings gezeigt hatte. Warum sollte er in ihr Zimmer gehen? Hatte er unser Gespräch im Aufenthaltsraum gehört und dachte wie wir, dass Mrs Kettering an dem Morgen, als Mrs Warrick starb, nichts auf der dritten Etage zu suchen gehabt hatte?

Während ich noch überlegte, ob ich auf ihn warten oder ihn konfrontieren sollte, kam Mrs Kettering selbst aus dem Foyer in den Flur. Sie ging an ihrem Büro vorbei und blieb stehen, als sie mich sah.

„Miss Fox", sagte sie knapp. „Was tun Sie hier?"

„Wie es der Zufall will, suche ich Sie."

„Mein Büro ist hier." Sie zeigte auf die Tür hinter sich, auf der ihr Name stand.

„In der Tat."

Ihr Gesicht verfinsterte sich. „Stimmt etwas mit Ihrem Zimmer nicht?"

„Können wir in Ihrem Büro reden?" Das sagte ich so laut, dass man es auf der anderen Seite ihrer Schlafzimmertür hören konnte. Sollte Mrs Kettering die Mörderin sein, war es sowohl in Mr Armitages als auch in meinem Interesse, dass er nicht erwischt wurde.

Ich folgte Mrs Kettering in ihr Büro und schloss die Tür. Sie schob die Schlüssel und weiteren Werkzeuge ihres Berufes, die an einer Gürtelkette an ihrer Hüfte befestigt waren, beiseite und setzte sich.

„Was möchten Sie mir sagen, Miss Fox?"

Ich ließ mir Zeit in der Hoffnung, dass Mr Armitage gehen würde, sobald die Luft rein war. Es konnte jedoch sein, dass er sich erst noch umsah. Verzweifelt suchte ich nach einem passenden Gesprächsthema.

„Miss Fox?", bellte sie. „Stimmt etwas mit Ihrem Zimmer nicht?"

„Nein. Es ist sehr schön, danke."

„Leistet Harmony schlechte Arbeit?"

„Nein! Überhaupt nicht. Das Zimmer ist sehr sauber und ordentlich."

„Redet sie zu viel?"

„Wie bitte?"

„Ich fragte, ob Harmony zu viel redet." Sie schnalzte mit der Zunge. „Das Mädchen neigt dazu, ungefragt zu schwätzen. Das Problem ist, dass sie klüger ist, als ihr guttut."

„Das klingt für mich nicht nach einem Problem."

Sie schaute mich missbilligend an. „Klugheit ist bei einem Dienstmädchen ein Fluch, Miss Fox. Die Mädchen werden überheblich und hegen falsche Erwartungen. Davon verstehen Sie nichts."

Ich erstarrte, wobei ich mir unsicher war, ob ich selbst beleidigt sein sollte oder eher für Harmony. „In Anbetracht der Tatsache, dass Sie nichts über mich wissen, ist mir nicht klar, wie Sie zu dieser Annahme kommen."

Sie presste die Lippen zusammen, als müsse sie sich eine Antwort verkneifen.

„Außerdem glaube ich nicht, dass man überheblich wird oder falsche Erwartungen hegt, bloß weil man klug ist", fuhr ich fort. „Eine schnelle Auffassungsgabe macht einem die Welt und die eigene Position darin sehr bewusst, so oder so." Ich stand auf. Sollte Mr Armitage noch immer nicht aus ihrem Zimmer heraus sein, war es sein Problem. Ich würde Mrs Ketterings Gesellschaft keinen Augenblick länger ertragen.

Ich öffnete die Tür und marschierte hinaus. Unausstehliche Frau. Ein strammer Spaziergang an der frischen Luft würde mir helfen, mich abzuregen. Mein Mantel und meine Handschuhe befanden sich oben, also würde es ein sehr kurzer und sehr kalter Spaziergang werden. Ich steuerte auf die Eingangstür zu, wurde aber von Mr Armitage abgefangen. Scheinbar hatte er Mrs Ketterings Zimmer so schnell wie möglich verlassen.

„Auf ein Wort, Miss Fox."

„Das ist eine exzellente Idee. Sie haben einiges zu erklären. Ich habe wegen Ihnen gerade ein Gespräch mit Mrs Kettering ausgehalten. Jetzt weiß ich, warum die Dienstmädchen sie als Drache bezeichnen."

Er rieb sich mit der Hand über das Kinn und bedeutete mir, dass wir uns im Raucherzimmer unterhalten sollten. Es war leer, doch mir war äußerst bewusst, dass jederzeit jemand eintreten konnte.

„Sie haben Sie von mir abgelenkt", sagte er.

„Sie war dabei, Sie zu ertappen."

„Warum?"

„Das ist eine gute Frage. Warum waren Sie in ihrem Zimmer?"

„Das geht Sie nichts an, aber meine Frage war, warum haben Sie mir geholfen?"

Ich zuckte mit den Schultern, da ich nicht erklären wollte, dass ich in dem Mordfall ermittelte. Sollte er der Mörder sein, würde es ihn auf mich aufmerksam machen und ein Fadenkreuz auf meinen Kopf malen. Wenn er in der Tat der Mörder war, sollte ich nicht mit ihm allein sein.

„Ich muss zu meiner Cousine", sagte ich und schob mich näher zur Tür.

Er folgte. „Ich schätze, ich schulde Ihnen Dank."

„Nicht der Rede wert." Ich wandte mich ab, doch er packte mich am Arm. Instinktiv riss ich mich los. Das Herz schlug mir bis zum Hals und ich bekam Gänsehaut, als ich zu ihm aufschaute.

Er starrte zurück. „Da läuft ein Mörder im Hotel herum, Miss Fox. Ich schlage vor, dass Sie vorsichtig sind und nirgendwo herumschleichen." Er öffnete die Tür und wartete darauf, dass ich ging.

Ich hastete an ihm vorbei, nur um stehenzubleiben. Wir waren nur wenige Zentimeter voneinander entfernt. Seine überlegene Größe und diese breiten Schultern, die starken Wangenknochen und das kantige Kinn waren mir äußerst bewusst. Trotz der Nähe fühlte ich mich mutiger, höchstwahrscheinlich, weil wir jetzt im Blickfeld von Peter, den Gästen und den Pagen im Foyer standen.

„Ich war nicht diejenige, die herumgeschlichen ist, Mr Armitage. Guten Tag."

KAPITEL 6

M ein dramatischer Abgang aus dem Raucherzimmer verlor an Dampf, sobald ich bemerkte, dass Mr Armitage mir nicht folgte. Ich wurde langsamer und sah mich im Foyer um in der Hoffnung, dort eine Inspiration zu finden, wie ich mit den Ermittlungen fortverfahren sollte. Peter stand allein an der Rezeption. Ich wollte ihn gerade fragen, ob er die Adressen von Mr Duffield und Mr Hookly herausgefunden hatte, als ein Botenjunge eine große, rechteckige Kiste hereintrug.

„Lieferung für Mr Hookly", sagte er zu Terence, der den Postschalter bediente.

„Noch eine?", erwiderte Terence. „Mr Hookly muss euer bester Kunde sein."

„Mein Chef fängt an zu sabbern, wenn er Mr Hookly durch die Tür kommen sieht."

Ich wartete, bis der Botenjunge weg war, ehe ich mich dem Schalter näherte.

„Guten Morgen, Miss Fox", sagte Terence. „Haben Sie heute noch mehr Briefe zu verschicken?"

„Heute nicht. Ich konnte nicht anders, als mitzuhören. Ist das Paket für Mr Hookly?"

„Das ist es."

„Was für ein Glücksfall. Ich bin gerade auf dem Weg zu ihm. Darf ich es für Sie ausliefern?"

Er sah aus, als wollte er protestieren, überlegte es sich dann aber anders. Vermutlich wollte er mir nicht sagen, dass es gegen die Hotelregeln verstieß, die Post in fremde Hände zu geben. Die Nichte des Hotelbesitzers zu sein hatte gewisse Vorteile. „Es ist sehr unüblich, aber ich vertraue darauf, dass Sie das Paket sicher überbringen werden."

Er reichte mir die Kiste und ich eilte damit davon. Um peinliche Fragen von John zu vermeiden, nahm ich die Treppe. Das Paket war nicht schwer, aber groß, und ich war froh, es absetzen zu können, als ich mein Zimmer erreichte.

An meinem Schreibtisch studierte ich die Absenderadresse. Es war von Bentley und Söhnen auf der Saville Row. Vorsichtig knotete ich die Schnur auf und öffnete die Kiste, wobei ich darauf achtete, sie nicht zu beschädigen. Unter dem Papier war eine graue Seidenweste mit silbernen Knöpfen und einer passenden Krawatte. Darunter befand sich ein Smoking. Auf der Begleitkarte stand, dass das Hemd und die Hose bald ankommen würden und dass Mr Hookly die Zahlung baldmöglichst vornehmen sollte. Die Summe war atemberaubend und musste mehr als diesen Anzug umfassen. Auch wenn er aus den feinsten Stoffen hergestellt war, würde er nicht einmal ein Zehntel des Betrags ausmachen, der auf der Karte stand.

Ich legte alles wieder in die Kiste, knotete die Schnur fest und machte mich auf den Weg nach unten. „Er war doch nicht in seinem Zimmer", erklärte ich Terence.

Während er das Paket entgegennahm, warf er mir einen unsicheren Blick zu.

Bevor ich zurück nach oben gehen konnte, rief Peter mich an die Rezeption. „Ich habe die Adressen für Sie herausgefunden, Miss Fox."

„Hervorragend. Danke, Peter."

Er reichte mir einen Zettel mit drei Adressen und zeigte auf die erste. „Dies ist die Adresse, die Mrs Warrick in das Reservierungsbuch eingetragen hat. Die nächste ist Mr Hooklys, der in Berkshire wohnt."

„Das passt zu dem, was er mir gesagt hat."

„Die letzte gehört Mr Duffield und sehen Sie nur, es ist ebenfalls in Lincolnshire."

„Wie Mrs Warrick." Sie hätten sich also kennen können,
sollten sie Nachbarn gewesen sein. Allerdings kannte ich den
Bezirk nicht. Die beiden Adressen konnten auch weit auseinan-
derliegen, was ich anmerkte.

„Darüber habe ich auch nachgedacht, deswegen war ich so
frei, Terry zu fragen." Peter nickte Terence zu, der Briefe in die
Fächer hinter dem Postschalter sortierte. „Er hat Postverzeich-
nisse und Karten des ganzen Landes. Wie sich herausstellte,
wohnt Mr Duffield fünfundzwanzig Meilen von Mrs Warrick
entfernt, kurz außerhalb von Grantham."

„Danke, Peter. Sie haben mir sehr geholfen."

„Geben Sie mir Bescheid, wenn ich noch etwas für Sie tun
kann."

„Da gibt es tatsächlich etwas. Darf ich Ihr Telefon benutzen?"
Ich zeigte auf das Messinggerät auf dem Rand des Tresens.

Es schien ihm Unbehagen zu bereiten. „Eigentlich ist es nur
dazu gedacht, Reservierungen entgegenzunehmen."

In diesem Moment kam Mr Hobart aus seinem Büro. „Nichts
für ungut."

Ich fing den Direktor ab und bat ihn, das Telefon in seinem
Büro nutzen zu dürfen. „Meine Freundin in Cambridge sollte
mir meinen zweiten Koffer schicken, aber er ist noch nicht angekommen. Ich wollte sie fragen, ob sie ihn schon versendet hat."

„Natürlich", sagte er. „Meine Bürotür ist nicht verschlossen.
Bedienen Sie sich."

Ich hatte noch nie ein Telefon benutzt, wohl aber die Mitarbeiter meiner Postfiliale und einiger Geschäfte dabei beobachtet,
wie sie Anrufe tätigten und entgegennahmen. Mr Hobarts schi-
ckes Messingtelefon, das wie ein Kerzenständer geformt war,
stand auf der Ecke seines Schreibtisches. Ich nahm den Hörer
von der Gabel und bat den Telefonisten, mich mit der Schalt-
stelle in Grantham, Lincolnshire, zu verbinden. Die Telefonistin
in Grantham klärte mich darüber auf, dass Hambly Hall über ein
Telefon verfügte und verband mich.

Der Anruf wurde kurz darauf angenommen. „Ich habe eine
Nachricht für Mr Duffield unter dieser Adresse", sagte ich.

„Die Duffields wohnen nicht mehr in Hambly Hall", erwiderte die Stimme am anderen Ende.

Ich näherte mich der Sprechmuschel. „Die Nachricht ist für Mr *Maurice* Duffield, Enkel des Earls von Hambly. Mir wurde gesagt, dass dies seine Adresse ist."

„Die Familie hat Hambly Hall vor zwei Jahren verkauft. Mr Maurice Duffield ist in ein Häuschen im Dorf gezogen."

Mr Duffield hatte gelogen. Er wohnte nicht mehr auf dem Familienanwesen. Das Anwesen war sogar verkauft worden. Es bestätigte meinen Verdacht, dass er unter bescheidenen Umständen lebte, was im Hotel aber niemand wissen sollte.

Hatte Mrs Warrick es gewusst und deswegen bemerkt, dass er nicht hier sein sollte, weil er sich die hohen Kosten des Mayfair nicht leisten konnte? Je mehr ich darüber nachdachte, desto sicherer war ich, dass er es gewesen war, den sie an dem Tag im Foyer erkannt hatte. Immerhin gehörten sie beide zur gehobenen Gesellschaft von Lincolnshire.

* * *

DAS MITTAGESSEN NAHM ich im Speisesaal mit Flossy, Floyd und Tante Lilian ein. Meine Tante wirkte etwas blass, die Augen ausdruckslos, während sie auf ihr Essen wartete. Vielleicht war es die Folge des Abendessens am Vortag.

„Er ist genauso langweilig, wie ich ihn in Erinnerung hatte", sagte Flossy, als ich sie fragte, wie es gewesen war.

Ich schaute zu ihrer Mutter, aber Tante Lilian machte keine Bemerkung dazu. Flossy sprach ungeniert weiter.

„Er wollte über nichts anderes reden als über ein neu entdecktes ägyptisches Grab." Sie verzog das Gesicht. „Was für ein Gentleman glaubt denn, dass eine Mumie ein passendes Gesprächsthema fürs Dinner mit einer Dame ist, die er umwerben soll?"

„Der Schuft!", rief Floyd. „Soll ich ihn für dich zum Duell fordern?"

Flossy warf ihm einen vernichtenden Blick zu. „Mir ist nicht klar, warum ich heiraten soll und du nicht. Du bist älter."

„Ich bin kein Mädchen und habe damit jede Menge Zeit, bis meine ideale Ehefrau auftaucht."

Flossy schniefte. „Deine ideale Frau gibt es nur in deiner Fantasie. Und sollte sie existieren, würde sie meilenweit wegrennen, wenn sie dich kennenlernt. Jedenfalls wenn sie weiß, was gut für sie ist. Ehrlich, so wie du dich in letzter Zeit aufführst, würde keine anständige Lady mit dir zu tun haben wollen."

Floyd kniff sie. Sie zuckte zusammen und rieb sich den Arm, dann schauten beide zu ihrer Mutter. Tante Lilian starrte weiterhin aus dem Fenster, der Blick glasig.

„Also *umwirbt* er dich?", fragte ich Flossy.

„Nein. Der ist nichts für mich."

Tante Lilian wandte sich an ihre Tochter, womit sie bewies, dass sie doch zuhörte. „Er wäre eine gute Partie für dich."

„Warum? Weil seine Familie reich ist?"

„Sei nicht so vulgär."

„Also, wir sind reich, deswegen brauche ich ihn nicht zu heiraten." Flossy verschränkte die Arme.

„Das Hotel kann immer einen finanziellen Zuschuss gebrauchen", sagte Floyd. „Insbesondere jetzt."

Flossy senkte die Arme und beugte sich zu ihm. „Stehen die Dinge sehr schlecht?", fragte sie leise.

„Ich glaube nicht, dass es brenzlig ist, aber die miese Publicity rund um den Mord ist nicht hilfreich."

„Wenn es nicht brenzlig ist, wird schon alles gut gehen. Das tut es immer."

„Du könntest helfen, indem du deine Ausgaben reduzierst", sagte Floyd.

Sie zog die Nase kraus. „Erst du."

Sein Blick glitt zu seiner Mutter, doch die schien nicht weiter zuzuhören.

„Abgesehen davon", fuhr Flossy fort, „müssen wir beim Ball den besten Eindruck machen. Wir müssen nicht nur das Spektakel vom letzten Jahr übertreffen, es ist außerdem der letzte Ball des Jahrhunderts. Wir können neunzehnhundert nicht in Kleidern oder Juwelen vom letzten Jahr einläuten. Jeder wird es bemerken und der Tratsch wird zu Spekulationen führen, ob das

Hotel in Schwierigkeiten steckt. Das geht gar nicht. Es wäre erniedrigend."

Floyd schnaubte. „Ganz die Flossy, die ich kenne."

„Was soll denn das heißen?"

Tante Lilian rieb sich die Schläfen. „Hört auf, alle beide. Ihr wisst, dass Gespräche über finanzielle Dinge mir Kopfschmerzen bereiten."

Bruder und Schwester hielten während des Mittagessens einen Waffenstillstand ein, doch die Gespräche über den Ball verebbten nicht ganz. Sowohl Flossy als auch Floyd flehten mich an teilzunehmen.

„Wir müssen unsere Cousine einfach zeigen", verkündete Flossy.

„Meine Freunde wollen dich unbedingt kennenlernen", fügte Floyd hinzu.

Ich blinzelte ihn an. „Du hast ihnen von mir erzählt?"

„Es scheint dich zu überraschen, dass meine unverheirateten Freunde Interesse haben, von meiner attraktiven Cousine aus Cambridge zu hören."

Ich lachte. „Kann ich erwarten, dass meine Tanzkarte voll wird, oder hast du ihnen ein ausgeglichenes Bild von mir präsentiert und ihnen von meinen schlechten Eigenschaften berichtet?"

„Welche schlechten Eigenschaften?", fragte er mit gespielter Ernsthaftigkeit.

„Floyds Freunde sind sehr oberflächlich", sagte Flossy. „Solange du hübsch und unterhaltsam bist, ist es ihnen egal, dass du—" Sie unterbrach sich, den Mund schon geöffnet, um A wie arm zu sagen. „Dass du gebildet bist", schob sie schnell hinterher.

Floyd verdrehte die Augen.

Flossy warf ihre rotgoldenen Locken nach hinten. „Jedenfalls musst du zum Ball kommen, Cleo. Mutter sieht es auch so. Mutter? Findest du nicht auch, dass Cleo zum Ball kommen sollte?"

Tante Lilian sammelte sich wieder und lächelte mich an. „Natürlich. Du bist herzlich willkommen." Ihr Lächeln wurde wehmütig. „Deine Mutter würde es gutheißen."

Die Traurigkeit in ihren Augen verursachte einen Kloß in meinem Hals. Es war leicht zu vergessen, dass ich meine Mutter nur zehn Jahre lang, Tante Lilian sie hingegen viel länger gekannt hatte. Die Verbindung unter Schwestern war stark, war mir gesagt worden, und es war nur natürlich, dass sie nach all diesen Jahren noch immer an sie dachte.

Doch wenn sie meine Mutter gemocht hatte, warum hatte sie den Kontakt abgebrochen? Hatte Onkel Ronald darauf bestanden? Oder bereute Tante Lilian die Entfremdung erst seit dem Tod meiner Mutter?

„Ich werde darüber nachdenken", sagte ich nur.

„Aber der Ball ist in fünf Tagen", rief Flossy. „Wir brauchen Zeit, um eins meiner Kleider für dich umzunähen."

„Da braucht ein Dienstmädchen doch bestimmt nur einen Nachmittag für", sagte Floyd.

Flossy schnalzte mit der Zunge. „Oh Floyd, *ehrlich*. Du bist so ein *Mann*."

Er sah mich fragend an, doch ich zuckte nur mit den Schultern. „Mir erscheint es nicht richtig hinzugehen", erklärte ich beiden.

Flossy erwiderte nichts, sondern nahm ihr Sandwich, das sie einige Zeit betrachtete und hin und her drehte, eine kleine Falte zwischen ihren Augenbrauen. Dann legte sie es plötzlich wieder zurück und richtete ihre hellen Augen auf ihre Mutter.

„Dürfen wir heute Nachmittag einkaufen gehen?"

„Ich habe Kopfschmerzen", sagte Tante Lilian. „Tatsächlich denke ich, dass ich mich in meinem Zimmer ausruhen werde." Sie stand auf, obwohl sie ihr Sandwich kaum angerührt hatte.

Flossy schien von der Antwort ihrer Mutter weder überrascht noch enttäuscht zu sein. „Darf ich gehen, wenn Cleo mich begleitet?"

„Also gut", sagte Tante Lilian und ging.

Flossy klatschte in die Hände. „Wir werden solchen Spaß haben, Cleo."

Floyd sah seiner Mutter nach, beide Hände auf die Stuhllehnen gestützt, als würde er jeden Moment aufspringen, sollte sie so aussehen, als würde sie stürzen. Sie ging zwar langsam, aber nicht wankend.

„Da ist Hobart", sagte er, als der Direktor in der Tür des Speisesaals erschien und sich vor Tante Lilian verbeugte. Sobald sie an ihm vorbei war, suchte er den Raum ab.

„Er wirkt beunruhigt", sagte Flossy.

Floyd winkte Mr Hobart heran. „Stimmt etwas nicht?", fragte er den Direktor, als er an unseren Tisch kam.

„Ich suche Sir Ronald", sagte Mr Hobart. „Haben Sie ihn gesehen?"

„Ich glaube, er ist zum Essen ausgegangen. Warum das ernste Gesicht? Ist etwas passiert?"

Mr Hobart schluckte und sah mich an.

„Ist schon in Ordnung", sagte Floyd. „Cleo gehört zur Familie. Wenn etwas das Hotel betrifft, können Sie es ruhig vor ihr sagen."

Mr Hobart trat näher. „Ich habe gerade einen Anruf von einem Bekannten bei der *Evening News* bekommen. Er wollte mich warnen, dass sie einen Artikel über das Hotel bringen. Ich fürchte, der Artikel wird kein gutes Licht auf uns werfen."

Flossy schnappte nach Luft. „Geht es um die arme Mrs Warrick?"

„Ja, und die Auswirkungen ihres Mordes. Mein Kontakt informierte mich, dass der Artikel auf der ersten Seite auf die umfangreichen Maßnahmen abzielt, die Sir Ronald unternimmt, damit der Ball auf jeden Fall stattfinden kann."

„Welche Maßnahmen?", fragte Flossy.

„Telefonate mit den eingeladenen Gästen, um sie anzubetteln, dass sie kommen, geschuldete Gefallen einfordern und dergleichen."

„Anbetteln? Gefallen einfordern?" Floyd prustete ein Lachen heraus. „Das ist albern. Vater würde sich nicht so erniedrigen. So verzweifelt ist die Lage nicht."

Mr Hobart rührte sich nicht.

Floyds Lachen verschwand, sein Gesicht war plötzlich betroffen. „Warum hat er mir nicht gesagt, dass es so schlecht steht?"

„Ich vermute, er wollte Sie nicht beunruhigen, Mr Bainbridge."

Floyd rieb sich mit der Hand über Kinn und Mund und

schüttelte den Kopf. Es schien Mr Hobart leidzutun, dass er es ihm jetzt gesagt hatte.

„Können Sie Ihren Freund bei der Zeitung bitten, den Artikel nicht zu bringen?", fragte ich den Direktor.

„Leider hat er nicht genug zu sagen, um den Artikel zu stoppen."

„Hat Vater einen Freund, der die Macht dazu hat?", fragte Flossy. „Einer, der ihm einen Gefallen schuldet?"

Floyd schaute hoffnungsvoll hoch. „Wollten Sie ihn deswegen sprechen?"

Mr Hobart wirkte etwas gequält, als er den Kopf schüttelte. „Ich wollte ihn nur warnen. Er wird es wissen wollen, damit er eine Reaktion vorbereiten kann. Einige unserer Gäste werden die *Evening News* lesen."

Floyd stand auf. „Kommen Sie mit. Wir werden in seinem Terminkalender in seinem Büro nachsehen, wo er zu Mittag isst."

„Danke, Mr Bainbridge."

Flossy seufzte, während sie ihnen nachsah. „Das ist schrecklich, Cleo. Es ist so grausam und unfair. Wer würde denn zur Zeitung gehen und solche Gerüchte über uns verbreiten?" Sie nahm die Serviette, aber nur, um sie zu einem Ball zu zerknüllen. „Ich wette, es war ein anderer Hotelier. Sie versuchen immer, uns zu übertrumpfen, und es würde mich nicht überraschen, wenn sie sich dazu herablassen würden, mit den Zeitungen zu reden."

Ich war mir nicht so sicher, dass es ein Rivale war. Es konnte noch viel schlimmer sein. Die Informationen über das Betteln und die Gefallen konnten eigentlich nur von einem der Empfänger dieser Anrufe kommen—einem Gast.

Es sei denn, es war ein leitender Angestellter, der über dieses Wissen verfügte.

* * *

FLOSSY SETZTE sich ein Diadem aus Gagat mit mehreren kleinen Diamanten auf die Haare. Es stand ihr gut, passte jedoch nicht zu ihrem Ballkleid. Außerdem musste es sehr teuer sein. „Ich dachte, dein Kleid ist mit Perlen bestickt", sagte ich. „Gagat passt nicht so recht dazu."

Sie schürzte die Lippen, während sie sich in dem Spiegel betrachtete, den die Verkäuferin der Schmuckabteilung bei Harrods hochhielt. „Ich bin mir nicht sicher. Komm her, Cleo. Ich muss sehen, wie es bei jemand anderem wirkt."

Sie setzte mir das Diadem auf, trat zurück und studierte die Wirkung. Dann lächelte sie. „Du hast recht. Perlen sind eine bessere Wahl."

Mit der Wahl ihres Diadems verbrachten wir eine ganze Weile und warteten, bis die Verkäuferin es mitsamt einer passenden Kette eingepackt hatte. Anscheinend würde Flossy den Rat ihres Bruders nicht befolgen und ihre Ausgaben verringern. Die beiden Schmuckstücke mussten ein Vermögen kosten.

„Möchten Sie die Stücke jetzt mitnehmen, Miss Bainbridge?", fragte die Verkäuferin.

„Lassen Sie sie zum Hotel bringen", sagte Flossy.

„Wie Sie wünschen, Miss Bainbridge."

Die Angestellten in jeder Abteilung, die wir im Warenhaus Harrods besucht hatten, kannten Flossy mit Namen. Bisher hatte Flossy noch nichts bezahlt, daher nahm ich an, dass eine Rechnung ans Hotel geschickt werden würde zusammen mit den Dingen, die sie eingekauft hatte.

„Und jetzt Handschuhe", verkündete Flossy und marschierte los.

Ich folgte ihr brav. Selbst wenn ich hätte gehen wollen, hätte ich es nicht gekonnt, da ich nicht wusste, wo der Ausgang war. Die Lichter waren hell, die Verkaufstresen zahlreich und überall standen schwarz gekleidete, lächelnde Verkäufer. Vielleicht war es Absicht, die Einkaufenden so lange wie möglich im Laden zu halten, damit sie mehr kauften.

„Gehen wir später noch irgendwo in die Nähe der Saville Row?", fragte ich, während ich zu ihr aufschloss.

„Es ist nicht weit vom Hotel. Warum?"

„Mein Großvater hat früher seine Anzüge bei einem Schneider dort machen lassen. Bentley und Söhne. Ich wollte aus nostalgischen Gründen mal dorthin." Eine Idee war mir in den Sinn gekommen, derweil Flossy bei Harrods von Abteilung zu

Abteilung gegangen war und ihre Einkäufe zum Hotel hatte schicken lassen. Jetzt, da sich unser Ausflug dem Ende näherte, war es an der Zeit zu handeln.

„Dein Großvater hat seine Anzüge in London machen lassen?", fragte sie. „Ich schätze, die Schneider in Cambridge sind nicht so gut wie unsere. Wir schauen nach Handschuhen und dann können wir über die Saville Row nach Hause fahren."

Letztendlich kaufte sie keine Handschuhe, obwohl sie mehrere Paare anprobiert hatte, was sie auch von mir verlangt hatte. Wir stiegen in die Kutsche des Hotels, die vor Harrods auf uns gewartet hatte, und Flossy gab dem Kutscher Anweisung, uns zu Bentley und Söhnen auf der Saville Row zu bringen.

„Du musst nicht mitkommen", sagte ich. „Bleib hier im Warmen und Trockenen."

Ich hastete durch den Nieselregen in den Laden. Der Schneider sah von seinem Tresen auf, wo er etwas in ein Buch geschrieben hatte, und zog die Augenbrauen hoch. Eine Frau in seinem Laden schien ihn zu überraschen. Da zurzeit keine Kunden anwesend waren, hatte ich seine ungeteilte Aufmerksamkeit.

„Ich arbeite für das Mayfair Hotel und wurde beauftragt, Mr Hooklys Dinner-Anzug abzuholen. Ist er fertig?"

„Das muss ein Missverständnis sein. Das Jackett wurde heute Morgen geliefert und das Hemd und die Hose sind gerade auf dem Weg." Der Schneider drehte sein Buch um und zeigte auf einen Eintrag. „Ist die Lieferung abhandengekommen? Oje, oje, das ist besorgniserregend."

„Bitte seien Sie nicht beunruhigt. Vielleicht hatte Mr Hookly noch nicht am Postschalter nachgefragt, als er mich losschickte. Ich bin sicher, dass die Lieferung dort auf ihn wartet."

„Prüfen Sie es bitte umgehend und lassen Sie mich wissen, wenn etwas fehlt. Es darf nicht sein, dass eine von Mr Hooklys Bestellungen verschwindet."

„Eine?", wiederholte ich. „Hat er mehrere Bestellungen bei Ihnen aufgegeben? Sollte ich noch nach anderen Paketen suchen?"

Er zeigte mir mehrere Einträge in seinem Buch. „Zwei

Mäntel, zwei Umhänge, vier Jacketts, Hosen und Westen." Er blätterte um. „Zwei festliche Dinner-Anzüge—"

„Zwei!"

„Zwei festliche Dinner-Anzüge, sieben Hemden und zehn Krawatten. Könnten Sie sicherstellen, dass er alles erhalten hat?"

Grundgütiger, er hatte genug Kleidung für mehrere Männer. „Ich schätze, er braucht neue Sachen für den Winter." Ich beugte mich etwas vor und tat so, als bestünde zwischen Ladeninhaber und Hotelangestellter eine verschwörerische Allianz. „Ich glaube, er ist gerade aus Afrika zurückgekehrt."

„Das sagte er." Der Schneider drehte das Buch wieder um und schloss es mit einem Knall. Scheinbar kaufte er mir meine freundschaftlichen Bemühungen nicht ab.

„Wie seltsam, dass man in Afrika nicht diniert."

„Wie bitte?"

Ich deutete auf die Schaufensterpuppe in der Ecke, die ein gestärktes Hemd und ein formelles Jackett trug. „Wenn man in Afrika auch Dinner hat, würde er keinen Anzug brauchen, oder? Er hätte schon einen."

Der Schneider schaute mich kritisch an. „Vielleicht benötigte er einen neuen. Es geht weder mich noch Sie etwas an, warum er bei seiner Rückkehr in heimatliche Gefilde etwas einkauft. Ich schlage vor, Sie tratschen nicht über Ihre Hotelgäste, Miss, insbesondere solche, die mit Lord Addlington befreundet sind. Seine Lordschaft würde es nicht gutheißen."

„Sie kennen ihn?"

„Er ist ein großartiger Kunde von mir und ein Gentleman erster Güte. Und jetzt wäre ich Ihnen sehr verbunden, wenn Sie bei Mr Hookly nachfragen würden, ob er *alle* seine Pakete erhalten hat."

„Das werde ich ganz sicher tun."

Er studierte sein Buch und ich wandte mich ab. „Eine Sache noch, Miss", rief er mir nach. „Wissen Sie, wann Mr Hookly London verlässt?"

„Nicht genau, aber ich glaube, er bleibt zum Ball." Ich erinnerte mich, dass Mr Hookly Mr Armitage nach einem eingeladenen Gast gefragt hatte, den er an dem Abend zu sehen hoffte, also musste er vorhaben, bis dann zu bleiben.

Der Schneider wirkte erleichtert. Ich zog in Erwägung, weiter nachzubohren, als ein Kunde eintrat. Er hielt mir die Tür auf, also ging ich. Der Besuch beim Schneider war reine Zeitverschwendung gewesen. Ich hatte nichts erfahren.

***

AM NÄCHSTEN MORGEN hielt ich mich wieder im Foyer auf und tat so, als würde ich eine Stadtkarte von London für Touristen studieren, die Peter mir gegeben hatte. Meinen Mantel, Hut und Handschuhe hatte ich dabei, damit ich einem meiner Verdächtigen folgen konnte, sollten sie das Hotel verlassen.

Meine Geduld wurde belohnt, als Mr Duffield vorbeikam. Ich versteckte mich hinter der Karte und eilte ihm dann hinterher. Er nahm keinen Regenschirm aus dem Ständer neben dem Gepäcktresen, also tat ich es auch nicht. Der Regen würde hoffentlich ausbleiben, solange wir unterwegs waren. Die Karte steckte ich in meine Manteltasche und zog den Mantel an. Ich war noch dabei, die Handschuhe anzuziehen, als ich das Hotel verließ.

„Sie gehen aus, Miss Fox?", fragte der Portier Frank. „Benötigen Sie ein Gefährt?"

„Nein, danke."

„Eine Karte?"

Ich sah Mr Duffield hinterher, den ich nicht aus den Augen verlieren wollte. „Ich habe eine."

„Soll ich Ihnen einen Schirm aus—"

„Nein, danke", rief ich, während ich loslief. Der arme Frank bemühte sich sehr, seine anfängliche Unhöflichkeit wieder gutzumachen, aber heute war nicht der Tag, um darauf einzugehen.

Mr Duffield ging schnell und entschlossen. Während Mr Hookly gern einzukaufen schien, tat Mr Duffield es gar nicht. Er betrat weder einen der Läden noch machte er sich auf den Weg zu einem der Parks für einen gemütlichen Spaziergang.

Ich war sehr neugierig, wohin er wollte, was sich noch steigerte, als er in die Fleet Street einbog. Ein Zeitungsjunge vor dem *Daily Telegraph* versuchte, ihm ein Exemplar zu verkaufen, doch Mr Duffield ignorierte ihn. Stattdessen betrat er die Büros der *Evening News* zwei Häuser weiter. Ich nahm die Karte, um den unteren Teil meines Gesichts zu verdecken und linste durch das Fenster. Mr Duffield sprach mit einem Angestellten an der Rezeption und wartete, während ein Botenjunge in ein Nebenzimmer geschickt wurde.

Einige Minuten später tauchte ein Kerl in mittlerem Alter auf. Er und Mr Duffield begrüßten sich scheinbar herzlich, dann tauschten sie Umschläge aus. Mr Duffield steckte seinen in die Manteltasche, während der andere Mann seinen öffnete und den enthaltenen Brief las. Er lächelte, nickte zustimmend und reichte Mr Duffield die Hand.

Einen ausgedehnten Augenblick lang dachte ich, Mr Duffield würde sie nicht schütteln. Er tat es schließlich, jedoch erst, als das Lächeln des anderen Mannes zynisch geworden war. Dann hastete Mr Duffield aus dem Büro, den Kopf gesenkt.

Ich hob die Karte höher und steckte sie erst weg, als er an mir vorbei war. Anstatt ihm zu folgen, betrat ich das Zeitungsbüro.

Es war nicht schwer, Rückschlüsse aus Mr Duffields Besuch zu ziehen—*er* war derjenige, der den widerwärtigen Tratsch über das Hotel und Onkel Ronalds verzweifelte Versuche, Gäste für den Ball zu gewinnen, weitergeleitet hatte. Ich war mir nicht sicher, was ich noch in Erfahrung bringen konnte, aber es nicht zu versuchen, würde ich bereuen.

„Guten Morgen", sagte ich fröhlich zu dem jungen Mann an der Rezeption.

Der Mitarbeiter hatte sich an den Tresen gelehnt, richtete sich aber auf, als er mein Lächeln sah. Er lächelte zurück, was krumme Zähne offenbarte. „Kann ich Ihnen helfen, Miss?"

„Darf ich mit einem Redakteur sprechen?"

Das Lächeln des Mannes wurde breiter. „Mit welchem? Wir haben einen Chefredakteur, einen leitenden Redakteur, einen Nachrichtenredakteur, Feuilletonredakteur, politischen Redakteur—"

„Mit dem, der gerade mit Mr Duffield gesprochen hat."

Er zog die Augenbrauen hoch. „Sie kennen Mr Duffield?"

„Wir sind miteinander bekannt und ich möchte Ihren Redakteur davor warnen, ihn als Quelle für Klatsch zu nutzen."

Das Lächeln des Mitarbeiters verschwand. Er schickte den

gleichen Botenjungen los, um einen Mann namens Collier zu holen. „Er ist der Feuilletonredakteur", erklärte der Mitarbeiter. „Was meinen Sie damit, Sie wollen ihn vor Mr Duffield warnen?"

Erst wollte ich nicht antworten, überlegte es mir jedoch anders. Es war genauso gut möglich, dass ich von ihm etwas erfuhr wie von dem Feuilletonredakteur. „Seine Informationen sind böswillig."

Der Mitarbeiter zuckte mit den Schultern. „Das meiste, was durch unsere Türen kommt, wird uns von Leuten mitgeteilt, die mit jemandem ein Hühnchen zu rupfen haben. Das bedeutet nicht, dass die Informationen wertlos sind."

Mr Collier schob die angrenzende Tür weit auf. „Ja?", bellte er, während der Botenjunge an ihm vorbei ins Foyer schlüpfte. Mr Colliers buschige Augenbrauen wanderten fragend nach oben.

Ich ließ meine übliche Taktik fröhlichen Charmes fallen. Die meisten Männer gingen einer jungen Frau dabei auf den Leim, aber ich erkannte, dass dieser es nicht tun würde.

„Mein Name ist Miss Smith", sagte ich und begegnete seinem Blick. „Ich ging gerade vorüber, als ich Sie mit Mr Duffield reden sah. Ich kenne ihn, müssen Sie wissen, und wollte Sie warnen, seine Informationen ohne Überprüfung zu verwenden."

Mr Collier brummte. „Ich überprüfe meine Quellen grundsätzlich."

Trotz des wütenden Blicks, den er mir zuwarf, verspürte ich einen gewissen Triumph, da er mir mit seinem Mangel an Widerspruch meinen Verdacht bestätigt hatte. Man musste es mir angesehen haben, denn Mr Colliers Augenbrauen zogen sich auseinander, wo sie zuvor eine Hecke über seinen Augen gebildet hatten.

„Haben Sie etwas für mich, Miss *Smith*?", fragte er, womit er klarstellte, dass er meine Verwendung eines falschen Namens durchschaut hatte.

„Ich handle nicht mit Klatsch über meine Freunde", schoss ich zurück.

„Vielleicht nicht Ihre Freunde, aber was ist mit Ihren Bekannten?"

Ich schätzte, dass Sir Ronald nicht mit Mr Duffield befreundet war. Ihre Bekanntschaft beschränkte sich auf Mr Duffields Besuche im Hotel.

Mr Collier brummte erneut, als er erkannte, dass ich sein Argument begriffen hatte. „Wenn Sie etwas Interessantes für mich haben, wissen Sie, wo Sie mich finden. Ich zahle besser als die meisten anderen Zeitungen." Er verschwand durch die Tür. Mir blieb nichts anderes übrig, als hinter ihm her zu starren.

Ich schnaufte. Mit so einem grummeligen Mann konfrontiert zu werden, war nervenaufreibend. Sanftmütige Akademiker waren mir vertrauter.

„Geht es Ihnen gut, Miss?", fragte der Rezeptionist.

„Ja, danke. Mr Collier ist sehr … direkt."

Der Mitarbeiter warf einen Blick zu der Tür, durch die der Redakteur gegangen war, und stützte dann seine Ellenbogen auf den Tresen. „Sie müssen nicht persönlich herkommen."

Ich sah ihn verständnislos an.

„Wenn Sie Informationen haben, die Sie Mr Collier verkaufen möchten, können Sie sie auch schicken. Mr Collier wird dafür Sorge tragen, dass Sie bezahlt werden. Niemand muss erfahren, was Sie tun. Ich weiß nicht, warum Mr Duffield hergekommen ist. Normalerweise schickt er Briefe. Ich arbeite manchmal im Postraum, dann sehe ich sie."

„Wie oft schickt Mr Duffield Briefe mit Klatsch an Mr Collier?"

„Das kann ich nicht sagen, Miss."

Konnte er nicht oder wollte er nicht? „Und er wird gut bezahlt?"

„Das ist eine Sache zwischen ihm und Mr Collier. Wenn Sie ihm schreiben, wird er eine Bezahlung aushandeln, mit der Sie beide gut leben können, also machen Sie sich darum keine Gedanken."

Ich wollte ihm erklären, dass ich niemals einen solchen Vertrauensbruch begehen würde, selbst bei einem bloßen Bekannten nicht. Meine eigene finanzielle Situation war nie gut gewesen. Ich hatte sogar schwer kämpfen müssen, nach Groß-papas Tod ein Dach über dem Kopf zu behalten. Doch Informa-tionen über die Menschen, die ich kannte, zu verkaufen, war mir nie in den Sinn gekommen. Nicht, dass ein Zeitungsredakteur an dem Tratsch interessiert sein würde, den ich aufschnappte. Ich bewegte mich schließlich nicht in gehobenen Kreisen wie Mr Duffield. Als Enkel eines Adeligen hörte er vermutlich alle möglichen interessanten Details. Neid auf ihr Glück konnte auch eine Rolle spielen.

Ein Gedanke kam mir in den Sinn, während ich zum Hotel zurückging. Wenn Mrs Warrick und Mr Duffield gemeinsame Freunde hatten und sie herausgefunden hatte, dass er Klatsch über sie an die Zeitungen verkaufte, hatte sie ihn möglicherweise im Hotel damit konfrontiert.

Und er hatte sie eventuell getötet aus Angst, sie würde ihn bloßstellen.

KAPITEL 7

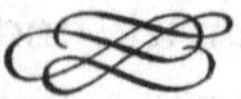

Niemandem war gedient, wenn ich das, was ich erfahren hatte, für mich behielt, also ging ich sofort in Mr Hobarts Büro, um ihn zu informieren. „Ich glaube, er ist verantwortlich für den Artikel, der gestern Abend in der *Evening News* erschien. Die Quelle musste jemand sein, der über Sir Ronalds Verzweiflung Bescheid wusste."

Mr Hobart verschränkte die Hände vor sich auf dem Schreibtisch. Besorgnis verdunkelte seine blauen Augen. „Das ist eine Schande. Sir Ronald wird äußerst aufgebracht sein, wenn er erfährt, wer es war."

„Stehen er und Mr Duffield sich nahe?"

„Nein. Mr Duffield ist früher hier abgestiegen, aber schon eine ganze Weile nicht mehr. Ich hatte vermutet, dass seine Lage sich verschlechtert hatte, aber nicht wie sehr. Der arme Mann."

„Armer Mann! Er hat das Hotel verraten."

„Nicht aus Böswilligkeit. Er war verzweifelt und Verzweiflung kann einen Mann dazu treiben, Dinge zu tun, die er normalerweise nicht tun würde."

„Machen Sie sich keine Sorgen, dass er sein Zimmer hier nicht wird bezahlen können?", fragte ich.

„Ich bin mir ziemlich sicher, dass er seine Rechnung begleichen wird. Er würde nicht wollen, dass sein Name auf der schwarzen Liste landet."

„Aber warum überhaupt hier wohnen? Wenn er schon um diese Zeit in London sein muss, warum steigt er dann nicht irgendwo ab, wo es günstiger ist?"

„Ich schätze, er möchte am Ball teilnehmen. Mr Duffield ist unverheiratet, müssen Sie wissen, und der Silvesterball im Mayfair zieht eine bestimmte Klientel an. Er könnte darunter eine Frau für sich finden."

„Sie meinen eine wohlhabende Frau."

Er schenkte mir ein wissendes Lächeln.

Deswegen hatte er meine spontane Einladung zum Abendessen angenommen und mich dann genauso schnell wieder im Stich gelassen. Er musste Mr Chapman nach mir gefragt und erfahren haben, dass ich nur die arme Verwandtschaft war. Auch wenn mir nicht ganz klar war, woher Mr Chapman das wusste.

„Darf ich fragen, warum Sie Mr Duffield in das Büro der *Evening News* gefolgt sind?", fragte Mr Hobart.

„Ich weiß, dass mein Onkel die Gäste nicht von der Polizei bezüglich des Mordes befragt haben möchte, aber diese Anweisung erschien mir zu einschränkend, weswegen ich beschloss, Mr Duffield zu folgen, als ich ihn heute Morgen ausgehen sah."

Seine Lippen zuckten. Scheinbar amüsierten ihn meine Ermittlungsversuche. „Falls mein Bruder es für notwendig erachtet, die Gäste zu befragen, wird er das tun, Anweisung hin oder her."

„Oh. Nun, das ist eine Erleichterung."

„Aber warum Mr Duffield? Warum nicht einer der anderen Gäste?"

„Er kam mir verdächtig vor. Er trägt alte Kleidung, wohnt aber in einem Luxushotel. Das fand ich merkwürdig."

„Ihre ermittlerischen Fähigkeiten sind hervorragend", sagte er. „Mein Bruder wäre beeindruckt."

„Werden Sie ihn darüber informieren, was ich Ihnen über Mr Duffield gesagt habe?"

„Sollte es relevant werden, aber mir ist nicht klar, in welchem Zusammenhang Mr Duffields Tendenz zum Klatsch zu Mrs Warricks Mord stehen könnte. Für den Moment werde ich es nur Sir Ronald sagen."

„Ich meine doch, dass Sie es dem Detective Inspector sagen

sollten. Lassen Sie ihn entscheiden, ob es wichtig genug ist, um Mr Duffield hinsichtlich des Mordes zu befragen. Vielleicht kann er eine Verbindung zwischen ihm und Mrs Warrick finden. Sie kannte ihn möglicherweise."

„Vielleicht tat sie das." Er lächelte mich vage an. Vermutlich war er in Gedanken immer noch dabei, wie er meinen Onkel über Mr Duffields Verrat aufklären sollte, und freute sich nicht darauf.

„Würde es Ihnen etwas ausmachen, wenn ich Onkel Ronald über die Quelle der Informationen des schäbigen Artikels aufkläre?", fragte ich. „Es sind schließlich meine Erkenntnisse. Ich kann doch nicht zulassen, dass Sie die ganzen Lorbeeren dafür ernten."

„Ich werde ihm sagen, dass es von Ihnen kam."

Ich zwinkerte und er schmunzelte, da er meine Intention missverstanden hatte. „Ich wäre Ihnen dankbar, wenn Sie ihn informieren würden. Vielleicht ist er nicht so erpicht darauf, den Boten zu rügen, wenn die Nachricht von seiner Lieblingsnichte überbracht wird."

„In Anbetracht der Tatsache, dass ich seine einzige Nichte bin, gibt es keinen Wettbewerb. Ist er aufbrausend?"

Er zögerte und wurde durch die Ankunft von Mrs Kettering vor einer Antwort bewahrt.

Ich machte mich auf den Weg nach oben und klopfte an die Bürotür meines Onkels. Er bat mich herein, sah aber nicht von seinem Schreibtisch auf. „Was ist?", fragte er.

„Ich wollte dir etwas mitteilen, was ich über einen der Gäste erfahren habe", sagte ich.

„Cleo! Tut mir leid, ich dachte, es wäre Hobart. Bitte, setz dich. Möchtest du einen Tee?" Er deutete auf eine Teekanne, die mit einigen Tassen auf einem Tablett auf dem Sideboard stand.

Er wirkte gehetzt, die Augen müde. Ein Stapel von Zeitungen bildete auf der Ecke des Schreibtisches einen Turm. Neben dem Stapel lag eine zusammengefaltete Ausgabe der *Evening News*.

„Das wäre wundervoll", sagte ich. „Bleib sitzen, ich schenke aus." Nach meinem flotten Spaziergang zur Fleet Street und zurück war ich ausgedörrt. Ich reichte Onkel Ronald eine Tasse und setzte mich mit einer eigenen hin.

„Du siehst aus, als könntest du das gebrauchen", sagte er, nachdem ich einen großen Schluck getrunken hatte.

„Ich war unterwegs." Nach einem weiteren Schluck stellte ich die Tasse auf den Schreibtisch. „Genau deswegen möchte ich mit dir sprechen. Ich habe dem Büro der *Evening News* einen Besuch abgestattet."

„Schmierblatt", brummelte er in seine Tasse.

„Es hat mir viel ausgemacht zu erfahren, dass sie so schreckliche Dinge über das Hotel veröffentlicht haben."

„Also hast du das Büro aufgesucht und ihnen die Meinung gegeigt?"

„Nicht ganz. Ich kann es ihnen nicht verübeln, dass sie etwas schreiben, was sich gut verkauft. Der wirkliche Übeltäter ist derjenige, der ihnen die Information über deine, ähm, gezielten Maßnahmen übermittelt hat, mit denen du sicherstellen möchtest, dass die Gäste zum Ball kommen. Ich wollte herausfinden, wer so etwas getan haben könnte."

„Da es nur jemand sein kann, der über konkretes Wissen verfügt." Er war schon dabei, noch einen Schluck Tee zu nehmen, stellte die Tasse aber plötzlich wieder auf den Tisch. „Willst du mir etwa sagen, dass du sie direkt gefragt hast, wer es war?"

„Nicht ganz. Ich habe das Büro von der anderen Straßenseite aus beobachtet und meine Geduld wurde belohnt, als Mr Duffield das Gebäude betrat."

„Duffield! Kennst du ihn?"

„Wir haben neulich zusammen zu Abend gegessen. Es war … keine sehr erfreuliche Erfahrung."

Er runzelte die Stirn. „Warum wolltest du mit Duffield essen?"

Ich verwarf die Frage mit einer kleinen Handbewegung, die eine noch tiefer gerunzelte Stirn zur Folge hatte. Mein Onkel war dergleichen vermutlich nicht gewohnt. „Ich hielt Mr Duffields Anwesenheit im Zeitungsbüro für einen zu großen Zufall, also wartete ich, bis er gegangen war, und sprach dann mit dem Redakteur, mit dem ich ihn beobachtet hatte. Er behauptete, Mr

Duffield gäbe Klatsch über die Personen in seinem Bekanntenkreis gegen Geld weiter."

Onkel Ronalds Schnurrbart zuckte, während er nachdachte. „Danke, dass du es mir mitteilst", sagte er nach einer Weile.

„Was wirst du deswegen unternehmen?"

„Nichts." Er nahm seine Teetasse.

„Warum nicht?"

„Duffield ist hier Gast. Ich will ihn nicht bloßstellen, indem ich ihn konfrontiere. Wenn das herauskommt, wird es unserem Ruf schaden."

„Aber was ist, wenn er der Zeitung noch weiteren Tratsch über das Hotel liefert?"

Er lächelte mich über den Rand seiner Tasse an. „Die Gelegenheit wird er nicht mehr haben. Jedenfalls nicht über das Mayfair."

Schweigen war eine Art, ein Problem zu lösen, und für das Hotel war es wahrscheinlich die beste. Mr Duffield war zwar nicht wohlhabend, aber er hatte Freunde in der gehobenen Gesellschaft, die es waren. Ich war froh, Mr Duffield nicht selbst konfrontiert zu haben, als er das Zeitungsbüro verließ.

„Eins noch", sagte ich. „Es geht um den Mord. Hat die Polizei dich heute über neue Entwicklungen in Kenntnis gesetzt?"

„Keine."

„Was ist mit den Testergebnissen bezüglich des Gifts in den Sachen, die sie aus Mrs Warricks Zimmer mitgenommen haben?"

Er schüttelte den Kopf. „Sie behalten die Ergebnisse für sich." Er seufzte schwer und sah aus, als wolle er mir etwas sagen, überlegte es sich dann aber anders.

„Onkel? Gibt es etwas, was du mir mitteilen möchtest? Vielleicht wird die Last leichter, wenn du sie mit jemandem teilst."

„Das ist nett von dir, Cleo." Er kniff sich in den Nasenrücken. „Ich bin nur besorgt, dass sie letztendlich doch einen der Angestellten für schuldig befinden."

„Ich verstehe. Du möchtest nicht daran denken, dass du einen Mörder eingestellt haben könntest."

„Wir sind hier wie eine Familie. Es wäre ein Verrat." Er lehnte sich in seinem Stuhl zurück und rieb sich das Kinn. „Ich hatte nie Ärger mit ihnen, also warum jetzt?"

„Es könnte einer der Gäste sein."

Sein Blick sprang zu mir. „Ich möchte nicht, dass du dir Sorgen machst, Cleo. Das Mayfair Hotel in London ist eine Ikone. Um uns zu erschüttern, wird mehr nötig sein als das hier."

Ich lächelte, auch wenn ich mir bis zu diesem Moment keine sonderlich großen Sorgen um die Zukunft des Hotels gemacht hatte. Er klang nicht sehr überzeugend. „Ich bin mir sicher, dass der Ball eine Sensation wird."

Sein Blick wurde weicher. „Danke, Cleo."

Ich stand auf und ging zur Tür.

„Und Cleo?" Ich drehte mich um. Mein Onkel wirkte klein und unbedeutend neben dem Turm von Zeitungen. „Ich weiß zu schätzen, was du heute in der Fleet Street getan hast. Ich sollte dir besser sagen, dass du nicht spionieren sollst, aber das kann ich nicht. Du warst sehr mutig und sehr loyal. Danke."

„Ich bin froh, dass ich helfen konnte. Lass mich wissen, wenn ich noch etwas tun kann." Ich ging, zufrieden mit meinen Anstrengungen. Jetzt, da er gesehen hatte, wozu ich fähig war, zog er mich vielleicht für eine dauerhaftere Rolle im Hotel in Erwägung.

* * *

Flossy wollte schon wieder einkaufen gehen, aber ich lehnte mit der Begründung ab, ich wäre müde. Allerdings hatte ich nicht vor, mich auszuruhen. Ich wollte über die bisherigen Ermittlungen nachdenken und darüber, wie ich weiter verfahren wollte. Zwar hatte ich einige interessante Dinge über meine Verdächtigen herausgefunden, musste aber noch mehr wissen, insbesondere, welche Verbindungen sie zu Mrs Warrick hatten, falls überhaupt. Zu gern hätte ich alles mit Harmony besprochen, aber ein Lakai sagte mir, die Dienstmädchen wären alle fertig. Einige würde später zurückkommen, um den Damen zu assistieren, die keine eigenen Zofen mitgebracht hatten, aber er wusste nicht, ob Harmony eine davon war.

Sowohl neben Mr Hooklys als auch Mr Duffields Namen hatte ich eine beachtliche Sammlung von Notizen, aber nur sehr wenig über Mr Armitage. Alles, was ich wusste, war, dass er als Teenager adoptiert worden war. Den Gedanken, Mr Hobart über seinen Neffen auszufragen, verwarf ich. Das wäre zu offensichtlich.

Auch zog ich in Erwägung, Mr Armitage vom Tod meiner eigenen Eltern zu erzählen, um ihn dazu zu bewegen, sich mir zu öffnen, verwarf aber auch diesen Gedanken schnell wieder. Es würde nicht nur schmerzhafte Erinnerungen an die Oberfläche zerren, sondern wäre auch ein billiges Mittel, mein Unglück dazu zu benutzen, um sein Vertrauen zu gewinnen. Lieber durchwühlte ich sein Büro auf der Suche nach Hinweisen. Sein Schlafzimmer würde persönlichere Hinweise zutage befördern, aber dort einzubrechen konnte ich mich nicht überwinden. Es war nicht nur verwerflich; ich hätte auch keinen Vorwand, sollte ich erwischt werden. Sollte ich in seinem Büro entdeckt werden, konnte ich wenigstens behaupten, auf der Suche nach Hotelbriefpapier zu sein.

In der Hoffnung, Mr Armitage sein Büro verlassen zu sehen, begab ich mich nach unten. Schon nach wenigen Minuten wurde ich belohnt, doch anstatt mit einem Gast oder Angestellten zu sprechen, wie er es normalerweise tat, verließ er das Hotel ganz.

Nach einem kurzen Gespräch mit Frank und Goliath an der Eingangstür ging er in Richtung Piccadilly davon. Mein Entschluss stand in Sekundenschnelle. Auch wenn ich weder Mantel noch Hut oder Handschuhe hatte, würde ich ihm folgen. Bei Mr Duffield hatte ich Antworten ergattert; hoffentlich hatte ich bei Mr Armitage genauso viel Glück.

„Miss Fox, Sie haben keinen Mantel!", rief Frank, als ich an ihm vorbeikam.

„So kalt ist es nicht und ich bleibe nicht lange weg", versicherte ich ihm, ohne stehen zu bleiben.

Mr Armitage behielt ich im Blick, kam ihm aber nicht zu nahe. Er ging in gleichmäßig ruhigem Tempo in den chaotischen Trubel am Piccadilly Circus. Ich wich Fußgängern, Karren und Gefährten aller Formen und Größen aus, und obwohl ich beinahe überfahren wurde, schaffte ich es, ihn in die Shaftsbury

Avenue einbiegen zu sehen. Wäre er nicht so groß gewesen, hätte ich ihn aus den Augen verloren.

Von dort aus ging er in die Dean Street und blieb kurz vor einem ansehnlichen Gebäude stehen, ehe er ohne zu klopfen eintrat.

Laut der Bronzeplakette neben der Tür handelte es sich um St. Andrews Heim für Arbeiterjungen, dessen Schirmherr ein Lord war. Hatte Mr Armitage hier in jüngeren Jahren gelebt? Hatte man ihm hier ein Dach über dem Kopf gegeben, als er es dringend gebraucht hatte? Falls ja, könnte ich hier Antworten über meinen Verdächtigen bekommen.

Ich ging weiter bis zur nächsten Straßenlaterne, wo ich wartete und beobachtete. Auf dem Weg war mir warm geworden, doch jetzt kroch mir die Kälte in die Kleider bis auf meine Haut. Ich hauchte in meine Hände, was aber wenig half, sie aufzutauen.

Da ich keine Uhr bei mir hatte, wusste ich nicht, wie viel Zeit vergangen war. Mr Armitage hätte fünfzehn oder fünfundvierzig Minuten im Haus sein können. Als er herauskam, war ich unendlich froh, dass er in die entgegengesetzte Richtung von mir davonging, dahin zurück, wo wir hergekommen waren. Außerdem war ich sehr froh, ins Haus gehen zu können. Zwar war in der Eingangshalle weder ein Kamin noch ein Heizrost, aber wenigstens war es wärmer als draußen.

Ich hatte zwischen fünfzehn und fünfundvierzig Minuten Zeit gehabt, um mir zu überlegen, was ich sagen wollte. Trotzdem zögerte ich, als mich ein Vikar begrüßte. Damit, einen Mann Gottes zu belügen, hatte ich nicht gerechnet und war mir auch nicht sicher, ob ich es durchziehen konnte.

„Kann ich Ihnen helfen?", fragte er.

Er hatte ein freundliches Gesicht mit einer kleinen runden Brille, die die Aufmerksamkeit auf seine gütigen Augen lenkte. Nur daran zu denken, was ich vorhatte, bereitete mir Unbehagen.

Doch ich musste es tun. Ein Mord war verübt worden und Mr Armitage war ein Verdächtiger.

„Ich konnte nicht anders, als Mr Armitage zu bemerken", sagte ich.

„Sie kennen Harry?" Die Fältchen um seine Augen vertieften sich mit seinem Lächeln.

„Ich arbeite mit ihm im Hotel."

„Ah."

„Ist er hier aufgewachsen?"

Die Augen des Vikars verschleierten sich. „Das müssen Sie ihn fragen."

Falls Mr Armitage nicht im Waisenhaus gelebt hatte, würde der Vikar es nicht einfach sagen? Es war nur ein kläglicher Hinweis, an den ich mich klammern konnte, aber ich klammerte mich daran.

„Es ist nur so, dass er sehr stolz ist und ich möchte der Institution, die sich um meinen Freund gekümmert hat, doch so gern eine Spende zukommen lassen. Um meinen *sehr* guten Freund."

Die Augenbrauen des Vikars wanderten nach oben. „Eine Spende? Kommen Sie mit mir, dann sprechen wir über die Einzelheiten."

Er führte mich in ein großes Büro mit einem breiten Schreibtisch und Aktenschränken an einer Wand. Die Schubfächer der Schränke waren mit Buchstaben des Alphabets gekennzeichnet. Der Vikar bat mich, Platz zu nehmen, während er zwei Teetassen wegräumte. Wahrscheinlich hatte Mr Armitage vor einigen Minuten in genau diesem Raum gesessen und mit dem Vikar Tee getrunken. Worüber sie wohl gesprochen hatten?

Irgendwo im Gebäude läutete eine Glocke und Füße trampelten über Dielenbretter.

Der Vikar zuckte zusammen. „Bitte entschuldigen Sie, Miss ...“

„Miss Smith."

„Entschuldigen Sie den Lärm, Miss Smith. Die Jungen gehen von einer Klasse zur nächsten." Er reichte mir die Hand. „Reverend Collin Belfour, zu Ihren Diensten. Ich bin der Vikar von St. Andrews und arbeite an den meisten Tagen hier, um den Jungen etwas kirchliche Bildung zu vermitteln. Die Lehrer sorgen für eine eher praktische und bringen ihnen Fähigkeiten bei, die sie als Dienstboten oder in der Industrie brauchen."

„Das ist sehr löblich."

Er setzte sich und ich nutzte den Moment, um einen Blick auf die Dinge auf dem Schreibtisch zu werfen. Vielleicht gab es einen Hinweis darauf, worüber er und Mr Armitage gesprochen hatten. Der Schreibtisch war ordentlich. Eine Bibel war beim ersten Buch Mose aufgeschlagen, daneben lag ein Blatt mit handschriftlichen Notizen. Daneben wiederum lag ein kleiner Sack, den der Vikar jetzt nahm und in die oberste Schublade des Schreibtisches fallen ließ. Münzen klimperten.

„Erzählen Sie mir von der Spende", sagte der Vikar.

„Mr Armitage hat den Angestellten im Hotel kürzlich etwas Gutes getan und wir wollten uns bei ihm bedanken. Er ist zu stolz, um Geld anzunehmen, also haben wir uns überlegt, dass wir eine wohltätige Einrichtung unterstützen könnten, die ihm am Herzen liegt. Was würde da näher liegen als die Einrichtung, die sich um ihn gekümmert hat?"

Der Vikar verschränkte die Hände und rieb die Daumen aneinander, die Stirn gerunzelt. Offensichtlich wollte er die Spende, aber nicht das in ihn gesetzte Vertrauen brechen. „Eine Spende wäre sehr willkommen", sagte er. „Möchten Sie sich umsehen und schauen, was wir hier für gute Arbeit leisten?"

„Nur, wenn Mr Armitage als Junge hier war."

„Haben Sie darüber nachgedacht, ihn zu fragen?"

„Sie wissen doch, wie stolz er ist. Er spricht nicht gern über seine Vergangenheit."

Er kaute innen auf seiner Lippe.

„Vielleicht könnten Sie einfach für ein paar Minuten aus dem Zimmer gehen, dann könnte ich in der Schublade mit dem Buchstaben A nachsehen, und sollte ich dort Mr Armitages Einzelheiten finden, könnte ich erfahren, was ich wissen muss. Sie würden selbst keinerlei Regeln brechen."

„Miss Smith! Ich bin schockiert!"

Ich stolperte durch eine Entschuldigung und erhob mich schnell. Mein Gesicht glühte unter seinem finsteren Blick, während ich mich rückwärts zu Tür tastete. „Ich fühle mich grässlich, dass ich die Situation falsch interpretiert habe", sagte ich. Das stimmte, aber es tat mir nicht leid, dass ich den Vorschlag gemacht hatte. Wenn es eine hauchdünne Chance auf Erfolg gab, musste es getan werden.

Ich rannte allerdings förmlich aus dem Büro, da ich den rügenden Blick des Vikars nicht ertragen konnte.

„Ihre Spende wäre trotzdem willkommen", rief er mir nach, als ich schon an der Eingangstür war.

Kaum war ich auf die Straße geflüchtet, bemerkte ich, dass es regnete. Ohne Schirm oder Mantel wurde ich gründlich nass, während ich zum Hotel zurückeilte.

Frank schnappte nach Luft, als er mich sah. „Miss Fox! Sie sind halb ertrunken."

„Es ist nur ein bisschen Wasser."

„Sie hätten einen Schirm mitnehmen sollen."

„Danke", sagte ich trocken. „Das werde ich beim nächsten Mal tun."

Er winkte Goliath heran, der herbeieilte und mich kritisch betrachtete. „Sie sind ohne Mantel ausgegangen?" Er schnalzte mit der Zunge.

Ich lächelte die beiden an. „Ja, ich bin ohne Mantel und ohne Schirm ausgegangen."

„Und Handschuhe", sagte Frank.

„Und Hut", ergänzte Goliath.

Ich funkelte sie wütend an, denn ich war nicht in der Stimmung für Rügen und Standpauken, sondern wollte nur hinein und mich abtrocknen.

„Sie sollten ein schönes heißes Bad nehmen", sagte Frank, als ich an ihm vorbeiging. „Lassen Sie sich von einem Lakaien eine Tasse Tee aus der Küche bringen, während es einläuft. Es gibt nichts Beruhigenderes als gemütlich in der Badewanne zu liegen und Tee zu trinken."

Goliath verzog das Gesicht. „Wann hast du das denn schon mal gemacht? Unsere Badezimmer im Wohnbereich der Männer sind für alle", erklärte er mir. „Niemand bringt diesem Idioten eine Tasse Tee, während er ein Bad nimmt."

Frank wurde ärgerlich, was meiner Meinung nach daran lag, dass Goliath ihn einen Idioten genannt hatte. Wie sich herausstellte, hatte er jedoch andere Gründe. „Ich habe schon woanders gearbeitet als hier. Da, wo ich mir ein ausgedehntes Bad genehmigen kann, wenn der Herr und die Herrin nicht zu Hause sind."

Ich ging hinein, bevor ich mir den Tod holte. Eigentlich hatte ich die Treppen hinaufrennen wollen, ehe mich jemand sah, aber leider musste ich an Mr Armitage vorbei und dem entging nichts.

Er beäugte mich von oben bis unten.

„Ich bin eilig aufgebrochen und wurde vom Regen überrascht", sagte ich, ehe er mir auch eine Standpauke halten konnte. „Wenn Sie mich entschuldigen wollen, ich möchte nicht mehr auf den Boden tropfen als unbedingt nötig."

„Ich bin gerade auf dem Weg in die Küche. Soll ich Ihnen eine Tasse Tee und Kuchen hinaufschicken?"

Ich blinzelte ihn an, denn ich hatte eine Rüge oder Hohn erwartet, keine Freundlichkeit. „Danke, das ist sehr aufmerksam."

„Und ein Dienstmädchen, um die Frisur zu richten." Er ging davon.

Nun! Ich musste wohl schön zerlumpt und meine Haare furchterregend aussehen, aber deswegen brauchte er es mir nicht unter die Nase zu reiben. Immer, wenn ich Mr Armitage wieder ein wenig mochte, tat oder sagte er etwas, um mich daran zu erinnern, dass es ein Fehler war.

* * *

Die Zeit in der Badewanne nutzte ich, um über die Aktenschränke im Büro des Vikars im Waisenhaus nachzudenken. Obwohl ich mir recht sicher war, dass Mr Armitage als Jugendlicher dort gelebt hatte, wollte ich mehr wissen. Wie hatte er sich verhalten? Hatte es eine Tendenz zur Gewalt gegeben? Sollte das der Fall sein, könnte es auf seine Schuld hindeuten. All diese Informationen standen in seiner Akte und die wurde in dem Schrank aufbewahrt. Lesen konnte ich sie nur, wenn ich mich hineinschlich.

Harmony half mir nach dem Baden, meine Haare zu frisieren. Sie fragte mich, wie die Ermittlungen vorankamen, doch ich gab ihr kaum Informationen. „Es ist noch zu früh, um etwas zu wissen", sagte ich. „Allerdings brauche ich Hilfe. Ich muss eine verschlossene Tür ohne Schlüssel aufschließen. Wissen Sie, wie?"

Sie betrachtete mich, eine Hand auf ihre Hüfte gestemmt. „Ich bin keine Einbrecherin, Miss Fox."

„Das wollte ich auch nicht unterstellen." Ich seufzte. „Es tut mir leid, Harmony. Ich sehe schon, wo Sie mich falsch verstanden haben."

Sie senkte die Hand und fuhr fort, mir die Haare hochzustecken. „Fragen Sie Victor."

Ich schnappte nach Luft. „War er Einbrecher, ehe er Koch wurde?"

Sie zuckte mit den Schultern. „Das weiß ich nicht, aber er ist ein zwielichtiger Typ."

„Sagen Sie ihm, er soll mich um Mitternacht vor dem Hotel treffen, aber so, dass ihn keiner der Portiers sieht."

Ich aß allein mit Flossy um acht zu Abend. Floyd aß in einem Club, Onkel Ronald an seinem Schreibtisch und Tante Lilian wollte ihr Zimmer nicht verlassen. Flossy freute sich über meine Gesellschaft und nach dem Essen spielten wir bis elf Uhr Karten.

Kurz vor Mitternacht zog ich mir Mantel, Hut und Handschuhe in meinem Zimmer an und holte mir vom Nachtportier einen Regenschirm. Frank und Goliath hatten keinen Dienst, weswegen ich ohne lästige Fragen hinausschlüpfen konnte, um Victor zu treffen. Er wartete im Schatten auf mich, weit außerhalb der Lichter des Hotels.

„Harmony sagte, Sie möchten, dass ich eine Tür für Sie aufschließe", sagte Victor, während wir den Bürgersteig entlangtrotteten. „Möchten Sie mir sagen, zu welchem Gebäude die Tür gehört?"

„Ein Waisenhaus für Jungen auf der Dean Street."

„Das kenne ich. Warum dort?"

„Ich kann Ihnen nur sagen, dass wir dort eventuell einen Hinweis auf einen unserer Verdächtigen finden."

Victor kauerte sich in seinen Mantel, den Kragen hochgeklappt, um sich vor der eisigen Brise zu schützen. Da er den Hut tief ins Gesicht gezogen hatte, erreichte das Licht der Straßenlaternen es nicht und ich konnte noch nicht einmal seine Narbe ausmachen. Wäre ich ihm zu dieser späten Stunde allein entgegengekommen, hätte ich die Straßenseite gewechselt.

Fairerweise musste man sagen, dass von ihm keine

Bedrohung ausging. Ich wäre jedem Mann ausgewichen, dem ich in einer Londoner Winternacht allein begegnet wäre. Doch Victor besaß eine Ruchlosigkeit, die ich nicht ganz zuordnen konnte. Harmony hatte Recht; er war ein zwielichtiger Typ.

Vielleicht lag es an seiner Vorliebe für Messer. Jetzt trug er sie nicht in einem Gürtel um die Taille. Auch die weiße Kochkleidung hatte er abgelegt. Vermutlich war er zu Hause gewesen und später zurückgekommen, um mich zu treffen.

„Wie lange arbeiten Sie schon im Mayfair?", fragte ich.

„Zwei Jahre."

„Und wo waren Sie davor?"

„Sie stellen viele Fragen."

„Das höre ich in letzter Zeit häufig."

Der Kragen verdeckte seinen Mund, aber die Falten um seine Augen zogen sich zusammen, als würde er lächeln. „Seien Sie vorsichtig, Miss Fox. Manche Leute mögen es nicht, wenn Sie Fragen stellen."

„Ist das eine Drohung, Victor?"

„Eine Warnung. Wenn ich Sie bedrohen würde, müssten Sie nicht fragen. Sie würden es einfach wissen."

„Verstanden."

Wir überquerten den Piccadilly Circus, der im Vergleich zum Nachmittag deutlich ruhiger war, aber nicht völlig ausgestorben. Droschken und private Kutschen fuhren noch immer vorbei, wenn auch keine Fußgänger unterwegs waren. Die Läden hatten geschlossen und die Theater in der Nähe befanden sich in der Winterpause zwischen Weihnachten und Neujahr. Nur wenige Menschen hatten einen Grund, um Mitternacht im Winter draußen zu sein.

Die verwaschenen Lichter der Straßenlaternen bemühten sich heldenhaft, den herabsinkenden Nebel zu durchdringen, doch es war aussichtslos. Mit jedem weiteren Meter schien er sich zu verdichten und bis wir die Dean Street erreicht hatten, hallten unsere Schritte in der kalten Luft.

„Warum trauen Sie mir?", fragte Victor plötzlich. „Es ist nicht üblich, mitten in der Nacht mit einem Mann zu gehen, den Sie kaum kennen."

„Harmony hat Ihnen genug vertraut, um Sie mir zu empfehlen, und ich vertraue Harmony."

Er erwiderte nichts, sondern ging nur im gleichen Tempo weiter, bis wir das Waisenhaus erreicht hatten. „Geben Sie mir Deckung", sagte er und hockte sich hin.

Ich spannte meinen Schirm auf, den ich als Waffe mitgenommen hatte, falls wir von Dieben angegriffen wurden, und benutzte ihn und meinen Körper als Schild. „Können Sie genug sehen?", fragte ich.

„Ich muss nichts sehen. Das geht nach Gefühl und Gehör."

„Wie interessant. Vielleicht können Sie es mir eines Tages beibringen."

Er schaute zu mir auf. „Ich sagte Gefühl *und Gehör*."

„Entschuldigung", flüsterte ich.

Ich beobachtete, wie er zwei lange nadelähnliche Instrumente in das Schloss schob.

Dann sah er plötzlich wieder zu mir hoch. „Halten Sie Wache."

Ich suchte die Straße ab, aber es war niemand zu sehen. Nach ein oder zwei Minuten richtete Victor sich auf und drehte den Türknauf. Die Tür ging auf.

Ich senkte den Schirm und folgte ihm, nur um ihn anzurempeln, woraufhin ich ihm den Schirm reichte und eine kleine Kerze mit Halter aus meiner Tasche zog, die ich über der Schulter getragen hatte, dazu eine Schachtel Streichhölzer. Ich zündete die Kerze an und schlich auf Zehenspitzen zur Bürotür. Sie war ebenfalls verschlossen.

Victor hockte sich wieder hin und hatte sie schnell geöffnet. Im Büro war die mit A gekennzeichnete Schublade nicht verriegelt. Die Akten waren alphabetisch nach Nachnamen sortiert, wie ich es erwartet hatte, als ich die Beschriftung gesehen hatte. Bei häufigen Nachnamen wie Adams gab es eine Unterordnung nach Vornamen. Jedes Kind hatte nur ein Blatt, das ihm zugeordnet war. Es war schon irgendwie traurig, dass ein Leben auf einer einzigen Seite mit Notizen zusammengefasst werden konnte. Bei vielen war es noch nicht einmal eine ganze.

Es gab nur einen Harry Armitage. Eine schnelle Kalkulation im Kopf bestätigte mir, dass das Geburtsdatum in der Akte zu dem Alter passte, auf das ich Mr Armitage schätzte. Ich faltete das Blatt zusammen und steckte es ein, ehe ich zurück zu Victor ging, der an der Tür Wache hielt.

Die Tür schloss ich leise hinter mir, drehte mich um und erstarrte. Ein Junge von etwa zwölf Jahren stand im Türrahmen des angrenzenden Zimmers, ein großes Stück Pastete halb in den Mund geschoben. Er war genauso erstarrt und sah uns mit weit aufgerissenen Augen an.

Victor legte einen Finger auf seine Lippen, um den Jungen zum Schweigen aufzufordern, und blies dann die Kerze aus. Er führte mich nach draußen, schloss die Tür und eilte mit mir die Dean Street entlang.

Erst an der Straßenecke wagte ich einen Blick zurück. „Niemand scheint uns zu folgen", sagte ich. „Aber wenn der Junge Alarm schlägt, könnten wir noch erwischt werden."

„Das wird er nicht", sagte Victor.

„Wie können Sie da so sicher sein?"

„Diebe verpetzen einander nicht."

Zu gern hätte ich dagegen protestiert, als Dieb bezeichnet zu werden, erinnerte mich aber an das Blatt in meiner Tasche. „Lassen Sie uns schnellstens zum Hotel zurückgehen. Er könnte seine Meinung noch ändern."

„Und erklären, warum er die Küche plündert? Unwahrscheinlich."

Trotzdem beeilten wir uns. Sobald wir das Hotel erreichten, blieb Victor im Schatten zurück, bis ich sicher in die einladenden Lichter des Mayfair eingetaucht war. Der Portier begrüßte mich mit Namen und öffnete mir die Tür. Bestimmt würde sich mein nächtlicher Ausflug bis zum Morgen überall herumgesprochen haben, doch hoffentlich nur unter den Angestellten. Denen musste ich nicht Rede und Antwort stehen, meinem Onkel hingegen schon.

Ich hastete in meine Suite und strich das Blatt Papier auf meinem Schreibtisch glatt. Schnell überflog ich es und las es dann noch einmal, denn ich konnte kaum glauben, was dort stand. Das war nicht möglich. Der Harry Armitage, den ich kannte, konnte nicht der gleiche sein wie der Junge in dieser Akte. Mein Onkel hätte ihn nicht eingestellt.

Es sei denn, er wusste nicht, dass Mr Armitage schon als Dieb verhaftet worden war.

Laut der Akte wurde Harry Armitage im Alter von elf Jahren nach dem Tod seiner Eltern im Waisenhaus aufgenommen. Mir zog sich vor Schmerz und Mitgefühl mit diesem Jungen der Magen zusammen. Als meine Eltern gestorben waren, war ich in ähnlichem Alter gewesen und wusste noch genau, wie schrecklich es gewesen war. Allerdings hatte ich liebevolle Großeltern gehabt, die sich um mich gekümmert hatten. Harry Armitage hatte niemanden gehabt. Er hatte bei Fremden leben müssen.

In der Akte stand, dass er anständig und klug war und besonders gut mit Zahlen umgehen konnte. Er war beiseitegenommen und in die Grundlagen der Buchführung eingeführt worden. Nach einem Jahr hatte man ihn für das Arbeitsleben als gut gerüstet angesehen und ein Fabrikbesitzer hatte ihn eingestellt, um dem Buchhalter der Fabrik zu helfen.

Der Rest war in andersfarbiger Tinte geschrieben worden, aber in der gleichen Handschrift. Das Datum war ein weiteres Jahr später. Im Alter von dreizehn Jahren war Harry Armitage wegen Diebstahls verhaftet und zu einer dreimonatigen Haftstrafe verurteilt worden. Der Polizei-Sergeant, der ihn verhaftet hatte, hatte ihn bei seiner Freilassung gemeinsam mit seiner Frau aufgenommen.

Mein erster Gedanke war, dass es eine sehr leichte Strafe gewesen war. Mein zweiter war, warum? Warum war ein dreizehnjähriger Junge vom vielversprechenden Buchhalter in guter Anstellung zu einem Dieb geworden?

Und wenn er ein Dieb war, konnte er dann auch zu einem Mord fähig sein, insbesondere, wenn er diesen Teil seines Lebens geheim halten wollte?

KAPITEL 8

Ich wusste durch die Art, wie Harmony mir die Haare bürstete, dass etwas sie umtrieb. Ihre Bewegungen waren energisch und sie knallte die Bürste auf den Schminktisch.

„Sie müssen mich nicht frisieren, wenn Sie nicht möchten", sagte ich. „Ich kann es auch allein."

„Ich möchte aber."

„Könnten Sie dann etwas sanfter vorgehen? Ich hätte gern noch ein paar Haare übrig, wenn Sie fertig sind."

Mit der Hand auf der Hüfte schaute sie mich im Spiegelbild an. „Als ich Ihnen gesagt habe, Sie sollen Victor bitten, eine verschlossene Tür für Sie zu öffnen, hatte ich nicht erwartet, dass Sie mitten in der Nacht das Hotel verlassen."

„Ah. Also haben Sie davon gehört."

„Das ganze Hotel hat davon gehört!"

Ich drehte mich auf dem Stuhl um. „Mein Onkel auch?"

„Ich glaube nicht, dass irgendwer es den Bainbridges gesagt hat. Wir reden mit denen nicht so offen, wie wir es untereinander tun."

Ich wandte mich wieder dem Spiegel zu. „Weiß jemand, dass ich mit Victor ausgegangen bin?"

„Nein, aber Sie hätten vielleicht andeuten sollen, dass Sie ihn getroffen haben. Jeder glaubt, Sie wären allein ausgegangen.

Eine Lady kann so etwas nicht tun, ohne dass alle das Schlimmste von ihr denken."

„Es ist mir egal, was die Angestellten denken. Ich weiß, was ich getan habe, und es war nicht das, was Sie unterstellen. Hauptsache, mein Onkel erfährt nichts. Ich würde ungern so früh in unserer Bekanntschaft seinen Zorn auf mich ziehen."

Harmony drehte einen Teil meiner Haare auf und prüfte den Effekt im Spiegel. Zufrieden steckte sie es fest. Zum Glück hatte sie sich etwas beruhigt und stach mir nicht mit den Haarnadeln in den Kopf. „Das nächste Mal, wenn Sie nachts allein ausgehen wollen, verkleiden Sie sich, damit der Portier Sie nicht erkennt."

„Er würde mich nicht wieder hereinlassen, wenn ich mein Gesicht nicht zeige. Und wenn doch, würde mich der Rezeptionist im Foyer abfangen."

„Dann gehen Sie einfach nicht raus. Sie können nicht solch fiesen Tratsch an sich kleben haben."

Ich seufzte, denn ich würde nicht gewinnen, selbst wenn ich sie daran erinnerte, dass ein Mörder gefasst werden musste.

„Wo sind Sie denn nun hingegangen?", fragte sie.

„Das möchte ich lieber nicht sagen, bis ich mehr Antworten habe. Ich will keiner unschuldigen Person etwas anhängen."

„Ich kann auch einfach Victor fragen."

Ich hatte Victor nicht zum Schweigen verpflichtet, hoffte aber, dass er sich diskret verhalten würde. Allerdings vermutete ich auch, dass Harmony sehr rigoros sein konnte, wenn sie wollte.

„Es ist ohnehin unsicher, ob wir etwas Wichtiges entdeckt haben", fuhr ich fort. „Es war vermutlich nichts."

Als sie mit dem Frisieren fertig war, ging sie an ihre Reinigungsaufgaben, während ich frühstückte. Der Lakai, der mir das Essen brachte, beäugte mich mit scheelem Blick. Das Tablett gab er mir, ohne mir einen guten Morgen zu wünschen, wie er es am Tag zuvor getan hatte. Anscheinend war mein Ruf gründlich ruiniert, was die Angestellten betraf.

Ich knabberte an meinem Toast, ließ das gekochte Ei jedoch unberührt. Die Nachricht, dass Mr Armitage als Junge wegen Diebstahls verhaftet worden war, erschütterte mich noch immer. Sollte Mrs Warrick ihn damals bereits gekannt und von der Verhaftung gewusst haben, wäre sie gewiss überrascht, ihn in einem Luxushotel in Führungsverantwortung zu sehen, umgeben von wohlhabenden Gästen. Hätte sie es meinem Onkel gesagt, würde Mr Armitage seine Arbeit und seinen guten Ruf verlieren. Mir kam der Wunsch, sie daran zu hindern, wie ein sehr starkes Mordmotiv vor.

Was ich jetzt dringend tun musste, war eine Verbindung zwischen Mrs Warrick und dem jungen Harry Armitage zu finden. Vielleicht kannte sie die Fabrik, in der er gearbeitet hatte, bevor er weggelaufen war. Oder sie war eine Unterstützerin des Waisenhauses oder sie konnte sogar das Opfer seines Diebstahls gewesen sein. Nichts von alledem konnte ich jedoch leicht überprüfen. Mir fiel nichts ein, was ich als Nächstes tun konnte.

Ich machte mich auf den Weg nach unten, da ich die Antworten auf meine Fragen wohl kaum auf meinem Frühstückstablett finden würde. Ich begrüßte Peter mit einem Lächeln, doch er reagierte steif und ohne mir in die Augen zu sehen.

Nach Harmony dachte jetzt auch Peter schlecht von mir. Trotz meiner vorherigen Aussage stellte ich fest, dass es mir nicht egal war, was sie von mir hielten. Ganz und gar nicht.

„Ich bin einem Hinweis nachgegangen", erklärte ich Peter. „Deswegen bin ich gestern Abend noch spät ausgegangen. Und Victor hat mich begleitet. Wenn Sie mir nicht glauben, fragen Sie ihn. Ich habe nichts in der Art getan, was Sie alle glauben. Haben Sie das verstanden?"

„Ja, Miss Fox."

„Informieren Sie freundlicherweise den Rest der Mitarbeiter. Lassen Sie nur den Teil über die Mordermittlungen und das Treffen mit Victor weg. Ich will nicht, dass er Ärger bekommt."

„Ich wusste es", kam Goliaths Stimme.

Ich fuhr zusammen, denn ich hatte ihn nicht kommen sehen. Für einen so großen Mann trat er sehr leise auf.

„Ich wusste, dass es etwas ganz Unschuldiges ist", fuhr er fort. „Ich stelle sicher, dass jedem klargemacht wird, dass Sie einen guten Grund hatten, auszugehen."

„Welchen guten Grund?", fragte Peter.

Goliath tippte sich gegen den Nasenflügel. „Mir fällt schon was ein."

Ein Page kam aus dem Direktionsflur und näherte sich. „Mr Hobart wünscht Sie zu sprechen, Miss Fox."

„Oje." Er hatte auch davon gehört und wollte mir eine Standpauke über den zerbrechlichen Ruf von Frauen halten. Nach allem, was ich über Mr Armitage herausgefunden hatte, war ich nicht gerade erpicht darauf, einen der beiden Männer zu sehen, aber ich bezweifelte, dass ich an diesem Morgen in körperlicher Gefahr war. Sie wussten nicht, dass ich in dem Mordfall ermittelt hatte.

Ich betrat den Direktionsflur und näherte mich Mr Hobarts Tür, als mir eine Bewegung in Mr Chapmans Büro auffiel. Es war Mr Armitage, der die Taschen eines an der Garderobe hängenden Mantels durchsuchte. Er hatte sich so positioniert, dass er die Tür im Blick hatte, und nahm sofort die Hand aus der Tasche und strich den Ärmel glatt. Mir konnte er jedoch nichts vormachen.

„Was tun Sie da?", fragte ich.

„Ich suche Mr Chapman", sagte er und kam zu mir. „Auf seiner Jacke war etwas Staub, also habe ich ihn abgeklopft. Wir nehmen unser Erscheinungsbild hier sehr ernst."

Das war die albernste Ausrede, die ich je gehört hatte, aber ich würde nicht den Eindruck erwecken, dass ich ihm nicht glaubte. Sollte er der Mörder sein, durfte ich ihn nicht wissen lassen, dass ich ihn verdächtigte.

Allerdings verlangte es mir alles ab, unschuldig zu tun. Jetzt, wo ich Mr Armitage stark verdächtigte, konnte ich nicht verhindern, dass ich ihn in einem ganz anderen Licht sah. Sein Charme war nur eine Fassade. Eine sehr überzeugende Fassade, die er mit maximalem Effekt einzusetzen wusste, doch ich hatte sie gelegentlich verrutschen sehen. Zum Beispiel, als ich die Fähigkeiten seines Vaters als Detective angezweifelt oder als er mich für eine lasterhafte Frau gehalten hatte, nachdem er mich im Raucherzimmer erwischt hatte.

Und jetzt.

„Ich bin froh, dass Sie hier sind", sagte er. „Ich würde gern mit Ihnen reden. Kommen Sie bitte in mein Büro."

„Nein!"

Er blinzelte, überrascht von meinem Aufschrei.

„Ich meine, nicht jetzt", schob ich schnell hinterher.

„Wenn Sie nicht in mein Büro kommen wollen, dann werde ich hier sagen, was ich zu sagen habe." Er legte die Hände hinter seinen Rücken. „Es geht um Sir Ronald, genau genommen um die Tatsache, dass er noch nicht weiß, was Sie letzte Nacht getrieben haben."

Ich wusste nicht, ob ich stöhnen oder die Augen verdrehen sollte. Was ich jedoch tat, war rot anlaufen, was die Sache nur noch schlimmer machte. Ich war nicht schuldig. Nun, schuldig, das Hotel mitten in der Nacht verlassen zu haben, aber ich war nicht allein gewesen.

„Wenn Sie einen heimlichen Liebhaber haben, dann ist das Ihre Sache", fuhr er fort. „Aber treffen Sie ihn in der Öffentlichkeit. Schleichen Sie sich nicht weg. Die Mitarbeiter sehen alles und sie reden. Ich bezweifle stark, dass Sie Ihr Geheimnis dadurch gelüftet haben möchten, dass einer von ihnen es Ihrer Familie erzählt."

Es regte mich auf, dass er mir eine heimliche Liaison unterstellte, wo ich ihn gerade dabei ertappt hatte, wie er die Manteltaschen eines anderen Mannes durchwühlte. Ganz zu schweigen von dem Geheimnis um seine Verhaftung. Das würde meinen Onkel deutlich mehr interessieren als meine angebliche heimliche Liebschaft.

„Ich denke, ich habe genug gehört", sagte ich mit zusammengebissenen Zähnen. „Guten Tag, Mr Armitage."

Ich wollte gehen, doch er packte meinen Ellenbogen. Sein Griff lockerte sich augenblicklich und ich riss mich los, drehte mich aber um und warf ihm einen Blick zu, von dem ich hoffte, dass er herausfordernd war.

Er funkelte genauso zurück, nicht im Geringsten beeindruckt von der Tatsache, dass ich die Nichte seines Arbeitgebers war. „Wie konnten Sie nur so etwas Dummes tun?", fuhr er fort. Die charmante Fassade war jetzt ganz verschwunden. Darunter kam jemand zum Vorschein, der Ernsthaftigkeit und Respekt einflößte. „Wäre er es wert, würde er Sie anständig umwerben. Stimmt etwas nicht mit ihm? Steht er unter den Bainbridges?"

Ich bellte ein harsches Lachen heraus. „Grundgütiger, das geht wirklich zu weit. Lassen Sie mich eins klarstellen, Mr Armitage. Ich habe keinen heimlichen Liebhaber. Ich bin aus Gründen ausgegangen, die ich weder Ihnen noch sonst jemandem nennen muss. Sollte mein Onkel es herausfinden, dann ist das eben so. Ich werde mich den Konsequenzen stellen."

Der wütende Blick verschwand, aber seine Stirn blieb gerunzelt. „Sind Sie in Schwierigkeiten?"

„Ich weiß noch nicht einmal, was für eine Art Schwierigkeiten Sie andeuten, für die ich mitten in der Nacht weggehen müsste. Die Wahrheit ist ziemlich langweilig, fürchte ich. Ich konnte nicht schlafen und fühlte mich etwas melancholisch. Also habe ich beschlossen, spazieren zu gehen, um den Kopf freizubekommen. Ich war weniger als dreißig Minuten weg. Zufrieden?"

Ein Muskel in seinem Kiefer spannte sich an. „Es war nur ein freundlicher Rat, Miss Fox. London ist nachts gefährlich. Ich würde nicht wollen, dass Ihnen etwas zustößt."

„Machen Sie sich bitte um mich keine Sorgen", schnappte ich.

Er holte tief Luft und schaute zur Decke, zweifelsohne um dort nach etwas Geduld zu suchen. Mir war durchaus bewusst, wie aufreibend das Gespräch von seinem Standpunkt aus sein musste, aber ich konnte ihm nichts sagen, was ihn beruhigt hätte, und ich wurde nicht gern bevormundet.

Ich drehte mich um und ging davon, wobei die Hitze seines wütenden Blicks mir bis ins Foyer auf dem Rücken brannte. Dass Mr Hobart mit mir sprechen wollte, hatte ich nicht vergessen, aber ich war gerade nicht in der Stimmung für seine Standpauke. Die konnte warten.

Goliath musste bereits mit den anderen Pagen und Mitarbeitern gesprochen haben, die die verschiedenen Tresen bemannten, denn sie sahen mich nicht mehr an, als hätte ich mich versündigt. Sie grüßten mich so, wie sie es seit meiner Ankunft getan hatten, mit einem freundlichen „Guten Morgen" und einem Nicken oder Lächeln.

Während ich in die Lounge hinter dem Foyer ging, kam mir in den Sinn, dass Mr Armitage versucht haben könnte, mich von dem abzulenken, was er in Mr Chapmans Büro gemacht hatte. Sollte das der Fall sein, hatte es nicht funktioniert. Auch wenn mir kein Grund einfiel, warum Mrs Warricks Mörder die Taschen anderer Mitarbeiter durchsuchen musste, bedeutete es nicht, dass es keine Verbindung gab. Ich hatte sie nur noch nicht gefunden. Das musste ich aber. Die Polizei, angeführt von Mr Armitages eigenem Vater, würde ihn nicht ohne solide Beweise verhaften.

Wie ich gehofft hatte, fand ich Mr Chapman im Speisesaal, wo er mit den Kellnern sprach. Ich wartete, bis er sie entlassen hatte und sie sich im Raum verteilten, um die Tische für das Mittagessen einzudecken.

„Kann ich etwas für Sie tun, Miss Fox?" Er schaute seine Nase entlang auf mich herab, als wäre ich einer seiner Kellner, den er irgendwo angetroffen hatte, wo er nicht sein sollte. Anscheinend hatte er ebenfalls von meinem nächtlichen Abenteuer gehört, aber noch nicht von dem Grund, welchen auch immer Goliath sich ausgedacht hatte, um es zu erklären.

„Ich möchte mit Ihnen über Mr Armitage sprechen."

Seine überhebliche Haltung platzte vor Überraschung. „Was ist mit ihm?"

Ich wollte keine Details preisgeben, aber trotzdem Antworten erhalten. Irgendetwas musste ich ihm auftischen, damit er sich mir anvertraute. Ich beugte mich vor und senkte die Stimme. „Ich habe bei ihm ein verdächtiges Verhalten beobachtet."

„Inwiefern?", fragte er, die Stimme ebenfalls gesenkt.

„Das möchte ich zu diesem Zeitpunkt lieber nicht sagen. Vielleicht ist es nichts und ich will ihm keinen Ärger machen. Aber ich möchte mit jemandem reden, der ihn gut kennt. Jemand von den leitenden Angestellten. Natürlich kann ich nicht zu Mr Hobart gehen und ziehe es vor, mit Ihnen zu reden statt mit Mrs Kettering."

Auch wenn sein Mund sich nicht bewegte, schien ihm diese letzte Bemerkung zu gefallen. Er war ein gut aussehender Mann, groß und schlank mit dunklen Haaren und glattrasiertem Kinn und Oberlippe. Mit seiner eingebildeten Überheblichkeit tat er sich allerdings keinen Gefallen. Mich hatte sie sofort gestört.

„Was wissen Sie über Mr Armitages Vergangenheit?", fragte ich. „Bevor er hier zu arbeiten anfing."

Eine kleine Falte erschien zwischen seinen Augenbrauen. „Sehr wenig. Er wurde von Mr Hobarts Bruder aufgenommen und Mr Hobart hat ihm hier eine Stelle verschafft. Er wurde einigen besser geeigneten Kandidaten für den Posten als stellvertretender Direktor vorgezogen." Er schniefte. „Mr Hobart möchte zweifelsohne die Nachfolge in seiner Familie halten."

Seine Eifersucht überraschte mich. Sie war zwar interessant, jedoch für die Ermittlungen nicht relevant. Außer, dass sie für Mr Chapman ein Grund war, mehr über seinen Rivalen zu verraten, als er sollte.

„Hat Mr Armitage seine Stellung hier jemals zu seinem Vorteil ausgenutzt?"

„Ich bin nicht sicher, was Sie damit meinen", sagte er. „Ich muss gestehen, dass er sehr gut ist in dem, was er tut. Er nimmt Mr Hobart eine große Last von den Schultern." So viel zur Eifersucht.

Ich musste noch direkter werden, wenn ich eine Verbindung zwischen Mr Armitages Vergangenheit und Mrs Warrick herstellen wollte. „Wurde Mr Armitage je irgendwo angetroffen, wo er nicht hätte sein sollen? Im Büro eines anderen leitenden Mitarbeiters, ohne dass der anwesend war, oder vielleicht im Zimmer eines Gastes?"

Sein Blick ging an mir vorbei zur Tür, dann neigte er den Kopf zu mir. „Was, glauben Sie, hat er getan?"

„Nichts."

„Warum dann die Fragen?"

„Also hat er seine Autorität nie missbraucht?"

Er schnappte nach Luft. „Geht es hier um Mrs Warricks Mord? Verdächtigen Sie ihn?"

„Im Moment ist jeder verdächtig." Ich war zu weit gegangen, um jetzt einen Rückzieher zu machen. Mr Chapman war kein Dummkopf und würde mir nicht glauben, wenn ich so tat, als ginge es bei meinen Fragen nicht um den Mord.

„Wissen Sie, mir ist tatsächlich in den Sinn gekommen, dass er es getan haben könnte", sagte Mr Chapman. „Aber ich habe den Gedanken verworfen. Er ist nicht der Typ, um jemanden zu vergiften."

Die Worte des Detective Inspectors darüber, dass alle Typen zu Mord fähig waren, hallten in meinem Kopf wie eine Glocke.

„Und ich fand den Grund nicht stark genug", fuhr Mr Chapman fort.

„Welchen Grund?"

Er schaute wieder hinter mir zur Tür. „Ich habe mit angehört, wie Mrs Warrick sich bei Mr Hobart in seinem Büro beschwert hat. Die Tür war zu, aber sie sprach laut und ich habe deutlich gehört, wie sie Mr Armitages Namen genannt hat."

Ich wusste aus Erfahrung, dass man sein Ohr an die Tür pressen musste, um ein Gespräch im Inneren zu belauschen. Etwas zufällig mit anzuhören war unmöglich. „In welchem Zusammenhang?", fragte ich.

„Das weiß ich nicht. Alles, was ich sie sagen hörte, war, dass Mr Armitage gerügt werden sollte und dass sie vom Mayfair etwas Besseres erwartet hatte."

Wenn sie Mr Armitage erkannt und sich an seine Vergangenheit als Dieb erinnert hatte, wäre sein direkter Vorgesetzter der erste, dem sie es erzählt hätte. Da sie nicht wusste, dass Mr Hobart sein Onkel war, hatte sie ihm mit Sicherheit alles berichtet. Sie hatte Besseres vom Mayfair erwartet, da sie nicht damit gerechnet hatte, dass ein Luxushotel einen Dieb einstellen würde.

Das passte perfekt. Ausgesprochen perfekt. Vielleicht hatte Mr Hobart versucht, es abzustreiten oder darüber hinwegzugehen, und sie hatte angedroht, mit meinem Onkel zu reden. Das würde Mr Hobart und Mr Armitage große Sorgen bereitet haben. Da Mr Hobart Mr Armitages Vergangenheit kannte, hätte er ihn nie im Hotel einstellen sollen. Ihre Machenschaften wären aufgeflogen und ihnen beiden wäre umgehend befohlen worden, das Hotel zu verlassen.

In der Nacht, noch ehe sie eine Chance hatte, mit meinem Onkel zu reden, hatte sie einer von beiden oder beide gemeinsam zum Schweigen gebracht.

Ich war mir nicht sicher, was mir mehr ausmachte. Dass Mr Hobart bei dem Verbrechen Mittäter war oder dass Mr Armitage jemanden ermordet hatte. Bei unserer ersten Begegnung hatte ich beide gemocht. Ganz zu schweigen davon, dass mein Onkel ihnen bedingungslos vertraute. Der Gedanke, dass sie fähig waren, Mrs Warrick zu vergiften, damit sie schwieg, machte mich krank.

Mr Armitage hatte jedoch bewiesen, dass er jemand anderes

war, als er vorgab. Seine Kälte mir gegenüber konnte auf etwas noch Kälteres, Dunkleres in ihm hinweisen.

„Ich sehe schon, es war richtig, es Ihnen zu sagen", sagte Mr Chapman und richtete sich auf.

Meine Gedanken kreisten und mir drehte sich der Magen um. Die Auswirkungen dieser Sache waren enorm. Ich musste sehr vorsichtig und ganz sicher sein, bevor ich weitere Schritte unternahm.

„Danke", sagte ich, meine Stimme dünn. „Sie werden dies diskret behandeln, nicht wahr?"

„Natürlich."

Ich verließ den Speisesaal und nahm den Fahrstuhl in den vierten Stock. Dem Geplauder von John über das Wetter hörte ich kaum zu. Es gab zu viel nachzudenken. Zu viel, was auf dem Spiel stand. Ich musste mir meiner Theorie absolut sicher sein.

Aber wie?

Ich stieg aus dem Fahrstuhl und sah meinen Onkel in sein Büro gehen. Er begrüßte mich herzlich.

„Wie hast du dich bisher im Hotel eingelebt, Cleo?"

„Sehr gut, danke."

„Behandeln Flossy und Floyd dich gut?"

„Wie eine Schwester", sagte ich und meinte es auch so.

„Gott, das hoffe ich nicht." Er lächelte, doch das Lächeln verschwand plötzlich. „Mrs Warricks Tod hat die Stimmung hier ziemlich gedämpft. Normalerweise sind um diese Jahreszeit alle ganz aufgeregt wegen des Silvesterballs." Er seufzte schwer. „Schreckliche Geschichte und die Polizei ist nicht gerade hilfreich. Der Detective weigert sich, mir zu sagen, was er bisher herausgefunden hat. Wünschte, er wäre mehr wie sein Bruder, unser Hobart. Feiner Kerl, der Hobart."

Ich biss mir auf die Unterlippe.

„Wenigstens haben die Zeitungen heute keine fiesen Gerüchte gebracht. Hobart hat Armitage ins Büro von diesem Klatschblatt, den *Evening News* geschickt und ihnen rechtliche Schritte seitens des Hotels angedroht. Scheint funktioniert zu haben. Kann nicht zulassen, dass der gute Ruf des Mayfairs durch den Schmutz gezogen wird und der Name Bainbridge gleich mit."

Er öffnete seine Bürotür und trat über die Türschwelle. Ich stand da und wollte mich ihm sehr gern anvertrauen, aber gleichzeitig auch nicht.

„Gibt es noch etwas, Cleo? Geht es um dein Taschengeld?"

„Nein, darum nicht." Wieder biss ich mir auf die Lippe.

„Du solltest es mir besser sagen, bevor du dich verletzt." Er deutete lächelnd auf meine Lippe.

Vielleicht gab es einen Kompromiss, eine Möglichkeit, mehr herauszufinden, ohne Namen zu nennen. Wenn er nichts über Mr Armitages Vergangenheit wusste, war meine Theorie schlüssig. *Wenn* er es wusste, gab es für Mr Armitage keinen Grund, Mrs Warrick zu töten.

„Ich habe tatsächlich eine Frage an dich. Würdest du jemanden einstellen, der in der Vergangenheit verhaftet wurde?"

„Verhaftet! Wer wurde verhaftet?"

„Niemand. Jedenfalls nicht im Moment. Ich wollte nur wissen, ob du jemals jemanden einstellen würdest, der vorbestraft ist. Zum Beispiel jemanden, der als Kind für einen Diebstahl verhaftet wurde."

„Natürlich nicht. Kann keine Diebe im Hotel haben, wo die Wertsachen der Gäste herumliegen. Selbst wenn so jemand sich gebessert hätte, kannst du dir vorstellen, wie sehr es unserem Ruf schaden würde, wenn die Presse davon Wind bekommt? Es tut mir leid, Cleo, falls du eine Freundin hast, die an einer Stelle hier interessiert ist, aber ich kann sie nicht beschäftigen."

„Eine Freundin? Oh."

„Keine Freundin?" Er runzelte die Stirn. „Cleo, was versuchst du mir zu sagen?"

Ich hob die Hände und wich zurück. „Nichts. Es war nur eine alberne Frage." So viel dazu, dass ich diskret sein konnte. „Tut mir leid, dass ich dich gestört habe."

„Cleo!", rief Flossy.

Ich war so erleichtert, gerettet zu werden, dass ich ihr fast entgegenrannte. Sie stand neben ihrer Zimmertür, die Arme verschränkt. „Worüber hast du mit Vater gesprochen? Er sieht beunruhigt aus."

„Nichts. Es war nichts. Willst du spazieren gehen?"

„Ja, und dann Mittag essen. Möchtest du mit?"

„Gern."

* * *

FLOYD GESELLTE sich beim Mittagessen zu uns. Ich war die gesamte Zeit über sehr bemüht, Mr Chapmans Blick zu meiden, ebenso wie den der meisten Angestellten. Nach der Wende, die die Ermittlungen genommen hatten, war ich ausnahmsweise mal froh über eine belanglose Unterhaltung.

„Es sind nur noch drei Tage bis zum Ball, heute nicht mitgezählt", sagte Flossy, nachdem der Kellner einen Teller Suppe vor ihr abgestellt hatte. „Inzwischen musst du doch eine Entscheidung getroffen haben, Cleo."

„Ich hatte keine Zeit, darüber nachzudenken", sagte ich.

„Keine Zeit?", wiederholte Floyd. „Was macht ihr Ladys nur den ganzen Tag, dass es euch von so wichtigen Dingen wie Bällen ablenkt?"

Sein Ton war scherzhaft, aber Flossy sah mich ernst an. „Ja, Cleo, worüber könntest du sonst nur nachdenken? Du kennst niemanden in London außer uns, also hast du keinen Tratsch, über den du grübeln müsstest. Du gehst nicht gern einkaufen, also weiß ich, dass du keine Modemagazine aus der Bibliothek liest. Was machst du, wenn du nicht mit mir zusammen bist?"

„Vielleicht erweitert sie gern ihr Wissen mit Büchern", sagte Floyd, während er einen Löffel voll Suppe schöpfte. „Unsere Cousine ist so was wie eine Gelehrte, musst du wissen."

„Sei doch nicht albern. Sie hat in Cambridge an Vorlesungen teilgenommen und Bücher gelesen, weil es in einer Universitätsstadt sonst nichts zu tun gibt. Jetzt, da sie in London ist, stehen ihr so viele andere aufregendere Dinge zur Verfügung."

„Wie einkaufen?"

„Ja, und das Theater, die Oper, Bälle. Sie könnte sogar in Museen und Ausstellungen gehen, falls sie immer noch ihr Wissen erweitern will."

„Ich bin mir ziemlich sicher, dass es all diese Dinge auch in Cambridge gibt, Schwesterchen."

„Aber bestimmt minderwertig."

Mr Armitage betrat den Speisesaal und ich stellte fest, dass meine Augen ihm folgten, als er an Mr Chapman vorbeikam und sich im Saal umsah. Mr Chapman beobachtete ihn ebenfalls, dann begegnete sein Blick meinem.

Ich schaute weg, aber nicht, ehe Floyd und Flossy es bemerkt hatten. „Warum beobachtest du Armitage?", fragte Floyd.

„Ich bin neugierig", sagte ich. „Was wisst ihr von ihm? Von seiner Vergangenheit, meine ich."

„Hobarts Bruder, der Detective, hat ihn aufgenommen, da er verwaist war", sagte Floyd mit einem Schulterzucken. „Ein paar Jahre später fing er an, hier zu arbeiten. Mehr weiß ich nicht. Warum interessierst du dich für Armitage?"

Flossy ließ ihren Löffeln in den Teller fallen und schnappte nach Luft. „Cleo", rügte sie.

Ich starrte sie an. Oh Gott, sie hatte es erraten. Ausgerechnet Flossy war darauf gekommen, dass ich ihn des Mordes verdächtigte.

„Du bist doch hoffentlich nicht auf *diese Art* an Mr Armitage interessiert."

Floyd legte den Löffel ebenfalls ab und sah mich mit gerunzelter Stirn an. „Cleo? Bist du?"

Ich wusste nicht, ob ich erleichtert oder besorgt sein sollte, dass ich noch eine andere Dose der Pandora geöffnet hatte. „Nein, natürlich nicht."

„Gut." Flossy tätschelte meinen Arm.

„Warum?", hakte ich nach. „Stimmt etwas nicht mit ihm?"

Flossy tupfte sich die Mundwinkel mit ihrer Serviette ab. „Liebste Cleo, du bist so entsetzlich hinterwäldlerisch. Mit Mr Armitage ist alles in Ordnung. Er ist ein absolut feiner Kerl. Aber du kannst es besser treffen."

Ich atmete kontrolliert aus. Dann wusste sie also nichts von seiner früheren Verhaftung. Ich warf Floyd einen kurzen Blick zu, der dem Urteil seiner Schwester mit einem Nicken zustimmte. Keiner von beiden wusste es. Warum ich das geglaubt hatte, wenn ihr Vater es nicht wusste, war mir nicht ganz klar.

Mr Hobart betrat den Speisesaal und flüsterte seinem Neffen etwas ins Ohr. Er sah besorgt aus. Nein, nicht besorgt. Verängstigt. Beide Männer gingen.

Ich wartete einige Augenblicke, ehe ich mich entschuldigte und ebenfalls ging, gerade noch rechtzeitig, um die beiden in den Fahrstuhl steigen zu sehen und zu hören, wie sie John anwiesen, in den vierten Stock zu fahren. Ich hob meine Röcke an und raste die Treppen hinauf. Im vierten Stock hielt ich inne, um wieder Luft zu bekommen. Dann linste ich um die Ecke und sah, wie sie Onkel Ronalds Büro betraten. Ihre Gesichter konnte ich nicht erkennen, aber ein ungutes Gefühl machte sich in mir breit.

Mein Onkel würde sie mit Mr Armitages Straffälligkeit konfrontieren. Wegen genau dieser Sache hatten sie Mrs Warrick ermordet. Er konnte in größter Gefahr sein.

Die Tür wurde geschlossen. Ich schlich näher und legte mein Ohr daran. Ohne Schwierigkeiten verstand ich, was mein Onkel sagte. Seine dröhnende Stimme hätte fast ein Loch in die Tür geschlagen.

„Ich habe Ihnen vertraut, Hobart! Wie konnten Sie mir das antun?"

„Was antun?", kam Mr Armitages Stimme, laut, aber nicht brüllend.

„Mich anlügen!"

„Mr Hobart würde Sie niemals anlügen, Sir. Er ist ein ehrlicher Mann."

„Er ist *nicht* ehrlich! Er belügt mich seit Jahren. Jahren!"

„Wenn Sie mir vielleicht sagen—"

„Stopp! Genug! Raus, alle beide. Sie sind entlassen."

Mir rutschte der Magen in die Kniekehlen. Auch wenn ich damit gerechnet hatte, hatte ich mir gewünscht, es würde nicht passieren. Noch nicht. Nicht, ehe wir wussten, ob sie die Mörder waren. Ich legte die Hand auf den Türknauf, öffnete sie aber nicht, denn ich war feige. Jetzt hineinzugehen und ihnen meine Theorie darzulegen, würde bedeuten, dass ich ihre Wut auf mich zog, und das konnte durchaus gefährlich werden. Aber mein Onkel war mit ihnen allein.

„Entlassen?", sagte Mr Armitage. „Aus dem Hotel?"

„Sie werden das ausgezahlt bekommen, was Ihnen zusteht, und keinen Penny mehr. Packen Sie Ihre Sachen und dann gehen Sie mir aus den Augen, alle beide."

Ich konnte eine leisere Stimme hören, von der ich vermutete, dass es Mr Hobarts war, doch was er sagte, verstand ich nicht.

„Cleo?"

Ich zuckte bei Floyds Stimme zusammen. Er stand direkt hinter mir. Ich hatte ihn nicht kommen hören.

„Was tust du?"

Ich legte einen Finger an die Lippen, während Mr Armitage fragte, warum sie entlassen wurden.

„Entlassen?", fragte Floyd, der es ebenfalls gehört hatte. „Was zum Teufel?" Er schob die Tür auf und ich stolperte in den Raum. „Vater, was geht hier vor?"

„Das würde ich auch gern wissen", sagte Mr Armitage mit einem wütenden Blick auf Onkel Ronald. „Weswegen werden wir entlassen? Was haben wir falsch gemacht?"

Mein Onkel zeigte mit dem Finger auf Mr Hobart. Der Direktor wich zurück. Er war kein großer Mann, aber jetzt wirkte er noch kleiner, wie er sich vor dem Zorn meines Onkels zusammenkauerte. Er wusste, worum es ging und dass er das Falsche getan hatte.

„Ihr Onkel hat mich belogen, als er Sie eingestellt hat", sagte Onkel Ronald finster. „Versuchen Sie nicht, es zu leugnen. Er hat es mir gegenüber bereits zugegeben."

Er musste Mr Hobart direkt nach unserem Gespräch damit konfrontiert haben.

„Ich verstehe das nicht", sagte Floyd mit einem Kopfschütteln.

„Ruhe!", schnappte Onkel Ronald, ohne seinen Blick von Mr Hobart abzuwenden. „Sagen Sie es ihm, Hobart. Sagen Sie ihm, dass ich ihn niemals eingestellt hätte, wenn ich gewusst hätte, dass er ein Dieb ist."

Mr Armitage fuhr sich mit der Hand übers Gesicht und murmelte etwas. Als er sie wegnahm, sah er bestürzt aus. „Ich werde sofort und leise verschwinden, solange mein Onkel bleiben kann."

„Nein. Er ist nicht loyal."

„Er hat diesem Hotel sein Leben gewidmet! Er hat einen einzigen Fehler begangen, als er mich damals eingestellt hat. Haben Sie doch etwas Mitgefühl mit Ihrem alten Freund, Sir."

„Er ist nicht mein Freund. Er ist mein Angestellter. Jetzt ist er für mich ein Niemand."

„Bitte, Sir, handeln Sie nicht voreilig. Ich werde gehen, wenn es das ist, was Sie wollen, aber lassen Sie ihn bleiben."

„Gehen. Sie."

Mr Armitage hob die Hände. „Ich habe diesem Hotel jahrelang loyal und ehrlich gedient. Trotz der unglücklichen Situation, in der ich verhaftet wurde, habe ich weder davor noch danach je etwas Kriminelles getan. Mein Vater, der Detective Inspector, wird Ihnen versichern—"

„Ich sagte, geht mir aus den Augen!" Sollte ich je daran gezweifelt haben, dass mein Onkel cholerisch war, wusste ich es jetzt. Sein Gesicht war tiefrot angelaufen und die Adern standen blau hervor. Er war furchteinflößend und wir alle duckten uns vor ihm.

Alle außer Mr Armitage. „Zeigen Sie etwas Mitgefühl. Ich war damals nur ein Junge."

„Einmal ein Dieb, immer ein Dieb!"

„Dieb?", wiederholte Floyd. „Kann mir mal jemand erklären, was los ist?"

Mein Onkel zeigte auf Mr Hobart. „Dieser Mann hat seinem Neffen hier eine Stelle verschafft, obwohl er wusste, dass er ein verurteilter Dieb ist."

„Er war noch ein Kind", sagte Mr Hobart mit zitternder Stimme. „Die Situation, in der er sich befand, war sehr schwierig."

Da war es wieder, das bekannte Stechen in meinem Magen für den Jungen, der im gleichen Alter zur Waise wurde wie ich. Darin fühlte ich mich mit ihm verbunden und wusste ungefähr, wie einsam er gewesen sein musste.

Doch ich durfte nicht vergessen, dass er höchstwahrscheinlich auch ein Mörder war.

Ich blieb bei der Tür und rührte mich nicht. Ich wagte kaum zu atmen und hoffte inständig, dass alle meine Anwesenheit vergessen hatten.

„Es ist mir egal, ob er auf der Straße um Essen betteln musste", knurrte Onkel Ronald. „Seine bloße Anwesenheit hier hätte das Hotel zerstören können. Unser Ruf hängt an einem seidenen

Faden nach dem Mord und wenn jetzt auch das noch an die Öffentlichkeit kommt, werden wir unter einer Flut von Stornierungen begraben."

„Sie haben Ihren Standpunkt klargemacht", sagte Mr Armitage. „Ich werde gehen. Aber verraten Sie mir, wie haben Sie es herausgefunden?"

„Ein loyales Mitglied der Familie mit einem Gespür dafür, die Wahrheit ans Licht zu bringen, hat in mir den Verdacht geschürt, einen Kriminellen eingestellt zu haben. Ich fragte Hobart, ob es stimme und welcher Mitarbeiter es sein könne, und er hat alles zugegeben."

Mr Armitages harter Blick traf Floyd. Der hob schnell die Hände. „Ich war es nicht!"

Onkel Ronald winkte mich heran. „Es war Cleo."

Ich wünschte, der Boden würde sich auftun und mich verschlucken. Ich wollte verschwinden und mich vor ihren schockierten und durchdringenden Blicken verstecken. Doch ich trat näher, als läge eine Schlinge um meinen Hals, an der mein Onkel mich heranzog.

Mr Armitage stieß ein ominöses, humorloses Lachen aus und schüttelte den Kopf.

Mr Hobart presste eine Hand auf seinen Bauch. „Miss Fox? Wie ...?"

„Es spielt keine Rolle, wie sie es herausgefunden hat", knurrte Onkel Ronald. „Gott sei Dank hat sie es herausgefunden. Die hier hat Grips." Er schaute Floyd direkt an, während er es sagte.

Floyd verschränkte die Arme und studierte den Boden vor seinen Füßen.

Ich wollte meinen Arm um ihn legen und ihm sagen, dass es mir leidtat. Es lag nicht in meiner Absicht, dass er hierbei verletzt wurde.

Eigentlich hatte ich gar nicht erwartet, dass irgendwer verletzt wurde. Was ich erwartet hatte, war Freude darüber, dass die Mörder zur Rechenschaft gezogen wurden und Dinge richtiggestellt wurden. Aber Mr Hobart sah so traurig aus, so verletzlich und plötzlich so alt, dass ich seine Fähigkeit, Mrs Warrick etwas anzutun, stark bezweifelte.

Mr Armitage wiederum sah mich grimmig an. „Warum?", bellte er. „Wir haben Ihnen nichts getan."

„Sie hat es mir gesagt, weil sie mir gegenüber loyal ist." Onkel Ronald drückte seinen Daumen gegen seine Brust. „Wenigstens eine hier."

Mr Armitage wandte seinen Blick nicht von mir ab. Er war ebenso wütend wie mein Onkel, aber wo Onkel Ronalds Augen vor Zorn glühten, waren Mr Armitages voll kalter Kritik.

„Warum?", verlangte er zu wissen.

Ich hob das Kinn. Jetzt hatte ich sowohl Floyd als auch meinen Onkel auf meiner Seite. Sie konnten mich notfalls beschützen und Mr Armitage schnappen, sollte er zu fliehen versuchen. Jetzt oder nie. „Weil ich glaube, dass Sie Mrs Warrick ermordet haben."

„Was!", platzten alle vier Männer gleichzeitig heraus.

„Nein, hat er nicht!", rief Mr Hobart.

„Sind Sie sicher?", fragte mein Onkel, dessen Wut jetzt verflogen war.

„Verdammt", murmelte Floyd und beäugte Mr Armitage vorsichtig.

Mr Armitage stieß lediglich noch ein bitteres, humorloses Lachen aus. Er versuchte weder zu fliehen noch mich daran zu hindern, alles weiter auszuführen. Im Gegenteil. „Das möchte ich hören", sagte er. „Na los, Miss Fox. Warum glauben Sie, dass ich ein Mörder bin?"

Ich räusperte mich. „Mrs Warrick wusste von Ihrer Vergangenheit als Dieb und war drauf und dran, Sie bloßzustellen."

Mr Hobart setzte sich plötzlich auf einen Stuhl und bedeckte seinen Mund mit zitternder Hand.

„Ist das so?" Mr Armitages Stimme war zwar ruhig, jedoch scharf wie Stahl. „Und Ihre Beweise?" In dem Moment war er ganz der Sohn des Polizisten. Vielleicht floss Detective Inspector Hobarts Blut nicht in seinen Adern, aber sein Verhalten war genauso autoritär und direkt.

„Erstens hat sie Sie erkannt", sagte ich, wobei ich mein Kinn erhoben hielt. Ich würde mich nicht von diesem Mann einschüchtern lassen. Mit Floyd neben mir war es leichter, mutig zu sein, obwohl Mr Armitage größer und breiter gebaut war.

„Ich habe gehört, wie sie am Tag des Mordes im Foyer so etwas gesagt hat. Sie sagte, sie würde Sie von früher kennen, als Sie noch jünger waren, und dass Sie nicht hier im Hotel sein sollten."

„Im Foyer ist tagsüber viel los. Sie hätte alle möglichen Leute meinen können."

Dass sich zwei weitere Männer in ihrem Blickfeld befunden hatten, sagte ich nicht, denn ich wollte mein Argument nicht verwässern.

„Zweitens haben Sie herumgeschnüffelt." Da er die Augenbrauen hochzog, fügte ich hinzu: „Ich habe gesehen, wie Sie Mr Chapmans Manteltaschen in seinem Büro heute Morgen durchwühlt haben. Ich habe Sie außerdem aus Mrs Ketterings Privatzimmer kommen sehen. Später haben Sie deswegen Ihren eigenen Vater angelogen, als er wissen wollte, wo sich jeder am Tag des Mordes aufgehalten hat."

Onkel Ronald schüttelte traurig den Kopf. „Einmal ein Dieb, immer ein Dieb."

„Er ist kein Dieb!", rief Mr Hobart. „Nicht mehr", fügte er murmelnd hinzu.

Mr Armitage starrte mich an. „Was hat das mit Mrs Warricks Mord zu tun?"

„Es beweist, dass Sie kein anständiger Kerl sind", gab Floyd zurück.

Mr Armitage ignorierte ihn. Seine gesamte Aufmerksamkeit ruhte auf mir. Ich spürte ihre eisige Kälte in meinen Knochen.

Ich schluckte. Es fiel mir zunehmend schwer, weiterzumachen, wenn er mich so ansah. Doch das musste ich. Es stand viel auf dem Spiel. „Jemand wurde außerdem am Tag ihres Todes Zeuge einer hitzigen Diskussion zwischen Mrs Warrick und Mr Hobart, in der es um Sie ging. Es ist nicht allzu weit hergeholt, daraus zu schließen, dass sie ihm gesagt hat, sie hätte Sie erkannt und wisse von Ihrer Verhaftung vor vielen Jahren. Da sie Ihre familiären Verbindungen nicht kannte, nahm sie wahrscheinlich an, er würde entsprechend handeln. Doch als er die Sache abtat, wurde sie ungehalten."

„In diesem Falle hätte sie sich an Sir Ronald gewandt." Mr Armitage sah meinen Onkel an.

Der starrte zurück. „Ich habe an dem Nachmittag mit ihr gesprochen, aber sie hat Ihren Hintergrund nicht erwähnt. Es ging nur um den Lakaien, der ihre heiße Schokolade verschüttet hatte und die Wiedergutmachung, die sie für den Schaden an ihrem Pelzmantel erwartete."

„Das ist auch das, worüber sie mit mir gesprochen hat", sagte Mr Hobart. „Sie sagte mir, sie hätte es Harry nahegelegt, aber er hätte sich geweigert, Danny zu entlassen. Dann kam sie zu mir und verlangte es, aber ich habe mich ebenfalls geweigert. Ich schätze, deswegen ging sie zu Sir Ronald."

Mir rutschte das Herz in die Hose.

Mr Armitage zog die Augenbrauen hoch. „Das ist die Summe Ihrer Beweise, Miss Fox?"

„Vielleicht reicht es nicht, um Sie als Mörder zu überführen", sagte Floyd, „aber es scheint, als hätten Sie die anderen leitenden Angestellten bestohlen."

„Harry hat nichts gestohlen", sagte Mr Hobart mit einem Seufzen. „Er hat versucht, einen Dieb zu schnappen. Jemand hat sich am Tafelsilber bedient. Als einer der Kellner mich darauf aufmerksam machte, bat ich Harry darum, Nachforschungen anzustellen." Er flehte meinen Onkel an. „Sie wissen es, Sir. Ich habe Sie vor einer Woche darüber informiert und Ihnen gesagt, dass Harry versucht herauszufinden, wer dafür verantwortlich ist."

Onkel Ronald nickte einmal.

Mein Herz sank noch tiefer, ganz hinab bis zu meinen Zehen. Ich fühlte mich krank. Ich hatte einen unschuldigen Mann des Mordes bezichtigt. Doch es wurde noch schlimmer. Ich hatte die Lüge eines anständigen Mannes entlarvt, der einfach nur einem Waisenkind eine zweite Chance geben wollte. Und jetzt würden sie dafür zahlen.

„Oh", murmelte Floyd. „Entschuldigung, Armitage."

Ich wollte mich auch entschuldigen, doch mir brannte die Kehle, während ich versuchte, meine Tränen zurückzuhalten.

„Es entschuldigt die Tatsache nicht, dass Sie gelogen haben, Hobart", sagte Onkel Ronald und setzte sich. „Sie beide. Ich hätte ihn nie eingestellt, wenn ich gewusst hätte, dass er ein verurteilter Dieb ist."

„Aber er hat sich gebessert!", rief Mr Hobart.

„Sie sind beide entlassen. Ich will, dass Sie vor dem Abendessen weg sind."

„Nein!", schrie ich. „Bitte, wirf sie nicht raus."

„Das muss ich, Cleo. Ich weiß, es erscheint dir grausam, aber ich kann nicht zulassen, dass Leute mich ausnutzen." Er winkte in Richtung Tür. „Raus."

„Aber—"

Er hämmerte mit der Faust auf den Schreibtisch. „Das reicht!"

Floyd legte mir eine Hand auf den Rücken, entweder, um mich zu trösten oder um mich zu warnen, dass ich still sein sollte. Als Trost reichte es nicht, aber ich hielt den Mund. Mein Onkel war zu wütend, um auf Vernunft zu hören.

Mr Armitage war allerdings nicht bereit, still zu sein. Er stützte sich mit den Knöcheln auf den Schreibtisch und beugte sich vor. „Lassen Sie meinen Onkel bleiben und ich mache keine Szene."

Mr Hobart berührte den Arm seines Neffen. „Es ist in Ordnung, Harry."

„Es ist nicht in Ordnung!"

„Harry bitte. Ich flehe dich an."

Mr Armitage richtete sich auf und schob die Schultern zurück. Er warf mir einen Blick zu, der mir das Blut in den Adern gefrieren ließ, und stürmte aus dem Büro. Mr Hobart folgte ihm.

Floyd bedeutete mir, dass wir auch gehen sollten.

Ich ging gefasst in meine Suite, doch sobald ich die Tür geschlossen hatte, verwandelten sich meine Beine in Pudding. Ich rutschte auf den Boden und weinte in meine Hände.

KAPITEL 9

Mich in meinem Elend zu suhlen, würde nichts bringen, aber ich tat es lange genug, um die Tränen der Selbstverachtung aus meinem System zu bekommen. Manche betrachteten Weinen als Schwäche, doch für mich war es eine Erinnerung an meine Menschlichkeit. In diesem Fall verdeutlichte mir meine Scham über das, was ich in Bewegung gesetzt hatte, meine Neigung, Grenzen zu überschreiten. Ich war zu eifrig gewesen, mich hier im Hotel und meiner neuen Familie gegenüber zu beweisen. Den Mörder zu entlarven war eine Methode gewesen, um meine Nützlichkeit zu demonstrieren.

Dieser Eifer, mich zu beweisen, hatte mich dafür blind gemacht, dass meine Beweise gegen Mr Armitage fadenscheinig waren. Ich hätte niemals mit meinen Bedenken über Mr Armitages Vergangenheit zu Onkel Ronald gehen sollen. Auch wenn ich ihn nicht namentlich genannt hatte, hätte mir klar sein müssen, dass mein Onkel bei Mr Hobart nachhaken würde. Der Direktor war unter seinem Zorn eingeknickt.

Sobald ich genug geweint hatte, wusch ich mir das Gesicht und wagte mich aus meiner Suite. Ich musste die Dinge geraderücken, ehe es zu spät war.

Mein Onkel war jedoch nicht in seinem Büro. Also gut, ich würde nach unten in die Höhle des Löwen gehen. Es musste sein und geschah mir nur recht, sollte ich angeschrien werden.

In dem Moment, in dem ich den Fahrstuhl betrat, war klar, dass sämtliche Mitarbeiter über Mr Hobarts und Mr Armitages Entlassung Bescheid wussten. John konnte gar nicht damit aufhören, mir zu erzählen, wie tragisch es war, und über die Gründe zu spekulieren. Er kannte keine Details und so, wie er mit mir sprach, wusste er nichts von meiner Beteiligung.

Goliaths Reaktion war die gleiche. „Können Sie es glauben, Miss Fox?", fragte er mit einem Kopfschütteln. „Was haben sie Ihrer Meinung nach getan?"

„Ja, was wissen Sie?", fragte Peter, der sogar hinter der Rezeption hervorgetreten war, um mit mir zu sprechen.

„Ich muss mit ihnen reden", sagte ich nur. „Bitte entschuldigen Sie mich."

Die Türen von sowohl Mr Armitages als auch Mr Hobarts Büro waren verschlossen. Feige, wie ich war, klopfte ich an Mr Hobarts. Er bat mich herein und ich öffnete die Tür. Mein Herz setzte für einen Schlag aus, als ich Mr Armitage hinter seinem Onkel stehen sah, der am Schreibtisch saß. Er hatte ihm eine Hand auf die Schulter gelegt.

„Sind Sie gekommen, um sich an Ihrem Erfolg zu weiden?", fragte Mr Armitage höhnisch.

„Harry", rügte Mr Hobart. Seine Augen waren so rot wie meine, sein Gesicht ebenso verhärmt.

Ich schluckte den Kloß in meinem Hals herunter, betrat das Büro und schloss die Tür hinter mir. Dann holte ich tief Luft. „Es tut mir so leid, was ich getan habe", fing ich an.

Mr Armitage brummte unwirsch. „Gehen Sie weg. Wir haben zu tun."

Sein Ärger war schrecklich genug, aber es war Mr Hobarts Reaktion, die mir wieder Tränen in die Augen trieb. Er wandte den Blick ab. Er konnte mich noch nicht einmal ansehen.

„Ich werde mich bei meinem Onkel für Sie einsetzen, sobald ich ihn finde", fuhr ich fort. „Ich werde ihm sagen, dass ich mich geirrt habe. Oder dass ich es mir nur ausgedacht habe."

„Sie vergessen, dass mein Onkel es bereits gestanden hat", sagte Mr Armitage. „Die Wahrheit ist, dass ich ein verurteilter Verbrecher bin. Onkel Alfred wusste es und hat mich trotzdem eingestellt. Sir Ronald wird ihm das nicht verzeihen."

„Vielleicht doch.“

„Sie sind noch nicht lange genug hier, um es zu wissen, aber Sie werden sehr bald lernen, dass er eine Entscheidung niemals zurücknimmt. Für niemanden. Nicht einmal, wenn seine eigene Familie ihn anfleht.“

„Harry“, sagte Mr Hobart, diesmal in etwas schärferem Ton. „Lass deinen Ärger nicht an ihr aus. Sie hat nur getan, was sie für richtig hielt.“

Mr Armitages Nasenflügel blähten sich und sein Brustkorb hob und senkte sich mit seinen tiefen Atemzügen.

„Ich muss es trotzdem versuchen“, sagte ich. „Ich muss es in Ordnung bringen.“

Mr Hobart nickte.

„Es tut mir wirklich unendlich leid“, fuhr ich fort. „Ich habe meiner Fantasie freien Lauf gelassen und ...“ Ich sprach nicht weiter. Meine Ausreden waren erbärmlich und konnten mein Handeln nicht hinreichend untermauern.

„Da Sie so gern Detektiv spielen, können Sie da weitermachen, wo ich in Sachen fehlendes Besteck aufgehört habe“, sagte Mr Armitage mit einem harten Lächeln. „Aber vergeben Sie mir, wenn ich Ihnen die Beweise, die ich bereits gesammelt habe, nicht übergebe. Mir steht nicht der Sinn danach, Ihnen zu helfen.“

Mr Hobart schüttelte den Kopf. „Ich werde alles, was wir bisher über die Diebstähle herausgefunden haben, in der obersten Schublade lassen.“

Ich nickte und bedankte mich. „Ich hoffe, dies ist kein Abschied“, sagte ich, denn ich wusste nicht, was ich sonst sagen sollte.

Als ich ging, merkte ich, dass Mr Armitage mir folgte. Ich blieb stehen, nicht weil er mir den Weg verstellte oder mich zurückhielt, sondern weil ich jedes wütende Wort verdiente, das er mir entgegenschleudern wollte, ohne dass sein Onkel es hörte. Ich wappnete mich.

„Ich dachte, Sie wären anders als die“, sagte er, die Stimme leise und harsch. „Aber ich sehe, Sie sind genauso.“

Ich schüttelte den Kopf, da ich ihm nicht ganz folgen konnte.

„Es tut mir leid, wenn Sie glauben, dies wäre ein Resultat irgendeines Vorurteils, das ich Ihrer Meinung nach gegen Sie habe. Ich darf Ihnen versichern, dass es hier einzig und allein um meine Überzeugung ging, Sie seien ein Mörder. Ob Sie es glauben oder nicht, ich wollte für alle nur das Beste."

Er biss die Zähne aufeinander. „Was mich angeht, ist es mir egal. Ich werde andere Arbeit finden. Aber für meinen Onkel ist dieses Hotel sein ganzes Leben. Er hat Sir Ronald jahrzehntelang hingebungsvoll gedient und trotzdem wird er weggeworfen wie ein Stück Müll, bloß weil er vor vielen Jahren einen einzigen Fehler gemacht hat. Das Schlimmste ist, dass alle glauben werden, er wäre aus einem schrecklichen Grund entlassen worden. Sein Ruf wird ruiniert. Aber ich fordere Sie heraus, jemanden zu finden, der glaubt, es sei ein Verbrechen, einem Jungen eine zweite Chance zu geben. Ein Verbrechen, für das man nach Jahrzehnten der Loyalität entlassen werden sollte."

Jedes Wort war wie ein Messer in meinen Eingeweiden. Ich brauchte meine gesamte Willenskraft, um die Tränen, die mir in den Augen brannten, nicht fließen zu lassen.

„Harry", sagte Mr Hobart von der Tür her. „Sag nichts, was du später bereust."

Mr Armitage marschierte zu seinem eigenen Büro und knallte die Tür zu.

„Er meint es nicht so", sagte Mr Hobart zu mir.

Ich blinzelte die Tränen weg. „Doch, das tut er."

Es dauerte mehr als einen Moment, ehe ich mich so weit gefangen hatte, dass ich ins Foyer gehen konnte. Es waren nur wenige Gäste da und niemand schien den Aufruhr zu bemerken, der das Hotel erfasst hatte. Die Angestellten am Empfang sahen allerdings alle besorgt aus.

„Harmony ist im Aufenthaltsraum", teilte Goliath mir mit, als ich an ihm vorbeikam. „Sie möchte mit Ihnen reden."

Ich wollte in mein Zimmer zurück, um allen aus dem Weg zu gehen, doch irgendwann musste ich ihnen gegenübertreten. Goliath folgte mir zum Aufenthaltsraum der Mitarbeiter, wo Harmony, Edith und Victor saßen. Die Frauen hielten sich an ihren Teetassen fest, während Victor sein Messer in die Luft warf und wieder auffing. Sie richteten verlorene, besorgte Blicke auf mich.

„Edith und ich sind extra früher zum Hotel gekommen", sagte Harmony. „Wir brauchen erst in ein paar Stunden wieder hier zu sein, aber nach so etwas können wir nicht wegbleiben. Wir können es nicht glauben. Sowohl Mr Armitage als auch Mr Hobart werden entlassen und keiner sagt, warum."

„Wissen Sie, warum?", fragte Edith mit ihrer leisen Stimme.

Ich wagte es nicht, Victor anzusehen. Wenn ich es tat, wurde ihm möglicherweise klar, dass es mit unserem nächtlichen Besuch im Waisenhaus zu tun hatte. Egal wie oft sie fragten, ich würde nichts über Mr Armitages Vergangenheit preisgeben. Zu allem anderen wollte ich nicht auch noch daran schuld sein, dass sie ihre Meinung über ihn änderten.

Ich schüttelte den Kopf.

„Es muss etwas ganz Übles gewesen sein", sagte Goliath. „Sir Ronald würde sie nicht ohne guten Grund gleichzeitig feuern. Er weiß, wie es aussehen wird. Den Gästen wird es nicht gefallen, wenn sie es rausfinden."

„Warum sollte es die Gäste kümmern?", fragte ich.

„Weil sie Mr Hobart lieben, insbesondere die Stammgäste."

„Viele von ihnen kommen wegen ihm und seinem persönlichen Service wieder", fuhr Harmony fort. „Das Mayfair ist eins von einer Handvoll Luxushotels in London und einige haben moderne Annehmlichkeiten, aber keins hat einen Direktor wie Mr Hobart. Er stellt sich auf alle ihre Bedürfnisse und Vorlieben ein."

Edith nickte. „Manchmal bittet er uns, bestimmte Blumen in das Zimmer eines Gastes zu stellen, weil er weiß, dass es ihre Lieblingsblumen sind. Oder wir müssen andere Seife auslegen, weil sie keinen Lavendelduft mag."

„Er sagt der Küche vor Ankunft der Gäste, was ihre Lieblingsspeisen sind, damit wir sie auf jeden Fall auf Lager haben, selbst wenn sie nicht auf der Karte stehen", fügte Victor hinzu.

„Er kann Karten für eine ausverkaufte Oper besorgen oder die besten Plätze im Theater", sagte Goliath. „Ich weiß nicht, wie er das macht."

„Er kennt jeden, den man kennen kann", sagte Harmony zu

ihm. „Sie tun sich alle gegenseitig Gefallen. Er macht sich auch Notizen über jeden Gast. Die zeigt er nur Mr Armitage."

„Mr Armitage sollte mal alles von ihm übernehmen", sagte Goliath.

„Wer wird denn jetzt unser Direktor und stellvertretender Direktor?", fragte Edith.

„Mrs Kettering und Mr Chapman werden mehr übernehmen, bis jemand gefunden ist", sagte Harmony. Sie und Edith verzogen die Gesichter bei der Aussicht.

Victor spielte wieder mit seinem Messer herum. „Das wird Auswirkungen haben."

Harmony runzelte die Stirn. „Was für Auswirkungen?"

„Schlechte."

Sie verdrehte die Augen.

Edith schaute von ihrer Teetasse hoch, die sie intensiv studiert hatte. „Könnte ihre Kündigung mit dem Mord zu tun haben?"

„Sie sind keine Mörder!", rief Goliath.

Sie schaute wieder auf ihre Tasse. „War nur ein Gedanke."

Harmony stellte ihre Tasse auf den Tisch und legte den Arm um meine Schultern. „Sie sehen aus, als würde Ihnen das alles sehr zusetzen, Miss Fox."

Ich versuchte zu lächeln, doch vermutlich war es nicht sonderlich überzeugend. „Haben Sie meinen Onkel gesehen?"

„Er ist ausgegangen", sagte Goliath. „Er hat Frank gesagt, dass er den Rest des Tages weg sein wird—und auch abends."

Ich seufzte tief, denn ich würde keine Gelegenheit haben, mit ihm zu sprechen, bevor Mr Hobart und Mr Armitage gingen.

* * *

BIS ZUM NÄCHSTEN Morgen hatte jeder von der Entlassung des Direktors und seines Stellvertreters gehört. Eine Reihe von Gästen verlangte, den Grund zu erfahren, aber die Mitarbeiter hatten keine Antworten für sie. Der arme Peter sah aus, als würde er explodieren, sollte ihn noch jemand danach fragen. Normalerweise war er so gelassen, aber sein angespanntes

Lächeln und die knappen Erwiderungen sprachen Bände, wie frustriert er war.

„Wird es noch möglich sein, das Zimmer zu tauschen", wollte ein Gast von Goliath wissen.

„Das weiß ich nicht, Sir."

„Mr Armitage wollte sich heute darum kümmern. Was geschieht jetzt?"

„Ich weiß es nicht, Sir", wiederholte Goliath. „Sie könnten Mr Chapman fragen."

„Den Oberkellner?"

„Er übernimmt im Moment die Rolle des Direktors."

„Wo ist Mr Chapman?"

„Ich weiß es nicht, Sir."

Der Gentleman seufzte und wandte sich stattdessen an Peter, als der Gast ging, den er bedient hatte. Peter warf Goliath einen gequälten Blick zu, als würde er es ihm übel nehmen, die Sache nicht geklärt zu haben.

Am späten Vormittag waren die Journalisten zurück und verlangten zu wissen, ob die Entlassung des Direktors und seines Stellvertreters irgendetwas mit dem Mord zu tun hatte. Zwei von ihnen schafften es an Frank vorbei, doch nachdem Goliath sie mithilfe der anderen Pagen hinausgeworfen hatte, war der Portier besser gewappnet und der Rest durfte nicht hinein. Glücklicherweise machten sie keine Szene, lungerten aber draußen herum und belästigten die Gäste, die das Hotel verließen. Einige wehrten sie ab, andere blieben stehen, um mit ihnen zu reden.

„Ich würde da an deiner Stelle nicht rausgehen", sagte Flossy, als sie und Floyd zu mir ins Foyer kamen. „Ein Gewitter wäre einladender, als durch den Haufen da gehen zu müssen."

„Sie sind hartnäckig", sagte ich.

„Sie wittern Blut", fügte Floyd hinzu. „Ihnen ist klar, dass wir in Schwierigkeiten sind und wollen auf uns herumtrampeln, solange wir am Boden sind."

Flossy quiekte leise. „Floyd, sei doch nicht so widerwärtig."

„Sie glauben, der Mord und die Entlassungen stehen mitein-ander in Verbindung. Kannst du dir vorstellen, was passiert, wenn sie jemanden dazu bewegen, das zu sagen? Dann werden alle ihre Träume wahr."

Ich kniff die Lippen zusammen.

„Jemand sollte da rausgehen und ihnen die Flausen aus dem Kopf treiben." Floyd zog seine Jacke stramm. „Ich sollte das tun."

Flossy packte seinen Arm. „Wag es ja nicht! Vater wird dir den Hintern versohlen, ganz besonders jetzt, wo er so schlechte Laune hat."

„Warum?", fragte ich. „Würde er sich nicht freuen, wenn Floyd der Presse den Kopf geraderückt?"

Floyd und Flossy warfen sich wissende Blicke zu. „Ohne sein Wissen würde er nicht wollen, dass ich so etwas tue", sagte Floyd. Er schaute zum Eingang, machte aber keine Anstalten, nach draußen zu gehen.

„Mr Hobart und Mr Armitage haben sich sonst immer um die Zeitungsleute gekümmert", sagte Flossy. „Sie waren sehr gut im Umgang mit ihnen." Sie schniefte und ich begriff, dass sie weinte. „Ich kann nicht glauben, dass sie weg sind. Mr Hobart war seit Ewigkeiten hier. Er ist Teil des Hotels. Oh Floyd, das ist furchtbar. Warum sollte Vater so etwas tun?"

Floyd sah mich an. In seinen Augen lag weder Wut noch eine Rüge, sondern nur Enttäuschung.

„Und auch noch so kurz vor dem Ball", fuhr Flossy fort. „Jetzt wird er bestimmt abgesagt."

„Er muss durchgeführt werden", sagte Floyd.

„Wie soll das gehen? Mr Hobart war für den Großteil der Organisation verantwortlich und Mr Armitage für den Rest."

„Es sind nur noch zwei Tage, also würde ich wetten, dass das meiste erledigt ist. Jetzt ist es zu spät, ihn abzusagen."

Flossy wischte sich die Tränen ab. „Sag es Vater."

Floyd runzelte die Stirn. „Du meinst, er zieht eine Absage in Erwägung?"

„Wer weiß schon, was er in Erwägung zieht?" Sie schubste seinen Arm. „Geh und sag es ihm."

„Nein. Mach du das."

Flossy sah aus, als wäre ihr Verlangen, mit ihrem Vater zu

reden, ungefähr so groß, wie der Horde Journalisten gegenüberzutreten.

„Ich mache es", sagte ich. Ich wollte schon den ganzen Morgen mit meinem Onkel reden, aber als ich in seinem Büro nachgesehen hatte, war er nicht dort gewesen. „Ist er jetzt oben?"

Floyd nickte.

Ich nahm den Aufzug, um Zeit zu haben, meine Nerven zu beruhigen. Eigentlich hatte ich gedacht, Johns Geplauder würde helfen, doch er redete in besorgtem Ton über nichts anderes als die Entlassungen. Ich war froh, als ich aussteigen konnte, doch meine Angst kehrte zurück, sobald ich an die Bürotür meines Onkels klopfte.

Er seufzte, als ich eintrat. „Ich war noch nie glücklicher, ein freundliches Gesicht zu sehen", sagte er und bot mir einen Stuhl an. „Alle, die heute zu mir gekommen sind, haben mich gefragt, wo Dinge sind, was sie tun und wie sie dies oder das handhaben sollen. Sie scheinen zu glauben, dass ich jede Kleinigkeit von dem weiß, was Hobart und Armitage täglich gemacht haben."

„Es gibt eine Möglichkeit, all diese Fragen zu stoppen." Angesichts seines fragenden Blicks fügte ich hinzu: „Überdenke deine Entscheidung."

Er zog die Augenbrauen zusammen. „Nein."

„Bitte Sir, stell sie wieder ein, damit das Leben hier wieder zur Normalität zurückkehrt."

„Ich nehme mein Wort niemals zurück." Er wedelte mit der Hand, um mich zu wegzuschicken.

Allerdings wollte ich mich nicht wegschicken lassen. Nicht, wenn etwas so Wichtiges auf dem Spiel stand. „Könntest du es nicht dieses eine Mal tun? Zwei sehr guten, loyalen Mitarbeitern zuliebe, die sich in all den Jahren, die sie hier gearbeitet haben, nichts haben zu Schulde kommen lassen?"

Er zeigte mit dem Finger auf mich. „Von dir habe ich dies nicht erwartet, Cleo. Nicht, nachdem du diejenige warst, die mich auf Armitages Straftat aufmerksam gemacht hat."

Ich schloss die Augen und zuckte zusammen. „Ich wünschte, ich hätte es nicht getan. Ich dachte, ich würde einen Mörder bloßstellen und jetzt komme ich mir so dumm vor, dass ich auch nur in Erwägung gezogen habe, Mr Armitage könnte jemanden vergiften."

Er lachte harsch auf. „Ist das nicht die reinste Ironie? Hätte Armitages Vater seinen Job vernünftig gemacht, wäre der Diebstahl seines Sohnes nie entdeckt worden."

„Ich bin an all dem schuld."

„Unsinn. Du bist die Einzige, die in diesem ganzen Debakel schuldlos ist."

Ich schüttelte den Kopf. „Es ist nett von dir, dass du mich aufmuntern möchtest, aber ich werde mich immer schuldig fühlen. Bitte, Sir, wirf deine Entscheidung über den Haufen und gib ihnen ihre Positionen zurück."

Er stach sich mit dem Finger in die Brust. „Und lasse es dabei so aussehen, als läge *ich* falsch?"

„Du *liegst* falsch", schnappte ich.

Er wurde plötzlich ganz still. „Wie bitte?"

Ich holte tief Luft und sammelte mich. Wenn ich etwas wieder gutmachen wollte, dann musste ich bereit sein, mich den gleichen Konsequenzen zu stellen wie Mr Hobart und Mr Armitage—Rauswurf. Rauswurf aus dem Hotel, aus der Familie … Nach allem, was ich über meinen Onkel wusste, war die Möglichkeit sehr real. „Keiner von beiden verdient es—"

„Sie haben mich belogen."

„Hör mir zu!" Ich legte die Hände in meinem Schoß, die Finger ineinander verschränkt. „Bitte, lass mich ausreden. Mr Armitage war ein Waisenjunge."

„Das weiß ich."

„Ja, aber du weißt nicht, wie es ist, in so jungen Jahren zu verwaisen. Ich aber, und ich kann dir versichern, dass es eine sehr einsame Situation ist, in der man sich wiederfindet. Im Vergleich zu ihm hatte ich Glück. Ich hatte meine Großeltern und deine Großzügigkeit, mit der du für meinen Unterhalt gesorgt hast. Er hatte niemanden."

„Dein Mitgefühl für seine Not ist verständlich in Anbetracht deiner Umstände. Ich sehe schon, dass Mr Armitages Geschichte dir zusetzt. Du bist eine Frau und ich würde nichts anderes von dir erwarten, als dass er dir leidtut. Aber ich bin ein Geschäftsmann, Cleo. Wenn das ans Licht kommt, möchte ich nicht wissen, was diese Vipern da draußen mit dem Ruf des Mayfair machen. In diesem Geschäft ist der Ruf alles. Hobart wusste das. Er hat seine Karriere darauf aufgebaut. Aber er hat sie auf einer Lüge aufgebaut, im Kern verdorben, und das kann ich nicht gutheißen. Es tut mir leid, dass es dich belastet."

„Erspar mir deine Belehrungen", spuckte ich.

Seine Lippen öffneten sich und er hob den Blick, während ich aufstand.

„Ich bin vielleicht eine Frau und du ein Mann, aber wer von uns hat denn übereilt und emotional reagiert?" Ich zeigte auf ihn. „Du. Und wer von uns hat mehr gesunden Menschenverstand?" Ich zeigte auf mich. „Ich, weil ich sehen kann, wie sehr deine Geschäfte darunter leiden werden, wenn die beiden weg sind. Mr Chapman und Mrs Kettering sind nicht in der Lage, zusätzlich zu ihren Pflichten noch die Rolle des Direktors und des Stellvertreters zu übernehmen. Und hast du vergessen, dass einer von beiden dein Besteck klauen könnte? Ich bezweifle außerdem, dass du in näherer Zukunft einen adäquaten Ersatz für Mr Hobart und Mr Armitage finden wirst—das könnte sogar sehr lange dauern. Und wenn—*falls*—du Ersatz findest, wird es Monate dauern, bis ihr Wissen über die Abläufe im Hotel an das von Mr Hobart und Mr Armitage heranreicht. Vielleicht sogar Jahre. Kann das Mayfair so lange überleben?" Ich wandte mich zum Gehen, doch dann fiel mir noch etwas ein, etwas, das vielleicht besser zu ihm durchdrang als alles andere, was ich gesagt hatte. „Darüber hinaus haben sie guten Grund, Mr Armitages Verhaftung als Kind zu verschweigen, wenn sie zurückkommen. Was soll sie jedoch jetzt daran hindern, der Zeitung alles zu erzählen? Es wird nur dir schaden. Sie wird es nicht mehr schmerzen, als es bereits tut."

„Das würden sie nicht wagen."

„Ich an ihrer Stelle fände Rache sehr verlockend."

Mein Onkel starrte mich an, als würde er mich erst jetzt richtig sehen.

Ich verspürte keine Befriedigung, als ich aus seinem Büro marschierte. Es war erleichternd, endlich mit ihm gesprochen zu haben, aber die Last auf meiner Brust, seit er Mr Hobart und Mr Armitage entlassen hatte, war noch da, bleischwer wie immer.

* * *

MIR WAR NICHT DANACH, mit den Ermittlungen fortzufahren. Die Notizen, die ich mir zu meinen Verdächtigen gemacht hatte, warf ich weg und beschloss außerdem, Mr Armitages Aktenblatt an das Waisenhaus in der Dean Street zurückzuschicken. Gleich nach dem Frühstück wollte ich zum Postschalter gehen.

Harmony kam nicht um acht, um mich zu frisieren, wie sie es normalerweise tat und ich war froh, ausschlafen zu können. In der Nacht hatte ich kaum ein Auge zugetan. Die Konfrontation mit Onkel Ronald ging mir dauernd im Kopf herum, ebenso die Frage, ob ich es anders, weniger hitzig hätte handhaben können, sodass mein Aufenthalt im Mayfair nicht gefährdet wurde.

Bis Ende des Tages rechnete ich damit, aus dem Hotel geschickt zu werden, so wie er Mr Hobart und Mr Armitage weggeschickt hatte. Wenn ich damit rechnete, würde es mich wenigstens nicht überraschen. Hätte ich doch Großmamas Rat befolgt, meine Meinung für mich zu behalten.

Harmony kam um neun, ein Bündel aus Enthusiasmus und breitem Grinsen. „Er ist zurück, Cleo! Ist das nicht wunderbar? Mr Hobart ist zurück. Gerade gab es mit ihm eine Mitarbeiterbesprechung im Speisesaal und er sagt, er kann es kaum erwarten, die letzten Dinge für den Ball morgen Abend zu organisieren."

Ich legte eine Hand auf mein rasendes Herz und lächelte. Wenn Onkel Ronald klein beigegeben hatte, warf er mich vielleicht doch nicht hinaus. „Das ist eine Erleichterung. Und Mr Armitage?"

Ihr Lächeln verrutschte. „Mr Hobart hat gesagt, er wird nicht zurückkommen."

Ich sank auf den Stuhl an meinem Schminktisch. „Oh."

„Die Stelle des stellvertretenden Direktors ist jetzt vakant und Mr Hobart sagte, er würde im neuen Jahr Ersatz einstellen." Sie bedeutete mir, mich zum Spiegel zu drehen. „Wie soll ich Sie heute frisieren?"

„Ist mir egal."

Sie legte den Kopf schräg. „Schauen Sie nicht so traurig. Mr Hobart ist zurück."

„Aber Mr Armitage nicht."

„Stimmt, aber er ist jung und klug genug, um eine andere Arbeit zu finden. Der kommt schon zurecht und das Hotel kann auch eine Weile nur mit Mr Hobart am Ruder laufen." Sie legte ihre Hände auf meine Schultern und lächelte mich im Spiegel an. „Ich glaube, es macht ihm eher zu schaffen, dass die Position nicht in der Familie bleibt, wenn er in Rente geht."

Ich überließ meine Haare ihrer Fürsorge und war von dem Resultat sehr angetan. Sie hatte mich auf äußerst moderne Art frisiert, was meine Attribute schön hervorhob.

„Sie haben sich selbst übertroffen, Harmony."

„Ich übe nur ein bisschen."

„Wofür?"

„Falls Sie Ihre Meinung ändern und doch noch zum Ball gehen. Diese Frisur könnte die Basis für etwas Aufwendigeres sein, wenn ich zusätzlich ein paar Locken drehe."

„Ich denke nicht, dass ich teilnehmen werde."

„Es ist noch genug Zeit, es sich anders zu überlegen."

„Der Ball ist morgen."

Sie lächelte nur. „Da das Hotel jetzt wieder normal läuft, werden Sie heute mit Ihren Nachforschungen weitermachen?"

„Daran habe ich die Lust verloren."

„Die Lust verloren, die Wahrheit herauszufinden? Miss Fox, ich bin überrascht, Sie das sagen zu hören."

Wenn sie wüsste, wohin mich meine Suche nach der Wahrheit geführt hatte, würde sie mich ermutigen, aufzuhören. „Es ist unmöglich, weiter zu forschen, ohne zu wissen, wie das Gift verabreicht wurde, und soweit mir bekannt ist, hat die Polizei die Testergebnisse bisher niemandem mitgeteilt. Ich weiß nicht, ob es in der Zahnpasta, der Creme oder dem Wasser war, oder in keinem der drei. Abgesehen davon bin ich mir sicher, dass Detective Inspector Hobart den Fall lösen wird."

Jetzt, da sein Sohn kein Verdächtiger mehr war, gab es keinen Grund, etwas anderes anzunehmen.

Harmony seufzte. „Vermutlich. Aber ich werde weiter nach verdächtigen Aktivitäten Ausschau halten."

Während sie meine Suite putzte, machte ich mich auf den Weg nach unten, um Mr Armitages Akte an das Waisenhaus zu schicken. Bis ich den Postschalter erreichte, hatte ich meine

Meinung jedoch geändert. Eine Briefmarke des Hotels würde klarmachen, dass jemand von hier die Akte gestohlen hatte. Ich würde sie persönlich unter der Tür des Waisenhauses durchschieben.

Ich sah Mr Chapman und Mrs Kettering aus dem Direktionsflur kommen, ihre Schritte entschlossen und eilig. Höchstwahrscheinlich kamen sie gerade aus einer Besprechung mit Mr Hobart. Ich atmete tief durch und machte mich auf die Suche nach ihm. Wir würden uns im Hotel begegnen, also konnte ich genauso gut jetzt mit ihm reden und es hinter mich bringen.

Er wirkte nicht überrascht, mich zu sehen. Auch sah er nicht mehr wie der verstörte, verletzliche Mann aus, den ich das letzte Mal in diesem Büro vorgefunden hatte. Der Hoteldirektor war wieder Herr seiner Emotionen und strahlte die Ruhe aus, die alle seine Handlungen durchdrang, von der Handbewegung, mit der er mir den Stuhl vor seinem Schreibtisch anbot, bis hin zu dem freundlichen Lächeln, das er mir schenkte.

„Wie geht es Ihnen?", fragte er.

„Besser, da Sie jetzt zurück sind." Ich packte die Armlehnen des Stuhls. „Ich wollte noch einmal sagen, wie leid es mir tut, dass ich solchen Ärger verursacht habe."

„Das war nicht Ihre Absicht."

„Aber es ist passiert und ich kann es mir nicht verzeihen."

„Bitte geben Sie sich nicht die Schuld. Tatsache ist, dass ich Harry mit dem Wissen eingestellt habe, dass Sir Ronald ihm nicht gestatten würde, hier zu arbeiten, wenn er davon wüsste. Irgendwann musste es ans Licht kommen. Das tut die Wahrheit immer."

„Aber es stand mir nicht zu, es ihm zu sagen."

„Warum nicht? Sie gehören zu seiner Familie. Ihre Loyalität sollte immer bei Ihrer Familie liegen."

„Ich kenne sie kaum und bin mir noch nicht einmal sicher, ob ich sie mag."

Er beugte sich leicht vor. „Familie ist Familie. Das können Sie nicht ändern. Jetzt hören Sie auf, sich runterzumachen. Eine junge Frau sollte sich nicht mit einer Schuld belasten, für die sie nichts kann."

„Ich wünschte, Sie wären nicht so nachsichtig, da Mr Armitage noch nicht zurück ist."

„Es gibt kein ‚zurück‘, Miss Fox. Er wird nicht wiederkommen."

„Vielleicht gibt mein Onkel ja nach", sagte ich und hoffte inständig, dass es stimmte. „Er hat seine Meinung über Sie geändert."

Er schüttelte den Kopf. „Seine Meinung über mich hat er geändert, weil es im Interesse des Hotels ist, doch das muss ihm sehr schwergefallen sein. Er ist ein stolzer Mann."

„Und es wäre doppelt schwer, seinen Stolz ein zweites Mal herunterzuschlucken?"

Er lächelte nur, ganz der Diplomat. „Harry würde sowieso nicht zurückkommen. Er ist genauso stolz." Er verschränkte die Hände auf dem Schreibtisch. „Ich möchte, dass Sie etwas über Harrys Vergangenheit erfahren. Es wird erklären, warum er verhaftet wurde."

„Sie müssen mir nichts erzählen. Seine Vergangenheit geht mich nichts an und ich bin mir sicher, dass er gute Gründe für den Diebstahl hatte."

„Trotzdem möchte ich Ihnen erzählen, was ich Sir Ronald erzählt habe. Aber es wäre mir lieb, wenn Sie es nicht weitertragen würden."

„Das werde ich nicht", sagte ich atemlos, denn ich entgegen dem, was ich behauptet hatte, wollte ich unbedingt mehr erfahren.

„Sie wissen, dass Harry ins Waisenhaus kam, nachdem seine Eltern verstorben waren?"

Ich nickte.

„Nach einem Jahr dort wurde er zur Ausbildung zu einem Buchhalter in einer Knopffabrik geschickt. Der Buchhalter war nicht nett zu ihm und erzählte dem Fabrikbesitzer, dass Harry Fehler machte. Er dachte sich Dinge aus, um Harry in ein schlechtes Licht zu rücken. Ich nehme an, dass er auf Harrys schnelle Auffassungsgabe neidisch war, aber man kann nicht wissen, warum er so grausam war. Wie auch immer, der Besitzer schickte Harry zur Strafe zum Arbeiten in die Produktionshalle."

„Aber er war noch ein Kind!"

„Er war groß für sein Alter und keiner der anderen Arbeiter wagte es, sich gegen den Arbeitgeber aufzulehnen. Harry hatte niemanden, den er um Rat fragen konnte. Wenn man als Kind weder Familie noch erwachsene Freunde hat, dann ist man vollkommen auf sich gestellt." Er rückte sich in seinem Stuhl zurecht, da ihm die Geschichte ebenso unangenehm war wie mir. „Die Bedingungen mit den langen Arbeitszeiten waren hart für einen Jungen. Er hielt es mehrere Monate aus, bis er eines Tages von dem Fabrikbesitzer geschlagen wurde, nur weil er eine Kiste mit Knöpfen hatte fallen lassen."

„Mein Gott", murmelte ich.

„Harry ist weggelaufen. Er kehrte nicht ins Waisenhaus zurück, weil er dachte, sie würden ihn wieder in die Fabrik schicken. Erst Jahre später fand er heraus, dass sie ihn dort wieder aufgenommen hätten, wenn er nur erzählt hätte, was geschehen war. Doch als Dreizehnjähriger nahm er an, die Welt der Erwachsenen sei gegen ihn."

„Wohin ging er?"

„Er lebte mit anderen Kindern auf der Straße. Sie waren ziemlich wild, genossen aber ihre Freiheit. Jedenfalls behauptete er das. Leider mussten sie stehlen, um zu überleben. Mein Bruder erwischte und verhaftete ihn."

„Er hat nur drei Monate eingesessen."

„Sie sind gut informiert", sagte er mit einem Hauch Ironie. „Es war seine erste Straftat und sein Alter wurde berücksichtigt. Mein Bruder legte außerdem ein gutes Wort für ihn ein. Er sah sofort etwas in Harry, seine schnelle Auffassungsgabe und Intelligenz, aber auch seine Großzügigkeit und Warmherzigkeit." Mr Hobart lächelte in sich hinein. „Er hatte ein Haarband für ein Mädchen gestohlen, das er mochte, und einen Korb mit Äpfeln, um sie an die jüngeren Kinder zu verteilen."

Wenn er mir die Geschichte erzählt hatte, um Mr Armitage besser zu verstehen, dann funktionierte es. Doch dadurch fühlte ich mich noch viel schlechter.

„Mein Bruder und seine Frau hatten keine eigenen Kinder, was vielleicht erklärt, warum er sich für Harrys Wohlergehen interessierte. Er und seine Frau besuchten Harry jeden Tag im Gefängnis und baten ihn, bei ihnen zu wohnen, wenn er herauskam. Er zog dort erst aus, als er die Stelle hier antrat und mit den anderen Hotelmitarbeitern im Wohnheim unterkam."

„Er nennt den Detective Inspector seinen Vater und Sie seinen Onkel."

„Wir sind seine Familie."

Ich blinzelte Tränen weg. „Es ist gut, eine Familie zu haben."

Sein Blick wurde weicher. „Das stimmt."

„Sie haben Ihre eigene Stellung hier gefährdet, indem Sie ihn eingestellt haben."

„Die Familie muss zusammenhalten und Harry brauchte Arbeit, oder er wäre irre geworden. Er wollte gern zur Polizei gehen und in die Fußstapfen meines Bruders treten. Er hätte einen guten Polizisten abgegeben, aber leider nehmen sie keine Straftäter an, selbst wenn sie sich gebessert haben."

Meine Finger schmerzten und ich merkte, dass ich die Stuhllehne zu fest gepackt hatte. Ich ließ sie los. „Sie müssen sehr beschäftigt sein", sagte ich und erhob mich. „Ich wollte Ihnen nur sagen, wie unsagbar froh ich bin, dass Sie zurück sind."

Er lächelte. „Ich auch. Was auch immer Sie zu Sir Ronald gesagt haben, es hat funktioniert."

„Warum glauben Sie, dass ich es war?"

„Weil Sie genug Mut und Willenskraft besitzen."

„Eigentlich bin ich schrecklich feige. Ich wollte Ihnen und Mr Armitage nicht gegenübertreten, nachdem Sie entlassen worden waren."

„Aber Sie haben es trotzdem getan. Danke."

Vielleicht war es seine Vergebung, die meine Zuversicht stärkte, oder sein Dank, aber mir kam plötzlich ein Gedanke, den ich nicht mehr abschütteln konnte. Ich wollte Mr Armitage sehen. Ich *musste* ihn sehen. „Können Sie mir sagen, wo ich Ihren Neffen jetzt finden kann?"

Er lehnte sich zurück und antwortete eine ganze Weile nicht. Ich dachte, er würde mir erklären, was für eine blöde Idee es war, aber stattdessen zog er einen Zettel heran und kritzelte eine Adresse darauf. „Ich sollte Sie warnen, er ist immer noch sehr wütend auf Sie."

„Umso wichtiger, dass ich mich noch einmal bei ihm entschuldige."

„Er wird nicht freundlich sein. Im Gegenteil, ich gehe davon aus, dass er Dinge sagen wird, die er normalerweise zu keiner Dame sagen würde—oder überhaupt zu irgendjemandem."

„Es kann nicht schlimmer sein als das, was er bereits gesagt hat."

Er reichte mir den Zettel. „Sie sind wirklich ziemlich mutig, Miss Fox."

„Nein, Mr Hobart. Ich lebe nur nicht gern mit Schuld."

KAPITEL 10

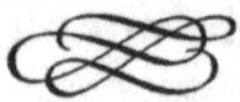

$\mathcal{D}$ie Adresse, die Mr Hobart mir gegeben hatte, gehörte zu einer Doppelhaushälfte in Ealing nicht weit vom Bahnhof entfernt. Es wäre ein schöner Spaziergang gewesen, wenn der Dauerregen und meine Nervosität nicht gewesen wären. Die Nervosität, Mr Armitage zu begegnen, wuchs, sobald ich das Haus sah, das Platz für eine Familie bot. Mr Armitage musste wieder zu seinen Eltern gezogen sein.

Er hatte gestern nicht nur seine Arbeitsstelle verloren, sondern auch sein Zuhause.

Ich kauerte mich unter meinem Schirm in dem kleinen Vorbau zusammen, während ich klopfte, doch der nahezu horizontale Winkel des Regens sorgte dafür, dass ich trotzdem gründlich nass wurde. Die Tür wurde von einer grauhaarigen Frau mit leicht vorstehenden Zähnen und lächelnden Augen geöffnet. Sie musste Mrs Hobart sein, die Ehefrau des Detective Inspectors und Mr Armitages Mutter.

„Guten Morgen", sagte ich. „Mein Name ist Cleopatra Fox. Ist Mr Armitage—?"

„Miss Fox!" Ihre Gesichtszüge wurden hart. „Was wollen Sie von meinem Sohn?"

Ich schluckte. „Ich möchte mit ihm sprechen."

„Hat Alfred Hobart Ihnen diese Adresse genannt?"

Ich nickte.

Sie schnalzte mit der Zunge. „Das hätte er nicht tun sollen. Harry möchte nicht mit Ihnen reden."

„Bitte machen Sie die Tür nicht zu!"

Sie knallte sie vor meiner Nase ins Schloss.

Vermutlich hatte ich das verdient. Ich klopfte wieder. „Was Sie auch machen, ich werde mich deswegen nicht schlechter fühlen, als ich es sowieso schon tue", rief ich durch die Tür. Da der Regen noch stärker wurde, konnte sie höchstens dafür sorgen, dass mir kälter und ich nasser wurde. „Ich werde weiter klopfen, bis Sie aufmachen. Ihre Nachbarn schauen schon aus den Fenstern, Mrs Hobart."

Die Tür ging so plötzlich wieder auf, dass ich ihr fast auf die Nase geklopft hätte. Sie starrte mich wütend an, die Arme verschränkt.

„Haben Sie nicht genug Schaden angerichtet, Miss Fox?"

„Sie haben Recht, ich habe Ihrer Familie ziemlich großen Schaden zugefügt und es tut mir sehr leid. Ich weiß, dass nichts, was ich sage, es für Mr Armitage wieder gutmachen wird, aber vielleicht hilft es ihm, mir etwas zu sagen."

Sie runzelte die Stirn. „Ich kann Ihnen nicht ganz folgen."

„Lassen Sie ihn sich die Dinge von der Seele reden. Wenn es eine kleine Möglichkeit gibt, dass es hilft, möchte ich es versuchen." Sie schien dies zu überdenken, also fuhr ich fort. „Und wenn es nichts bringt, können Sie wenigstens zuhören, wie er mich zusammenstutzt."

„Sie sind stur, das muss ich Ihnen lassen."

„Mr Hobart nennt mich hartnäckig."

Sie presste die Lippen aufeinander. „Mein Schwager war schon immer netter, als ihm guttut." Sie zog sich ins Haus zurück, lud mich aber nicht ein, über die Schwelle zu treten.

Kurz darauf erschien Mr Armitage an der Tür. Er öffnete sie weiter, bat mich aber ebenfalls nicht herein. Er trug keine Jacke und die Hemdsärmel waren bis zu den Ellenbogen hochgekrempelt. In der Hand hielt er einen ölverschmierten Schraubenschlüssel und seine Haare sahen aus, als hätte er sie nicht gekämmt. Er lehnte eine Schulter an den Türrahmen, verschränkte die Arme und funkelte mich an.

„Lassen Sie mich damit anfangen, Ihnen zu sagen, wie leid es mir tut, dass mein Verhalten Sie Ihre Stelle im Hotel gekostet hat", sagte ich.

„Sie haben sich schon entschuldigt."

„Gestern war ich mir nicht sicher, ob Sie mich gehört haben."

„Ich habe Sie gehört."

Ich räusperte mich. „Was ich Ihnen und Ihrem Onkel angetan habe, ist grässlich, aber ich möchte Sie wissen lassen, dass ich ehrlich geglaubt habe, Sie wären der Mörder."

Sein Blick wurde härter. „Ich fühle mich gleich besser, weil ich weiß, dass Sie mich für fähig halten, Leute zu vergiften."

Ich packte meinen Schirm fester. Obwohl ich Handschuhe trug, waren meine Finger taub vor Kälte. „Mir wurde schon öfter gesagt, dass ich eine zu lebhafte Fantasie habe. Meine Groß- mutter hat mich gewarnt, dass sie mich eines Tages in Schwierig- keiten bringen würde."

„Ihre Fantasie ist nicht das Problem, sondern Ihr Eifer, Ihre Nase in anderer Leute Angelegenheiten zu stecken."

„Ja, Sie haben Recht."

„Gibt es noch etwas, Miss Fox? Ich bin sehr beschäftigt."

Ich deutete auf den Schraubenschlüssel. „Das sehe ich."

Seine Augen wurden schmal. „Ich wollte mich auf die Suche nach Arbeit machen."

Ich schluckte und senkte den Blick. „Oh. Ja, natürlich. Wenn ich etwas höre, werde ich es Sie wissen lassen."

„Ihre Hilfe will ich nicht."

Schweigen breitete sich zwischen uns aus und ich biss mir auf die Unterlippe. Am besten ging ich jetzt, doch es wider- strebte mir, während er noch wütend war. „Ich könnte versu- chen, noch einmal mit meinem Onkel zu sprechen, um ein gutes Wort für Sie einzulegen."

Er bellte ein grimmiges Lachen heraus. „Gestern hätte er mich wieder einstellen können, als er Onkel Alfred besuchte." Er zeigte mit dem Schraubenschlüssel auf das angrenzende Haus. „Machen Sie sich um mich keine Sorgen. Ich werde schon etwas finden, selbst wenn ich Ställe ausmisten oder in die Armee eintreten muss."

„Aber wir sind im Krieg!"

„Das Wetter soll um diese Jahreszeit in Afrika sehr schön sein, wie ich höre."

Ich starrte ihn an. „Gehen Sie nicht zur Armee. Ich werde Ihnen irgendwo eine Stellung besorgen, bei der nicht auf Sie geschossen wird."

Er verschränkte wieder die Arme. „Ihre Sorge um mein Wohlbefinden kommt etwas spät, Miss Fox. Aber keine Angst. Scheinbar nimmt auch die Armee keine verurteilten Straftäter."

„Oh. Das war sarkastisch gemeint." Ich suchte verzweifelt nach etwas, was ich noch sagen konnte, um seinen Ärger zu lindern, wenigstens ein bisschen. Mir fiel nur nichts ein. Sein wütender Blick verwirrte mich völlig.

Ein starker Windstoß traf mich von der Seite und riss mir beinahe den Schirm aus der Hand. Mr Armitage packte ihn und half mir, ihn festzuhalten, bis der Wind wieder abebbte.

Er seufzte, als würde er klein beigeben. „Wenn Sie nicht weggehen, sollten Sie hereinkommen. Sie werden nass."

„Ich bleibe hier, danke. Drinnen ist es kälter."

„Und wer ist jetzt sarkastisch?"

Ich lächelte und einen sehr kurzen Augenblick lang dachte ich, er würde es erwidern. So kurz, dass ich sofort wieder daran zweifelte, als sein wütendes Funkeln mit Wucht zurückkehrte.

„Ich werde Sie nicht länger aufhalten", sagte ich. „Auf Wiedersehen, Mr Armitage."

Tränen brannten wieder einmal in meinen Augen, als ich die Eingangsstufen hinabstieg. Diese Begegnung hatte nichts gebracht. Er war noch immer wütend auf mich und ich fühlte mich noch immer schuldig. Schlimmer noch, mir fiel nichts ein, wie ich die Situation verbessern konnte.

„Miss Fox?", rief er.

Ich wirbelte herum. „Ja?"

Er lehnte den Unterarm gegen den Türrahmen und klopfte mit dem Finger auf den Schraubenschlüssel. Nach einer Weile sagte er schlicht „Auf Wiedersehen" und schloss die Tür.

Immerhin schlug er sie nicht zu. Das war das einzige Positive, das ich von diesem Treffen mitnehmen konnte.

Sonst gab es jedoch nichts und ich verbrachte die Rückfahrt

zum Hotel damit, mich noch elender zu fühlen als auf dem Hinweg.

* * *

„Detective Inspector Hobart war wieder hier, während Sie aus waren", sagte Harmony, als sie hinter mir die Suite betrat. Ich hatte den starken Eindruck, dass sie im vierten Stock herumgelungert und auf meine Rückkehr gewartet hatte. „Er hat mit Sir Ronald gesprochen."

Ich verzog das Gesicht, während ich mir den feuchten Mantel auszog und ihn über die Rückenlehne des Sessels in der Ecke warf. „Wissen Sie, wie es gelaufen ist?"

„Gelauscht habe ich nicht, falls Sie das meinen", sagte sie schnippisch.

Trotz allem lächelte ich. „Meine ich nicht. War Floyd dabei? Vielleicht kann er mir sagen, wie es war."

„Mr Bainbridge war aus, glaube ich. Er ist jetzt zurück und spielt mit einigen Gentlemen unten Billard."

Meine Handschuhe legte ich auf den Schminktisch im Schlafzimmer. „Hat der Inspektor sonst noch mit jemandem gesprochen?"

„Mit einigen Gästen im dritten Stock, die Mrs Warricks Zimmer am nächsten waren."

„Er muss wissen wollen, ob sie in der Nacht irgendwelche Geräusche gehört haben."

„Oder jemanden gesehen haben, der sich dort nicht hätte aufhalten sollen." Harmony nahm ein Kissen vom Bett und schüttelte es auf. „Ich frage mich, ob er etwas Wichtiges erfahren hat."

Nachdem ich den Hut abgesetzt hatte, prüfte ich, ob meine Haare nass geworden waren. Dann richtete ich mich plötzlich auf und drehte mich zu ihr. „Glauben Sie, er hat diese Fragen gestellt, weil weder im Wasser noch in der Zahnpasta oder der Creme Gift gefunden wurde?"

„Und er herausfinden will, ob jemand das Gift in der Nacht auf andere Art gebracht hat?" Harmony zuckte mit den Schultern. „Nachdem er mit den Gästen gesprochen hat, hat er sich die Lakaien vorgenommen, die in der Nacht Dienst hatten, also haben Sie vermutlich Recht." Sie runzelte die Stirn. „Aber die Lakaien hatte er schon vor einigen Tagen befragt und niemand hat etwas zu Mrs Warricks Zimmer gebracht in der Zeit zwischen der heißen Schokolade von Danny und Ediths Tee am nächsten Morgen."

„Aber was ist, wenn sie einem anderen Gast etwas aufs Zimmer geliefert haben und dieser Gast hat das Gift hineingemischt und es dann Mrs Warrick gebracht? Wenn er oder sie mit Mrs Warrick bekannt war, hat sie ihn oder sie vielleicht hereingebeten. Der Täter hat ihr das vergiftete Essen oder Getränk angeboten, gewartet, bis sie tot war, und die Reste dann wieder mitgenommen."

Harmony schüttelte weiter das Kissen auf. Vermutlich hatte sie vergessen, dass sie es noch in der Hand hielt. Ihr klarer Blick traf meinen. „Was der Grund dafür ist, dass die Polizei keine Spuren des Gifts im Zimmer finden kann. Miss Fox, ich glaube, Sie liegen richtig. Es erklärt, warum der Inspektor jetzt weitere Gäste befragt."

„Meinem Onkel wird das nicht gefallen. Er war strikt dagegen, dass die Gäste befragt werden." Scheinbar hatte der Inspektor sich durchgesetzt, mit Recht.

„Ich bin froh, dass er glaubt, es wäre ein Gast und kein Mitarbeiter", sagte sie. „Ich war so besorgt, dass er jemand anderen verhaftet, nachdem er Danny freigelassen hat."

„Sie können nicht alle Mitarbeiter so gut kennen, Harmony. Vielleicht *ist* einer von ihnen der Täter. Sie sollten sich auf diese Möglichkeit einstellen."

Sie seufzte. „Also was werden Sie als Nächstes tun? Möchten Sie, dass ich den Lakaien auch Fragen stelle? Oder möchten Sie es lieber selbst tun?"

Ich kehrte in mein Wohnzimmer zurück und nahm eins der Bücher zur Hand, die ich mir aus der Hotelbibliothek ausgeliehen hatte. „Ich werde gar nichts tun. Ich habe aufgegeben."

Sie folgte mir mit meinem feuchten Mantel über dem Arm. „Wenn Sie aufgegeben haben, warum haben Sie dann gerade all diese Fragen über den Besuch des Inspektors gestellt?"

Ich zögerte und sagte dann: „Gewohnheit."

Sie betrachtete mich mit einer hochgezogenen Augenbraue. „Ich weiß, dass Sie Verdächtige haben."

Ich setzte mich und öffnete das Buch. So neugierig ich auch war, ob Mr Hookly oder Mr Duffield in jener Nacht etwas aus der Küche bestellt hatten, wollte ich dem Inspektor nicht auf die Zehen treten. Da Mr Armitage kein Verdächtiger mehr war, würde Detective Inspector Hobart den Täter ganz sicher entlarven. Jedem war gedient, wenn ich mich heraushielt.

„Gut", sagte sie wieder schnippisch. „Wenn Sie es nicht anders wollen, dann werde ich Sie bis später in Frieden lassen."

„Später?"

„Ich komme wieder, um Sie für das Abendessen zu frisieren."

„Heute werde ich in meinem Zimmer essen. Mir ist nicht danach, irgendwen zu sehen."

Erneut seufzte sie und nahm meinen Mantel mit hinaus.

„Harmony!", kam die schrille Stimme von Mrs Kettering. „Was tun Sie um diese Uhrzeit in Miss Foxes Zimmer?"

„Ich habe sauber gemacht, Ma'am."

„Ohne Ihren Leinenwagen, Putzmittel, Schwämme oder Staubwedel?"

„Ich, äh ..."

„Sie bringen augenblicklich diesen Mantel zurück und kommen dann in mein Büro."

„Ich stehle ihn nicht! Miss Fox hat mich gebeten, ihn vor dem Feuer für sie zu trocknen."

„Miss Fox ist nicht hier. Ich habe sie ausgehen sehen."

Mit meinem Buch in der Hand eilte ich zur Tür. „Ich bin hier."

Die Hausdame stockte. „Entschuldigen Sie bitte, Miss Fox. Ich dachte, Harmony wäre uneingeladen in Ihrem Zimmer gewesen. Sie behauptete, zu putzen, obwohl das eindeutig nicht der Fall war."

„Sie war in meinem Zimmer, weil ich sie hereingebeten hatte", schnappte ich. „Ihre anderen Aufgaben sind erledigt und wir haben lediglich geredet."

„Geredet?" Mrs Kettering Nasenflügel weiteten sich. „Seien Sie vorsichtig, Miss Fox. Die da war schon immer merkwürdig und besitzt eine fleißige Zunge, die sie nicht beherrschen kann."

Eine Flut von Gefühlen wallte in mir auf, wütend und heiß. Nichts davon war Mrs Ketterings Garstigkeit geschuldet, aber sie würde sie dennoch abbekommen. „Sie sollten besser Ihre Zunge hüten, Mrs Kettering, sonst wird mein Onkel von dieser Sache hören."

Sie schnaufte durch die Nase und ihre Lippen verzogen sich zu einem dünnen, herausfordernden Lächeln. „Ich bin schon seit Jahren hier, Miss Fox, Sie gerade mal fünf Minuten. Wem von uns beiden, meinen Sie, wird er wohl zuhören?"

„Der Vernünftigen, die zufällig auch seine Nichte ist. Guten Tag, Mrs Kettering. Ich benötige derzeit nichts von Ihnen."

Die Hausdame ähnelte sehr stark einem gleich angreifenden Bullen. „Gehen Sie wieder an die Arbeit", fuhr sie Harmony an. Dann marschierte sie davon, den Rücken kerzengerade. Mit jedem Schritt klimperten die Schlüssel an ihrer Hüfte.

Harmony stieß einen Seufzer aus. „Danke. Aber glauben Sie ja nicht, ich hätte Ihnen vergeben, dass Sie die Ermittlungen aufgegeben haben." Sie zwinkerte mir zu.

Ich sah ihr nach, froh, dass ich seit meiner Ankunft im Hotel wenigstens eine gute Tat getan hatte.

* * *

FLOSSY STOLZIERTE zum Sofa in meinem Wohnzimmer, nahm das Buch, das ich gelesen hatte, und legte es mit gerümpfter Nase wieder weg. „Du musst einfach mit mir zu Abend essen, Cleo. Mir ist so *langweilig*."

„Mir ist nicht danach, auswärts zu essen", sagte ich.

„Es ist nicht auswärts. Es ist nur die Treppe runter."

Wenn es den Aufwand erforderte, mich elegant zu kleiden, mich zu frisieren und andere Gäste und die Kellner anzulächeln, dann war es auswärts. „Ich möchte lieber in meinem Zimmer bleiben."

Sie ließ sich in die Ecke des Sofas plumpsen. „Ich bin heute Abend so rastlos. Ich brauche Ablenkung. Wahrscheinlich liegt es an dem Ball morgen Abend und ich kann es einfach nicht erwarten." Sie richtete sich wieder auf und klatschte leise in die Hände. „Es wird wundervoll, Cleo. Über zweihundert glamouröse Ladys und attraktive Gentlemen werden dort sein. Vater sagte, dass *zwei* berühmte Schauspielerinnen kommen werden und eine Opernsopranistin, aber er will mir nicht verraten, wer es ist, der Teufel. Floyd ist natürlich begeistert. Er hofft, eine davon ist Marie Lloyd."

„Wo wir gerade von Floyd sprechen, kannst du nicht heute Abend mit ihm essen?"

„Er geht aus."

„Er isst oft auswärts."

„Ja, aber diesmal hat Vater es angewiesen. Er will, dass Floyd die Anwesenheit seines Freundes sicherstellt, dem Sohn des Herzogs."

„Floyd ist mit dem Sohn eines Herzogs befreundet?"

„Sie stehen sich nicht schrecklich nahe, bewegen sich aber in den gleichen Kreisen. Vater mag es nicht so sehr, wenn Floyd viel ausgeht, aber für den Sohn des Herzogs macht er eine Ausnahme. Manchmal erzählt Floyd, er würde ihn treffen, obwohl es gar nicht stimmt." Sie legte einen Finger auf die Lippen. „Erzähl Vater nichts davon."

„Was ist mit deinen Eltern? Essen die heute auch auswärts?"

Sie seufzte. „Ja, ein letzter Versuch, Teilnehmer für morgen Abend zu sichern."

„Das verstehe ich nicht. Haben die Leute nicht gesagt, ob sie kommen oder nicht?"

„Die Hotelgäste schon. Deswegen sind sie noch hier. Die geladenen Gäste, die nicht hier wohnen, lassen sich deutlich schwieriger festnageln, insbesondere dieses Jahr angesichts des Mordes. Diese Leute brauchen nicht im Hotel abzusteigen, da sie Häuser in der Stadt besitzen."

„Sie müssen sehr wohlhabend sein."

„Extrem reich. Vater muss ihnen den Hof machen, also hat er eine Einladung zum Dinner angenommen. Er geht davon aus, dass viele von ihnen dort sein werden."

„Tante Lilian geht auch mit?"

Flossy wurde ernst. „Ich wünschte, sie würde nicht gehen. Heute wird es spät für sie und morgen auch. Es könnte zu viel für sie sein."

„Dein Vater wird sich bestimmt um sie kümmern und nach Hause fahren, wenn es ihr nicht gut geht."

Sie knibbelte mit dem Fingernagel am Saum eines Sofakissens herum.

„Flossy, was ist los mit ihr? Ist sie krank?"

„Sie leidet schon seit Jahren an Schwermut. Ihr Arzt hat ihr ein neues Medikament verschrieben, welches ihre Stimmung stark anhebt, aber nur vorübergehend." Sie wedelte mit der Hand. „Sorgen wir uns nicht um Mutter. Ich habe eine Idee. Du willst nicht im Speisesaal essen, aber essen musst du, also lass uns gemeinsam in meinem Zimmer speisen, nur wir zwei."

„Das wäre zauberhaft."

„Wir bestellen uns etwas Teures. Oh, und wir trinken Champagner."

„Mir ist nicht nach Feiern."

„Wir feiern nicht. Wir gönnen uns etwas."

* * *

WIR GABEN unsere Bestellung mithilfe des Sprachrohrs in Flossys Zimmer auf. „Zum Glück gehen die Bestellungen am Ende des Tages nur an Mr Hobart, nicht an Vater", sagte sie zu mir, während wir es uns auf dem Sofa gemütlich machten. „Vater würde es nicht gutheißen, dass ich Champagner trinke, aber Mr Hobart wird darüber hinwegsehen." Sie kicherte. „Ich hoffe, er glaubt nicht, dass ich die ganze Flasche allein trinke."

„Er wird sehen, dass die restliche Bestellung für zwei ist", sagte ich. „Es wird Mr Hobart bestimmt klar sein, dass ich bei dir esse."

Ich richtete mich kerzengerade auf und starrte auf das Messingsprachrohr. Zwei Mahlzeiten, aber nur eine Lieferung in ein Zimmer ... Mrs Warrick hatte am Abend ihres Todes nicht im Speisesaal gegessen und die Portiers konnten sich nicht erinnern, dass sie das Hotel verlassen hatte. Ich hatte angenommen, dass sie gar nichts zu sich genommen hatte, aber was war, wenn sie mit einem anderen Gast in dessen Zimmer gespeist hatte?

Was war, wenn dieser Gast der Mörder war?

Sie hatte entweder Mr Hookly oder Mr Duffield an jenem

Nachmittag erkannt. Vielleicht hatte sie einen von beiden konfrontiert und der hatte sie daraufhin zum Dinner eingeladen, um zu besprechen, was auch immer ihr zu schaffen machte. Auch wenn es skandalös war, dass sie sich mit einem Mann in seinem Zimmer getroffen hatte, war Mrs Warrick wohl kaum eine unschuldige Debütantin. Vielleicht hatte sie die Einladung sogar in der Hoffnung angenommen, dass sich etwas mehr ergeben würde als nur ein Gespräch.

Es schien endlos zu dauern, bis unser Essen ankam, aber laut der Uhr auf Flossys Schreibtisch waren es lediglich fünfundvierzig Minuten. Ich aß zügig, trank nur ein Glas Champagner und entschuldigte mich, was Flossy sehr enttäuschte. Ich überzeugte sie davon, früh zu Bett zu gehen, um für den Ball ausgeruht zu sein.

Dann machte ich mich auf den Weg nach unten, wo Goliath an der Rezeption lehnte und sich mit Peter unterhielt. Als ich an ihm vorbei wollte, hielt er mich auf.

„Harmony sagt, Sie ermitteln nicht mehr in dem Mordfall." Er schaute sich um. Das Foyer war leer, doch ich konnte Stimmen im Billardzimmer hören.

„Das stimmt, doch jetzt habe ich einen Hinweis, glaube ich. Ich muss ihn nur noch bestätigen, ehe ich ihn an Detective Inspector Hobart weitergebe."

Das schien ihn aufzumuntern, denn er hatte ziemlich niedergeschlagen gewirkt. „Kann ich helfen?"

„Sollten Sie nicht draußen auf Gäste warten, die mit ihrem Gepäck anreisen?"

„Um diese Zeit kommen keine Gäste mehr und der Portier ist schlecht gelaunt."

„Dann kommen Sie mit mir zu Mr Hobarts Büro."

„Er ist schon nach Hause gegangen."

Das hatte ich erwartet. „Schließt er seine Bürotür nachts ab?"

Goliath zuckte mit den Schultern. „Peter wird es wissen."

Der schwerbeschäftigte Peter sah genauso gelangweilt aus wie Goliath. Er gähnte, ehe er beide Ellenbogen auf den Tresen stützte. „Nur noch zwei Stunden, bis der Nachtportier übernimmt", sagte er. „Ich bin so müde. Mr Hobart ist mit mir die Gästeliste für morgen durchgegangen, da Mr Armitage jetzt nicht mehr hier arbeitet. Nachmittags wird es viele Anreisen geben."

„Wo wir gerade von Mr Hobart sprechen", sagte ich, „schließt er seine Bürotür ab, wenn er nach Hause geht?"

„Ja. Warum?"

„Ich muss mir die Berichte des Zimmerservice in der Nacht von Mrs Warricks Tod ansehen. Ich will schauen, ob einer meiner Verdächtigen abends genug Essen für zwei Personen bestellt hat."

„Sie meinen, sie hätte mit ihrem Mörder gegessen?"

„Ich bin mir nicht sicher. Vielleicht kommt nichts dabei heraus, aber ich will es überprüfen, bevor ich das, was ich weiß, an den Inspektor weiterleite."

„Ich weiß, wo Sie den Schlüssel zu Mr Hobarts Büro finden", sagte Peter.

Er bückte sich hinter den Tresen. Goliath beugte sich darüber, um zu sehen, was er tat, doch Peter richtete sich wieder auf. In der Hand hielt er einen Schlüsselbund.

„Einer von denen ist für Mr Hobarts Büro, einer für Mr Armitages Büro und sein privates Zimmer und wofür der vierte ist, weiß ich nicht genau. Beide haben mir ihre Schlüssel abgegeben, als sie gegangen sind. Mr Hobarts Schlüsselbund hat Mr Chapman bekommen, aber der hat ihn wieder an Mr Hobart zurückgegeben, als er wiederkam. Mr Armitages sollte ich verwahren." Er hielt den Schlüsselbund am Ring hoch.

„Warum wollte Mr Hobart nicht, dass du die Schlüssel an Mr Chapman oder Mrs Kettering gibst?", fragte Goliath. „Sie sind deine Vorgesetzten."

„Wenn wir sie hierbehalten, kann jeder danach fragen, der etwas aus Mr Armitages Büro braucht. Die Rezeption ist immer besetzt."

Ich nahm die Schlüssel und versprach, sie zurückzubringen.

„Ich komme besser mit und halte Wache", sagte Goliath, der mir in den Flur der leitenden Angestellten folgte. „Wenn jemand kommt, pfeife ich."

Ich senkte meine Stimme zu einem Flüstern. „Wenn ich die Tür schließe, ist es wie vorher. Niemand weiß, dass ich drinnen bin."

„Sie müssen das Licht einschalten. Oder können Sie im Dunkeln sehen?"

„Sehr witzig. Aber Sie haben recht. Also gut, pfeifen Sie, wenn jemand kommt, und ich werde schnell das Licht ausschalten."

Goliath positionierte sich so, dass er sowohl das Foyer als auch den Flur in beiden Richtungen einsehen konnte. Mr Chapman sollte den ganzen Abend im Speisesaal sein und soweit ich wusste, war Mrs Kettering entweder in ihrem Zimmer oder Büro. Sollte sie herauskommen, während ich in Mr Hobarts Büro war, hatte ich nach Goliaths Pfiff hoffentlich genug Zeit, das Licht auszuschalten, ehe sie es bemerkte.

So leise wie möglich probierte ich die Schlüssel durch, bis ich den richtigen gefunden hatte. Ich schlüpfte in Mr Hobarts Büro und schaltete das Licht ein. Sein Schreibtisch war ordentlich; sämtlicher Papierkram des Tages war sicher verstaut. Ich suchte das Regal ab, fand aber nichts, was mit der Küche zu tun hatte, außer einigen alten Renovierungsplänen. Erwartet hatte ich Akten mit Vorratslisten, doch die gab es nicht. Vielleicht waren sie in Mr Armitages Büro oder der Küchenchef bewahrte diese Informationen selbst auf.

Eine Akte mit Bestellungen für den Zimmerservice über das Sprachrohr fand ich ebenfalls nicht. Noch einmal ging ich alle Akten durch, zog sie vom Regal und schaute hinein für den Fall, dass sie falsch beschriftet waren. Doch das waren sie nicht. Vielleicht wurden die Informationen in der Küche gesammelt.

Aber Mr Hobart brauchte sie doch sicherlich, um sie in Rechnung stellen zu können, und zwar täglich für die Gäste, die auscheckten. Entweder machte er sich Notizen und gab die Akten an die Küche zurück, oder er benutzte lose Zettel und nahm jeden Tag neue.

Ich durchsuchte den Papierstapel in Mr Hobarts Ablagekorb und kehrte dann zum Aktenschrank zurück. Frustriert schnalzte ich mit der Zunge, während ich versuchte, einige der Schubladen zu öffnen. Sie waren verschlossen. Zum Glück gab es unten zwei, die offen waren. Ich holte die Ledermappen heraus und blätterte durch ihren Inhalt.

Erfolg! Eine von ihnen enthielt lose Zettel mit ordentlichen, mit Tinte umrahmten Reihen. Jeder Eintrag war mit Bleistift geschrieben und zeigte Datum, Uhrzeit, Zimmernummer, Name des Gastes und ihre Bestellung. Ein Haken war mit Tinte neben jeden Eintrag gesetzt worden, vermutlich von Mr Hobart, nachdem er die Details auf die Rechnung des Gastes übertragen hatte.

Für jeden Tag gab es einen Zettel mit den Namen der verantwortlichen Mitarbeiter. Victor war mehrfach dafür zuständig gewesen, die Bestellungen des Zimmerservice aufzunehmen.

Ich blätterte durch die Zettel, bis ich den vom Weihnachtsabend gefunden hatte. Mit dem Finger fuhr ich die Einträge entlang. Da war er, einer der Namen, den zu finden ich gehofft hatte. Jetzt, da ich ihn entdeckt hatte, konnte ich es kaum glauben. Ich fühlte mich etwas beschwingt, als ich mir durchlas, was er bestellt hatte. Zweimal das Gleiche.

Mr Hookly war entweder ein sehr hungriger Mann oder er hatte einen Gast in seinem Zimmer gehabt.

Ich legte das Blatt in die Mappe und steckte sie zurück in die Schublade. Dann eilte ich zur Tür, nur um plötzlich innezuhalten.

Goliath pfiff das Lied des Piratenkönigs aus *Die Piraten von Penzance*, laut und deutlich. Ich schaltete das Licht aus und hoffte, dass man es nicht unter der Tür hindurch gesehen hatte.

„Mr Hobart bat mich, ab und zu Mr Armitages Büro zu prüfen", hörte ich Goliath sagen. „Da komme ich gerade her."

Es gab eine Pause, in der ich Mrs Ketterings schrille Stimme gerade so ausmachen konnte, auch wenn ich nicht verstand, was sie sagte.

„Ja, ich gehe schon. Gute Nacht, Mrs Kettering."

Ich wartete einen Moment, ehe ich die Tür einen Spalt breit öffnete. Die Luft war rein. Ich schlüpfte aus dem Büro und schloss schnell hinter mir ab. Dann sauste ich ins Foyer.

Erst als ich die Rezeption erreichte, holte ich wieder Luft. „Danke, Goliath", sagte ich zu dem Pagen, während ich Peter die Schlüssel zurückgab.

„Und?", fragte Goliath. „Was haben Sie gefunden?"

Ich konnte meine Aufregung kaum in Schach halten. Endlich war die Pattsituation in dem Fall durchbrochen. „Mr Hookly hat am Weihnachtsabend genug für zwei Personen bestellt, aber er ist allein hier."

„Hookly?", wiederholte Peter. „Der Gentleman, der gerade aus Afrika zurückgekehrt ist und eine Adresse in Berkshire angegeben hat?"

„Ich glaube, Mrs Warrick hat ihn erkannt. Ich habe gehört, wie sie an dem Nachmittag etwas in der Richtung sagte und meinte, er solle nicht hier sein."

Goliath lehnte sich mit verschränkten Armen an den Tresen. „Also hat sie ihn konfrontiert, er machte sich Sorgen und beschloss, sie zu töten, damit sie niemandem erzählt, dass er nicht im Hotel sein sollte. Er lud sie in sein Zimmer ein, vergiftete ihr Essen, und sie kehrte in ihr Zimmer zurück, wo sie starb."

Das ergab keinen rechten Sinn. Scheinbar war sie zwischen drei und sechs Uhr *morgens* vergiftet worden. Entweder irrte sich der Pathologe bezüglich des Todeszeitpunkts oder sie hatte Essen mit in ihr Zimmer genommen und später gegessen. Doch wo waren die Beweise? In ihrem Zimmer waren weder Teller noch Tassen gewesen, die dort nicht hätten sein sollen, und auch keine Essensreste.

„*Warum* glaubte sie, dass er nicht hier sein sollte?", fragte Peter.

Goliath rieb sich das Kinn. „Was ist, wenn sie dachte, er sollte noch in Afrika sein? Vielleicht war sie deswegen überrascht, ihn hier zu sehen." Er schnippte mit den Fingern. „Was ist, wenn er dort in Schwierigkeiten geraten ist, vielleicht jemanden umgebracht hat und nach England gekommen ist, um der Strafe zu entgehen, und Mrs Warrick wusste es."

Und ich dachte, *meine* Fantasie wäre lebhaft. „Ich mag Ihre Theorie, Goliath. Sie ist schlüssig."

Peter schüttelte den Kopf. „Es ist eine verrückte Theorie. Ihr seid beide verrückt." Er stockte plötzlich und biss sich auf die Unterlippe. „Verzeihen Sie, Miss Fox, das meinte ich nicht so."

Ich beugte mich etwas vor. „Ist schon in Ordnung, Peter. Ich werde Sie nicht bei meinem Onkel verpfeifen, nur weil Sie schlicht ehrlich sind."

Er wirkte erleichtert. „In dem Fall glaube ich nicht, dass Sie recht haben. Hookly kann es nicht sein. Er hat ein Empfehlungs-schreiben von Lord Addlington."

„Es könnte gefälscht sein."

„Es wurde auf unserem Hotelbriefpapier geschrieben. Wie hätte er unser Briefpapier fälschen können, wenn er noch nicht einmal eingecheckt hatte?"

Das Argument hielt ich nicht für wasserdicht. Leeres Briefpa-pier des Hotels wäre zwar schwierig zu beschaffen, aber nicht unmöglich. „Reichen Sie mir noch einmal die Schlüssel zu Mr Hobarts Büro."

„Warum?", fragte Peter.

„Ich möchte Mr Hooklys Adresse anrufen. Wir können dort jemanden fragen, wann Mr Hookly zurückerwartet wird und ob sie wissen, warum er Afrika verlassen hat."

„Wie wollen Sie das herausfinden?"

„Mit Lügen, natürlich. Ich werde vorgeben, für die Polizei an dem Mordfall zu arbeiten und allen Adressen der Gäste nachzu-gehen." Ich streckte die Hand aus, aber Peter schüttelte den Kopf.

„Niemand wird glauben, dass eine Frau für die Polizei arbei-tet. Lassen Sie mich den Anruf von hier aus machen. Jetzt ist niemand in der Nähe."

Ein paar Leute kamen aus der Lounge und gingen zum Fahr-stuhl, zum Raucher- oder Billardzimmer, aber keiner näherte sich uns. Peter blätterte durch sein Buch, bis er Mr Hooklys Eintrag fand.

Nach einigen knappen Gesprächen, während er von Schalt-stelle zu Schaltstelle verbunden wurde, redete er schließlich längere Zeit mit jemandem am anderen Ende. Er runzelte die Stirn, dankte dem Gesprächspartner und legte den Hörer auf die Gabel.

„Du siehst aus, als hättest du ein Gespenst gesehen", sagte Goliath.

„Das habe ich auch." Peter schluckte. „Mr Hookly ist tot."

KAPITEL 11

„Ich bin zur Polizeistation durchgekommen, die Mr Hooklys Adresse am nächsten liegt." Peter schaute auf das Reservierungsbuch, das bei Mr Hooklys Eintrag aufgeschlagen war. „Sie sagen, er sei vor zwei Monaten verstorben."

„Alter Schwede", murmelte Goliath. „Wer ist dann unser Mr Hookly?"

„Und wie ist er an Lord Addlingtons Empfehlungsschreiben gekommen?"

„Hat der Polizist gesagt, ob der echte Mr Hookly unter verdächtigen Umständen ums Leben kam?", fragte ich.

„Natürliche Ursachen. Sein Herz hat aufgegeben."

Also war unser Mr Hookly gar nicht Mr Hookly. „Wenn er hier unter einem falschen Namen eingecheckt hat, können wir davon ausgehen, dass sein echter Name mit üblen Machenschaften in Verbindung steht und Mrs Warrick davon wusste."

„Also müssen wir seinen echten Namen herausfinden und was er getan hat", sagte Goliath. „Das Hausmädchen, das sein Zimmer putzt, kann morgens seine Sachen durchsuchen."

Ich schüttelte den Kopf. Es kam nicht infrage, die Dienstmädchen in Gefahr zu bringen. Sollte Mr Hookly es herausfinden, hatten wir es möglicherweise mit einem weiteren Mord zu tun. „Ich werde morgen früh den Detective Inspector informieren. In der Zwischenzeit darf niemand Mr Hookly konfrontieren, verstanden? Wir geben Scotland Yard Bescheid und die sollen entscheiden, wie sie weiter vorgehen."

„Ich werde den Yard jetzt anrufen und darum bitten, dass der Inspektor morgen als Erstes hierherkommt", sagte Peter und griff wieder nach dem Telefon.

In dieser Nacht schlief ich nicht gut. Die neuesten Entwicklungen überzeugten mich davon, dass Mr Hookly der Täter war. Aus gutem Grund nutzten unschuldige Leute nicht die Namen verstorbener Personen. Doch zwei Dinge ergaben keinen Sinn. Erstens war Mrs Warrick in den frühen Morgenstunden vergiftet worden, aber in ihrem Zimmer gab es keine Hinweise auf Essen oder Getränke. Hätte Mr Hookly ihr das Gift ins Essen getan, wäre sie früher gestorben. Hatte sie Reste des Essens oder der Getränke mit in ihr Zimmer genommen und sie in den frühen Morgenstunden verzehrt, wo waren dann die Tassen oder Teller?

War der Polizei bei der Feststellung des Todeszeitpunkts ein Fehler unterlaufen? Wie genau war ihre Schätzung?

Oder hatte Mr Hookly ihr die Gesichtscreme geschenkt und sie war mitten in der Nacht aufgestanden, um sie zu benutzen? Es war ein merkwürdiges Geschenk, aber etwas schlüssiger, als wenn er ihr eine Tube Zahnpasta oder eine Flasche Wasser geschenkt hätte.

Noch etwas bereitete mir Kopfzerbrechen. Mrs Warrick war weder ängstlich noch empört gewesen, als sie Mr Hookly an jenem Nachmittag im Foyer gesehen hatte. Sie war lediglich verwirrt und überrascht gewesen. Also war er wahrscheinlich kein Mörder oder Krimineller. Hätte sie nicht sonst sofort Mr Hobart auf den Plan gerufen? Sie hatte an dem Nachmittag mit ihm über Danny gesprochen, Mr Hookly jedoch überhaupt nicht erwähnt.

Irgendwann in der Nacht schlief ich ein, während mir die Fragen noch durch den Kopf wirbelten. Antworten hatte ich keine.

* * *

AM NÄCHSTEN MORGEN fand ich eine Nachricht von Harmony unter meiner Tür durchgeschoben. Sie konnte mich nicht

203

frisieren und würde um halb elf eine kurze Teepause im Aufenthaltsraum einlegen, falls ich mit ihr reden wollte. Ich hatte den Eindruck, dass entweder Goliath oder Peter angedeutet hatten, dass etwas im Busch war, ihr aber keine Details genannt hatten. Jetzt hoffte sie, dass ich es tun würde.

Ich wartete in meinem Zimmer auf Detective Inspector Hobart, doch der kam nicht. Um halb elf ging ich nach unten und stellte fest, dass das Hotel sich verwandelte. Blumengirlanden wurden aufgehängt und vier Männer schoben einen flachen Karren vorsichtig über die Fliesen, dessen große Ladung unter einem Tuch verborgen war. Es war Silvester, der Tag des Balls, und jeder Mitarbeiter schien eine Aufgabe zu haben. Den Gästen war es nicht gestattet, im Speisesaal zu frühstücken oder zu Mittag zu essen, da der Raum in einen Ballsaal verwandelt wurde. Auch die angrenzende Lounge war tabu. Mr Hobart stand mit einem Klemmbrett in der Hand neben dem Weihnachtsbaum und dirigierte die Mitarbeiter. Er wirkte erschöpft und schimpfte mit einem Lieferanten, der nicht den Hintereingang benutzt hatte. Dank meiner Wenigkeit musste er die Arbeit für zwei erledigen.

„Darf ich Ihnen meine Hilfe anbieten, Mr Hobart?", fragte ich.

„Nein, danke", sagte er, ohne von seinem Klemmbrett aufzuschauen.

„Ich könnte den Mitarbeitern für Sie Nachrichten überbringen."

„Danke, aber das ist nicht nötig. Wir kommen zurecht." Er entdeckte einige neu eingetroffene Gäste und ging sie lächelnd begrüßen.

Ich seufzte und machte mich auf den Weg zum Aufenthaltsraum, wo ich Harmony und Edith mit vier anderen Dienstmädchen beim Tee vorfand. Sie verließen die Gruppe und gesellten sich in einer Ecke zu mir.

„Sollten Sie nicht bei den Vorbereitungen helfen?", fragte ich.

„Wir haben seit Tagesanbruch die Böden im Speisesaal und Foyer geschrubbt", sagte Harmony. „Jetzt haben wir knapp fünfzehn Minuten für uns, bis wir die Zimmer putzen."

Edith drückte eine Hand auf ihren unteren Rücken und stöhnte. „Ich werde froh sein, wenn das alles rum ist."

„Tut mir leid wegen Ihrer Haare", sagte Harmony zu mir.

Ich fasste an meinen Kopf. „Es ist nicht so elegant wie eine Ihrer Frisuren, aber ich mache das jetzt schon seit vielen Jahren."

Sie lächelte. „Ich werde Sie später für den Abend zurechtmachen."

„Ich gehe nicht zum Ball."

„Jetzt sagen Sie mir nicht, Sie hätten nichts zum Anziehen. Hätten Sie sich früher entschieden, hätten Sie inzwischen etwas."

„Ich wollte sagen, dass mir nicht der Sinn danach steht, mich den Feierlichkeiten anzuschließen", verteidigte ich mich. „Ich bin noch in Trauer."

Sie presste die Lippen zusammen, aber ihre Augen zeigten Mitgefühl.

Edith schenkte eine Tasse Tee ein und reichte sie mir. „Harmony hat gesagt, Goliath benimmt sich heute seltsam. Er sagt, es hätte eine Entwicklung in dem Mordfall gegeben, kann aber nichts verraten, bis Sie mit der Polizei gesprochen haben."

„Der hat Nerven, es mir zu verschweigen", sagte Harmony in ihre Tasse. „Ich bin diejenige, die Sie überhaupt erst in die Ermittlungen involviert hat."

Victor stieß die Tür auf und kam mit zwei anderen Nachwuchsköchen herein. Harmony richtete sich auf, ebenso wie einige der Dienstmädchen. Während diese flirtend lächelten, schürzte Harmony jedoch die Lippen und tat so, als würde sie die Männer nicht sehen.

„Guten Morgen, die Damen", sagte Victor und kam zu uns. „Was habe ich da über Peter gehört, der die Polizei angerufen hat?", fragte er mich.

Scheinbar würde ich nicht damit davonkommen, länger Stillschweigen zu bewahren. Ich erzählte ihnen von Mr Hookly, der in der Mordnacht mit einer zweiten Person gegessen hatte, und von Peters Anruf bei der Polizeiwache in der Nähe von Mr Hooklys Anschrift.

„Laut ihnen ist Mr Hookly tot", sagte ich.

Harmony schnappte nach Luft. „Wer ist dann unser Mr Hookly?"

„Vielleicht hat er den echten Mr Hookly umgebracht", sagte Victor und setzte sich auf die Tischkante.

Edith legte eine Hand an ihren Hals und starrte mich mit weit aufgerissenen Augen an.

„Keine Angst", sagte ich sanft. „Er ist eines natürlichen Todes gestorben. Aber der Mann, den wir als Mr Hookly kennen, hat aus uns unbekannten Gründen seinen Platz eingenommen."

„Um Leute umzubringen", sagte Victor.

Harmony funkelte ihn böse an. „Hör doch auf, Victor. Du machst Edith Angst. Außerdem ergibt das überhaupt keinen Sinn."

„Oder ich bin der einzig Vernünftige hier."

Sie verdrehte die Augen. „Es war eine gute Idee, die Polizei zu kontaktieren, Miss Fox. Warum waren die noch nicht hier? Hat Peter betont, wie wichtig es ist?"

Ich hatte Peters Anruf nicht mit angehört, also konnte ich da nicht sicher sein.

„Da muss ein Fehler vorliegen", sagt Edith mit gerunzelter Stirn. „Wenn Mr Hookly tot wäre, wie käme er dann an ein Empfehlungsschreiben von diesem Lord?"

„Sie wissen von dem Schreiben?", fragte ich.

„Weiß das nicht jeder?"

„Ich nicht", sagte Victor.

„Ich habe es von Peter gehört", sagte Harmony.

Edith sah mich an. „Miss Fox? Was meinen Sie? Kann man Lord Addlingtons Wort trauen?"

Ich tätschelte ihren Arm. „Ganz gewiss. Er ist hier immerhin gut bekannt." Dass das Schreiben gefälscht worden sein könnte, wollte ich ihr nicht sagen, um sie nicht noch mehr aus der Fassung zu bringen.

Victor streckte seine Beine aus, wobei seine Fersen Harmonys Rock einklemmten. Sie bemerkte es nicht. „Man kann auch nicht einfach annehmen, dass es Mrs Warrick war, die an dem Abend bei ihm im Zimmer gegessen hat. Erst einmal ist sie viel älter als er."

„Na und?", fragte Harmony. „Was ist falsch daran, wenn eine

Frau im mittleren Alter eine Liaison mit einem jüngeren Mann hat?"

„Sie war jenseits des mittleren Alters."

„Na und?", fragte sie wieder.

Er wandte sich an mich und sie verdrehte erneut die Augen. „Es ist wahrscheinlicher, dass er eine … andere Art Frau in seinem Zimmer hatte", sagte der Koch.

„Victor!" Harmonys Stimme zog die Aufmerksamkeit der anderen Dienstmädchen und Köche auf sich. „Sei doch vor Miss Fox nicht so vulgär!"

Victor schob die Hände in seine Achselhöhlen. „Tut mir leid, Miss Fox, aber ich wollte in Ihrer Anwesenheit nicht Hure sagen."

Harmony rieb sich die Stirn und seufzte.

Ich bemühte mich, ein Grinsen zu unterdrücken. „Ich dachte, solche Frauen würden nicht ins Hotel kommen."

Victor zuckte nur mit den Schultern und die Frauen enthielten sich eines Kommentars. In dem Moment, da ich es aussprach, erinnerte ich mich an den russischen Grafen und seine Mätresse im Raucherzimmer. Scheinbar drückten die Angestellten ein Auge zu, wenn die Hure kultiviert genug aussah.

„Hoffentlich trifft die Polizei bald ein", sagte Harmony mit einem Seitenblick auf die Uhr. „Falls nicht, soll Peter noch einmal anrufen."

„Natürlich", sagte ich, denn ich dachte das Gleiche. Die Nachricht, die er gestern Abend hinterlassen hatte, war wohl nicht beim Detective Inspector angekommen.

„Ich muss wieder an die Arbeit", sagte Edith und stand auf.

Harmony tat es ihr gleich, musste jedoch feststellen, dass ihr Rock unter Victors Schuhen eingeklemmt war. Anstatt ihn wegzuziehen, funkelte sie ihn böse an, bis er die Beine wegnahm und den Rocksaum freigab. Er hob ergeben die Hände, bot aber keine Entschuldigung an. Harmony marschierte hinter Edith und den anderen Dienstmädchen aus dem Raum. Victor sah ihr nach, ein kleines Lächeln auf den Lippen.

Ich ließ die Köche allein und kehrte ins Foyer zurück, wo ich Peter fragte, ob die Polizei schon eingetroffen war.

„Mr Hobart hat mich gerade darüber informiert, dass sie auf dem Weg sind", sagte er, während er einen ankommenden Gast anlächelte.

Im Foyer war noch mehr Betrieb als zuvor, da mehrere Gäste sich dort aufhielten oder gerade eintrafen. Ich war überrascht, Tante Lilian zu sehen, die viele von ihnen persönlich begrüßte. Sie strahlte, während sie sich wie ein zartvioletter Schmetterling zwischen den Grüppchen bewegte. Ein näherer Blick offenbarte jedoch die dunklen Ringe unter ihren Augen.

Flossy entfernte sich von den Frauen, mit denen sie gesprochen hatte, und kam zu mir. „Da bist du ja! Ich habe dich gesucht."

„Deine Mutter sieht gut aus heute Morgen."

Flossy verzog das Gesicht. „Sie ist sauer auf mich, weil sie gerade erfahren hat, dass der Mann, den ich heiraten soll, nicht zum Ball kommt."

„Der mit einem Interesse an ägyptischer Archäologie?"

Sie nickte. „Anscheinend hat ihre Freundin, also seine Mutter, gesagt, dass ich nicht das richtige Mädchen für ihn bin. Mutter gibt mir die Schuld, dass ich mich nicht mehr bemüht habe, sein Interesse zu wecken. Aber ganz ehrlich, Cleo, ich habe es versucht. Wirklich. Ich habe ihm sogar Fragen über Tempel in Ägypten gestellt."

„Du meinst Pyramiden?", fragte ich und bemühte mich, ernst zu bleiben.

„Vielleicht solltest *du* es versuchen. Er scheint mehr dein Typ zu sein und du bist vom Alter her näher dran als ich."

„Ich habe nicht vor zu heiraten", erklärte ich ihr.

Sie lachte, doch als ich nicht mit einstimmte, blinzelte sie mich an. „Du meinst das ernst."

„Ja."

„Aber ..." Sie runzelte die Stirn und schien mit dem Konzept zu ringen. Fairerweise musste man berücksichtigen, dass ihr so ein Gedanke vermutlich noch nie gekommen war. Vielleicht wusste sie nicht einmal, dass sie solch einen Gedanken haben *konnte*. „Aber es ist doch nicht so, dass mit dir was nicht stimmt, Cleo. Vielleicht hast du keine Mitgift, aber ein Mann mit eigenem Vermögen wird darüber hinwegsehen."

Ich kniff die Lippen zusammen, damit mein Grinsen nicht losbrach.

Sie tätschelte meinen Arm. „Ich werde dich heute Abend einigen Gentlemen vorstellen. Floyd hat einige Freunde, die ganz vorn in der Erbfolge stehen. Einer oder zwei sind sogar ganz nett."

„Ich gehe nicht zum Ball."

Ihr Schmollen kehrte zurück. „Ach Cleo, überleg es dir doch bitte anders. Es ist nicht zu spät."

Da ich nicht mit ihr streiten wollte, hielt ich den Mund.

„Ist das nicht Mr Hobarts Bruder, der Detective?", fragte sie.

Ich folgte ihrem Blick zu dem Detective Inspector, der zusammen mit einem anderen Mann eintraf. Die beiden Hobart-Brüder unterhielten sich, wonach der Hoteldirektor die Stirn runzelte. Sie kamen gemeinsam zu mir. Ich entschuldigte mich bei Flossy und ging ihnen entgegen.

„Guten Morgen, Miss Fox." An der geschäftsmäßigen Art des Inspektors war nichts Freundliches. „Mir wurde eine Nachricht hinterlassen, dass Sie Informationen bezüglich des Mordes für mich haben."

„Das glaube ich", sagte ich. „Danke, dass Sie gekommen sind."

„Ihr könnt nicht hier darüber reden." Mr Hobart sah sich um. „Geht in mein Büro. Schnell, bevor Lady Bainbridge dich sieht. Ich kann nicht zulassen, dass sie Sir Ronald informiert."

Der Inspektor betrachtete seinen Bruder. „Du möchtest mich nicht hier haben, um deinen Mord zu klären?"

„Das ist nicht *mein* Mord. Und nein, ich will dich nicht hier haben. Nicht am Tag des Balls. Es gibt zu viel zu tun und wenn die Gäste herausfinden, dass die Polizei da ist, wird es sie an den Vorfall erinnern."

„Vielleicht sollten sie daran erinnert werden. Immerhin läuft hier ein Mörder rum."

„Das wissen wir nicht. Es könnte einer der Gäste gewesen sein, die schon ausgecheckt haben."

„Das bezweifle ich."

Meinte er damit seine Zweifel, dass der Mörder weg war, oder dass es überhaupt ein Gast war? Wenn kein Gast, dann musste er einen Mitarbeiter verdächtigen. Ein Grund mehr, ihm meine Beweise gegen Mr Hookly zu präsentieren.

Mr Hobart versteifte sich. „Du kannst in meinem Büro mit Miss Fox sprechen."

„Können Sie dazukommen?" Ich war mir nicht sicher, ob ich darum bat, weil er hören sollte, was ich über Mr Hookly zu sagen hatte oder weil ich jemanden wollte, der die Wut des Inspektors abwenden konnte.

„Natürlich, aber nur für fünf Minuten. Ich habe viel zu tun."

„Wenn du doch nur einen Assistenten hättest", murmelte der Inspektor.

Der Seitenhieb schmerzte, wie er es gewollt hatte. Scheinbar war keiner von Mr Armitages Elternteilen bereit, mir zu vergeben, was ich getan hatte. Ich war froh, dass ich sie nach diesen Ermittlungen nie wiedersehen würde.

„Stephen", rügte ihn Mr Hobart.

Der Inspektor bedeutete seinem Bruder voranzugehen.

Der zweite Polizist folgte und schloss die Tür hinter uns. Er baute sich davor auf, während der Inspektor sich auf den Stuhl seines Bruders setzte. Mr Hobart blieb stehen und ich nahm auf dem Gästestuhl Platz.

„Was wollen Sie mir mitteilen, Miss Fox?", fragte der Inspektor.

„Zuallererst möchte ich mich entschuldigen, dass Mr Armitage seine Position hier verloren hat. Ich habe vor, es wieder gut zu machen, indem ich meinen Onkel dränge, ihn wieder einzustellen."

„Das wird Harry nicht annehmen."

„Dann werde ich ihn empfehlen, wenn ich von anderen Arbeitsmöglichkeiten höre."

„Das ist eine nette Geste, Miss Fox, aber Sie haben hier in London keine Freunde, wenn ich es richtig verstehe. Sie werden von keinen passenden Möglichkeiten hören."

„Stephen", schnappte Mr Hobart.

Ich schaute auf meine verschränkten Hände. Das lief überhaupt nicht gut. „Können wir stattdessen den Mord besprechen?", fragte ich und schaute wieder auf. „Das Thema finde ich appetitlicher."

Der Inspektor brummte. „Dann los."

„Hier wohnt ein Gast mit Namen Hookly." Ich erzählte dem Inspektor, wie ich Mrs Warricks Aussage gehört hatte, sie würden jemanden erkennen, und erklärte, warum ich erst gedacht hatte, sie würde über Mr Armitage sprechen. Dann führte ich aus, wie mein Verdacht zu Mr Duffield und Mr Hookly geschwenkt war.

„Ich habe herausgefunden, dass er in der Mordnacht einen Gast in seinem Zimmer hatte", fuhr ich fort. „Er bestellte zwei Mahlzeiten und Wein, die in sein Zimmer gebracht wurden. Mrs Warrick hat nicht im Speisesaal des Hotels zu Abend gegessen und das Hotel auch nicht verlassen, also vermute ich, dass *sie* dieser Gast war."

„Woher wissen Sie von den Mahlzeiten und dass sie das Hotel nicht verlassen hat?"

„Ich habe die Mitarbeiter gefragt."

„Sind das alle Ihre Beweise?"

„Da ist noch mehr. Ich wollte lieber noch etwas mehr über Mr Hookly herausfinden, deswegen habe ich mit der Polizeistation telefoniert, die seinem Wohnort am nächsten ist." Ich hielt es für besser, Peters Namen aus der Sache herauszuhalten, insbesondere in Anwesenheit seines Vorgesetzten. „Ich habe herausgefunden, dass Mr Hookly tot ist."

„Tot?", rief Mr Hobart. „Nein, ist er nicht. Ich habe ihn heute Morgen gesehen."

„Er ist vor zwei Monaten verstorben", erklärte ich. „Der Mr Hookly hier ist nicht der echte Mr Hookly."

Mr Hobart sank langsam auf einen Stuhl. „Mein Gott. Dann muss er der Mörder sein."

Der Inspektor hob die Hand. „Wie haben Sie die örtliche Polizei dazu bekommen, Ihnen das zu verraten, Miss Fox?" Er beugte sich vor, wobei er mich nicht aus den Augen ließ. Wenn er mich so ansah mit diesen stechend blauen Augen, wollte ich alles herausposaunen.

„Das möchte ich lieber nicht sagen."

„Hmmm."

„Und was halten Sie davon?", fragte ich. „Er ist es doch jetzt wert, befragt zu werden, nicht wahr?"

„Sehr sogar", stimmte Mr Hobart zu. „Mach dir keine Sorgen um Sir Ronald. Ich werde ihn beschwichtigen."

„Ich komme mit Bainbridge klar", sagte der Inspektor.

Mr Hobart sah seinen Bruder mit hochgezogenen Augenbrauen an. „Du scheinst gerade nicht sonderlich diplomatisch zu sein, Stephen."

Der Inspektor lehnte sich zurück und verschränkte die Hände auf seinem Bauch. „Ich werde sowieso noch niemanden befragen. Hookly ist nicht der Mörder."

„Warum nicht?", fragte ich. Als der Inspektor nicht antwortete, hakte ich nach. „Ist es der Todeszeitpunkt? Ich habe mir darüber auch schon Gedanken gemacht. Wie konnte Mr Hookly Mrs Warrick zur Dinner-Zeit in seinem Zimmer vergiftet haben, wenn sie erst viel später verstarb?"

Er betrachtete mich mit schmalen Augen. Ob es bedeutete, dass er genervt war von meinen dreisten Fragen oder beeindruckt, dass ich darauf gekommen war, konnte ich nicht einordnen.

„Wurde ein langsam wirkendes Gift verwendet?", fragte ich, als er nicht sofort antwortete.

„In ihrem Körper war genug Quecksilberzyanid, um sie sofort zu töten."

„Könnte der Todeszeitpunkt falsch sein?"

„Nein."

„Nicht einmal ein kleines bisschen?"

„Die Temperatur der Leiche weist darauf hin, dass der Tod zwischen drei und sechs Uhr eingetreten ist. Genauer können wir es nicht bestimmen." Er war definitiv genervt. Falls er zuvor beeindruckt gewesen war, war er es jetzt nicht mehr. Nicht mit so stark geschürzten Lippen.

„Könnte er ihr die Dose mit Gesichtscreme geschenkt haben und sie hat sie später aufgetragen?", fragte ich.

Er drehte seine Daumen. Nun, es wirkte eher wie ein Kampf.

„Wurde in der Dose Gift gefunden?", hakte ich nach.

Das Drehen stoppte und er stand auf. „Lassen Sie die Polizei die Polizeiarbeit machen, Miss Fox."

Ich zuckte bei seinem harschen Ton zusammen und senkte den Kopf. Er hatte Recht. Mit meiner unausgegorenen Theorie hatte ich seine Zeit verschwendet und wünschte nur, er würde mir sagen, warum er sie verworfen hatte. Aber die Polizei teilte der Öffentlichkeit keine solchen Details mit.

Er musste Mitleid mit mir gehabt oder seinen Tonfall bereut haben, denn seine nächsten Worte stellten meine Annahme auf den Kopf, die Polizei würde keine Informationen preisgeben. „Weder in der Dose Gesichtscreme noch in der Zahnpasta oder in der Wasserflasche wurde Gift gefunden. Nirgendwo in Mrs Warricks Zimmer wurde Gift gefunden. Da sie in ihrem Nachthemd im Bett gestorben ist, ist es unwahrscheinlich, dass sie das Gift an einem anderen Ort eingenommen hat, denn wie ich Ihnen bereits sagte, war in ihrem Körper genug Quecksilberzyanid, um sie augenblicklich zu töten."

„Was bedeutet, dass sie es nicht woanders hätte zu sich nehmen und ihr Zimmer zurückgehen können, um dort ihre normale Abendroutine abzuwickeln. Sie hätte große Schmerzen gehabt, nicht wahr?"

„Absolute Qualen."

Aus Mr Hobarts Kehle drang ein entsetztes Geräusch. „Arme Mrs Warrick."

„Also wurde die vergiftete Substanz aus ihrem Zimmer entfernt", sagte ich. „Der Täter hat sie mitgenommen, als er gegangen ist. Und da die Tür verschlossen war ..." *Oh Gott. Nein.*

„Der Täter ist ein Mitarbeiter", murmelte Mr Hobart, der kreidebleich wurde. „Stephen, warum hast du mir nichts davon gesagt?"

„Die Testergebnisse sind erst gestern eingetroffen. Seither habe ich die Aussagen der Mitarbeiter noch einmal durchgesiebt. Davon haben wir sehr viele."

„Nur wenige haben einen Schlüssel zu Mrs Warricks Zimmer."

„Kommen andere Mitarbeiter leicht an die Schlüssel ran?"

„Es ist möglich." Mr Hobart seufzte. „Leider wäre es nicht allzu schwer. Ich glaube nicht, dass Mrs Kettering ihren Schlüssel herausgeben würde. Ich habe Ersatzschlüssel für jedes Zimmer in der untersten Schublade meines Schreibtisches eingeschlossen. Die Hausmädchen haben außerdem Schlüssel für die

Zimmer, die sie reinigen müssen und sind strikt angewiesen, diese an niemanden weiterzugeben."

„Das heißt nicht, dass sie es nicht tun", sagte der Inspektor.

„Oder dass niemand Mrs Warricks Schlüssel gestohlen hat", fügte ich hinzu.

Mr Hobart rieb sich die Stirn. „Das ist grässlich."

„Heute können wir nichts mehr machen", versicherte der Inspektor ihm. „Ich gehe noch die Befragungen durch und sammle weitere Beweise."

„Welcher Art?", fragte ich. „Sollten Sie nicht so schnell wie möglich handeln? Vielleicht können Sie alle Verdächtigen nach Scotland Yard holen und sie dort befragen."

„Ich kann sie dort nicht festhalten, es sei denn, ich verhafte sie, und ich werde niemanden verhaften, bis ich Beweise habe. Das ist mich *meine* Art. Im Moment habe ich über einhundert Aussagen durchzulesen und Männer losgeschickt, die bei den hiesigen Lieferanten von Quecksilberzyanid nachhaken. Möchten Sie, dass ich sonst noch etwas tue, Miss Fox?"

„Das klingt, als wäre es genug", erwiderte ich kleinlaut.

„Ich kann nicht glauben, dass es ein Mitarbeiter ist", murmelte Mr Hobart. „Sie müssen herausragend sein, um hier zu arbeiten, die Besten der Besten. Ich habe alle Referenzen sorgfältig geprüft und Harry hat mit jedem von ihnen ein persönliches Vorstellungsgespräch geführt."

„Sie haben ihn hintergangen und die Referenzen gefälscht", sagte der Inspektor sachlich. „Harry hat zwar eine gute Menschenkenntnis, aber wenn einer von ihnen es darauf angelegt hat, ein falsches Bild abzugeben, würde er es nicht merken. Insbesondere, wenn er nicht nach einem Doppelspiel Ausschau hält."

„Wo wir gerade von Fälschungen sprechen", sagte ich. „Mr Hookly muss den Brief von Lord Addlington gefälscht haben. Werden Sie ihn deswegen konfrontieren, Mr Hobart?"

„Niemand wird irgendjemanden wegen irgendetwas konfrontieren", sagte der Inspektor.

„Heute nicht", sagte Mr Hobart sanfter. „Aber ich weiß nicht, wie der Brief hätte gefälscht werden können. Ich habe ihn mit einem anderen von Lord Addlington verglichen, den wir in den Akten haben. Die Handschrift passte."

Ich runzelte die Stirn. „Warum haben Sie das getan, wenn Sie Mr Hookly nicht im Verdacht hatten?"

„Ein Juwelier kam und erkundigte sich nach ihm. Er war besorgt, dass Mr Hookly London verlassen könnte, ohne seine sehr hohe Rechnung zu begleichen. Der Juwelier hatte Mr Hookly aufgrund von Lord Addlingtons Schreiben Kredit gewährt, verstehen Sie? Er kannte Lord Addlington ebenfalls gut, der scheinbar ein hervorragender Kunde ist, weswegen der Juwelier den Kredit ohne zu zögern gewährte. Aber je mehr Zeit verstrich und je mehr Schmuckstücke bestellt wurden, desto nervöser wurde er. Da die Stücke hierher gesandt wurden, kam er und fragte mich, ob ich für Mr Hooklys Charakter bürgen könne. Das konnte ich natürlich nicht. Nicht aus persönlicher Erfahrung, aber ich erwähnte Lord Addlingtons Schreiben, was mich zu dem gleichen Rückschluss führte wie Sie, Miss Fox. Vielleicht hatte Mr Hookly eine Nachricht auf unserem Hotelbriefpapier geschrieben und es mit Lord Addlingtons Namen unterschrieben. Ich bat Mr Hookly, mir das Schreiben noch einmal zu zeigen, verglich es mit dem Brief in unseren Akten und sah, dass Handschrift und Unterschrift identisch waren. Um ehrlich zu sein, war ich erleichtert. Nach dem Besuch des Juweliers war ich misstrauisch geworden. Mr Hookly hat sehr viel bei einigen sehr teuren Läden bestellt, was ungewöhnlich ist."

„Unter welchem Vorwand hast du Hookly gebeten, dir den Brief noch einmal zu geben?", fragte der Inspektor.

„Ich sagte ihm, dass ich Lord Addlingtons Adresse abschreiben müsse, weil unsere Abschrift stark verschmiert sei und wir ihm ein kleines Geburtstagsgeschenk schicken wollten."

Der Inspektor brummte zustimmend. „Gut gemacht, Alfred. Wir machen aus dir doch noch einen Detektiv."

„Das bezweifle ich. Ich hatte keine Ahnung, dass er nicht der echte Mr Hookly ist. Miss Fox ist von uns beiden die bessere Detektivin. Was glaubst du, wie es ihm gelungen ist, Lord Addlingtons Schreiben zu fälschen?"

„Oder es dem toten Mr Hookly zu stehlen?", fügte ich hinzu.

„Das kannst du ihn fragen, nachdem all das hier vorbei ist." Der Inspektor legte seine Hand auf den Türknauf. „Aber jetzt noch nicht. Ich möchte an keinem Käfig rütteln und den Mörder aufschrecken. Er soll nicht verschwinden, ehe wir wissen, wer es ist."

Mr Hobart packte die Schulter seines Bruders. „Danke für deine Diskretion, Stephen. Sir Ronald wird es zu schätzen wissen."

„Ich mache das nicht für ihn."

„Dann weiß *ich* es zu schätzen."

Der Blick des Inspektors wurde weicher, als er seinem Bruder zunickte. Die beiden sahen sich sehr ähnlich, doch ich entdeckte gerade, wie unterschiedlich sie charakterlich waren. Mr Hobart war auf jeden Fall der warmherzige, diplomatische Typ, während der Detective Inspector rauer war. Oder vielleicht benahm er sich nur mir gegenüber so, weil er noch immer auf mich sauer war wegen meiner Rolle bei der Entlassung seines Sohnes.

Der Detective und sein Kollege gingen so unauffällig, wie sie gekommen waren. Flossy und Tante Lilian waren noch immer im Foyer und plauderten mit Freunden. Sie schienen nichts zu bemerken. Ich folgte Mr Hobart zur Rezeption, wo er kurz die Anreisen mit Peter besprach.

Als er mich noch immer in der Nähe stehen sah, runzelte er die Stirn. „Kann ich noch etwas für Sie tun, Miss Fox?"

„Ich würde gern noch einmal meine Dienste anbieten. Lassen Sie mich Ihnen helfen."

Er seufzte. „Ich weiß Ihr Angebot zu schätzen. Wirklich. Und fassen Sie es nicht falsch auf, aber Sie wissen nicht genug darüber, wie das Hotel funktioniert, um mir eine Hilfe zu sein, und ich habe keine Zeit, es Ihnen beizubringen. Genauso wenig kann ich jemanden entbehren, der es Ihnen beibringt. Nicht heute. Vielleicht sollten Sie anfangen, sich für den Ball zurechtzumachen."

„Es ist mitten am Tag. Außerdem nehme ich nicht teil."

„Und enthalten den Gentlemen Ihre gute Gesellschaft vor? Das ist eine Schande."

Ich schnaufte ein Lachen heraus. „Nett gesagt, Mr Hobart."

Flossy entdeckte mich und winkte mich zu sich und Tante Lilian.

„Ich schätze, ich muss dann mal", sagte ich mit Widerwillen in jeder Silbe.

„Sie *können* tatsächlich helfen", sagte Mr Hobart enthusiastisch. „Sie können im Namen der Familie mit den Gästen sprechen. Ihre Tante wird bald ermüden und Miss Bainbridge bemüht sich, aber ihr fehlt ... wie soll ich es formulieren?"

„Kultivierte Konversation?"

„Sie ist sehr jung."

Sie war neunzehn, was nicht allzu jung war, aber ich korrigierte ihn nicht.

Stattdessen befolgte ich seinen Rat und wurde bald zum Mittagessen mit zwei jungen Frauen in Flossys Zimmer eingeladen. Sie stellte sie mir als ihre Freundinnen vor und während deren Mutter mit Tante Lilian in ihrer eigenen Suite aß, zogen wir vier uns in Flossys zurück.

Wir bestellten über das Sprachrohr Sandwiches und plauderten die nächste Stunde. Flossys Freundinnen waren nett, wollten jedoch ausschließlich über den Ball reden, was sie anziehen würden, wer dort sein würde und mit welchen Gentlemen sie tanzen wollten. Das war süß und unterhaltsam, aber nur bis zu einem gewissen Punkt.

Anstatt unhöflich zu sein und mich zu entschuldigen, blendete ich die Gespräche aus. Meine Gedanken wanderten natürlich zu dem Treffen mit Detective Inspector Hobart in Mr Hobarts Büro. Ich hatte meine Theorie über Mr Hookly für recht solide gehalten. Zu erfahren, dass dem nicht so war, war beunruhigend. Gott sei Dank hatte ich ihm gestern Abend nichts vorgeworfen. Seine Schuld bestand eventuell darin, sich als Mr Hookly auszugeben und mithilfe des gestohlenen Schreibens von Lord Addlington seine Schulden nicht zu bezahlen, aber er war kein Mörder.

Aber einer der Mitarbeiter war es. Das war eine besorgniserregende Wendung. Einige von ihnen waren schon fast zu Freunden geworden. Sie hatten mir sogar bei den Ermittlungen geholfen. Sie konnten es nicht sein, sonst wären sie nicht so ermutigend und unterstützend gewesen. Es gab allerdings noch sehr viele *andere* Mitarbeiter. Beinahe einhundert.

Und ich wusste von jemandem, der helfen konnte, Verdächtige in die engere Wahl zu ziehen. Jemand, der jeden einzelnen Angestellten gut kannte und der im Hotel nichts für den größten Anlass des Jahres vorzubereiten hatte.

Ich entschuldigte mich bei Flossy und ihren Freundinnen mit der Ausrede, dass ich eine Weile ausgehen müsse. „Ich werde vor dem Ball zurück sein", sagte ich zu ihr. „Ich möchte dir bei den Vorbereitungen helfen."

„Oder dich selbst zurechtmachen", sagte sie grinsend.

Wieder ging ich, ohne sie zu korrigieren. Den Ball hatte ich schon längst nicht mehr im Kopf. Ich war völlig auf den Mord fokussiert und darauf, Mr Armitage wiederzusehen. Diese Aussicht fand ich deutlich aufregender, als es sich für eine junge Frau gebührte. Tatsächlich war es das erste Mal seit Monaten, dass ich mich wieder auf etwas freute.

KAPITEL 12

Wenn ich wieder auf der Türschwelle mit Mr Armitage reden musste, dann war es eben so. Wenigstens regnete es diesmal nicht. Erst musste ich ihn allerdings zu Gesicht bekommen und das bedeutete, dass ich an seiner Mutter vorbeimusste. Nach meinem letzten Besuch war ich mir nicht so sicher, ob sie einem zweiten Treffen zustimmen würde.

„Sie sind mutig, sich wieder hierher zu wagen", sagte sie, als sie mir die Tür öffnete.

„Mancher würde sagen, ich hätte Nerven."

Ihr Blick wurde finsterer. „Warum sind Sie hier? Sie haben sich schon entschuldigt."

„Es geht um Hotelangelegenheiten. Dort sind heute alle sehr mit den Vorbereitungen für den Ball beschäftigt und ich muss mit jemandem über die Angestellten sprechen. Mir fällt niemand Besseres ein als Mr Armitage."

Sie verschränkte die Arme. „Er ist gerade erst nach Hause gekommen. Er war den ganzen Morgen auf der Suche nach Arbeit unterwegs und isst jetzt zu Mittag."

„Ich kann warten, bis er fertig ist. Sagen Sie ihm bitte, dass ich hier bin?"

Sie wirkte hin und her gerissen zwischen dem Bedürfnis, mich wegzuschicken, und ihrer Höflichkeit. Als die Falten um ihren Mund sich entspannten, wusste ich, dass ihre lang antrainierte gute Erziehung über das mütterliche Verlangen nach Vergeltung gesiegt hatte.

Sie verschwand und kurz darauf stand Mr Armitage im Türrahmen. Er trocknete sich die Hände an einem Handtuch ab. Eine Jacke trug er nicht, aber diesmal waren seine Hemdärmel an den Handgelenken zugeknöpft.

„Was für eine Überraschung, Sie wieder hier zu sehen, Miss Fox", sagte er und lehnte sich mit der Schulter an den Türrahmen. Es war unmöglich einzuschätzen, ob er seinen Ärger endlich losgeworden war oder ob ich noch mehr Sarkasmus aushalten musste.

Am besten wappnete ich mich für ein paar Seitenhiebe, damit er mich nicht überrumpeln konnte. „Es ist eine Situation eingetreten und ich brauche Ihre Hilfe."

„Ich kann Ihnen nicht helfen."

„Sie wissen doch noch gar nicht, worum es geht."

Er lächelte lediglich. Es war kein charmantes Lächeln. Er war definitiv noch sauer auf mich.

„Es geht um die Mitarbeiter", fuhr ich fort. „Ihr Vater glaubt, einer von ihnen ist der Mörder."

Er richtete sich auf. „Tut er das?"

„Er weiß aber noch nicht, wer es ist. Er ermittelt noch."

Die Falte auf seiner Stirn wurde tiefer. „Sie trauen ihm immer noch nicht, oder? Miss Fox, warum wollen Sie meine Familie weiter beleidigen?"

„Das tue ich doch gar nicht! Beleidigungen sind nicht meine Absicht. Ihr Vater ist sehr gründlich. Ich habe absolutes Vertrauen in seine Fähigkeiten und die von Scotland Yard." Ich schluckte. Sein wütender Blick war aufreibend. „Nur ist er vielleicht zu gründlich. Ich habe heute Morgen mit ihm gesprochen und er hat mir erzählt, dass er einen der Mitarbeiter für den Mörder hält."

„Dann bin ich sicher, dass er die betreffenden Angestellten noch einmal befragen wird."

„Das ist das Problem. Er hat die Liste der möglichen Verdächtigen überhaupt nicht eingegrenzt. Er liest alle Aussagen erneut durch und überprüft die Lieferanten von Quecksilberzyanid."

Er warf sich das Handtuch über die Schulter. Dass er weder die Tür schloss noch mich wegschickte, wertete ich als gutes Zeichen.

„Die Sache ist die", fuhr ich fort, „was ist, wenn der Mörder das Hotel verlässt, bevor der Inspektor zurückkommt, um die Angestellten zu befragen? Wenn es meine Ermittlungen wären, würde ich mit den Mitarbeitern sprechen, die Schlüssel für Mrs Warricks Zimmer hatten."

„Warum tut er das nicht?", sagte er mehr zu sich selbst als zu mir.

„Er behauptet, er müsse sorgfältig sein, bevor er jemanden anklagt. Ich glaube, das ist mein Fehler, weil ich bei einer lückenhaften Beweislage die falschen Schlüsse gezogen habe."

„Es gibt einige Dinge, an denen Sie schuld sind, Miss Fox, aber an der Gründlichkeit meines Vaters gewiss nicht." Er trat zur Seite. „Sie können genauso gut hereinkommen. Das wird sich nicht in ein paar Minuten erledigt haben."

Ich spähte in den Flur. „Sind Sie sicher?"

„Sie wird nicht beißen."

„Ihr Bellen bereitet mir größere Sorgen."

Er führte mich in ein gemütliches Wohnzimmer im vorderen Bereich des Hauses und warf einige Kohlen auf das Feuer. Ich setzte mich auf das Sofa, während er in einem der Sessel Platz nahm. Es war ein hübsches Zimmer, welches mich an das Haus meiner Großeltern mit seinen schweren Vorhängen und bestickten Kissen erinnerte. Der kleine Raum war vollgestopft mit Schnickschnack, Möbeln und Familienbildern, wodurch er noch kleiner wirkte.

„Sind Sie das?", fragte ich und nahm eine gerahmte Fotografie eines jüngeren Inspektors und Mrs Hobart zur Hand. Hinter den beiden stand ein hochgeschossener Junge. Es war eindeutig Mr Armitage, nur mit längeren Haaren und einem weicheren Kinn. Obwohl er schon groß war, schätzte ich ihn auf nicht älter als vierzehn oder so.

Er pflückte mir den Rahmen aus der Hand und stellte ihn auf den Tisch. „Wechseln Sie nicht das Thema. Sie sagten, mein Vater glaubt, einer der Angestellten sei der Mörder, aber bis er weitere Beweise hat, wird er keinen von ihnen erneut befragen."

„Ich habe mich gefragt, ob er sich aus Rücksicht auf Ihren Onkel bis nach dem Ball heute Abend zurückhält."

„Mein Onkel würde ihn nicht darum bitten."

„Würde Ihr Vater es trotzdem tun? Insbesondere da er weiß, wie sehr Mr Hobart unter Druck steht, da er keinen Stellvertreter mehr hat?"

„Ganz zu schweigen von dem Wissen, dass mein Onkel das Gefühl hat, Sir Ronald etwas schuldig zu sein, weil er ihm seinen Job zurückgegeben hat", fügte Mr Armitage hinzu.

Daran hatte ich nicht gedacht. Es war möglich, dass Mr Hobart sich schuldig fühlte und deswegen für Onkel Ronald extra dienstbeflissen und effizient sein wollte. Da war es nur verständlich, dass der Detective die Dinge für seinen Bruder etwas leichter machen wollte.

Mr Armitage trommelte mit den Fingern auf die Sessellehne, hörte jedoch damit auf, als seine Mutter hereinkam. Mrs Hobart ignorierte mich und marschierte zu ihrem Sohn. Sie schnappte sich das Handtuch von seiner Schulter und wandte sich dann an mich.

„Ich würde Ihnen ja Tee anbieten, aber der ist uns ausgegangen." Dann marschierte sie wieder hinaus, das Handtuch in der Faust zerknüllt.

„Wenigstens hat sie mich nicht hinausgeworfen", sagte ich seufzend.

Mr Armitage schien den Schlagabtausch nicht bemerkt zu haben, sondern war in Gedanken. „Warum glaubt mein Vater, dass einer der Angestellten der Mörder ist?"

Ich erzählte ihm, dass in Mrs Warricks Zimmer kein Gift gefunden worden war und dass sie es nicht woanders hätte einnehmen und in ihr Zimmer zurückkehren, sich umziehen und ins Bett gehen können, als wäre nichts.

„Ihre Tür war abgeschlossen", beendete ich meinen Bericht. „Edith musste sie mit dem Schlüssel öffnen."

„Also hätte es nur jemand mit einem Schlüssel tun können."

„Nach der Temperatur der Leiche zwischen drei und sechs Uhr morgens", ergänzte ich.

„Mein Onkel und ich haben Zugriff auf seinen Ersatzschlüsselbund", fuhr Mr Armitage fort. „Er hätte es bemerkt, wäre er verschwunden. Mrs Kettering hat einen Satz und das Hausmädchen, das an dem Tag das Zimmer putzen muss, ebenfalls. Möglicherweise wurde entweder der oder Mrs Ketterings gestohlen, ohne dass sie es gemeldet haben. Oder sie haben es nicht bemerkt, ehe der Schlüssel zurückgebracht wurde."

„In Anbetracht der Tatsache, dass Mrs Warrick vergiftet wurde, während sie schliefen, halte ich es für wahrscheinlich. Ich habe Edith kennengelernt", sagte ich. „Sie scheint nett zu sein, ist aber auch etwas nervös. Ich kann mir nicht vorstellen, dass sie jemanden umbringt."

„Ich auch nicht. Mit den Hausmädchen habe ich nicht viel zu tun, aber ich erinnere mich an ihr Vorstellungsgespräch mit Mrs Kettering zusammen. Da fand ich sie schüchtern. Nicht die Sorte, die zu einem Mord fähig ist."

„Und Mrs Kettering?"

„Das Gegenteil von Edith. Sie ist den Hausmädchen gegenüber herrisch und nicht sonderlich beliebt. Allerdings arbeitet sie hart und ist schon seit Jahren im Hotel. Mir fällt kein Grund ein, warum sie Mrs Warrick töten sollte."

„Das könnte man über alle Mitarbeiter sagen", machte ich deutlich. „Aber nicht über alle Gäste."

Sein Blick wurde scharf und richtete sich auf mich, intensiv und unerwartet. „Sie sagten, Mrs Warrick hätte an dem Nachmittag einen von zwei anderen Gästen gemeint haben können. Abgesehen von mir."

„Der Inspektor glaubt nicht, dass ein Gast es getan hat. Es musste jemand sein, der Zugriff auf Mrs Warricks Schlüssel hatte."

„Es sei denn, einer von *denen* hat ihren Schlüssel gestohlen."

„Oh, ja vermutlich." Ich hatte angenommen, ein anderer Mitarbeiter hätte den Schlüssel gestohlen, aber es gab keinen Grund, warum ein Gast das nicht auch hätte tun können.

Er warf mir einen selbstzufriedenen Blick zu. „Daran hatten Sie nicht gedacht, nicht wahr?"

Ich war mir ziemlich sicher, dass er mit voller Absicht stichelte. „Ihr Vater auch nicht, glaube ich."

„Da wette ich, dass er sehr wohl dran gedacht und es vorgezogen hat, es Ihnen nicht zu sagen. Er teilt anderen nicht alles mit, was er denkt."

„Anderen oder nur mir?", fragte ich und rief mir die kühle Begrüßung des Inspektors in Erinnerung.

Mr Armitage ignorierte die Bemerkung. „Wir müssen herausfinden, welcher der beiden Gäste ein Motiv hat, Mrs Warrick zu töten."

„Das habe ich bereits." Jetzt war ich an der Reihe, selbstzufrieden zu gucken.

„Das hier ist kein Wettbewerb, Miss Fox."

„Dann hören Sie auf, sich so zu benehmen, Mr Armitage."

„Erzählen Sie mir einfach von den beiden Gästen."

Ich lehnte mich im Sofa zurück. Das würde eine Weile dauern. „Mr Duffield lebt in der Nähe von Mrs Warrick, also ist es nur natürlich anzunehmen, dass die beiden einander kennen. Weitere Nachforschungen haben ergeben, dass er sich in finanziellen Schwierigkeiten befindet."

„In sehr großen Schwierigkeiten, wenn er Tratsch über das Hotel an die Regenbogenpresse verkaufen muss."

„Ich dachte, er hätte möglicherweise auch Tratsch über seine Freunde verkauft, vielleicht sogar über sie, aber das würde *ihr* ein Motiv geben, *ihn* umzubringen, nicht umgekehrt. Daher nahm ich an, dass sie bereits von seinen finanziellen Schwierigkeiten wusste und überlegte, wie er in einem teuren Hotel wohnen konnte, sofern sie überhaupt von ihm sprach."

„Er ist wahrscheinlich beim Ball auf der Jagd nach einer wohlhabenden Ehefrau", sagte er.

„Das glaubt Mr Hobart auch. Was Sinn ergibt, da Mr Duffield nicht bis zum Nachtisch blieb, nachdem er mit Mr Chapman über mich gesprochen hatte."

„Sie haben mit Mr Duffield gegessen? Warum?"

„Um mehr über ihn herauszufinden natürlich."

„Indem Sie mit ihm flirten", sagte er platt.

„Ich brauchte nicht zu flirten. Er zeigte sich nur so lange interessiert, bis er von Mr Chapman erfuhr, dass ich deswegen im Hotel wohne, weil auch ich finanzielle Schwierigkeiten habe."

„Schwierigkeiten?" Er brummte.

Ich überhörte es und machte weiter. „Ich fand heraus, dass Mr Duffields Familie das Familienanwesen verkauft hat und er in ein Cottage gezogen ist. So erniedrigend das für ihn auch sein muss, glaube ich nicht, dass es als Mordgrund ausreicht, um jemanden zum Schweigen zu bringen."

„Dem stimme ich zu. Was ist mit dem zweiten Gast, von dem Sie glauben, Mrs Warrick hätte ihn an dem Nachmittag erkannt?"

„Mr Hookly."

„Hookly?" Er lachte leise. „Wollen Sie mir etwa weismachen, dass Sie mit ihm im Raucherzimmer geflirtet haben, um ihm Informationen zu entlocken?"

„Noch einmal, ich habe *nicht* geflirtet", sagte ich gepresst.

„Ich bin mir ziemlich sicher, dass er das anders sah."

In mir sträubte sich alles. „Ich war nur aus einem Grund im Raucherzimmer—damit ich mit ihm reden konnte."

„Also probten Sie keinen Aufstand gegen Ihren Onkel?"

„Nein! Ich bin dreiundzwanzig, Mr Armitage, nicht fünfzehn. Jedenfalls habe ich durch unterschwellige Befragung—kein Flirten—herausgefunden, dass Mr Hookly kürzlich aus Südafrika zurückgekehrt ist, nachdem er dort seine Mine verkauft hat."

„Das weiß ich alles."

„Aber Sie wissen nicht, dass Mr Hookly tot ist. Der echte Hookly, um genau zu sein."

Es war unglaublich befriedigend, den schockierten Ausdruck auf seinem Gesicht zu sehen. „Wie haben Sie das herausgefunden?"

„Durch kluge Rückschlüsse."

„Sie haben die Adresse im Reservierungsbuch angerufen, nicht wahr? Erinnern Sie mich daran, dass ich mit Peter mal über —" Er brach ab, da er vergessen hatte, dass er nicht mehr im Hotel arbeitete. „Es spielt keine Rolle, ob Mrs Warrick wusste, dass der echte Mr Hookly tot war", fuhr er fort. „Sie wäre überrascht gewesen, seinen Geist zu sehen, wäre der aufgetaucht, aber den Schwindler hätte sie nicht erkannt."

„Es sei denn, sie hat ihn doch erkannt. Vielleicht wusste sie, dass er nicht der Typ für Luxushotels war. Oder sie wusste, dass er noch in Afrika hätte sein sollen, nicht hier in London. Selbst wenn er über seine Mine dort die Wahrheit gesagt hat, könnte er trotzdem über andere Aspekte seines Lebens gelogen haben."

Er rieb sich die Stirn. „So ganz passt es nicht zusammen. Beinahe, aber es gibt Lücken."

Ich seufzte. „Ich weiß. Ich glaube nicht, dass er finanziell so gut dasteht, wie er vorgibt, und er benutzt Lord Addlingtons Empfehlungsschreiben, um sich auf Pump teure Kleidung und Schmuck zu kaufen."

„Er bekommt in der Tat sehr viele Pakete geliefert."

„Lord Addlingtons Schreiben ist aber echt. Ihr Onkel hat die Handschrift mit einem Brief seiner Lordschaft verglichen, der sich in den Akten befindet."

Mr Armitage nickte langsam. „Der Schwindler könnte ihn dem toten Mr Hookly gestohlen haben. Ich weiß, dass der falsche Mr Hookly beim Ball mit einem anderen Gast sprechen möchte, der ebenfalls teilnehmen wird. Er hat mich mehrmals nach ihm gefragt, um sicherzugehen, dass er auch kommt."

„Wer?"

„Ein Bankier, der dafür bekannt ist, seinen Freunden Darlehen für ihre Geschäfte zu großzügigen Konditionen zu gewähren."

„Ist der ein Freund von Lord Addlington?"

Mr Armitages Lippen verzogen sich zu einem triumphierenden Lächeln. „Ich glaube, Sie haben gerade Ihr Motiv gefunden. Lord Addlington ist mit allen befreundet, die eine Rolle spielen. Es ist denkbar, dass der falsche Mr Hookly dem Bankier heute Abend beim Ball das Schreiben zeigen und ihn um ein Darlehen bitten wird."

„Ein Darlehen, das er nicht zurückzahlen muss, weil der Bankier ihn niemals finden wird, da Mr Hookly verstorben ist."

Er schoss auf die Füße und streckte mir die Hand entgegen. „Wir müssen zurück zum Hotel."

Ich zögerte, überrascht von der angebotenen Hand. Hatte er mir schon vergeben oder in seiner Aufregung, den Fall zu lösen, nur alles vergessen? Vielleicht war ihm Höflichkeit so in Fleisch und Blut übergegangen, dass es einfach die Geste eines wohlerzogenen Mannes war.

Mein Zögern kam mich teuer zu stehen, denn er zog die Hand zurück, bevor ich sie nehmen konnte. Er ging hinaus, wo ich ihn in einem anderen Raum mit seiner Mutter reden hörte.

Seufzend stand ich auf. Das nächste Mal würde ich nicht so lange überlegen, was eine angebotene Hand wohl bedeutete. Manchmal war es eben nichts weiter als Höflichkeit.

Im Flur traf ich auf ihn, wie er sich die Jacke zuknöpfte. Er nahm Hut und Mantel von der Garderobe und öffnete mir die Tür.

„Was haben Sie Ihrer Mutter gesagt?", fragte ich.

„Dass ich meinem Vater sofort etwas mitteilen muss, das ihm helfen könnte, den Mordfall zu lösen."

„Wir fahren zu Scotland Yard?"

„Ohne Beweise?", höhnte er. „Ohne etwas in der Hand wird er unsere Theorie nicht akzeptieren."

„Er würde nicht wollen, dass wir Mr Hookly konfrontieren."

„Das werden wir auch nicht. Wir werden ihm um jeden Preis aus dem Weg gehen." Er klappte seinen Mantelkragen hoch und steckte die Hände in die Taschen. „Wir werden herausfinden, ob möglicherweise in der Nacht des Mordes ein Schlüssel zu Mrs Warricks Zimmer hätte verschwinden können. Unsere gesamte Theorie hängte an der Frage, ob Mr Hookly ihn hätte stehlen können."

„Der falsche Mr Hookly." Ich beeilte mich, um mit seinen langen Schritten mithalten zu können. „Ich frage mich, wer er wirklich ist und ob er tatsächlich gerade aus Afrika zurückgekommen ist."

„Falls ja, bezweifle ich, dass er vor kurzem eine Goldmine in der Nähe von Kapstadt verkauft hat, denn dann würde er nicht versuchen, alle zu beschwindeln."

„In der Nähe von Kapstadt?"

„Das hat er mir gesagt."

Ich blieb stehen. Als er es merkte, hielt er ebenfalls an. „Er ist überhaupt nicht aus Südafrika gekommen! Sonst wüsste er, dass die Minen alle weiter nördlich sind, mehrere Tagesreisen von Kapstadt entfernt."

„Woher wissen *Sie* das?"

„Ich habe es in einem Buch gelesen, das ich mir aus der Hotelbibliothek ausgeliehen habe."

Er lächelte, als wir wieder weitergingen. „Ihr verfluchter Besuch in der Bibliothek", murmelte er.

Ich warf ihm einen Seitenblick zu. „Was meinen Sie damit?"

Er hüllte sich in Schweigen.

„Mr Armitage, wenn Sie mir nicht antworten, werde ich Ihrer Mutter verraten, dass Sie gerade vor einer Lady einen vulgären Ausdruck benutzt haben."

„Ich dachte, Sie wären der Silberdieb."

Ich brach in Gelächter aus.

Er lächelte ebenfalls, aber mit einem gewissen Maß an Verdruss auf seinen schief gezogenen Lippen. „Ich dachte, Sie würden in der Lounge herumschnüffeln. Im Rückblick hätten Sie natürlich nicht die Diebin sein können. Sie sind ja erst angekommen, nachdem die Diebstähle angefangen hatten."

„Warum sollte ich meinen Onkel bestehlen?"

„Ich dachte, Sie machen gern Ärger."

Wieder lachte ich. „Das ist ja dreist. Da strafen Sie mich ab, weil ich Sie verdächtigt habe, dabei haben Sie mich die ganze Zeit für eine Diebin gehalten."

„Erstens *strafe* ich Sie nicht ab. Jegliche Schuld, die Sie empfinden, haben Sie ganz allein verursacht. Außer vielleicht noch meine Mutter."

„Und Ihr Vater. Sie haben sehr loyale Eltern."

„Zweitens habe ich Ihnen nie etwas vorgeworfen. Drittens haben Sie mich des Mordes bezichtigt, Miss Fox. Ich dachte nur, Sie wären eine Unruhestifterin. Und schließlich habe ich aufgrund Ihrer wilden Theorie meine Arbeitsstelle verloren."

„Sie war vielleicht wild, aber wenigstens nicht dumm."

Er schüttelte den Kopf und schnaufte. Mir war nicht ganz klar, ob er amüsiert oder entnervt war. Vielleicht beides.

Die Zugfahrt, gefolgt von einer Fahrt in der Droschke zurück zum Hotel, erschien mir endlos mit reichlich unangenehmem Schweigen zwischen uns. Unser lockeres Geplänkel wurde höflich und langweilig; er fragte mich nach Cambridge, ich ihn nach London. Empfindliche Themen wie seine Kindheit, meine Familie und wo er Arbeit finden würde, mieden wir.

Ich war so erleichtert, das Hotel zu sehen, dass ich aus der Kutsche stieg, ohne darauf zu warten, dass Frank mir die Tür öffnete.

„Mr Armitage!", sagte der Portier. „Was machen Sie hier, Sir? Und dazu mit Miss Fox ..." Sein neugieriger Blick sprang zwischen mir und Mr Armitage hin und her.

Ich lächelte nur.

Mr Armitage legte einen Finger auf die Lippen. „Nichts verraten. Ich bin gekommen, um mit meinem Onkel zu sprechen."

„Und ich möchte meinen sehen", sagte ich—und meinte es auch so. Wenn Onkel Ronald gut gelaunt war, weil die Pläne für den Ball reibungslos liefen, würde ich ihn noch einmal fragen, ob er Mr Armitage nicht doch wieder einstellen wollte.

„Warum müssen Sie mit Sir Ronald sprechen?", fragte Mr Armitage, als wir das Foyer betraten. „Wenn es wegen mir ist, ich meinte es neulich ernst. Meine alte Position werde ich nicht wieder annehmen, selbst wenn er darum bettelt."

„Oh", sagte ich atemlos. „Ist es nicht wundervoll?"

Ich drehte mich um mich selbst, um all die Dekorationen des Foyers in mich aufzunehmen. Ein halbes Dutzend großer Palmen sorgte für etwas Grün, während Girlanden aus frischen Blumen und Blättern die Tresen und Türrahmen schmückten. Bei näherer Betrachtung zeigte sich, dass in jede Girlande eine Reihe kleiner Glühbirnen eingebettet waren. Wenn es dunkel wurde, würde es zauberhaft aussehen.

„Ist es nicht wunderschön, Mr Armitage?", fragte ich wieder.

Doch er war weitergegangen und sprach mit Mr Hobart im Eingang zur Lounge des Speisesaals. Ich folgte, wurde aber von Goliath aufgehalten.

„Kommt Mr Armitage für immer zurück?", fragte er.

„Es ist nur ein kurzer Besuch", sagte ich. „Haben Sie Mrs Kettering gesehen? Ist sie in ihrem Büro?"

„Ich glaube schon."

„Es wirkt gar nicht mehr so geschäftig." Einige Herren plauderten noch miteinander, doch nur wenige Damen. „Sind alle angekommen, die über Nacht für den Ball bleiben?"

„Die meisten. Die Frauen haben sich in ihre Zimmer zurückgezogen, um sich hübsch zu machen." Er schüttelte den Kopf. „Ich weiß nicht, wieso ihr Ladys so lange braucht, um einen Rock anzuziehen."

Mr Armitage durchquerte das Foyer und stellte sich zu uns. „Goliath, geh und hilf Mr Hobart. Er braucht jemanden im Speisesaal, der groß ist."

„Für heute ist es der Ballsaal, Sir." Goliath grinste. „Schön, Sie wieder zu haben, Sir."

„Ich bin nicht zurück", sagte Mr Armitage, während Goliath wegging.

„Mrs Kettering ist in ihrem Büro", informierte ich ihn. „Sollen wir erst mit ihr sprechen und dann Edith suchen?"

„Ich habe gerade mit meinem Onkel Rücksprache gehalten", sagte er, während wir uns auf den Weg zum Bürotrakt machten. „Er besteht darauf, dass seine Ersatzschlüssel nicht angerührt wurden, weder in jener Nacht noch in sonst einer. Sie werden in einer verschlossenen Schublade aufbewahrt, zu der nur er und ich die Schlüssel haben. Meiner ging nicht verloren und er trägt seinen immer bei sich. An dem Schloss der Schublade hat sich niemand zu schaffen gemacht."

„Haben Sie ihm gesagt, dass wir in dem Mordfall ermitteln?"

„Nein. Er wollte nicht wissen, warum ich nach dem Schlüssel gefragt habe. Er steht gerade unter sehr viel Druck und konzentriert sich nur darauf, dass der Ball glatt läuft.'"

Mrs Kettering genoss gerade eine Tasse Tee, während sie einige Papiere durchsah. Ihre zusammengezogenen Augenbrauen verrieten, dass sie ungehalten war. Oder vielleicht war das auch ihre normale Stellung. So genau kannte ich sie nicht, um zu wissen, ob sie je anders als ungehalten aussah.

„Wir müssen Ihnen einige Fragen zu Ihrem Satz von Zimmerschlüsseln stellen", fing Mr Armitage an. „Ist es möglich, dass einer in der Nacht von Mrs Warricks Mord fehlte?"

Sie blinzelte hektisch. „Warum stellen Sie Fragen über den Mord? Sie sind kein Polizist."

„Wir helfen der Polizei", sagte er.

„Unsinn. Scotland Yard zieht keine Helfer aus der Öffentlichkeit zurate." Sie nahm einen Bleistift zur Hand. „Ich muss Ihre Fragen nicht beantworten, Mr Armitage. Sie sind nicht länger der stellvertretende Direktor."

Ich öffnete den Mund, um mit dem Namen meines Onkels zu drohen, aber Mr Armitage kam mir zuvor. „Ich arbeite als Privatermittler auf Mr Hobarts Wunsch. Sie können ihn fragen, wenn Sie möchten. Er ist in der Lounge. Aber beeilen Sie sich, er ist sehr beschäftigt, wie Sie sich vorstellen können."

Ihre Nasenflügel bebten. „Keiner meiner Schlüssel fehlte, weder in jener Nacht noch in sonst einer. Ich habe nicht die Angewohnheit, sie zu verlieren."

„Hätte jemand einen ohne Ihr Wissen stehlen und wieder zurückbringen können?"

„Nein", knurrte sie.

„Wo bewahren Sie Ihre Schlüssel auf?", fragte ich.

Wieder bebten ihre Nasenflügel. „Weiß Sir Ronald, dass Sie die Angestellten verhören, Miss Fox?"

„Das hier ist kein Verhör", sagte ich ruhig. „Wir versuchen lediglich, einem Rätsel auf den Grund zu gehen. Es besteht keine Veranlassung für Sie, sich angegriffen zu fühlen. Es sei denn, Sie haben etwas zu verbergen, natürlich." Ich hoffte, dass Ehrlichkeit und Direktheit zu ihr durchdringen würden. Sie schien jemand zu sein, der Offenheit zu schätzen wusste.

Oder sie warf uns hinaus.

„Sie werden ständig in dieser abgeschlossenen Kiste dort aufbewahrt." Sie zeigte auf eine Holzkiste im Regal hinter sich. „Ich trage den Schlüssel bei mir." Sie ging die Schlüssel an ihrer Schlüsselkette durch, bis sie den richtigen gefunden hatte, mit dem sie die Kiste öffnete. „Diese Schlüssel nehme ich nachts mit in mein Zimmer und schließe die Tür ab, wenn ich schlafe." Sie knallte den Deckel der Kiste zu. „Zufrieden?"

„Danke für Ihre Mithilfe", sagte ich. „Wir müssen alle Schlüssel überprüfen, wie Sie sicher verstehen werden."

Sie kniff die Lippen zusammen.

„War Edith das einzige Hausmädchen mit einem Schlüssel zu Mrs Warricks Zimmer?", fragte Mr Armitage.

„Ja. Werden Sie sie jetzt befragen?"

Weder Mr Armitage noch ich antworteten.

„Sollten Sie sie finden, sagen Sie ihr, dass sie Lady Royston beim Frisieren helfen soll."

„Sie ist verschwunden?", fragte ich.

„Nicht verschwunden, nur nicht dort, wo sie sein sollte. Typisch für Mädchen wie sie", fügte sie leiser hinzu.

Ich war froh, die Höhle des Drachen hinter mir zu lassen, aber es schien, als würden unsere Ermittlungen ins Leere laufen, wenn wir Edith nicht fanden. Noch größere Sorge bereitete mir, dass es ihr Schlüssel sein konnte, der gestohlen worden war. Wenn Mrs Kettering und Mr Hobart es herausfanden, würde sie ihre Stellung verlieren, selbst wenn es nicht ihre Schuld war.

„Wir fangen mit dem Aufenthaltsraum der Mitarbeiter an", sagte Mr Armitage auf meine unausgesprochene Frage hin, wo wir Edith suchen sollten.

Allerdings war der Aufenthaltsraum leer. Da alle Dienstmädchen damit beschäftigt waren, den Ladys bei den Vorbereitungen für den Ball zu helfen, und alle Pagen den neu angereisten Gästen mit ihrem Gepäck halfen, war das wenig überraschend. Doch wo sollten wir nach Edith suchen? Sie konnte überall sein oder gar nicht im Hotel.

Mr Armitage berührte eine Teekanne, die zurückgelassen worden war. „Sie ist noch warm."

Ich nahm zwei Tassen aus dem Schrank und er schenkte ein. Mit der Tasse in der Hand setzte ich mich. „Etwas, was Mrs Kettering gesagt hat, hat mich nachdenklich gemacht. Sie sagte Mädchen wie Edith. Ich schätze, sie meinte schüchterne, nervöse Mädchen."

Mr Armitage zuckte mit den Schultern. „Weiter."

„Aufgrund ihrer Persönlichkeit lässt Edith sich leichter einschüchtern als jemand wie Mrs Kettering. Der Mörder musste ihr den Schlüssel vielleicht gar nicht stehlen. Er hätte sie einfach bedrängen können, bis sie ihn hergab."

Er nickte nachdenklich.

Jetzt, da ich sie laut ausgesprochen hatte, zweifelte ich jedoch an meiner Theorie. „Aber Edith hat Freunde unter den Angestellten. Wenn ein Gast sie bedrängt hätte, hätte sie einem der anderen Mädchen davon erzählt. Sie scheint Harmony zu vertrauen."

„Stimmt", sagte er. „Und wie ich Harmony kenne, hätte sie Edith ermutigt, es sofort Mrs Kettering zu erzählen."

„Wenn nicht sofort, dann wäre sie nach dem Mord damit herausgerückt. Sie ist vielleicht schüchtern, aber nicht dämlich. Also sind wir doch wieder bei der Theorie mit dem gestohlenen Schlüssel.

Mr Armitages Teetasse klapperte auf der Untertasse. „Es sei denn, Edith ist in ihn verliebt."

„In den Mörder? Seien Sie nicht albern."

„Es ist denkbar, insbesondere wenn man weiß, was ich weiß."

Ich zog die Augenbrauen hoch. „Das wäre?"

„Wir nahmen beide an, Mrs Kettering meinte Ediths Schüchternheit, als sie Mädchen wie sie sagte. Aber wenn sie das Hausmädchen ist, das Mrs Kettering verdächtigt, eine Affäre mit einem Gast zu haben, dann bekommt ihre Äußerung eine andere Bedeutung."

„Edith soll eine Affäre haben? Mit einem der Gäste?" Ich schnaufte. „Kommen Sie, Mr Armitage, Sie kennen sie. Sie ist ein schüchternes kleines Ding. Es fällt ihr ja schon schwer, mit mir Blickkontakt aufzunehmen, und ich bin eine Frau. Ich sage es nur ungern, aber Männer beachten solche Mädchen in der Regel nicht."

„Nur, weil sie eine graue Maus ist, bedeutet das nicht, dass sie keinen Liebhaber haben kann", sagte er.

Je mehr ich darüber nachdachte, desto besser gefiel mir seine Theorie, allerdings aus anderen Gründen. „Er hat sie genau deswegen verführt, weil er weiß, dass Mädchen wie Edith die Aufmerksamkeit genießen würden. Sie hat sich vermutlich sogar sehr danach gesehnt. Wenn er ihr nette Komplimente gemacht und ihr ein gutes Leben versprochen hat, wo sie nicht mehr als Dienstmädchen arbeiten muss, hätte sie den Köder mitsamt Haken geschluckt. Es ist eine traurige Tatsache, dass schüchterne Mädchen für skrupellose Männer leichte Beute sind."

„Was Hookly ganz klar ist."

„Sind Sie sicher, dass Edith das Mädchen ist, das Mrs Kettering verdächtigt?", fragte ich.

„Sie hat sie mir gegenüber nie namentlich erwähnt, aber wir können sie jetzt fragen."

Wir stellten unsere Tassen gleichzeitig ab und eilten aus dem Aufenthaltsraum quer durch das Foyer zurück zu Mrs Ketterings Büro. Sie war nicht mehr dort.

Mr Armitage hämmerte gegen den Türrahmen. „Verdammt."

Ich seufzte. „Jetzt müssen wir zwei Leute finden."

„Ich erinnere mich daran, wie Mrs Kettering mir von dem Dienstmädchen erzählte, das sie im falschen Stockwerk erwischt hatte und wie sie davon ausging, dass sie mit einem der Gäste eine Liaison habe. Damals meinte ich, das Mädchen wäre versehentlich ins falsche Stockwerk gegangen, aber sie bestand darauf, dass mehr dahintersteckte."

Ich runzelte die Stirn, denn mir fiel das Gespräch zweier Frauen ein, das ich mit angehört hatte. „In welchem Stockwerk wohnt Mr Hookly noch mal?"

„Im fünften. Warum?"

Ich sah ihn an. „Weil Mrs Kettering Edith im Treppenhaus konfrontiert hat, als sie beide am Tag des Mordes aus dem fünften Stock kamen. Mrs Kettering sagte zu Edith, dass sie im zweiten Stock hätte sein sollen, um die Betten aufzuschlagen. Edith lieferte eine fadenscheinige Ausrede und behauptete, sie hätte sich verzählt. Sie hat eindeutig gelogen."

Mr Armitage erwiderte meinen Blick mit gerunzelter Stirn. „Sind Sie sicher, dass Mrs Kettering ihr sagte, es wäre Zeit, die Betten aufzuschlagen? Und es war an Heiligabend?"

„Ja, der Tag, an dem ich hier ankam. Warum?"

„Weil Mrs Kettering eigentlich den ganzen Nachmittag im Speisesaal hätte sein sollen, um die Leinenvorräte zu überprüfen, damit für das Mittagessen am nächsten Tag genug Servietten und Tischtücher zur Verfügung standen."

„Sie glauben, *sie* hatte ein Rendezvous mit Mr Hookly?" Ich verzog das Gesicht. „Das ist nicht völlig unmöglich, schätze ich. Sie war außerdem ganz in der Nähe von Mrs Warricks Zimmer am Morgen des Mordes. Edith sagte, sie wäre ihr schnell über den Weg gelaufen. Sie könnte die Täterin sein und sich in der

Nähe aufgehalten haben, um die Folgen zu beobachten." Ich schüttelte den Kopf. „Trotzdem kann ich mir nicht vorstellen, dass der alte Drache sich einen Liebhaber angelacht hat."

„Nicht Mrs Kettering. Ich glaube, Edith hatte eine Liaison mit Hookly. Aber Mrs Kettering ist die Silberdiebin und sie versteckt die gestohlenen Teile irgendwo im fünften Stock, bevor sie sie aus dem Hotel schmuggelt."

KAPITEL 13

„Ich hatte entweder Mrs Kettering oder Mr Chapman als Dieb im Verdacht", sagte Mr Armitage, „muss aber gestehen, dass ich Chapman bevorzugt habe. Er hat mehr Zugriff auf das Besteck als Mrs Kettering und mich noch nie leiden können."

Das war ein so merkwürdiger Rückschluss, dass ich ein Auflachen nicht verhindern konnte. „Verdächtigen Sie jeden des Diebstahls, der Sie nicht mag?"

Seine Augen wurden schmal. „Das bezog sich auf seinen Charakter. Jeder mag mich. Ich bin sehr liebenswert."

„Wenn Sie wollen."

„Was soll denn das heißen?"

„Können wir uns auf das Wesentliche konzentrieren? Nämlich den Mord?"

„Ich glaube, der Diebstahl sollte unsere Aufgabe werden. Bei dem Mord sind wir in eine Sackgasse geraten, da wir nicht wissen, wo wir Edith finden. Wir rufen meinen Vater an und erzählen ihm, was wir über sie und ihre mögliche Beziehung zu Hookly wissen." Er marschierte in Richtung Foyer davon.

Ich hob meine Röcke an und rannte ihm nach. „Ich glaube nicht, dass sie etwas von dem Mord wusste."

„Warum nicht?"

„Weil Edith um sieben Uhr mit einer Tasse Tee vor Mrs

Warricks Zimmer stand. Hätte sie gewusst, dass Mr Hookly Mrs Warrick in der Nacht umbringt, wäre sie dann am nächsten Morgen überhaupt hingegangen?"

„Wenn sie unschuldig wirken wollte, hätte sie ihre Routine beibehalten."

„Aber der Gast im Zimmer gegenüber, der sie gesehen hat, sprach nicht davon, dass sie nervös war. Jedenfalls nicht, soweit wir wissen. Wir haben bereits festgestellt, dass sie zur Nervosität neigt."

„Vielleicht hat er nichts dazu gesagt, weil er nicht danach gefragt wurde. Oder er hat es möglicherweise meinem Vater gegenüber erwähnt." Er betrat die Lounge, nur um angeblafft zu werden, er solle aus dem Weg gehen. Im letzten Moment wich er dem roten Teppich aus, der gerade von einem zum anderen Ende ausgerollt wurde.

„Wir könnten den Zeugen aus dem Zimmer gegenüber fragen", fuhr ich fort.

Mr Armitage wandte sich an mich. „Vertrauen Sie meinem Vater, Miss Fox. Bitten Sie Peter, ihn anzurufen und ihm zu erzählen, was wir über Edith wissen." Er ging am Teppich vorbei, um mit Mr Hobart zu sprechen, der das Ausrollen von der anderen Seite aus beaufsichtigt hatte.

Ich bat Peter an der Rezeption, Scotland Yard anzurufen und dort eine Nachricht für Detective Inspector Hobart zu hinterlassen, dass er ins Hotel kommen solle. „Können Sie mir außerdem den Namen des Gastes nennen, der gegenüber von Mrs Warricks Zimmer wohnt?", fragte ich, als er den Hörer auflegte.

„Mr und Mrs Sellen." Er beugte sich über den Tresen. „Sie haben noch nicht aufgegeben, oder?"

„Noch nicht, Peter, noch nicht."

Am Treppenaufgang traf ich Mr Armitage, der nicht länger auf den Fahrstuhl warten wollte. „Kommen Sie mit?", fragte er.

„Ja, natürlich." Kurz darauf fragte ich: „Wohin gehen Sie?"

Er beäugte mich von der Seite. „Zu Sir Ronald, um ihm zu sagen, dass ich den Diebstahl des Silberbestecks aufgeklärt habe. Mein Onkel ist im Moment zu beschäftigt, um den Speisesaal zu verlassen, weswegen er mich darum gebeten hat."

„Ich finde, ich habe zur Aufklärung beigetragen", sagte ich.

„Ohne meine Zeugenaussage von Mrs Kettering in der fünften Etage an dem Nachmittag würden Sie noch immer im Dunkeln tappen."

„Ich wäre drauf gekommen."

„Wie, wenn Sie nicht mehr hier arbeiten?"

„Also warum sind *Sie* hier unterwegs, Miss Fox?"

„Um mit Ihnen zu gehen. Ich möchte das Aufeinandertreffen zwischen Ihnen und meinem Onkel sehen."

„Ich verstehe. Das ist interessant, denn ich habe Ihnen gerade erst gesagt, wohin ich gehe. Sie ermitteln doch nicht immer noch allein in dem Mordfall, nachdem ich vorgeschlagen hatte, meinen Vater anzurufen, oder?" Er warf mir einen Blick zu, der unterstellte, dass ich genau das tat.

„Peter hat eine Nachricht für Ihren Vater bei Scotland Yard hinterlassen. Ich komme wirklich mit, um meinen Onkel zu sehen. Es sollte ein Zeuge anwesend sein."

Er brummte. „Da würde ich einen unvoreingenommenen bevorzugen, aber Sie werden genügen müssen."

Onkel Ronalds Blick wurde grimmig, als er von seinem Schreibtisch aufschaute. „Was tun Sie hier, Armitage?"

„Ich weiß, wer der Besteckdieb ist."

Onkel Ronald hielt kurz inne und steckte dann seinen Füller in das Tintenfass. „Und im Gegenzug, dass Sie es mir sagen, wollen Sie Ihre Position zurück, ist es das? Sie manipulieren mich?"

Mr Armitages Augen verfinsterten sich. „Ich will meine Position nicht zurück, da ich kein Interesse daran habe, wieder im Hotel zu arbeiten. Es ist Zeit weiterzuziehen. Ich sollte Ihnen danken, dass Sie mir den Schubs gegeben haben, den ich brauchte, auch wenn Ihr Timing besser hätte sein können. Mein Onkel ist völlig überfordert."

„Das hat er sich selbst eingebrockt." Onkel Ronald sah mich an. „Cleo, warum bist du hier?"

„Ich wollte hören, was Mr Armitage zu sagen hat."

Er bedeutete uns, Platz zu nehmen. Ich tat es, Mr Armitage nicht. „Also wer ist der Dieb?", fragte Onkel Ronald.

„Mrs Kettering", sagte Mr Armitage. „Sie versteckt das Silber irgendwo auf der fünften Etage, bis sie es sicher aus dem Hotel schmuggeln kann. Wir müssen sie nur dabei erwischen."

Onkel Ronald strich sich den Schnurrbart mit Daumen und Zeigefinger glatt. „Sind Sie sicher, dass sie es ist?"

„Beinahe, aber ich ziehe es vor, sie auf frischer Tat zu ertappen, bevor ich ihr etwas vorwerfe."

Onkel Ronald nickte. „Und ich nehme an, Sie wollen wieder eingestellt werden, damit Sie sie schnappen können?"

„Ich werde diese Aufgabe für Sie kostenlos übernehmen, wenn Sie aufhören, meinen Onkel zu bestrafen."

„Ich bestrafe ihn nicht."

„Dann lassen Sie ihn wissen, dass Sie ihm vergeben."

„Tue ich aber nicht."

„Geben Sie es vor", knurrte Mr Armitage.

Onkel Ronald strich sich wieder über den Schnurrbart. „Ich kann einen Angestellten beauftragen, Mrs Kettering zu beobachten. Ich brauche Sie dafür nicht einzustellen, kostenlos oder nicht."

Mr Armitage schnaufte genervt.

„Er ist die beste Wahl", sagte ich zu Onkel Ronald. „Die gesamte Mitarbeiterschaft ist momentan viel zu beschäftigt, um von ihren regulären Aufgaben abgezogen zu werden. Abgesehen davon ist Mr Armitage sehr gut darin, sich aus kniffligen Situationen herauszureden. Sollte Mrs Kettering bemerken, dass er ihr folgt, wird ihm etwas einfallen, womit er ihr Misstrauen abwenden kann."

Onkel Ronalds Blick wanderte zu Mr Armitage. „Er kann sehr gut lügen."

Mr Armitage wirkte empört. „Wollen Sie sie schnappen oder nicht?"

Onkel Ronald zögerte, nickte aber dann. „Sie wird vermutlich heute Abend handeln, wenn das Hotel voll ist und alle Aufmerksamkeit auf dem Ballsaal ruht. Sollte jemand fragen, habe ich Sie nur für den Abend wieder eingestellt. Das wird Ihnen eine legitime Ausrede verschaffen, hier zu sein."

„Danke für Ihr Vertrauen in meine Fähigkeiten, Sir."

„Ihre Fähigkeiten habe ich nie angezweifelt, Armitage. Sie hätten eines Tages Direktor werden sollen."

„Das könnte er noch", warf ich voller Hoffnung ein.

„Nein", sagten beide gleichzeitig.

Ich hätte etwas über sture Männer sagen können, hätte damit aber nichts erreicht, daher seufzte ich nur und stand auf.

„Hat Cleo Ihnen geholfen, die Täterin zu entlarven?", fragte Onkel Ronald. „Ist sie deswegen hier?"

Mr Armitage starrte mich eine ganze Weile an. „Sie—"

„Nein, ich habe nicht geholfen", sagte ich, ehe er die Wahrheit sagen konnte. „Mr Armitage ist vorhin ins Hotel zurückgekommen und hat allein mit Mrs Kettering gesprochen. Ich habe gesehen, wie er mit einem merkwürdigen Gesichtsausdruck aus ihrem Büro gekommen ist und da erzählte er mir, dass er den Diebstahl aufgeklärt hat."

Mr Armitage funkelte mich böse an. Ich hob mein Kinn und funkelte zurück.

„Wie haben Sie herausgefunden, dass sie es ist?", fragte Onkel Ronald Mr Armitage.

Ich öffnete die Tür und schob Mr Armitage hinaus. „Wir haben keine Zeit, das jetzt zu erklären. Er hat zu arbeiten." Ich schloss die Tür, aber nicht, ehe ich das amüsierte Glänzen in den Augen meines Onkels bemerkte.

„Sie können nicht mit mir kommen", sagte Mr Armitage. „Wenn wir sie beide beobachten, ist es viel zu auffällig."

„Ich hatte nicht vor, mit Ihnen zu gehen. Der Diebstahl ist Ihr zu lösendes Rätsel, nicht meins."

Seine Augen wurden schmal. „Sie werden doch nicht versuchen, den Mord allein aufzuklären, oder?"

„Ich meine, wir hätten vereinbart, dass wir das Ihrem Vater überlassen. Peter hat vorhin wirklich Scotland Yard angerufen."

Am Treppenhaus gingen wir getrennter Wege, er nach oben und ich in meine Suite. Dort blieb ich jedoch nicht lange. Ich konnte nicht aufhören, über den Mord und Ediths Beteiligung nachzudenken. Hatte sie sich mit schuldig gemacht und den Schlüssel freiwillig herausgerückt, damit ihr Liebhaber in der Nacht Mrs Warrick vergiften konnte? Oder hatte er ihr den Schlüssel gestohlen? Hatte sie gewusst, dass Hookly vorhatte, Mrs Warrick zu töten, oder war es ein Schock gewesen?

Obwohl ich versprochen hatte, nicht mehr zu ermitteln, fühlte ich mich dazu verpflichtet. Immerhin war jemand in der Nähe, der mir einen Hinweis zu Ediths Reaktion auf das Entdecken der Leiche an jenem Morgen geben konnte. Der Gast im Zimmer gegenüber hatte sie sowohl vor dem Eintreten als auch danach gesehen. Falls überhaupt jemand etwas über ihre erste Reaktion sagen konnte, dann war er es. Und er war nur ein Stockwerk tiefer.

* * *

MR UND MRS SELLEN hatten keine Suite mit Wohnzimmer und da Mrs Sellen sich für den Ball fertigmachte, erklärte ihr Mann sich bereit, im Flur mit mir zu sprechen, aber erst, nachdem ich mich ihm vorgestellt und dargelegt hatte, dass ich der Hotelleitung und Scotland Yard half, den Mörder zu fassen. Mr Sellen wollte gern helfen, da es ihm Sorge bereitete, dass der Mörder noch nicht gefasst war. Er und Mrs Sellen hatten beschlossen, trotzdem zum Ball zu bleiben, weil Sir Ronald persönlich mit ihnen gesprochen und ihnen eine weitere kostenlose Übernachtung angeboten hatte.

„Es war definitiv sieben Uhr", sagte Mr Sellen auf meine Frage hin. „Ich habe auf die Uhr geschaut, als ich aufstand." Ich war froh zu sehen, dass er kein alter Mann war und keine Brille trug. Damit sollte er sowohl das Zifferblatt als auch Ediths Gesicht gut erkannt haben.

„Sie sagten der Polizei gegenüber aus, dass Sie das Dienstmädchen mit einer Tasse Tee für Mrs Warrick gesehen haben, als Sie Ihre Zeitung geholt haben", sagte ich in Erinnerung an das, was Edith selbst mir erzählt hatte. „Stimmt das?"

„Ja, sie stand gleich da drüben." Er nickte zur Tür mit der Nummer drei-zwei-vier. Das Zimmer war nicht belegt, seit die Polizei Mrs Warricks Leiche entfernt hatte. „Sie sah mich, nickte und wandte sich dann ab."

„Wirkte sie nervös?"

„Inwiefern?"

„Ist sie Ihrem Blick begegnet oder ausgewichen? Haben ihre Hände gezittert oder wirkte sie blass?"

„Nichts, was man nicht als Schüchternheit betrachten könnte."

Das klang nach Edith. So sehr ich dieses Verbrechen aufklären wollte, ich mochte nicht herausfinden, dass Edith darin verwickelt war. Sie hatte sicher eine Rolle in dem Mord gespielt, aber ich wollte unbedingt, dass es eine unfreiwillige Rolle war.

„Haben Sie noch jemanden im Flur gesehen?", fragte ich.

Er schüttelte den Kopf. „Es war für die meisten zu früh, denke ich. Normalerweise bin ich auch nicht um sieben auf, aber ein Geräusch hat mich an dem Morgen geweckt."

„Was für ein Geräusch?"

„Ein Knall, als würde jemand gegen die Tür oder Wand klopfen." Er zeigte auf die geschlossene Tür hinter sich. „Er muss laut genug gewesen sein, um mich zu wecken. Ich schlafe wie ein T—" Er räusperte sich. „Ich schlafe sehr fest. Meine Frau ebenfalls. Der Knall hat sie auch geweckt."

„Also war es kein schabendes Geräusch? Oder Stimmen?"

„Nein, definitiv ein Klopfen oder Knallen. Ist das wichtig?"

„Möglicherweise", sagte ich und dachte darüber nach.

Ein Knall war um diese Uhrzeit seltsam. Edith hatte ihn nicht erwähnt. Sie war allein gewesen und hatte eine Teetasse getragen, aber nichts, was einen Knall verursacht hätte, wenn es heruntergefallen wäre. Es gab für sie keinen Grund, gegen die Wand zu stoßen, während sie einen geraden Flur entlangging. Der Knall war fehl am Platz.

Es sei denn, er war beabsichtigt.

Der einzige Grund, Krach zu machen, war der, Mr Sellen aus seinem Zimmer zu locken, damit er Zeuge wurde, wie Edith die Teetasse um sieben Uhr morgens brachte, eine volle Stunde, *nachdem* Mrs Warrick vergiftet worden war.

Grundgütiger. Edith hatte das Geräusch verursacht, das Mr Sellen geweckt hatte. Sie war doch wissentlich in den Mord involviert.

Ich bedankte mich bei Mr Sellen und hastete mit kreisenden Gedanken davon. Dass ich mich so in Edith getäuscht hatte, machte mich krank. Ich dachte zurück an all die Male, die ich mit ihr gesprochen hatte. Dass ihr duckmäuserisches Verhalten völlig gestellt war, glaubte ich nicht. Sie hätte nicht sämtliche Angestellten so gründlich täuschen können. Aber sie hatte mehrfach gelogen und bei jeder Gelegenheit versucht zu erfahren, was ich über die polizeilichen Ermittlungen wusste.

Ich verfluchte mich dafür, dass ich vor ihr meine Theorien besprochen hatte. Hatte sie sie an Hookly weitergegeben?

Auf der Treppe blieb ich stehen, da ich unsicher war, ob ich im fünften Stock Mr Armitage suchen sollte oder ins Foyer gehen und Peter erneut bitten, die Polizei anzurufen. Letztendlich tat ich keins von beidem, sondern hielt ein Hausmädchen an, das mir mit einem Kleid im Arm entgegenkam.

„Wissen Sie, wo Edith ist?", fragte ich.

„Nein, Miss. Sie wurde schon mehrere Stunden nicht gesehen. Mrs Kettering ist fuchsteufelswild."

„Was ist mit Harmony? Haben Sie die gesehen?"

„Sie ist bei Miss Bainbridge in ihrem Zimmer."

Ich bedankte mich und raste die Treppen hinauf. Harmony öffnete Flossys Tür, als ich klopfte.

„Ich wusste doch, dass Sie im letzten Moment Ihre Meinung ändern", sagte sie lächelnd. „Deswegen habe ich hier gewartet."

Ich blinzelte sie an. „Ich verstehe nicht."

„Sie würden bestimmt direkt zum Zimmer Ihrer Cousine kommen und nach einem Kleid fragen, daher dachte ich, wenn ich hier auf Sie warte, verpasse ich Sie nicht. Es ist alles fertig. Ich hole das Kleid, während Sie es Miss Bainbridge sagen. Sie wird sich sehr freuen."

Ich starrte sie kopfschüttelnd an. „Wovon reden Sie, Harmony? Egal. Sagen Sie mir nur, ob Sie heute Nachmittag Edith irgendwo gesehen haben."

Sie runzelte die Stirn. „Sie scheint verschwunden zu sein, nachdem sie ihre Zimmer geputzt hat. Sie sollte einer der Damen beim Umziehen helfen. Hoffentlich hat sie eine gute Entschuldigung, sonst wird Mrs Kettering sie entlassen."

Ich fluchte leise vor mich hin, was Harmony überraschte. „Entschuldigung", murmelte ich. „Also was soll jetzt dieses ganze Gerede von einem Kleid?"

„Harmony, wer ist da?", kam Flossys Stimme aus dem Hintergrund.

„Es ist Miss Fox", sagte Harmony über die Schulter.

Flossy schrie entzückt auf. „Oh, Cleo, komm doch rein! Ich bin so froh, dass du deine Meinung geändert hast."

Harmony nahm meine Hand und zog mich ins Schlafzimmer, wo Flossy am Schminktisch saß, hinter ihr ein Hausmädchen, das sie frisierte.

Meine Cousine streckte mir die Hand entgegen. „Wir werden heute Abend so viel Spaß zusammen haben."

„Ich kann nicht teilnehmen", sagte ich. „Ich habe nichts anzuziehen."

Zum ersten Mal, seit ich von dem Ball gehört hatte, wollte ich tatsächlich dabei sein. Nicht wegen der Festlichkeiten. So kurz nach Großmutters Tod würde Tanzen mir keine Freude bereiten; *konnte* es gar nicht. Aber Mr Hookly würde dort sein und mit dem Bankiers-Freund von Lord Addlington sprechen. Ich wollte ihn beobachten. Außerdem wollte ich sehen, wie die Polizei ihn beiseitenahm, um mit ihm über seine Beteiligung an Mrs Warricks Mord zu sprechen, nachdem ich den Inspektor darüber informiert hatte, wie er Edith dazu gebracht hatte, ihm den Schlüssel zu geben.

Flossy und Harmony warfen sich im Spiegel Blicke zu. Sie lächelten.

„Du hast etwas anzuziehen", sagte Flossy. „Harmony und ich haben ein Komplott geschmiedet, wie du an ein passendes Kleid kommst."

Ich starrte sie an. „Wann? Wie?"

„In den letzten Tagen. Ich habe ihr eins von meinen gegeben und sie hat es geändert, damit es dir passt."

„Wir können noch ein paar letzte Änderungen vornehmen, falls nötig", sagte Harmony, während sie auf Flossys Kleiderschrank zusteuerte. „Aber ich meine, es müsste passen."

„Und mach dir über den Stil oder die Farbe keine Sorgen", fuhr Flossy fort. „Es ist grau, was für eine junge Dame in Trauer meines Erachtens völlig in Ordnung ist. Das Diadem ist aus Gagat, wie du weißt."

Ich schnappte nach Luft. „Du hast das Diadem von Harrods gekauft? Flossy, das muss ein Vermögen gekostet haben!"

„Psst. Verrate Vater nichts davon."

„Das trage ich nicht. Du wirst es morgen zurückbringen."

„Morgen haben die Geschäfte nicht geöffnet." Sie schniefte. „Außerdem bin ich Florence Bainbridge. Ich gebe nichts zurück. Sollte ich meine Meinung ändern, verschenke ich es einfach." Sie lächelte plötzlich. „Und jetzt geh und mach dich fertig. Wir treffen uns in eineinhalb Stunden im Ballsaal. Vergiss die passenden Handschuhe nicht, Harmony!"

Harmony bestand darauf, dass ich etwas esse, während sie mich frisierte, also bestellte ich über das Sprachrohr einen Salat. Während wir warteten, spielte sie verschiedenen Arrangements durch, konnte sich aber nicht für eins entscheiden. Mir war das Ticken der Uhr sehr bewusst.

„Wir müssen etwas mit Ihrem Gesicht machen", sagte sie und sah mein Spiegelbild mit gerunzelter Stirn an.

„Was stimmt damit nicht?"

„Eigentlich nichts, aber Sie würden mit etwas Farbe auf den Wangen und Lippen noch hübscher aussehen, vielleicht auch etwas Puder auf der Nase und der Stirn."

„Mein Gesicht wird so bleiben müssen, wie es ist. Ich besitze weder Puder noch Rouge."

Großmama hätte es nicht gutgeheißen, wenn ich Make-up getragen hätte. Nur eine bestimmte Sorte von Frau trug es ihrer Meinung nach. Allerdings hatten sich die Zeiten geändert und wir waren hier in London. Ich hatte wohl einige junge Damen bemerkt, die etwas Farbe auf ihren Wangen und Lippen trugen, und Flossy hatte einige Tiegel auf ihrem Schminktisch.

„Ich habe nichts für Ihren Teint", sagte Harmony. „Miss Bainbridge wird Ihnen aber bestimmt etwas ausleihen."

Das Klopfen an der Tür verkündete die Ankunft meines Salats, der von Danny gebracht wurde. Er stellte wie angewiesen das Tablett auf den Schminktisch und beäugte mich kritisch.

„Sie braucht etwas, um ihre Augen zu betonen", sagte er zu Harmony.

Die stimmte zu. „Kannst du etwas Make-up aus Miss Bainbridges Zimmer holen?"

Einige Minuten später kehrte er mit sieben kleinen Tiegeln und etwas Papier zum Abtupfen zurück, die er vor mir auf dem Tisch ausbreitete. „Miss Bainbridge wusste nicht, welche am besten zu Miss Foxes Teint passen, deswegen hat sie mir alle mitgegeben." Er ging wieder zurück an seine Arbeit, was er zu bedauern schien.

Harmony bestand darauf, dass ich das Kleid anprobierte, ehe wir Haare und Make-up vollendeten. Sie half mir hinein und trat dann zurück, um mich zu begutachten. „Ich denke, es sitzt gut. Wie fühlt es sich an?"

Ich fummelte an dem tiefen Ausschnitt herum, doch nichts, was ich tat, bedeckte mehr von meinem Dekolleteé. „Es ist sehr tief ausgeschnitten und ein bisschen eng."

„Können Sie atmen?"

„Ja."

„Dann ist es perfekt."

Ich wandte mich zum Spiegel und musste ihr zustimmen. Das Kleid war wirklich hübsch. Die taubengraue Seide allein wäre schlicht gewesen, aber die schwarzen Perlenstickereien zogen den Blick an. Die Perlen waren in Rankenform genäht, die sich vom unteren Saum in Schwüngen nach oben wanden und über der Brust dichter wurden. Die gekappten Ärmel schmiegten sich eng an meine Schultern. Zusammen mit dem tiefen Ausschnitt war ziemlich viel Haut zu sehen. So etwas Gewagtes hatte ich noch nie getragen.

Harmony stieß meine Hand weg, als ich wieder versuchte, den Ausschnitt enger zu ziehen. „Nicht anfassen, sonst sehen Sie verlegen aus."

„Ich bin verlegen."

„Lassen Sie es sich nicht anmerken. Das ist der Schlüssel."

„Der Schlüssel wozu?"

„Eine Sensation zu sein."

Ich lachte. „Wohl kaum. Neben zwei Schauspielerinnen und einer Opernsängerin wird der Rest von uns ohnehin langweilig aussehen."

Sie schnaubte. „Ich möchte sehen, wie die Sie anschauen und *nicht* neidisch werden."

„Abgesehen davon gehe ich nicht zum Ball, um zu tanzen oder zu flirten. Ich will zusehen, wie die Polizei Mr Hookly wegen Mordes verhaftet."

Ihre Augen wurden groß. „Sie haben weiter ermittelt?"

„Ja, und ich habe Ihnen einiges zu erzählen. Manches davon ist sehr beunruhigend."

„Dann sollten Sie sich besser setzen und es mir erzählen, während ich Sie frisiere und schminke."

Harmony hörte sich voller Entsetzen die Beweise gegen Edith und die Theorien an, die Mr Armitage und ich entwickelt hatten, nach denen sie in gewissem Umfang an dem Mord beteiligt war.

Doch als ich endete, lehnte sie es ab, Edith als Mörderin zu betrachten. „Ich glaube, Sie haben Recht, wenn Sie sagen, dass Hookly sie manipuliert hat, damit sie ihm den Schlüssel gibt und das Verbrechen vertuscht. Sie ist eine Maus, und wenn jemand wie er ihr Aufmerksamkeit schenkt, würde sie fast alles für ihn tun. Aber keinen Mord. Das würde sie nicht machen."

„Wenn sie ihm geholfen hat, ist es fast so, als hätte sie es selbst getan. Harmony", sagte ich sanft, „sie zeigte keinerlei Reue, als wir im Aufenthaltsraum der Mitarbeiter über unsere Theorien gesprochen haben. Sie *ist* involviert. Daran besteht für mich kein Zweifel."

Ihre Lippen verzogen sich. „Es scheint so." Sie schloss die Augen und ein schmerzgeplagter Ausdruck huschte über ihr Gesicht. Er war noch da, als sie mich im Spiegel wieder ansah. „Ich hätte auf sie aufpassen sollen. Ich hätte nicht zulassen dürfen, dass Hookly sie ausnutzt."

Ich nahm ihre Hand. „Es ist nicht Ihre Schuld."

„Ich wusste, dass sie eine Liaison mit einem Gast hat, aber nicht mit welchem."

„Und Sie wussten nicht, dass es zu so etwas führen könnte."

Sie seufzte. „Sie brauchte den Rat einer Freundin und den habe ich ihr nicht gegeben." Sie frisierte mich weiter, hielt dann aber inne und runzelte die Stirn. „Ich mache mir Sorgen um sie, Miss Fox. Ich habe sie eine ganze Weile nicht gesehen. Niemand hat sie gesehen. Sie ist weder im Hotel noch im Wohnheim."

Ich nickte ernst. Edith konnte durchaus in Gefahr sein, falls Hookly glaubte, sie wisse zu viel und könne etwas ausplaudern. „Die Männer des Inspektors werden sie finden."

Der hätte inzwischen eintreffen sollen, hatte mich jedoch nicht aufgesucht. Vielleicht hatte Mr Armitage mit ihm gesprochen, weswegen keine Notwendigkeit bestanden hatte. Ich würde bei Peter nachfragen, bevor ich in den Ballsaal ging. Sollte die Polizei noch nicht eingetroffen sein, würde ich ihn bitten, erneut bei Scotland Yard anzurufen.

Harmony war mit meinen Haaren und dem Gesicht fertig und trat zurück. Der finstere Ausdruck, der meine Erklärungen über Edith begleitet hatte, glättete sich. Sie lächelte. „So. Sie sehen bezaubernd aus."

Die Frisur war ihr sehr gut gelungen. Sie hatte die Haare hoch auf meinen Kopf getürmt und an den Schläfen einige kunstvolle Locken drapiert. Das Gagat-Diadem mit den Diamanten passte perfekt zum Kleid und durch meine hellbraunen Haare gab es einen gerade ausreichenden Farbkontrast.

Ich berührte die nackte Haut meines Dekolleteés, das sich noch immer ungewohnt anfühlte.

„Eine Kette mit einem großen Anhänger ungefähr dort würde gut aussehen." Sie zeigte auf meine Finger, die über meinen Brüsten ruhten.

Ich nahm die Hand weg. „Ich habe nichts Passendes."

„Dann werden Sie wohl ohne zum Ball gehen müssen." Sie grinste mich frech an. „Hoffentlich wird ein reicher Gentleman zustimmen, dass ein Kettenanhänger sehr gut aussehen würde, und schenkt Ihnen eine Rubinkette, wenn er Ihnen einen Heiratsantrag macht."

Es war so albern, dass ich losprustete. Harmony lachte ebenfalls. „Rubine?" Ich schaffte es, höhnisch zu schauen, während ich noch grinste. „Ich nehme nichts Geringeres als Diamanten."

* * *

HARMONY WOLLTE aus dem Dienstbotenflur einen heimlichen Blick in den ehemaligen Speisesaal werfen, der jetzt der Ballsaal war, um zu sehen, was die anderen Ladys trugen, insbesondere die sehr modernen und modebewussten Schauspielerinnen und Opernsängerinnen. Allerdings hatte sie Hemmungen, irgendetwas in der Richtung zu tun, bevor sie Edith gefunden hatte. Ich warnte sie, sich nichts von unseren Vermutungen über die Beteiligung des Dienstmädchens an dem Mord anmerken zu lassen, falls sie sie fand. Dem stimmte sie zu und wünschte mir Glück.

Warum ich Glück benötigte, war mir nicht ganz klar. Ich wollte lediglich den Inspektor finden und ihm alles über Mr Hookly und Edith erzählen. Dann lag es an ihm, was zu tun war. Dass er heute während des Balles jemanden festnehmen würde, bezweifelte ich. Er würde mehr Beweise wollen, etwas, was keinen Zweifel zuließ. Wenigstens konnte er diese Einschätzung mit unseren Theorien treffen. Meine Aufgabe war es nicht und darüber konnte ich kaum erleichterter sein. Ich brauchte nur Mr Hookly zu beobachten und mir meine eigene Meinung zu bilden, ob er sich nun schuldbewusst benahm oder nicht.

Sobald ich aus dem Fahrstuhl trat, ging ich zur Rezeption. Peter hatte jedoch keinen Dienst, sondern war bereits nach Hause gegangen. Der Nachtportier wusste nichts über den Detective Inspector und hatte ihn auch nicht eintreffen sehen. Er gestattete mir, das Telefon zu benutzen, um Scotland Yard anzurufen.

„Bitte sagen Sie Detective Inspector Hobart, dass es sich um einen Notfall handelt", sagte ich in die Leitung. „Er muss sofort zum Mayfair Hotel kommen und nach Miss Fox oder Mr Armitage fragen." Hoffentlich verwarf der Inspektor die Nachricht nicht, wenn ich Mr Armitages Namen erwähnte. Auch wenn er glaubte, ich würde seine Zeit verschwenden, würde er seinem Sohn Aufmerksamkeit schenken.

Musik aus dem Ballsaal driftete ins Foyer, wo sich einige Gäste unterhielten. Laut der Uhr an der Wand hinter der Rezeption hatte der Ball vor einer Stunde begonnen. Flossy musste sich fragen, wo ich blieb.

Ich eilte in die Lounge, nur um dort wieder langsamer zu werden. Den roten Teppich hatte ich bereits gesehen, aber der Rest des Raumes sah sehr anders aus. Wie im Foyer waren Blumentöpfe mit Palmen neben der Doppeltür aufgestellt worden, die in den Speisesaal—jetzt Ballsaal—führte, und darüber hing eine Blumengirlande. Die darin verwobenen Lichter glitzerten in dem ansonsten dunklen Raum.

Zwei Lakaien standen mit Sektgläsern auf beiden Seiten des Eingangs. Ich erkannte keinen der beiden, aber sie grüßten mich mit Namen. Ich nahm eins der Sektgläser mit goldenem Stiel, in den das eingekreiste M eingelassen war, und bewunderte meine Umgebung.

Der Saal war nicht mehr als Speisesaal zu erkennen. Von Tischen oder Stühlen war nichts zu sehen, abgesehen von einigen wenigen, die am Rand standen. Ältere Damen saßen darauf und plauderten. Was mir zuerst ins Auge fiel, war eine riesige Uhr, die vorn auf einem erhöhten Podest thronte. Das musste es gewesen sein, was die Lieferanten morgens durch das Foyer gefahren hatten. Sie war so groß wie eine kleine Kutsche.

Die Blumengirlanden und Pflanzenarrangements setzen sich hier fort. Sie hingen über den Fenstern und Türrahmen, beleuchtet von kleinen Lichtern. Doch die Decke war spektakulär. Sie war mit Unmengen von Stoffbändern in den Hotelfarben abgehängt, burgunderrot mit goldenen und schwarzen Akzenten. Es mussten Hunderte sein. Jedes Ende war entweder an einen Kronleuchter oder an einen Stoffknoten gebunden, je nachdem, wo es sich befand. Außen waren die Bahnen ganz oben an den Wänden befestigt. Darüber konnte ich deutlich die silbernen Ballons erkennen, die zwischen den Bändern und der Decke gefangen waren.

„Cleo, du hast es geschafft!" Flossy nahm meine Hände und betrachtete mich eingehend. „Du siehst bezaubernd aus."

„Du auch", sagte ich und meinte es auch so. Sie trug ein rosafarbenes Kleid, das gut zu ihrem Teint passte. Die eingenähten Perlen fingen irgendwie das Licht ein, sodass sie aussah, als würde sie glitzern. Von ihrer Brust sah man mehr als von meiner, aber das lag daran, dass sie mehr Oberweite hatte. Die Fläche ihres Dekolleteés wurde durch eine Perlenkette mit einem Amethyst unterbrochen.

Flossy führte mich in den Ballsaal, wobei sie die ganze Zeit aufgeregt plapperte. Ich suchte Mr Hookly, sah ihn jedoch nicht. Es war ziemlich voll und ich war nicht sonderlich groß.

„Es scheinen eine Menge Leute da zu sein", sagte ich zu Flossy über die Musik hinweg.

„Es ist ein Erfolg, Cleo! Vater ist so froh und Mutter auch. Sieh nur, da sind sie. Sie haben mich gebeten, dich zu ihnen zu bringen, wenn ich dich finde."

Etwas zögerlich näherte ich mich meinem Onkel und meiner

Tante. Plötzlich war mir alles an meiner Person viel zu bewusst. Sie würden finden, dass ich für eine Frau in Trauer zu viel Dekolleteé zeigte. Oder es würde ihnen missfallen, dass ich Flossys Kleid trug. Und was war, wenn sie wussten, dass das Diadem auf ihre Kosten gekauft worden war?

Doch ihr freundliches Lächeln zerstreute meine Vorbehalte.

„Du siehst hinreißend aus, meine Liebe", sagte Tante Lilian und küsste meine Wange.

Onkel Ronald küsste die andere. „Deine Mutter wäre immens stolz", sagte er leise.

Ich atmete mehrmals tief durch, um die aufsteigenden Tränen aus meinen Augen zu verbannen. Harmony hatte mir strikte Anweisung gegeben, nicht zu weinen, sonst würde die Mischung aus Kohle und Bienenwachs auf meinen Wimpern zerlaufen.

Meine Tante schnappte mich und stellte mich einigen ihrer Freundinnen vor, die zögerliche Flossy im Schlepptau. Es war verwirrend, so viele Leute in so kurzer Zeit kennenzulernen, aber es gab mir Gelegenheit, Mr Hookly zu finden. Ich entdeckte ihn im Gespräch mit einer Gruppe von Gentlemen in der Nähe der Uhr. Ob einer davon Lord Addlingtons Bankiers-Freund war?

„Mutter, ich war mitten im Gespräch", jammerte Flossy, als Tante Lilian uns mitzog, um mit Freunden zu reden, die sie gerade entdeckt hatte. „Können wir nicht mal fünf Minuten an einem Ort bleiben?"

„Cleo muss jeden treffen und wie du siehst, sind sehr viele Leute hier." Tante Lilian strahlte eine Lady an, die von zwei fast identisch aussehenden jungen Frauen flankiert wurde.

Flossy wurde bald von einem Gentleman gerettet, der sie zum Tanzen aufforderte, während ich mit den jungen Frauen redete. Als andere dazukamen, hielt ich wieder nach Mr Hookly Ausschau, konnte ihn aber nicht entdecken.

Allerdings erhaschte ich einen Blick auf Mr Armitage, der im dunklen Eingang zum Servicebereich stand. Er beobachtete mich. Als ihm bewusst wurde, dass ich ihn gesehen hatte, schaute er schnell weg.

Er würde wissen, welcher Kerl der Bankier war. Ich entschuldigte mich und machte mich auf den Weg zu ihm, wurde aber von Floyd und zwei seiner Freunde abgefangen.

„Herzallerliebste Cousine!" Floyd griff meine Hand mitsamt Handschuh und küsste sie. „Darf ich dir meine engsten Kumpane vorstellen, Jonathon und Arthur. Wir haben uns in Oxford kennengelernt."

„Und seitdem hat er uns vom rechten Weg abgebracht", sagte der blonde, blauäugige Jonathon und verbeugte sich über meiner Hand. Von den Dreien sah er am besten aus. Eine kleine Narbe auf seiner Wange machte sein Gesicht interessant, das man sonst für zart hätte halten können.

Daneben wirkte Arthur regelrecht zerzaust, wobei ich den Verdacht hegte, dass er viel Zeit damit verbracht hatte, die passende Dosis Zerzaustheit für den Abend herzustellen. Seine dunklen Haare fielen ihm in die Stirn, konnten die beginnenden Geheimratsecken aber nicht ganz verbergen.

Onkel Ronald kam dazu und schüttelte beiden Männern die Hände. Dann wurde er von Floyd mit Fragen über die Schauspielerinnen und die Opernsängerin gelöchert.

„Sie werden hoffentlich bald eintreffen", sagte sein Vater mit einem besorgten Blick zur Tür. Dann wandte er sich Floyds Freunden lächelnd zu. „Ihr wisst ja, wie diese Damen sind. Sie lieben einen spektakulären Auftritt. Aber wen interessiert das, wenn man ein solch schönes Juwel direkt vor sich hat." Er gab mir einen kleinen Schubs in Richtung Jonathon, ehe er seiner Wege ging.

Jonathons Augen strahlten, während er mich anlächelte. „Welche Schauspielerinnen?", sagte er.

Ich lachte leise.

„Die, die heute Abend hierherkommen sollen", sagte Arthur. „Idiot", fügte er gemurmelt hinzu und verbeugte sich dann vor mir. „Es wäre mir ein Vergnügen, wenn Sie mit mir tanzen würden, Miss Fox."

Er führte mich für eine Quadrille auf die Tanzfläche und hätte wohl einen recht passablen Tänzer abgegeben, wäre sein Blick nicht ständig zu meinem Dekolleteé gerutscht.

Jonathon ging dazwischen, ehe ich einen zweiten Tanz mit Arthur tanzen konnte, und wir drehten bei einem schönen

Walzer unsere Runden und unterhielten uns nett. Er war sowohl ein guter Gesprächs- als auch Tanzpartner und ich genoss die Zeit mit ihm so sehr, dass ich vergaß, nach Mr Hookly Ausschau zu halten.

An dem Abend tanzte ich noch zweimal mit Jonathon. Meine Tanzkarte wurde ziemlich voll, wofür ich meinen Onkel, meine Tante, meinen Cousin und meine Cousine verantwortlich machte. Jedes Mal, wenn ich sie sah, machten sie jemand Neues auf mich aufmerksam. Ich bekam so dermaßen viel Zuwendung, dass es bald viel zu offensichtlich war, was vor sich ging. Jeder musste glauben, dass ich eine reiche Erbin war. Tante Lilian hatte ein Vermögen geerbt und meine Mutter war immerhin ihre Schwester gewesen. Da war es nur natürlich anzunehmen, dass das Vermögen gleichmäßig zwischen ihnen aufgeteilt worden war und ich es nach dem Tod meiner Mutter bekommen hatte.

Wie leid es ihnen allen tun würde, wenn sie die Wahrheit herausfanden. Die Männer würden sich wünschen, nicht so viel Zeit mit mir verbracht zu haben, und ihre Eltern würden sich wünschen, sie hätten Onkel Ronald und Tante Lilian mehr Fragen gestellt.

Die ganze Aufmerksamkeit löste sich in Luft auf, als sich am Eingang ein Wirbel von Aktivität breitmachte und alle Köpfe sich in diese Richtung drehten. Die Namen der Schauspielerinnen und der Opernsängerin wurden laut unter den Gästen geflüstert. Die Herren verrenkten sich die Hälse und die Frauen drängten sich vor, um besser sehen zu können.

Ich nutzte die Gelegenheit, um mit Mr Armitage zu sprechen, und suchte ihn im Servicebereich und sogar unten in der Küche, bis einer der Köche mich wegscheuchte. Schließlich fand ich ihn in der Nähe einer Palme im Foyer.

Als er mich sah, riss er die Augen auf. „Was tun Sie hier?", flüsterte er.

„Nach Ihnen suchen."

Er packte meinen Ellenbogen und zog mich hinter die Palme. Als er mich losließ, stand ich sehr dicht neben ihm. Ich rückte nicht von ihm ab. Das wollte ich nicht, nicht wenn er mit diesen glühenden Augen auf mich herabblickte. Im Foyer wurde es plötzlich sehr warm.

„Warum suchen Sie nach mir?", fragte er mit tiefer, samtiger Stimme.

„Ich, äh …" Ich senkte den Blick und starrte stattdessen auf seine Wange. „Ich wollte Sie fragen, ob der Bankier hier ist und wie er aussieht. Um zu sehen, ob unsere Theorie stimmt und Mr Hookly versucht, mit ihm zu sprechen."

Er schaute hinüber zum Bürotrakt der leitenden Angestellten. „Kommen Sie mit. Es ist einfacher, ihn Ihnen zu zeigen."

„Beobachten Sie noch immer Mrs Kettering?", fragte ich, während wir durch das Foyer gingen.

Er nickte. „Sie ist in ihrem Zimmer. Ich glaube doch nicht, dass sie das gestohlene Silberbesteck heute Nacht wegschaffen will. Warum sind Sie überhaupt hier? Ich dachte, Sie wollten nicht zum Ball gehen."

„Ich habe meine Meinung geändert."

„Halten Sie sich von Hookly fern", sagte er, als wir über den roten Teppich in der Lounge gingen.

„Das werde ich. Ich habe auf Ihren Vater gewartet. Er hätte längst hier sein sollen."

„Ich habe ihn gerade angerufen. Er ist auf dem Weg."

„Warum hat das so lange gedauert?"

„Er war den ganzen Nachmittag nicht im Yard, sondern ist Hinweisen zum Quecksilberzyanid nachgegangen. Ich habe ihn zu Hause angerufen. Ihm war nicht bewusst, dass Sie versucht hatten, ihn zu erreichen."

„Scotland Yard sollte sein Benachrichtigungssystem überarbeiten."

Wir umrundeten den Ballsaal, bis Mr Armitage den Mann gefunden hatte, den er suchte. „Der kleine Kerl mit dem Monokel", sagte er und nickte zu einer Gruppe Herren, zu der auch Mr Hookly gehörte. „Sieht aus, als hätte Hookly ihn gefunden."

„Sollten wir den Bankier warnen, ihm keinen Kredit zu versprechen?"

„Wir sagen gar nichts. Mein Vater wird sich um Hookly kümmern, sobald er hier ist."

„Wenigstens ist er noch da", sagte ich. „Gott sei Dank hat er von unserem Verdacht keinen Wind bekommen. Apropos, ich mache mir große Sorgen um Edith. Sie ist noch immer verschwunden."

„Darüber mache ich mir auch Sorgen." Er berührte meinen Ellenbogen und ich schaute hoch. Er starrte auf mich herab. „Verlassen Sie den Ballsaal nicht, ehe der Ball vorbei ist, und dann kehren Sie erst in Ihr Zimmer zurück, wenn Ihre Familie auch geht. Wir wissen nicht, was Edith Mr Hookly erzählt hat."

„Soweit die beiden wissen, haben wir keine handfesten Beweise gegen sie."

Er fuhr sich mit der Hand durch die Haare. Hätte irgendein anderer Mann im Saal das getan, wäre seine Handfläche jetzt mit Haaröl verschmiert. Dass es bei ihm fehlte, hob Mr Armitage von der Masse ab. Er wirkte sowieso fehl am Platz im Vergleich zu den Gentlemen mit ihren festlichen Anzügen, weißen Krawatten und gestärkten Hemden. Doch anstatt ihn herabzusetzen, wirkte er dadurch noch männlicher. Mehr als eine Frau folgte ihm mit ihrem Blick, was ganz gewiss nicht an dem Entsetzen lag, dass er leger gekleidet war.

„Ich muss gehen", sagte er. „Ich möchte Mrs Kettering nicht aus den Augen verlieren."

„Wollen Sie vorher nicht noch die Schauspielerinnen und die Opernsängerin sehen? Sie sind hier irgendwo."

Er lächelte. „Ich kann jederzeit eine Schauspielerin oder Opernsängerin treffen." Er ging davon und wurde bald von der Menge verschluckt.

Sein selbstsicheres Lächeln begleitete mich eine ganze Weile.

Ich beobachtete den Bankier und Mr Hookly, bis der Bankier sich wegbewegte. Mr Hookly sah ihm nach. Er wirkte erfreut.

Eine Frau rempelte mich an und entschuldigte sich lallend. Ihr Begleiter lachte, während er sie auf die Tanzfläche führte. Ich blickte auf die große Uhr. Noch fünfzehn Minuten bis Mitternacht. In meiner Abwesenheit hatte sich die Aufregung für den Countdown zum neuen Jahrhundert zu steigern begonnen. Die Tänze waren lebhafter, die Musik schien lauter, ebenso wie die Gespräche. Eine Frau in der Nähe kreischte vor Freude über eine Bemerkung ihres Begleiters und ein Pärchen wirbelte auf dem Weg zur Tanzfläche an mir vorbei, ohne auf jemanden zu achten. Die anderen Gäste mussten ihnen schnell ausweichen, um nicht umgerannt zu werden. Partnerlose Mädchen tanzten miteinander und betrunkene Männer schauten vom Rand aus zu.

Ich suchte nach einem vertrauten Gesicht, konnte aber weder Flossy noch Floyd oder ihre Freunde entdecken. Ich bewegte mich von der Wand weg in die Menge, wo die Luft stickiger war.

„Tanzen Sie mit mir, Miss Fox."

Ich drehte mich um. Mr Hookly stand sehr nahe, die Hand ausgestreckt. Mein Herz sprang mir in die Kehle und hämmerte warnend.

„Tanzen Sie mit mir", befahl er. „Ich habe den ganzen Abend auf diesen Moment gewartet." Seine Lippen lächelten zwar, aber der kalte Glanz in seinen Augen erzählte eine ganz andere Geschichte.

Er umfasste meine Finger und zog mich auf die Tanzfläche. Es blieb kein Zweifel.

Er wusste Bescheid.

KAPITEL 14

M r Hookly lockerte seinen Griff um meine Hand, als wir einen Walzer zu tanzen begannen. Ich hätte ihm entkommen können, doch es erschien sinnlos. Wir befanden uns mitten auf der Tanzfläche. Er konnte mir hier nichts anhaben.

Außerdem war ich mir gar nicht sicher, ob er das wollte. „Ich muss Ihnen ein paar Dinge erklären", sagte er. „Ich glaube, Sie haben einen falschen Eindruck von mir."

„Und welcher Eindruck wäre das, Mr Hookly? Oder wie auch immer Sie heißen."

Er sah nicht überrascht aus, dass ich es wusste. „Mein Name ist nicht wichtig. Ganz ehrlich, das ist er nicht und war es auch noch nie. Weder für mich noch für sonst jemanden. Weil *ich* unwichtig war." Wir drehten uns einige Schritte weiter, ehe er fortfuhr. „Ich war Lakai in Hooklys Haushalt. Daher kannte ich ihn."

„Und deswegen hat Mrs Warrick Sie erkannt?"

„Nein. Sie kannte mich aus einer früheren Anstellung im Haus einer ihrer Freundinnen. Es hat mich sehr überrascht zu erfahren, dass sie mich erkannt hat. Normalerweise schauen Leute wie sie durch die Dienerschaft hindurch. Wir sind so unwichtig wie ein Stuhl oder eine Vase. Von jemandem wie Ihnen erwarte ich kein Verständnis, Miss Fox."

Ich ignorierte den Seitenhieb. Es war mir egal, ob er dachte, ich sei so reich wie die Bainbridges. „Mrs Warrick hat Sie an Heiligabend konfrontiert, nicht wahr? Sie hat Sie gefragt, warum Sie im Hotel sind und wie Sie sich ein Zimmer leisten können, wenn Sie doch nur ein Lakai sind?"

Seine Finger umfassten meine Hand und Taille fester. „Sie hätte alles ruinieren können."

„Sie meinen Ihren Plan, so lange wie möglich hier im Hotel auf Pump zu leben? Das Empfehlungsschreiben vom Schreibtisch eines Toten zu benutzen, um sich das Vertrauen eines Bankiers zu sichern? Sie haben erfahren, dass der Bankier am Ball teilnimmt, also mussten Sie im Hotel bleiben, nachdem Sie Mrs Warrick umgebracht haben, um mit ihm zu sprechen."

Er lächelte, aber nicht grausam. Es war das Lächeln eines zufriedenen Mannes, der sich selbst in Sicherheit wähnte. „Sie können diese Chance nicht mehr gefährden, Miss Fox. Jetzt nicht. Er ist fort."

„Der Bankier?"

„Er ist früher gegangen, da er an Gicht leidet, aber nicht eher er mir ein Darlehen versprochen hat. Ich habe einen von ihm unterschriebenen Vertrag in meiner Tasche. Damit kann ich in jede Filiale gehen, sobald die Banken nach den Feiertagen wieder öffnen."

„Sie werden damit nicht davonkommen. Die Polizei ist fast hier und weiß alles über Sie." Nun, das würden sie, sobald ich es ihnen erzählt hatte.

Sein Lächeln wurde breiter. „Ich werde denen bei erster Gelegenheit reinen Wein einschenken. Sehen Sie, ich habe Mrs Warrick nicht umgebracht. Meine Hände sind rein. Ich weiß nicht, wer es war, obwohl ich da so meinen Verdacht habe. Ein guter Rat für Sie, Miss Fox. Vertrauen Sie keinesfalls den Mitarbeitern hier. Das ist ein übler Haufen."

„Ich weiß über Edith Bescheid", sagte ich genauso freundlich. „Sie brauchten jemanden mit einem Schlüssel, also haben Sie sich an sie herangemacht. Was haben Sie ihr versprochen? Ein Leben ohne Dienstbarkeit? Liebe?"

Ein Muskel in seinem Kinn pulsierte und seine Atmung beschleunigte sich. Ihm war nicht klar gewesen, dass ich von

Edith und ihm wusste. Er hatte nur gedacht, ich würde ihn verdächtigen und hatte vorgehabt, ihr die Schuld in die Schuhe zu schieben, während wir tanzten. Aber ich hatte die Verbindung zwischen ihnen aufgezeigt und das beunruhigte ihn. Es bestätigte meine Vermutung—dass Edith zu ihm gegangen war, nachdem ich mit ihr über meinen Verdacht gesprochen hatte. Sie hatte ihm erzählt, dass ich ihn für den Mörder hielt. Zu dem Zeitpunkt hatte ich sie nicht auf dem Schirm gehabt.

„Edith und ich waren schon zusammen, bevor Mrs Warrick ein Wort mit mir geredet hat", höhnte er. „Das zerstört Ihre Theorie."

„Nicht wirklich. Haben Sie sich zunächst an sie herangemacht, weil Sie ihre Schlüssel benutzen wollten, um aus den Zimmern Wertsachen zu stehlen? Doch dann haben Sie es sich anders überlegt, weil Ihnen eine bessere Idee kam, nachdem Sie von dem Bankier gehört hatten, nicht wahr? Wie auch immer, Sie wussten, dass Sie Schlüssel brauchen, und Edith konnte Ihnen welche beschaffen. Sie war das perfekte Opfer."

„Sie ist kein Opfer", knurrte er. „Sie ist eine Mörderin! Sie hat alles inszeniert."

„Unsinn. So durchtrieben ist sie nicht. Was noch wichtiger ist, sie wollte Aufmerksamkeit. Sie sehnte sich danach, von einem Mann bemerkt zu werden, und das haben Sie gespürt, wie ein Jagdhund die Angst eines Hasen spürt. Sie haben ihr gesagt, was Sie hören wollte, und sie hat sich in Sie verliebt. Sie war bereit, alles für Sie zu tun. Sie haben sie ausgenutzt und manipuliert, sodass sie Ihnen den Schlüssel gegeben hat, damit Sie in Mrs Warricks Zimmer gehen und sie vergiften konnten."

Seine Augen wurden hart. Er biss die Zähne aufeinander und packte mich so fest, dass es wehtat. In seinem Gesicht war weder Schock noch Entsetzen, sondern lediglich kalte Akzeptanz. Mehr Bestätigung brauchte ich nicht für seine Schuld.

„Wo ist Edith?", fragte ich. „Was haben Sie mit ihr gemacht?" Als er nicht antwortete, hörte ich auf zu tanzen. „Lassen Sie mich los."

Sein Griff wurde enger. Ich versuchte, mich loszureißen, doch er hielt fest. Ich hob das Kinn, entschlossen, keine Furcht zu zeigen. Dieser Mann war versessen darauf und nutzte sie zu seinem Vorteil, so wie er Ediths Nervosität benutzt hatte.

Die Musik verstummte und die Menge zählte die letzten zehn Sekunden bis zum neuen Jahr herunter. Ich schaute mich um. Wir befanden uns am Rand der Tanzfläche in der Nähe des Servicebereichs. Aber keine Mitarbeiter waren zu sehen. Wahrscheinlich zählten sie in der Küche die Sekunden bis Mitternacht, ihre Aufmerksamkeit genau wie die der Gäste im Ballsaal auf die Uhr gerichtet, nicht auf uns.

„Lassen Sie mich los!" Mein Schrei wurde vom Zählen übertönt. Niemand schenkte uns Beachtung.

„SIEBEN! SECHS!"

Mr Hookly starrte mich böse an. Er rührte sich nicht. Er versuchte nicht, mir wehzutun, abgesehen von seinem festen Griff um mein Handgelenk.

„VIER! DREI!"

„Lassen Sie mich los!", schrie ich wieder.

Er tat es nicht und noch immer reagierte niemand auf meine Hilfeschreie. Das neue Jahrhundert war beinahe da und niemand wollte auch nur einen Moment der Feier verpassen.

„ZWEI! EINS! Frohes neues Jahr!"

Die Musiker stimmten *Auld Lang Syne* an, während die Gäste applaudierten. Bald verwandelte sich der Applaus in freudige Ausrufe, denn die Bänder über den Köpfen gaben nach und die silbernen Ballons regneten nach unten.

Mr Hookly lächelte weiter, während ich versuchte, mich zu befreien. Ich rief sogar um Hilfe, doch der Applaus, die Musik und die lauten Gespräche übertönten mich. Und dann erreichten uns die langsam herabsinkenden Ballons. In dem Moment, bevor sie unsere Gesichter streiften, wurde Mr Hooklys Lächeln dünner.

„Lassen Sie mich los!", schrie ich in einem letzten verzweifelten Versuch, gehört zu werden.

„Was ist los?", fragte eine männliche Stimme aus der Nähe. „Alles in Ordnung?"

Er konnte mich nicht sehen und ich konnte ihn nicht sehen zwischen den Hunderten Ballons, die zu Boden sanken. Ein

Ballon platzte, dann noch einer und noch einer. Gäste kreischten sowohl vor Angst als auch vor Freude.

Ich wollte schreien, aber Mr Hookly zog mich an sich und legte mir die Hand auf den Mund. Ehe die Ballons vollständig am Boden lagen, zerrte er mich aus dem Ballsaal.

Wir waren im Servicebereich. Sehr bald würden hier Lakaien mit Nachschub an Champagner und Essen entlangkommen. Sie würden mich mit Mr Hookly rangeln sehen und mir helfen.

Doch bevor wir so weit kamen, öffnete er eine Tür und schubste mich hindurch.

Ich krachte mit dem Rücken gegen ein Regal und brachte dem Geräusch nach zu urteilen Geschirr und Besteck zum Klirren. Mr Hookly ließ mich los, um die Tür zu verschließen, hatte aber das Licht nicht eingeschaltet. Es war so dunkel, dass ich nicht einmal seine Silhouette ausmachen konnte.

Er konnte mich auch nicht sehen.

Ich kauerte mich auf den Boden, und das gerade noch rechtzeitig. Der Inhalt des Regals klirrte wieder, lauter diesmal, und etwas fiel herunter und zerbrach. Er musste sich in meine Richtung geworfen und mich verfehlt haben.

Ich streckte die Arme aus und merkte, wie klein der Lagerraum sein musste. Meine Finger strichen über die Scherben einer zerbrochenen Vase oder Schüssel. Meine andere Hand berührte Mr Hooklys Bein und machte ihn auf meine Position aufmerksam.

Ich kroch aus dem Weg, als seine Hand nach unten schnellte und meine Wange traf.

„Ich kriege Sie, Miss Fox. Sie kommen hier nicht raus."

Das bedeutete, dass er jetzt zwischen mir und der Tür stand. Doch wenn er mich nicht erwischte, konnte er mir nichts tun. Und er konnte mich nicht erwischen, wenn er mich nicht fand.

Ich musste lange genug still sein, um ihn von der Tür wegzulocken, wobei ich mein enges Korsett verfluchte, während ich am Boden hocken blieb. Meine Luft anzuhalten, war vermutlich überflüssig, da seine eigene Atmung meine übertönte. Er schnaufte, als wäre er gerade die gesamten Hoteltreppen rauf und runter gelaufen. Das Geräusch füllte den kleinen Raum und meine Ohren, in denen zudem das Blut pochte.

Die Türklinke rappelte. „Ist jemand da drinnen?", ertönte eine Männerstimme.

„Ja!", rief ich. „Hilfe!"

Meine Stimme verriet meine Position. Mr Hookly griff zu und packte meine Haare, an denen er mich hochzog. Das Diadem und Harmonys elegante Frisur verrutschten.

Ich zischte vor Schmerz und umklammerte sein Handgelenk in dem Versuch, den brennenden Schmerz auf meinem Kopf zu lindern.

„Miss Fox?", fragte die Stimme draußen. „Mr Armitage, ich glaube sie ist hier!"

Ich wollte noch einmal rufen, doch Mr Hooklys Hand legte sich über meinen Mund. Er zog mich rückwärts an seinen Körper.

„Kein Wort", knurrte er.

Jemand hämmerte gegen die Tür. „Miss Fox!" Es war Mr Armitage. „Miss Fox, sind Sie da drinnen?"

Mein Herz schlug, als wolle es aus meiner Brust springen. Ich schloss die Augen. Nicht, dass es eine Rolle spielte. Ich konnte im Dunkeln ohnehin nichts sehen.

„Hol den Schlüssel!", brüllte Mr Armitage. „Hol doch jemand den verdammten Schlüssel von Chapman!"

Etwas Kaltes und Hartes presste sich an meine Kehle. „Ich habe ein Messer!", rief Mr Hookly. „Lassen Sie mich gehen oder ich bringe sie um!"

Die Klinke hörte auf zu rappeln. Die Stimmen draußen wurden leiser. Dahinter hörte ich die Musik im Ballsaal spielen. Im Lagerraum waren nur Mr Hooklys und meine Atmung zu hören und sein Schweiß zu riechen. Die Klinge des Messers kratzte gegen meine Haut.

Mein Körper war eng an Mr Hooklys gepresst, mein Rücken an seiner Brust, der Absatz meines Schuhs an der Spitze seines Schuhs. So unangenehm es war, diesem widerlichen Kerl derart nahe zu sein, lieferte es mir den Vorteil, den ich brauchte. Ich umfasste die Scherbe der Vase fester, die ich vorhin aufgehoben hatte, und rammte sie ihm in den Oberschenkel.

Er schrie auf, doch was noch wichtiger war, er lockerte seinen Griff, sodass ich freikam. Ich stürzte zur Tür und tastete nach dem Schloss. Die kostbaren Sekunden, bis ich es gefunden hatte, kosteten mich einiges. Er packte mich und schubste mich wieder gegen die Regale.

Doch es war mir gelungen, die Tür aufzuschließen.

Sie ging auf und genug Licht fiel in den Lagerraum, um Mr Armitage hereinstürmen zu sehen. Mr Hookly stach mit dem Messer nach ihm, doch Mr Armitage packte sein Handgelenk und fing den Hieb ab. Er drückte Mr Hookly gegen ein Regal.

Das Licht wurde eingeschaltet. Im Türrahmen stand Detective Inspector Hobart, hinter ihm ein Constable. Mein Onkel schaute über dessen Schulter.

Das Messer klapperte vor meinen Füßen zu Boden. Mr Hookly bleckte die Zähne, als wolle er Mr Armitage anknurren. Der erwiderte den Blick mit einer Kälte, dass ich erschauerte.

„Cleo?" Onkel Ronald schob sich an dem Inspektor vorbei. „Cleo, bist du verletzt?"

„Mir geht es gut", sagte ich. „Nur ein wenig aufgewühlt."

Er tätschelte meine Schulter. „Führen Sie ihn ab, Hobart."

Der Constable begleitete Mr Hookly, oder was auch immer sein Name war, und mein Onkel lotste mich aus dem Lagerraum. Der Ball klang, als wäre er noch in vollem Gange, und ich spürte, dass Onkel Ronald zu seinen Gästen zurückwollte.

„Geh ruhig", sagte ich zu ihm. „Ich kann allein mit dem Inspektor sprechen."

Er schaute über meinen Kopf hinweg den Inspektor an. „Sie können morgen mit ihr sprechen. Jetzt sollte sie sich ausruhen nach der Aufregung."

„Natürlich", sagte Inspector Hobart. „Morgen, Miss Fox."

„Mir wäre es lieber, wenn ich jetzt mit Ihnen reden könnte", sagte ich, „während mir alles noch frisch in Erinnerung ist."

„Wo können wir hin?"

„Mein Büro", sagte Mr Hobart. Ich hatte den Direktor gar nicht bemerkt. Er lächelte mich sanft an. „Ich werde Ihnen Tee bringen lassen."

„Und etwas Stärkeres", fügte ich hinzu.

Alle sahen mich an.

„Für Mr Armitage", sagte ich. „Er sieht aus, als würde er es dringender brauchen als ich."

Mr Armitage atmete tief durch. Mein Versuch, witzig zu sein, ging ins Leere. Seine Gesichtszüge zuckten nicht einmal, sondern waren hart und kantig, seine Augen dunkler denn je.

Mein Onkel schaute wieder zum Ballsaal, dann zurück zu mir. „Ich würde ja deine Tante an deine Seite schicken, aber sie hat sich gerade zusammen mit Flossy zurückgezogen."

„Es ist schon in Ordnung", versicherte ich ihm. „Ich werde mit dem Inspektor sprechen und dann in mein Zimmer gehen."

„Jemand sollte dich begleiten." Er schaute Mr Hobart an, der nickte.

Nachdem er mir noch einmal auf die Schulter geklopft hatte, wünschte mein Onkel mir eine gute Nacht und kehrte zu seinen Gästen zurück.

Mr Hobart gab Mr Armitage seine Schlüssel und machte sich auf den Weg in die Serviceräume. Mr Armitage führte seinen Vater und mich in das Büro seines Onkels. Der Inspektor setzte sich auf Mr Hobarts Stuhl, während Mr Armitage neben der Tür stehen blieb.

Ich zitterte einerseits, weil es im Büro kühl war, andererseits, weil mein Blut nicht mehr wie verrückt durch meine Adern pochte. Mr Armitage zog seine Jacke aus und legte sie mir um die Schultern, ehe er sich wieder neben die Tür stellte.

„Danke", sagte ich. „Haben Sie Mrs Kettering geschnappt?"

Er nickte nur.

„Meine Männer haben sie bereits abgeführt", sagte Inspector Hobart. „Es war pures Glück, dass Harry sie in dem Moment dabei erwischte, wie sie das Diebesgut aus dem Hotel schaffen wollte, als wir ankamen. Wir stießen im Foyer zu ihm, als er sie konfrontierte."

Ich gratulierte. „Dann war es ja eine allseits erfolgreiche Arbeit heute Abend."

„Wir haben dann im Ballsaal nach Ihnen gesucht", fuhr der Inspektor fort. „Sir Ronald war nicht gerade erfreut, dass wir uns unter die Gäste mischen, obwohl ich meine, dass wir uns sehr diskret verhalten haben. Findest du nicht, Harry?"

„Wir waren so auffällig wie Nonnen bei einer Tattersalls Viehversteigerung", sagte Mr Armitage.

„Sehr witzig, Harry. Jetzt komm und setz dich." Der

Inspektor deutete auf den Stuhl neben mir. „Du brauchst nicht wie ein Wachposten neben der Tür zu stehen. Die ganzen schlimmen Finger wurden verhaftet."

Mr Armitage tat, was sein Vater angewiesen hatte, fühlte sich dabei aber offenbar unwohl. Er wirkte wie eine gespannte Feder, die jeden Moment auseinanderschnellen konnte. „Wir sind kurz vor dem Mitternachtscountdown in den Ballsaal gekommen", sagte er zu mir. „Als wir Sie nicht entdecken konnten, haben wir bei Sir Ronald nachgefragt und die Lakaien auf die Suche nach Ihnen geschickt. Es hat Ewigkeiten gedauert, bis einer der Lakaien Sie im Lagerraum gehört hat."

„Keine Ewigkeiten", sagte der Inspektor. „Höchstens ein oder zwei Minuten. Wie kam es, dass Sie mit Mr Hookly im Lagerraum waren, Miss Fox?"

Harmony kam mit einem Teetablett sowie einer silbernen Flasche, auf der das Hotelemblem prangte. „Ich bin so froh, Sie zu sehen!" Sie stellte das Tablett ab und ballte ihre Hände zu Fäusten, während sie sich auf die Lippe biss.

Ich streckte ihr meine Hand entgegen und lächelte. Sie nahm und drückte sie. „Ich glaube, ich benötige einen Schluck von was auch immer da in der Flasche ist", sagte ich.

„Mr Hobart meinte, Sie würden es vielleicht brauchen." Sie schenkte Tee ein und goss ein wenig von dem Inhalt der Flasche dazu. Sie reichte mir die Tasse. „Also was ist passiert?"

Für den Inspektor fing ich ganz vorn an zu erklären, wie ich Mr Hookly verdächtigt und dann herausgefunden hatte, dass er gar nicht der echte Mr Hookly war. „Ich weiß seinen Namen immer noch nicht. Er sagte, er wäre Lakai bei Mr Hookly gewesen, aber Mrs Warrick hätte ihn aufgrund einer früheren Anstellung erkannt."

„Und wie ist er in ihr Zimmer und wieder heraus gekommen, ohne einzubrechen?", fragte der Inspektor. Er machte sich keine Notizen, sondern nippte lediglich an seinem Tee und hörte zu.

„Edith, eins der Hausmädchen, hat ihm ihren Schlüssel gegeben. Entweder das oder sie hat das Gift selbst gebracht. Ich fürchte, er hat sie dadurch manipuliert, dass er vorgab, sie zu lieben."

„Sie kann nichts dafür", ergänzte Harmony.

„Wurde sie gefunden?", fragte Mr Armitage.

Harmony schüttelte den Kopf. „Ich mache mir sehr große Sorgen um sie. „Was ist, wenn er ..." Sie schluckte.

„Ich werde nachforschen", sagte der Inspektor, „und mein Bestes geben, sie zu finden."

Er trank seine Tasse aus und stellte sie auf das Tablett. „Ich muss zum Yard zurück und Hookly verhören, oder was auch immer sein Name ist."

„Kann das nicht bis morgen warten?", fragte ich. „Es ist Silvester. Ihre Frau möchte Sie bestimmt zu Hause haben."

„Mrs Hobart ist daran gewöhnt, dass ich zu jeder Tages- und Nachtzeit aus dem Haus bin. Sie wollte sich mit ihrer Schwägerin einen schönen ruhigen Abend machen und wird inzwischen tief und fest schlafen. Morgen wird für sie ein anstrengender Tag mit vielen Besuchen."

Er ließ uns mit dem Versprechen zurück, uns über seine Fortschritte bei der Suche nach Edith auf dem Laufenden zu halten. Ich war froh, dass er mir bezüglich meiner Ermittlungen im Mordfall keine Standpauke gehalten hatte. Das hätte ich nicht ausgehalten. Ich war plötzlich sehr müde.

Harmony bot mir an, mich in mein Zimmer zu begleiten, ehe sie zu Bett ging.

Ich nahm Mr Armitages Jacke von den Schultern und reichte sie ihm zurück. „Noch einmal danke. Für die Jacke und ... alles. Wenn Sie nicht in dem Moment gekommen wären ..." Ich stieß einen zittrigen Seufzer aus.

Er lächelte mich schwach an. „Sie schienen allein ganz gut zurechtzukommen. Ich bin nur am Ende aufgetaucht, um die Ehre einzuheimsen."

Ich erwiderte sein Lächeln, obwohl wir beide wussten, dass ich erstochen worden wäre, wenn er Mr Hookly nicht angegriffen hätte. „Wir geben ein gutes Team ab, Mr Armitage."

„Gute Nacht, Miss Fox. Und frohes neues Jahr." Er marschierte aus dem Büro und warf sich im Gehen die Jacke über.

Harmony sammelte die Teetassen auf das Tablett, ließ es aber auf dem Schreibtisch stehen. Stattdessen nahm sie die Flasche.

„Davon brauche ich nichts mehr", sagte ich. „Ich habe mich aufgewärmt und beruhigt.

„Das ist nicht für Sie, sondern für mich", sagte sie. „Meine Nerven schrillen wie die Glöckchen an einer Narrenkappe."

* * *

ICH SCHLIEF GUT, lag aber morgens nach dem Aufwachen einige Zeit im Bett. Die Ereignisse des Vorabends wirbelten noch durch meinen Kopf. Als Harmony am späten Vormittag mit dem Frühstück kam, stand ich endlich auf. Allerdings war ich am Tag zuvor zu beschäftigt gewesen, es zu bestellen.

„Haben Sie das Frühstück eines anderen Gastes geplündert?", fragte ich und bat sie herein.

„In der Küche gibt es reichlich. Ist nicht nötig, etwas zu stehlen." Sie stellte das Tablett auf dem Tisch im Wohnzimmer ab und nahm den Deckel herunter. Es roch köstlich. „Ich war mir nicht sicher, was Sie mögen, deswegen habe ich ein bisschen von allem mitgebracht."

Das hatte sie in der Tat. Niemals würde ich all das essen können. „Sie setzen sich besser zu mir, sonst verdirbt die Hälfte."

„Das kann ich nicht. Ich muss arbeiten."

„Wir behaupten einfach, Sie würden mein Zimmer aufräumen." Ich klopfte auf den Stuhl. „Abgesehen davon, wen interessiert es? Mrs Kettering arbeitet nicht mehr hier."

„Mr Hobart wird es interessieren."

„Der ist mit Sicherheit viel zu beschäftigt, die Dekorationen abzunehmen und das Hotel wieder in seinen Urzustand zu versetzen, um sich wegen der zwanzig Minuten, die Sie bei mir verbringen, aufzuregen."

Sie schenkte Kaffee ein und ich nahm ihr dankbar die Tasse aus den Händen und nippte. Der bittere Geschmack war genau das, was ich brauchte. „Wie ist heute die Stimmung unter den Angestellten?"

„Wir haben letzte Nacht kaum geschlafen. Die meisten haben noch spät gearbeitet und mussten heute Morgen wieder früh raus. Aber dazwischen wurde viel gezwitschert. Keiner wollte schlafen wegen Mrs Ketterings Verhaftung und auch Mr Hooklys, dann noch Ediths Verschwinden und natürlich der ganze Tratsch vom Ball."

„Gibt es Neuigkeiten von Scotland Yard über Edith?"

Sie zuckte mit den Schultern, während sie ein Stück Bacon vom Teller nahm. „Mir wurde nichts gesagt. Die Arme, ich hoffe, sie wurde nicht … Sie wissen schon."

„Ich weiß", sagte ich finster. „Das hoffe ich auch."

Flossy kam, nachdem Harmony gegangen war. Sie lud mich zum Nachmittagstee mit ihrer Mutter und einigen Freunden, die zum Ball gekommen waren und noch blieben, in die Haupt-lounge des Hotels ein.

„Alle sind so erleichtert, dass der Mörder gefasst wurde", sagte sie.

„Dein Vater hat die Nachricht verbreitet?"

„Das ganze Hotel spricht davon." Sie runzelte die Stirn. „Er sagt, du seist daran beteiligt gewesen, den Mörder zu entlarven. Stimmt das?"

„Ja."

Ihre Augen weiteten sich. „Cleo, du bist so mutig und clever."

„Nicht wirklich. Ich bin nur grässlich neugierig."

Sie klopfte mir auf das Knie. „Vater bat mich, dir zu sagen, dass du es niemandem erzählen sollst. Er möchte nicht, dass Mutter es erfährt."

„Ich verstehe." Auch ich wollte nicht, dass Tante Lilian die ganze Geschichte hörte. Ihr nervlicher Zustand sollte sich nicht wegen mir verschlechtern.

„Und lass es die Gäste nicht wissen oder unsere Freunde. Das bleibt zwischen dir, mir, Floyd und Vater."

„Und den Mitarbeitern."

„Ja, die auch. Wir wollen keinen hässlichen Tratsch über die Bainbridges in den Zeitungen."

Ich verkniff es mir, sie darauf hinzuweisen, dass ich keine Bainbridge war und Mörder zu schnappen nicht als „hässlichen Tratsch" betrachtete. Meine Beziehung zu meiner Verwandt-schaft war noch sehr neu und es sollte wegen einer Sache, die ich sowieso nicht mit ihren Freunden oder Journalisten besprechen wollte, keinen Streit geben.

Der Nachmittagstee mit Flossy, Tante Lilian und einem Raum voller Freundinnen war angenehm. Trotz ihrer ausgemergelten Gesichtszüge und den Ringen unter den Augen hielt Tante Lilian wie eine Königin Hof in der Lounge, inklusive einer Dankesrede, dass sie alle zum erfolgreichsten Silvesterball Londons gekommen waren. Der begeisterte Applaus zauberte nicht nur meiner Tante und Flossy ein breites Lächeln auf die Lippen, sondern auch mir. Ich war unendlich erleichtert, dass mein Gerangel mit Mr Hookly den Abend nicht ruiniert hatte.

Meine Tante aß an dem Abend nicht mit uns, aber ich setzte mich mit dem Rest meiner Verwandten in den Speisesaal. Alle Tische und Stühle standen wieder an ihrem Platz und von den Feierlichkeiten der vorigen Nacht war keine Spur mehr zu sehen. Der Speisesaal war recht voll und ein Strom von Gästen kam dauernd zu meinem Onkel, um ihm zu dem wunderbaren Ball zu gratulieren.

„Hast du ihn genossen?", fragte Floyd mich, während Onkel Ronald mit einem Gast sprach. „Abgesehen von deinem kleinen Abenteuer am späten Abend, meine ich."

Flossy funkelte ihren Bruder böse an. „Das war wohl kaum ein Abenteuer."

„Entschuldigung, du hast Recht, Floss. Cleo, wie gefiel dir der Abend, bevor du beinahe von einem Mörder im Lagerraum umgebracht wurdest?"

Flossy verschluckte sich an ihrem Salat.

Floyd reichte ihr ein Glas Wein.

„Ich habe ihn sehr genossen", sagte ich, obwohl das nicht ganz stimmte. Ich war viel zu sehr darauf konzentriert gewesen, Mr Hookly zu beobachten, um mich zu amüsieren. „Ich habe einige reizende Menschen kennengelernt."

„Reizend, hm? Ich werde Jonathon erzählen, dass du das gesagt hast."

Flossy stellte ihr Weinglas ab und warf ihm noch einen vernichtenden Blick zu. „Dräng Cleo nicht deine dämlichen Freunde auf."

„Jonathon ist nicht dämlich. Er ist sogar sehr intelligent."

„Das ist unmöglich, sonst wäre er nicht mit dir befreundet. Jedenfalls kann Cleo was Besseres haben als Jonathon."

„Besser als ein Hartly?" Floyd schnaubte. „Du weißt schon, was er wert ist, oder?"

Flossy sah ihn hochnäsig an. „Ist mir egal. Er ist ein Schuft."

„Die Liebe einer guten Frau wird ihn zähmen."

Sie rollte mit den Augen. „Hör nicht hin, Cleo. Tanz mit Jonathon, wenn es sein muss, aber glaub ihm kein Wort. Er wird dir süße Dinge ins Ohr flüstern und sie am Ohr des nächsten Mädchens wiederholen, und des nächsten und übernächsten. Er meint nichts davon ernst."

Das erinnerte mich an Mr Hookly und Edith. Sie war nicht das erste Mädchen der Welt, das sich in einen Mann verliebte, der ihr das sagte, was sie hören wollte, und traurigerweise würde sie auch nicht das letzte sein.

* * *

Ich hatte beschlossen, Detective Inspector Hobart einen Besuch bei Scotland Yard abzustatten, um zu erfahren, ob es bei der Suche nach Edith Fortschritte gab, als am nächsten Morgen eine Nachricht von ihm eintraf. Darin stand, dass sie gefunden worden war und er gern eine Frau dabei hätte, wenn er sie befragte. Ich solle ihn um elf im Westminster Krankenhaus treffen.

Gott sei Dank war sie am Leben. Das war eine immense Erleichterung und ich erzählte natürlich Harmony davon. Wir waren beide so besorgt gewesen.

„Warum, glauben Sie, sollen Sie ins Krankenhaus kommen, wenn er sie befragt?", wollte sie wissen.

„Das weiß ich nicht. Aber ich bin froh, dass er mich dabeihaben möchte. Ich bin sehr neugierig auf ihre Seite der Geschichte."

KAPITEL 15

Detective Inspector Hobart wartete auf den Stufen des Krankenhauses, als ich ankam. „Es gibt einige Dinge, die Sie wissen sollten, bevor wir da rein gehen", sagte er zu mir. „Erstens möchte ich, dass Sie Edith eine Reihe von Fragen stellen. Ich habe sie notiert."

„Ich?", sagte ich und nahm die Liste entgegen. „Sollte das nicht ein Polizist machen?"

„Ich habe es versucht. Sie war nicht sehr kooperativ. Einige Frauen öffnen sich eher anderen Frauen und ich schätze, sie ist eine davon. Normalerweise bitte ich Mrs Hobart, mich in solchen Situationen zu unterstützen, aber da Edith Sie kennt, denke ich, dass Sie in diesem Fall die bessere Wahl sind."

Ich las seine Fragen durch und merkte sie mir, ehe ich den Zettel zurückgab. „Ich werde mein Bestes versuchen. Ist sie schwer verletzt?"

„Sie hat gebrochene Rippen und Prellungen, nachdem sie von einem Pferd niedergetrampelt wurde. Sie hatte großes Glück, dass ein Passant den Vorfall sah und sie aus dem Weg zog, ehe die Räder der Kutsche sie erwischten. Der Zeuge sagte, ein Mann hätte sie vor die Kutsche geschubst."

„Sie nicht aus Versehen angerempelt?"

„Definitiv gestoßen."

„Aber Mr Hookly ist seit Silvester in Ihrem Gewahrsam. Er kann es nicht gewesen sein."

„Es geschah an dem Nachmittag vor dem Ball und der Zeuge hat inzwischen den Mann identifiziert, den Sie als Hookly kennen. Sein Name ist übrigens Lawrence Conrad. Edith wurde hierhergebracht, scheint aber unter Schock zu stehen. Sie sagt kein Wort, noch nicht einmal ihren Namen. Die Verwaltung hat die Polizei eingeschaltet, als sie eingeliefert wurde, aber es hat etwas gedauert, bis ich erfahren habe, dass eine Frau, auf die Ediths Beschreibung passt, dort ist."

„Wollen wir?"

„Es gibt noch etwas, das Sie wissen sollten. Lawrence Conrad ist verheiratet. Seine Frau ist jetzt auf dem Weg nach London."

Die Krankenschwester an der Rezeption nickte dem Inspektor zu und hielt uns nicht davon ab, zur Krankenstation zu gehen. Dutzende und aber Dutzende von Betten standen in langen Reihen, manche davon komplett von Vorhängen eingeschlossen. Nur vor einem hielt ein Constable Wache.

„Ist das nötig?", fragte ich.

„Bis ich sie für unschuldig halte, muss ich sie wie eine Schuldige behandeln." Der Inspektor nickte dem Constable zu, der für uns den Vorhang zur Seite zog. Er nahm einen Bleistift und einen Notizblock zur Hand und wartete.

Edith lag auf dem Rücken, die geschwollenen Augen geschlossen. Obwohl mir der Inspektor gesagt hatte, dass sie Prellungen hatte, war das von blauen Flecken übersäte Gesicht trotzdem ein Schock.

Ich setzte mich auf den Rand des Bettes. „Edith", sagte ich sanft. „Ich bin es, Cleo Fox. Können Sie mich hören?"

Ihre Augen öffneten sich lediglich einen Spalt, ehe sie sich wieder schlossen. Tränen glitten aus den Augenwinkeln auf das Kissen.

Ich wollte ihre Hand nehmen, doch beide waren verbunden, also legte ich meine Hände auf meinen Schoß. „Edith, ich weiß, dass Sie einige schreckliche Dinge getan haben, aber ich weiß auch, dass es nicht Ihre Schuld war. Er hat Sie manipuliert. Sie müssen Detective Inspector Hobart nur alles erzählen, damit er es auch weiß."

Sie schüttelte kurz den Kopf.

„Warum nicht, Edith?" Als sie nicht antwortete, sagte ich: „Er hat versucht, Sie umzubringen. Sie schulden ihm keine Loyalität."

„Er war es nicht. So etwas würde er nicht tun."

„Wir haben einen Zeugen", sagte der Inspektor. „Er sah, wie ein Mann, auf den Lawrence Conrads Beschreibung passt, Sie schubste."

„Wer?"

„Mr Hooklys wirklicher Name", sagte ich. „Sie erinnern sich doch, dass er sich für Mr Hookly ausgab. Ich habe Ihnen an dem einen Tag im Aufenthaltsraum erzählt, dass der echte Mr Hookly tot ist. Sie waren nicht überrascht, also ging ich davon aus, dass Sie es wussten."

Sie drehte den Kopf von mir weg. „Ich werde nichts sagen, was ihn schuldig aussehen lassen könnte. Er liebt mich und ich liebe ihn."

Hinter mir verlagerte der Inspektor sein Gewicht. Vermutlich überließ er die Befragung ungern jemand anderem, da er es gewohnt war, es selbst zu machen.

„Er ist verheiratet", sagte ich zu Edith.

Ihre Lippen öffneten und schlossen sich wieder. Dann schluckte sie. Ich erwartete weitere Tränen, doch keine kamen und ihre Stimme war überraschend fest, als sie sprach. „Er muss aufgehört haben, sie zu lieben. Sie kann ihm keine gute Ehefrau gewesen sein."

„Wenn er sie nicht mehr lieben würde, hätte er Ihnen alles über sie erzählt. Das hat er aber nicht. Er hat Ihnen auch seinen richtigen Namen nicht verraten. Und hat er Ihnen gesagt, dass er Lakai war?"

„Sie irren sich, Miss Fox. Er ist ein Gentleman, dem es lediglich schlecht ergangen ist."

„Er ist ein Lakai. Mrs Warrick hatte ihn erkannt. Er hatte früher im Haus ihrer Freundin gearbeitet."

Sie schloss wieder die Augen.

„Er hat Ihnen nicht gesagt, *warum* er sie vergiften musste?", fragte ich sacht.

„Sie war eine frühere Geliebte, die ihn töten wollte."

„Sie war nicht seine Geliebte, Edith, und ich bezweifle, dass sie ihm mit dem Tod gedroht hat. Er hat ab dem Moment geplant, sie umzubringen, als ihm klar wurde, dass sie ihn erkannt hatte."

„Wir haben das nicht geplant!"

Irgendetwas in meinem Hinterkopf sagte mir, dass sie log, aber ich konnte nicht genau ausmachen, warum ich das dachte. „Er war nett zu Ihnen, nicht wahr?"

Edith nickte. „Er hat mir Geschenke und Süßigkeiten gegeben und mir gesagt, dass er mich heiraten würde, sobald das Geld vom Verkauf seiner Mine ankam."

Wie sehr ich es hasste, ihr das einzig Gute in ihrem Leben zu nehmen, aber es musste sein. Dieses Gute existierte nicht. Das hatte es nie. „Es war nur gespielt, Edith. Er war nicht nur verheiratet, er hat auch mit mir geflirtet, bevor er wusste, dass ich ihn verdächtige."

Im Rückblick war ich nicht ganz sicher, ob er es nicht schon wusste, als ich ihm im Raucherzimmer begegnet war. Es war am gleichen Tag gewesen, an dem ich meine Vermutungen vor Edith geäußert hatte. Möglicherweise hatte sie ihn informiert und er hatte mir deswegen so bereitwillig von Lord Addlingtons Schreiben erzählt. Er hatte versucht, den Verdacht von sich weg zu lenken.

Erneut liefen Tränen unter Ediths geschlossenen Augenlidern hervor. Meine Worte drangen endlich zu ihr durch. Es war an der Zeit, mehr Druck aufzubauen.

„Er wird Sie beschuldigen", sagte ich zu ihr. „Er wird behaupten, Sie hätten Mrs Warrick vergiftet und er hätte damit nichts zu tun gehabt."

Ihre Augen gingen auf. Der Inspektor reichte mir sein Taschentuch und ich tupfte ihr die Tränen ab. „Ich *war* es", sagte sie. „Ich habe ihr das Gift gegeben."

Mein Herz schlug in meinem Brustkorb einen kleinen Purzelbaum. „Sie?"

„Er hat mir gesagt, ich müsse es tun, weil sie von ihm keine Tasse Tee annehmen würde. Ich musste es tun, verstehen Sie? Wenn nicht, hätte sie mich zuerst getötet. Oder ihn oder uns beide."

Ich schüttelte den Kopf. „Das stimmt nicht ganz, nicht wahr? Sie haben zusammen in seinem Zimmer gegessen. Wenn sie ihm nicht über den Weg getraut hätte, wäre sie nicht allein zu ihm gegangen."

Sie schluckte schwer und beäugte den Inspektor hinter mir.

„Mrs Warrick hat Mr Hookly an dem Nachmittag konfrontiert", sagte ich laut denkend. „Hat er sie da zum Abendessen eingeladen?"

„Er hat mir gesagt, sie wolle ihre Beziehung wieder aufleben lassen. Aber weil sie ein eifersüchtiger Typ wäre und er sich um mich Sorgen mache, könne er nicht direkt ablehnen. Er hatte Angst um mich, müssen Sie wissen. Angst, dass sie in eifersüchtige Rage geraten würde, wenn sie von uns erfuhr."

So wäre die Konfrontation nicht abgelaufen, aber das sagte ich ihr nicht. Sie redete und das war die Hauptsache.

„Er musste versuchen, sie zu überzeugen, ihn in Ruhe zu lassen, aber auf eine Art und Weise, die sie nicht verärgern würde", sagte Edith mit schriller Stimme. „Er sagte, wenn er sie nicht beim Abendessen überzeugen kann, dann würden wir zu drastischeren Maßnahmen greifen müssen, sonst würde sie nie aufhören, ihm nachzustellen." Sie sah mir in die Augen. „Er sagte, sie sei wütend geworden, als er von mir erzählte. Dass sie mich morgens umbringen wolle, wenn ich den Tee brachte. Wir haben die ganze Nacht darüber nachgedacht und wussten, dass die Polizei ihr glauben würde und nicht uns. Die einzige Möglichkeit, in Sicherheit und zusammen zu sein, war, sie zu töten, bevor sie mich oder ihn tötete. Also beschlossen wir, sie zu vergiften, indem wir ihr den Tee zu früh brachten. Es war nicht geplant, sehen Sie? Es war entweder töten oder getötet werden. Das ist Notwehr, oder? Die Geschworenen werden uns freisprechen, nicht wahr?"

„Sie hat Sie einfach hereingelassen?", fragte der Inspektor unwirsch. „Obwohl Sie den Tee erst um sieben bringen sollten? Hat sie keinen Verdacht geschöpft?"

Ich warf ihm einen finsteren Blick über die Schulter zu.

Er kniff die Lippen zusammen und trat zurück.

Doch seine Frage brachte meine eigenen Zweifel wieder ans Licht. Ediths Geschichte klang nicht glaubwürdig. Mrs Warrick hatte Mr Hookly nicht aus Eifersucht bedroht, auch wenn Edith das vielleicht glaubte. Aber sie glaubte gewiss nicht, dass der Mord eine spontane Entscheidung war. Wir konnten es nur nicht beweisen.

Der Inspektor seufzte. „Constable, wie viel Uhr ist es? Ich muss um eins zurück im Yard sein."

Der Constable zog seine Taschenuhr heraus. Seine Antwort hörte ich jedoch nicht. Ich hatte es! Ich wusste, wann Edith Mrs Warrick vergiftet hatte, und ich wusste, dass es geplant gewesen war.

Es ging nur um die Uhrzeit.

„Wann haben Sie die Uhr umgestellt, Edith?"

Ihre Lippen öffneten sich.

„Die Uhr in Mrs Warricks Zimmer", hakte ich nach. „Haben Sie sie umgestellt, während sie mit Hookly gegessen hat? Haben Sie sich da Zutritt zu ihrem Zimmer verschafft und die Uhr an ihrem Bett eine Stunde vorgestellt?"

Ediths Gesicht verzog sich. „Der Mord war nicht geplant", flüsterte sie.

Ich berührte ihren Arm. „Keine Lügen mehr, Edith. Es ist vorbei."

„Was ist mit der Uhr, Miss Fox?", fragte der Inspektor.

„Sie wurde am Tag zuvor eine Stunde vorgestellt."

„Woher wissen Sie das?"

„Mrs Warrick hat Danny dafür ausgeschimpft, dass er ihre heiße Schokolade zu spät gebracht hat. Es war elf Uhr abends, die normale Zeit, zu der sie ihre Schokolade geliefert bekommt, aber sie *dachte*, es wäre Mitternacht, weil die Uhr in ihrem Zimmer es anzeigte. Am folgenden Morgen brachte Edith Mrs Warrick ihren Tee wie üblich um sieben. Nur war es nicht sieben, sondern eigentlich sechs Uhr. Ihre Uhr zeigte sieben an, weswegen sie Ediths Eintreffen mit der Teetasse fraglos akzeptierte. Das Gift war in dieser Tasse." Ich wandte mich an Edith, die mit ihren blauen Flecken und Verbänden zerbrechlich wirkte. Sie tat mir leid, aber ich konnte sie nicht mit einem Mord davonkommen lassen. Sie musste wenigstens einen Teil der Verantwortung übernehmen, wenn auch nicht die ganze.

Sie nickte kurz.

„Aber der Zeuge sah Sie um sieben", sagte der Inspektor zu Edith. „Er hat sie um die Zeit mit der Teetasse gesehen und kaum eine Minute später sind Sie herausgekommen, weil Mrs Warrick tot war. Haben Sie seine Uhr auch umgestellt, damit er ebenfalls glaubte, es wäre sieben, obwohl es sechs war?"

Ich schüttelte den Kopf. „Als er aus seinem Zimmer kam, war es wirklich sieben. Um sechs, nachdem Mrs Warrick das Gift getrunken hatte und gestorben war, stellte sie die Uhr wieder auf die richtige Zeit, nahm die Tasse mit und schloss die Tür hinter sich ab. Um sieben kam sie mit einer weiteren Tasse Tee, so wie jeden Morgen während Mrs Warricks Aufenthalt. Sie schlug gegen die Wand oder Tür des gegenüberliegenden Zimmers, um den Gast zu wecken. Er kam heraus, sah sie und wurde so Zeuge, dass sie nur eine Minute in Mrs Warricks Zimmer war, ehe sie herauskam, völlig aufgelöst von der Szene, die sie dort gesehen hatte. Ihre Tests für diese Teetasse waren negativ und die Ergebnisse des Arztes bewiesen, dass Mrs Warrick bereits eine Stunde tot war, ehe Edith vor ihrem Zimmer gesehen wurde. Sie haben Edith danach von ihrer Liste der Verdächtigen gestrichen, obwohl sie es früher hätte tun können, weil Sie kein Motiv gesehen haben, warum sie Mrs Warrick vergiften sollte."

„Ich hatte sie nicht gänzlich gestrichen", murmelte der Inspektor. „Aber Sie haben Recht, ich sah kein Motiv und nahm daher an, dass ihr der Schlüssel gestohlen und später ohne ihr Wissen zurückgebracht wurde. Von ihrer Beziehung zu Conrad wusste ich nichts."

„Ich auch nicht, als ich ihr meinen Verdacht anvertraute. Es war Mr Armitage, der die Verbindung hergestellt hat."

„Mrs Kettering hat ihm erzählt, dass ich mit einem der Gäste zusammen war, oder?", fragte Edith.

„Sie hat es vermutet."

„Ich hasse sie", zischte sie.

Von den Verbrechen der Hausdame erzählte ich nichts, da es mir jetzt irrelevant erschien.

„Was haben Sie mit der Teetasse gemacht, die das Gift enthielt?", fragte der Inspektor.

„Die habe ich in einer Gasse weggeworfen." Edith versuchte,

sich aufzurichten, zischte jedoch vor Schmerz. „Sie sehen also, Inspektor, dass ich sie vergiftet habe."

„Sie haben es für ihn getan", sagte er. „Er hat Ihnen die Idee in den Kopf gepflanzt, er hat Ihnen das Gift gegeben und die Möglichkeit, die Tat zu begehen und später zu vertuschen. Er ist genauso schuldig, wenn nicht sogar noch mehr. Vor Gericht können Sie vorbringen, dass er Sie belogen hat und seine charismatische Ausstrahlung Sie in seinen Bann gezogen hat."

Das schien sie in Erwägung zu ziehen. „Aber er wird nicht hängen, oder? Nicht, wenn er das Gift nicht selbst gegeben hat."

„An mir liegt es nicht, welches Schicksal ihn ereilt."

Sie fing wieder an zu weinen. „Ich will nicht, dass meine Aussage zu seinem Tod führt."

„Der Inspektor wird vor dem Prozess noch einmal mit Ihnen reden", sagte ich, ehe der Inspektor antworten konnte. „Danke für Ihre Hilfe, Edith. Sie waren so mutig, heute mit uns zu sprechen. Es ist wirklich beeindruckend nach allem, was Sie durchgemacht haben. Alle sind Ihnen sehr dankbar."

Nachdem Detective Inspector Hobart und ich endlich wieder draußen waren, wandte er sich mir zu. „Das war ein bisschen dick aufgetragen am Schluss, oder?"

„Es war nötig, wenn Sie möchten, dass Edith aussagt. Sie wollen schließlich nicht, dass sie ihre Aussage zurückzieht."

„Warum sollte sie?"

Ich blinzelte hinauf zum blassen Schein der Sonne, die vergeblich versuchte, die grauen Wolken zu durchbrechen. „Edith hat getan, was Conrad wollte, weil er ihr das Gefühl gegeben hat, wertgeschätzt zu sein. Durch ihn bekam sie nach Jahren, in denen sie übersehen wurde, ein bisschen Selbstbewusstsein. Wenn Sie dafür sorgen, dass sie sich wichtig fühlt, sozusagen als Dreh- und Angelpunkt der Ermittlungen, könnte sie ihre Aufmerksamkeit auf Sie lenken. Vielleicht möchte sie es dann Ihnen recht machen anstatt ihm."

Er schaute ebenfalls zur Sonne hinauf und dann wieder zu mir. „Wenn das Ihre Art ist, mich zu bitten, vorsichtig mit ihr umzuspringen, dann werde ich es tun, wenn sie dadurch bei Conrads Prozess aussagt. Ich will, dass er schuldig gesprochen wird."

Ediths Schuld erwähnte er nicht und ich fragte nicht danach. Es war unmöglich zu wissen, ob die Geschworenen Mitgefühl mit ihr hatten und sie gehen ließen oder sie für ebenso schuldig hielten wie Conrad.

Ich schüttelte das melancholische Gefühl ab, das mich überkommen hatte, als ich Edith so geschunden im Bett hatte liegen sehen. Die schrecklichen Vorkommnisse waren vorüber und es war Zeit, nach vorn zu schauen. Immerhin war ein neues Jahrhundert angebrochen, voller Möglichkeiten. Ich konnte kaum erwarten zu sehen, was es für mich bereithielt.

Ich lächelte den Inspektor an. „Ihr Polizisten seid vielleicht gut im Aufspüren, aber Sie wären noch besser, wenn Sie es mit dem Wissen um die menschliche Natur verbinden würden."

„Ich verstehe so einiges über die menschliche Natur", sagte er abwehrend. „Nur nicht von Frauen." Er lächelte. „Verraten Sie Mrs Hobart nicht, dass ich das gesagt habe."

Ich lachte. „Wenn es wahr ist, was Sie sagen, dann ist es sehr wahrscheinlich, dass sie es bereits weiß."

Er schmunzelte. „Sie würde Sie mögen, Miss Fox. Sie sollten mal zum Tee kommen."

Mein Lachen verstummte. „Ich fürchte, sie hat mir noch nicht vergeben, dass ich für die Entlassung Ihres Sohnes gesorgt habe. Das kann ich ihr kaum vorwerfen. Ich wäre auch auf mich wütend."

„Sie kriegt sich schon ein. Tatsächlich hat sie Sie für heute Nachmittag zum Tee eingeladen."

Ich beäugte ihn misstrauisch, denn ich bezweifelte die Einladung stark. Allerdings war es unhöflich, sie infrage zu stellen.

„Harry wird da sein", fügte er hinzu.

„Und Sie?"

„Ich habe nach Ediths Aussage noch ein paar Dinge im Yard zu erledigen, aber die Ermittlungen sind jetzt weitestgehend abgeschlossen, also werde ich es schaffen."

Wenigstens würde ein freundliches Gesicht in der Runde sein, auch wenn ich nicht ganz sicher war, ob der Inspektor mir schon vergeben hatte, trotz gegenteiligen Anscheins.

„Drei Uhr", sagte er und ging davon. „Ich sage meiner Frau, dass sie Sie erwarten soll."

„Ich dachte, das täte sie schon!", rief ich ihm nach.

***

DER NACHMITTAGSTEE WAR NICHT SO PEINLICH, wie ich es erwartet hatte, was hauptsächlich daran lag, dass Detective Inspector Hobart das Schweigen mit Gesprächen über die Ermittlungen überbrückte. Ich dachte, Mrs Hobart würde protestieren, doch sie lauschte seinen Ausführungen und stellte sogar selbst einige Fragen. Vermutlich war sie daran gewöhnt, dass er über seine Arbeit sprach. Oder es lieferte ihr einen Grund, nicht direkt mit mir reden zu müssen. Schließlich konnte sie mich kaum ansehen.

Mr Armitage hörte ebenfalls zu, ohne viel zu sagen. Es war heute schwierig, ihn einzuschätzen. Wer war er? Sein Charakter barg so viele Facetten in sich, dass ich nicht mehr sicher war, ob eine davon stärker war als die andere, oder ob eine oder mehrere nur gespielt waren. Er konnte der charmante stellvertretende Direktor sein, durch den die Gäste sich zu Hause fühlten, oder der finstere Kämpfer, der Conrad angegriffen hatte, oder der unversöhnliche, streitsüchtige Kerl, der mich für seine Entlassung bestrafen wollte.

Was noch schlimmer war, ich wusste nicht, ob ich eine oder alle drei dieser Facetten mochte oder nicht. Just wenn ich glaubte, ihn verstanden zu haben, veränderte er sich. Und just wenn ich glaubte, ihn zu mögen, sagte er etwas, weswegen ich ihn nicht mehr leiden konnte oder umgekehrt.

Heute jedoch nicht. Heute war er nachdenklich, während er seinem Vater die Gesprächsführung überließ. Jedenfalls bis ich ihn fragte, wie seine Arbeitssuche lief. Es war die einzige sichere Möglichkeit, ihn zum Sprechen zu bringen. Eine vernünftigere Frau hätte ein weniger kontroverses Thema gewählt, aber ich war nicht immer vernünftig und wollte wirklich wissen, wie es ihm erging.

„Gestern war Neujahr und alles hatte geschlossen", sagte er. „Seit wir das letzte Mal über das Thema sprachen, bin ich nicht viel vorangekommen."

„Heute Morgen habe ich eine Anzeige für einen Buchhalter

in der Zeitung gesehen. Sie können doch gut mit Zahlen umgehen und haben Erfahrung mit der Buchhaltung im Hotel."

„Woher wissen Sie, worin ich gut bin?", fragte er milde.

„Ihr Onkel hat es mir erzählt."

„Den habe ich gefragt und er sagte, er hätte noch nie mit Ihnen über meine Privatangelegenheiten gesprochen."

Oh, das war unfair. Mr Hobart hatte mir ein wenig über Mr Armitage erzählt, wenn auch nicht bezüglich seiner Fähigkeit, mit Zahlen umzugehen.

Mr Armitage bedachte mich mit einem sehr ernsten, wenn auch spöttischen Blick. „Haben Sie irgendwie herausgefunden, dass ich mal bei einem Buchhalter in der Lehre war? Vielleicht ist meine Akte aus dem Waisenhaus aus dem Schrank in Ihre Tasche gefallen."

Ohhhh. Scheinbar hatte der Vikar erraten, was ich getan hatte, nachdem er den Zettel gefunden hatte, den ich unter der Tür des Waisenhauses durchgeschoben hatte. Das Verbrechen konnte ich nicht zugeben. Nicht vor dem Detective Inspector, denn ich wollte Victor nicht in Schwierigkeiten bringen. „Seien Sie nicht albern. Ich war die ganze Zeit mit dem Reverend in einem Raum, als ich im Waisenhaus war. Ich hätte nachts einbrechen müssen und wo hätte ich das wohl lernen sollen?"

Sein ernster Blick wurde feindselig. Offensichtlich glaubte er nicht an meine Unschuld, konnte aber auch nicht beweisen, dass ich eingebrochen hatte.

„Sie haben eine lebhafte Fantasie, Mr Armitage. Vielleicht sollten Sie Schriftsteller werden."

„Oder Journalist", fügte er in hartem Ton hinzu. „Da die sich ja viel ausdenken von dem, was sie berichten."

„Nicht alle", sagte sein Vater nachdenklich. „Einige sind gut darin, Dinge aufzudecken. Du solltest es in Erwägung ziehen, Harry."

Mr Armitage stellte seine Teetasse ab. „Ich kann es euch beiden genauso gut erzählen", sagte er zu seinen Eltern. „Ich wollte erst noch etwas darüber nachdenken, aber Miss Fox hat mich unter Druck gesetzt, wie es ihre Gewohnheit ist."

„Für diese Sache können Sie mir nicht auch noch die Schuld geben", sagte ich.

Er ignorierte mich. „Ich habe beschlossen, Privatdetektiv zu werden."

Seine Mutter legte eine Hand an ihre Kehle. „Nein, Harry."

Sein Vater schüttelte den Kopf. „Die sind ein Ärgernis."

„Bis die Polizei ihre Kriterien ändert und die Rekrutierung ehemaliger Straftäter gestattet, ist das meine beste Option. Abgesehen davon werde ich einer von den Respektablen sein."

„So etwas gibt es nicht", knurrte der Inspektor. „Die fischen an den unziemlichsten Orten nach Klienten."

„Ich brauche nicht zu fischen. Ich werde Onkel Alfred bitten, die Hotelgäste wissen zu lassen, dass ich zur Verfügung stehe. Unter denen bin ich als verlässlich und diskret bekannt. Ich habe deren Geheimnisse jahrelang bewahrt und tue es immer noch. Sobald sie wissen, dass ich für investigative Arbeit zur Verfügung stehe, werden sie zu mir kommen, anstatt sich an einen Unbekannten zu wenden, der in der Zeitung inseriert."

Dem Inspektor schien das einigen Wind aus den Segeln zu nehmen, aber er hatte noch nicht aufgegeben. „Privatdetektive bekommen ihre Informationen von zwielichtigen Gestalten und indem sie ihre Verdächtigen austricksen, sodass sie sich verraten."

„Und was daran ist anders als das, was du tust?", fragte Mr Armitage.

Der Inspektor knallte seine Teetasse auf den Tisch. „Ich habe das Gesetz auf meiner Seite." Er schüttelte den Kopf. „Denk darüber nach, Harry."

„Das habe ich. Ich werde meine Ersparnisse nutzen, um mich einzurichten." Er wandte sich an seine Mutter. „Ich möchte es tun. Mir ist klar geworden, dass ich Ermittlungen mag und ziemlich gut darin bin."

„Und so bescheiden", murmelte ich in meine Teetasse.

Mr Armitages Kinn wurde fest. „Sagten Sie etwas, Miss Fox?"

„Ich sagte, ich war diejenige, die den Mörder entlarvt hat."

Er schenkte mir ein knappes Lächeln. „Ich habe den Silberdieb gefunden."

„Ich glaube, bei diesem Puzzle habe ich das letzte fehlende Teil entdeckt."

„Sie haben *geholfen*, Miss Fox."

Ich lächelte zurück. „Ich bin ziemlich gut im Helfen, nicht wahr? Und haben wir nicht erst vor wenigen Tagen übereinstimmend festgehalten, dass wir ein exzellentes Team abgeben?"

Seine Augen wurden schmal. „Worauf wollen Sie hinaus?"

Ich ließ mein Lächeln weicher werden und richtete es auf seine Mutter. „Ich finde die Idee mit der Detektei wundervoll. Während Mr Armitage einen hervorragenden stellvertretenden Direktor abgegeben hat, musste er aus dem Schatten seines Onkels heraustreten. Und wenn ich ehrlich sein soll, machte er schon immer den Eindruck auf mich, dass er keine Anweisungen entgegennehmen sollte. Er sollte derjenige sein, der Anweisungen gibt, und wenn er sein eigenes Geschäft eröffnet und Leute einstellt, wird er Direktor seines eigenen Imperiums sein, nicht eines anderen."

„Ich weiß, dass Sie sich bei mir einschmeicheln wollen, Miss Fox", sagte sie nicht unfreundlich. „Wie es der Zufall will, stimme ich Ihrer Einschätzung von Harrys Charakter zu. Ich fand schon immer, dass er so viel mehr sein könnte als ein Direktor für *diesen* Kerl." Zu spät ging ihr auf, dass der Kerl, von dem sie sprach, mein Onkel war. Sie lief rot an, entschuldigte sich aber nicht.

Ich tat so, als würde ich es nicht bemerken. „Es ist ein neues Jahrhundert angebrochen", sagte ich. „Genau die richtige Zeit, um ein neues Abenteuer zu beginnen. Und Privatdetektiv zu werden ist deutlich besser, als der Armee beizutreten."

Erschrocken riss sie die Augen auf. „Die Armee! Grundgütiger, Harry, wag es ja nicht."

„Also findest du die Idee gut?", fragte er sie.

Sie stand auf und tätschelte seine Wange. „Das tue ich, solange dein Vater zustimmt."

Der Inspektor hob beide Hände. „Ich glaube, es ist bereits beschlossene Sache."

Scheinbar war Mrs Hobart diejenige in ihrer Ehe, die die Entscheidungen traf, und ihr Sohn wusste es.

„Wenn Sie mich jetzt entschuldigen wollen, Miss Fox, ich habe ein Abendessen vorzubereiten", sagte sie.

Ich half ihr, die Teetassen auf das Tablett zu stellen und reichte es ihr. „Danke für den netten Nachmittag, Mrs Hobart."

Der Inspektor stand auf, nachdem seine Frau gegangen war. „Gut gemacht, Miss Fox. Sehr gut gemacht."

„Ich weiß nicht, was Sie meinen."

„Die menschliche Natur." Er tippte sich gegen den Nasenflügel. „Harry, begleite Miss Fox zur Tür. Ich sollte besser mit deiner Mutter sprechen."

Mr Armitage bedeutete mir, voraus in den Flur zu gehen. „Ich fühle mich, als würde ich Ihnen etwas dafür schulden, dass Sie meine Mutter überzeugt haben", sagte er, während er nach meinem Mantel griff, der an der Garderobe neben der Haustür hing.

Also *das* war etwas, was ich hören wollte. „In diesem Fall—"

„Aber wenn Sie versuchen, einen Gefallen einzufordern, werde ich Sie daran erinnern, dass Sie mich meine Stellung im Mayfair gekostet haben." Er reichte mir meinen Mantel, ließ aber nicht los. Er beugte sich herab und sagte leise: „Wir sind quitt."

Er gab den Mantel frei, lächelte gepresst und öffnete die Tür.

Ich verstand den Wink und trat über die Schwelle. Er schloss die Tür hinter mir.

Während ich davonging, fühlte ich mich so leicht wie noch nie seit dem Tod meiner Großmutter. Er hatte mir die Tür nicht vor der Nase zugeknallt, was ein gutes Zeichen war. Jetzt musste ich ihn nur noch davon überzeugen, dass ich für sein neues Vorhaben eine hervorragende Assistentin abgeben würde.

Nein, keine Assistentin. Eine Co-Ermittlerin. Wir könnten uns Armitage und Fox Detektei nennen. Ich würde ihn glauben lassen, dass sein Name vorn stand, weil er ein Mann war, aber in Wahrheit war es nur die alphabetische Reihenfolge. Sein Stolz würde es anders nicht zulassen.

Ja, Armitage und Fox Detektei klang gut. Ich musste nur ihn und meine Familie davon überzeugen, dass es eine großartige Idee war, mit ihm zusammenzuarbeiten.

Freuen Sie sich auf:

MORD IM PICCADILLY PLAYHOUSE
Der 2. Cleopatra Fox Mysteries Roman

EINE NACHRICHT DER AUTORIN

Ich hoffe, Ihnen hat **Mord im Mayfair Hotel** genauso viel Spaß
gemacht wie mir beim Schreiben. Als Indie-Autorin ist es für
den Erfolg des Buches entscheidend, es bekannt zu machen.
Wenn Ihnen dieses Buch gefallen hat, sagen Sie es doch bitte
weiter und schreiben Sie eine Rezension in dem Shop, in dem Sie
es gekauft haben.

AUSSERDEM VON C. J. ARCHER

REIHEN MIT 2 ODER MEHR BÄNDEN

The Glass Library*

Cleopatra Fox Mysteries*

After The Rift

Glass and Steele*

The Ministry of Curiosities Series*

The Emily Chambers Spirit Medium Trilogy

The 1st Freak House Trilogy

The 2nd Freak House Trilogy

The 3rd Freak House Trilogy

The Assassins Guild Series

Lord Hawkesbury's Players Series

Witch Born

EINZELTITEL

Courting His Countess

Surrender

Redemption

The Mercenary's Price

*Verfügbar auf Deutsch

ÜBER DIE AUTORIN

C.J. Archer begeistert sich für Geschichte und Bücher, seit sie denken kann, und wähnt sich glücklich, dass sie beides vereinen konnte. Sie verbrachte ihre frühe Kindheit in der dramatischen Schönheit des Outbacks von Queensland, Australien, lebt inzwischen aber mit ihrem Mann, zwei Kindern und einer frechen schwarzweißen Katze namens Coco in Melbourne.

Abonnieren Sie C.J.s Newsletter auf ihrer Webseite, um informiert zu werden, wenn sie ein neues Buch herausbringt: http://cjarcher.com/deutsch/

facebook.com/CJArcherAuthorPage
instagram.com/authorcjarcher

www.ingramcontent.com/pod-product-compliance
Lightning Source LLC
Chambersburg PA
CBHW010340170726

48283CB00009B/2890